KB092364

이선희
소설 선집

이선희
소설 선집

오태호 엮음

〈한국문학의 재발견-작고문인선집〉을 펴내며

한국현대문학은 지난 백여 년 동안 상당한 문학적 축적을 이루었다. 한국의 근대사는 새로운 문학의 씨가 싹을 틔워 성장하고 좋은 결실을 맺기에는 너무나 가혹한 난세였지만, 한국현대문학은 많은 꽃을 피웠고 괄목할 만한 결실을 축적했다. 뿐만 아니라 스스로의 힘으로 시대정신과 문화의 중심에 서서 한편으로 시대의 어둠에 항거했고 또 한편으로는 시대의 아픔을 위무해왔다.

이제 한국현대문학사는 한눈으로 대중할 수 없는 당당하고 커다란 흐름이 되었다. 백여 년의 세월은 그것을 뒤돌아보는 것조차 점점 어렵게 만들며, 엄청난 양적인 팽창은 보존과 기억의 영역 밖으로 넘쳐나고 있다. 그리하여 문학사의 주류를 형성하는 일부 시인 · 작가들의 작품을 제외한 나머지 많은 문학적 유산들은 자칫 일실의 위험에 처해 있는 것처럼 보인다.

물론 문학사적 선택의 폭은 세월이 흐르면서 점점 좁아질 수밖에 없고, 보편적 의의를 지니지 못한 작품들은 망각의 뒤편으로 사라지는 것이 순리다. 그러나 아주 없어져서는 안 된다. 그것들은 그것들 나름대로 소중한 문학적 유물이다. 그것들은 미래의 새로운 문학의 씨앗을 품고 있을 수도 있고, 새로운 창조의 촉매 기능을 숨기고 있을 수도 있다. 단지 유의미한 과거라는 차원에서 그것들은 잘 정리되고 보존되어야 한다. 월북 작가들의 작품도 마찬가지이다. 기존 문학사에서 상대적으로 소외된 작가들을 주목하다보니 자연히 월북 작가들이 다수 포함되었다. 그러나 월북 작가들의 월북 후 작품들은 그것을 산출한 특수한 시대적 상황의 고려 위에서 분별 있게 이해되어야 할 것이다.

이러한 당위적 인식이, 2006년 한국문화예술위원회의 문학소위원회에서 정식으로 논의되었다. 그 결과, 한국의 문화예술의 바탕을 공고히 하기 위한 공적 작업의 일환으로, 문학사의 변두리에 방치되어 있다시피 한 한국문학의 유산들을 체계적으로 정리, 보존하기로 결정되었다. 그리고 작업의 과정에서 새로운 의미나 새로운 자료가 재발견될 가능성도 예측되었다. 그러나 방대한 문학적 유산을 정리하고 보존하는 것은 시간과 경비와 품이 많이 드는 어려운 일이다. 최초로 이 선집을 구상하고 기획하고 실천에 옮겼던 한국문화예술위원회의 위원들과 담당자들, 그리고 문학적 안목과 학문적 성실성을 갖고 참여해준 연구자들, 또 문학출판의 권위와 경륜을 바탕으로 출판을 맡아준 현대문학사가 있었기에 이 어려운 일이 가능하게 되었다. 이런 사업을 해낼 수 있을 만큼 우리의 문화적 역량이 성장했다는 뿌듯함도 느낀다.

〈한국문학의 재발견-작고문인선집〉은 한국현대문학의 내일을 위해서 한국현대문학의 어제를 잘 보관해둘 수 있는 공간으로서 마련된 것이다. 문인이나 문학연구자들뿐만 아니라 더 많은 사람들이 이 공간에서 시대를 달리하며 새로운 의미와 가치를 발견하기를 기대해본다.

2009년 11월

출판위원 염무웅, 이남호, 강진호, 방민호

| 책 머리에 |

평소 작가의 성별을 크게 의식하지 않고 근현대문학 텍스트를 탐독하던 연구자로서 '이선희'라는 1930년대 신여성 작가와의 만남은 10년 전 '1920년대 신여성의 활보'를 텍스트로 경험했던 박사 과정 시절을 떠올리게 하면서, 여성적 섹슈얼리티와 젠더 의식을 연구할 필요성이 있음을 확인해준 계기가 되었다. 그녀의 앞자리에는 제도와 인습, 편견에 맞서 싸웠던 1920년대 여성 작가인 나혜석, 김명순, 김일엽 등이 많은 연구자의 논의의 대상이 되고 있지만, 그녀의 경우 심리 묘사의 기교적 수준이 그들을 능가하는 예술적 경지에 닿아 있음에도 불구하고 아직 본격적 논의가 지속되지 않고 있다.

이선희의 작품을 통해 만난 1930년대 식민지 조선의 음화陰畵 같은 욕망의 표정들은 그녀의 문학방정식에 대한 애증을 키우는 시간이었다. 그녀의 작품에는 당대의 부유층들이 누렸을 법한 짙은 1930년대식 커피 향과 허무의 바다 내음이 묻어난다. 그리고 그녀가 선택한 연애의 삼각 구도는 대중적 형식에 불과할지도 모르지만, 연애 당사자들의 내면을 가로지르는 심리 묘사 속에서 그 진한 향내가 맡아졌다. 연구자도 그녀의 주인공들을 따라 '오후 11시'를 지나 도심 거리를 활보하면서 권태와 허무와 낭만과 고독의 표정을 느껴보고 싶어진 것이다. 물론 그것이 주변의 현실적 모순을 괄호 친 너무 사치스런 표정이 아닐까 하는 우려와 함께 말이다.

이선희는 1930년대 신여성의 일상 탈출 욕망과 억압적 현실 사이의 심리적 거리를 자유연애와 처첩 갈등을 소재로 추적한 대표적 여성 작가

이다. 문학사적으로 이선희가 등장한 1930년대 중반은 카프가 해산되면서 현실 비판적 세계 인식이 개인의 내면 탐닉의 세계로 전환되던 시기이다. 구인회를 중심으로 모더니즘적 실험이 지속되던 그 시기에 이선희는 근대적 여성의 감각과 시선으로 당대 현실을 섬세하게 묘파해낸다. 특히 부르주아적 감수성으로 엑조티시즘에 대한 동경 속에 1930년대 식민지 현실 속에서 가부장적 남성의 타자로서의 피해 여성을 추적하여 여성적 자의식을 탐색하고 있다.

이선희의 텍스트 속 여성들은 다들 꿈에 부푼 소녀 같은 낭만적 감수성의 소유자들이다. 그 여인들은 함경북도 함흥 출생으로 항구도시인 원산에서 성장한 작가의 분신들에 해당한다. 그러므로 그녀의 수필과 소설은 광활한 바다의 냄새를 싣고 근대 초기의 새로운 도시 문화의 향기를 내뿜으면서 1930년대를 넘어 2000년대의 독자에게 아련한 과거의 이미지를 제공한다. 10년 남짓한 시기 동안 이선희의 소설은 여성의 미묘한 심리적 갈등을 중심으로 식민지 조선의 도시적 일상과 연애의 풍경을 독해한다. 결론적으로는 전통적 현모양처의 승인으로 귀결되는 듯 보이지만, 결론에 도달하는 과정에서 드러난 여성적 욕망의 표정과 억압적 현실, 처첩 갈등, 가부장적 남성과 피해자 여성의 거리감 등은 생생한 리얼리티로 형상화된다. 가정과 사회의 규제로부터 스스로 뛰쳐나온 이선희 소설의 여성들은 1930년대의 거리를 배회하면서 2000년대의 독자에게 말을 걸기 위해 부단한 노력을 시도하고 있는 것이다.

이선희 소설의 가출 모티프는 1930년대 여성에게 강요된 가정과 사회의 현실적 억압을 벗어나고 싶은 일탈에의 욕망을 보여준다. 그것은 구시대적인 인식과 가부장제적 질서를 넘어서려는 여성적 정체성의 자각을 위한 실천적 행동의 의미를 가진다. 그러나 현실의 거리는 여성적 욕망이 충족되기 어려운 환멸의 공간으로 인식된다. 따라서 가출로 확인한 근대적 문명에 대한 동경과 환멸적 세계 인식은 바다 모티프를 통해 드러나는 원시적 고향에 대한 지향 속에 낭만성과 엑조티시즘의 확장으로 연결된다. 이선희 소설의 여성들은 가부장적 권위가 현존하는 가정으로부터 벗어나 권태와 공허, 혐오로 가득한 현실 세계를 넘어 낭만적 일탈을 감행하고자 하는 것이다.

이선희 소설의 중심에는 마치 신소설의 자유연애와 처첩 갈등을 연상시키듯 대체로 본부인과 신여성 사이의 갈등이 자리한다. 이것은 재취 결혼이라는 자전적 체험과 당대 여성의 현실적 리얼리티가 허구적 텍스트 내부로 진입한 결과이다. 거기에는 신여성, 구여성, 본처, 첩, 윤락 여성, 술집 여급, 백화점 여점원 등이 자리한다. 가정 내부에서 처첩 갈등이 상존하고 있다면, 가정 바깥에서는 근대적 문명과 자본의 세례를 욕망하는 여성들이 활보하는 형국인 것이다.

1930년대에 도시의 산책자(벤야민)의 감각으로 식민지 시대를 활보하고자 노력했던 이선희의 생애와 작품은 근대적 도시화와 육체의 상품화, 욕망의 자본화가 진행되던 근대 초기의 양상을 보여준다. 여성이 가정 내부에서 어떻게 소외되며, 가정을 탈출하고자 노력한 시도들이 어떻게 좌절되고, 다시 가정으로 돌아와 모성의 역할을 강요당하는 현실이

다른 어느 소설가의 소설보다 반복적이고 직접적으로 강조되는 것이다. 이선희가 그려낸 1930년대 도시에는 제국주의와 식민지의 담론이 괄호쳐진 채, 여성을 본처와 첩으로 양분하는 가부장제적 원리가 작동하고 있으며, 물적 토대가 미미한 신여성의 경제적 취약성이 가시적으로 형상화된다. 특히 버림받는 구시대적 여성들, 첩으로 전락하게 되는 신여성, 매춘부로 소외되는 거리의 여성들의 삶은 근대 초기에 식민지 여성이 이중 삼중의 억압과 착취 구조 속에 놓여 있었음을 보여준다.

이선희 소설과의 만남은 필자에게 '여성'과 '욕망'이라는 또 하나의 넘어야 할 연구 과제를 제공해준 셈이다. 이선희의 문학 세계를 안내해준 강진호 선생님, 자료 정리를 곁에서 도와준 차선일 선생, 장난꾸러기 천사 네 살배기 준영이, 만삭의 몸으로 생활 전반을 감당해준 집사람 등의 조력이 없었다면 이선희는 1930년대 등대섬의 고독에 '탕자'처럼 파묻혀 있었을지도 모르겠다. 원고가 나오기까지 신경을 써주신 모든 분들께 고마움을 전한다.

2009년 가을, 둘째를 만나기 직전 경희대학교 국제캠퍼스에서

오태호

* 일러두기

1. 이 작품집은 이선희의 소설에서 대표적인 작품 10편(장편 1편(발췌 수록), 중편 1편, 단편 8편)을 선별하였다.
2. 작품의 배열은 발표순을 원칙으로 삼았으며 출전은 작품의 말미에 밝혔고, 어려운 단어나 모호한 단어의 주석은 각주로 처리하였다.
3. 원문 표기는 현행 한글 맞춤법과 외래어 표기법에 의거했으나, 대화 부분이나 사투리를 구어적으로 표현한 경우 작가의 개성을 살려 가능한 한 그대로 두었다.
4. 오자, 탈자와 같은 명백한 오식은 바로 잡았으며, 정확하게 보이지 않는 단어나 구절은 □로 표시하였다.
5. 대화는 " "로, 독백과 강조는 ' '로, 단편소설은 「 」, 단행본은 『 』, 잡지와 신문은 모두 《 》로 표시하였다.

차례

가등街燈

편지 한 장이 테이블 위에 뱃속을 흩트리고 자빠져 있다. 벌써 오후 두 시가 넘은 뒷창에는 저녁 햇빛이 흘러들어 테이블 절반과 그 위에 놓인 편지를 말쑥하게 비추고 있다.

만일 그 편지를 누가 가만히 읽어본다면 그 가운데는 오늘 오후 네 시쯤 해서 P찻집에서 만나달라는 사나이의 간절한 뜻을 적은 문구도 찾을 것이다.

명희는 머리를 빗다 말고 또다시 책상 옆에 가서 우두커니 편지를 들여다보는지 무슨 생각을 하는지 그저 잠잠하다.

'어쩌나, 가서 만나보아야 하나.'

이렇게 어젯밤부터 생각해야 도무지 간다든지 안 간다든지 간에 딱 잘라, 결정할 수가 없어 이제는 혼자 골이 날 지경이다.

*

명희가 이 사나이를 안 지는 벌써 오래되었다. 한참 어릴 때는 세상에 이 사나이같이 훌륭한 이가 또 다시는 없을 것 같았다. 사상가요 예술가요 또 아주 멋쟁이라고 생각했다.

그러나 덮어놓고 따르고 좋아하던 그때는 그 사나이가 공부하러 이곳저곳으로 돌아다니는 사이에 지나가버렸다. 그리고 지금은 금의환향錦衣還鄕도 하지 못한 꺼먼 수염자국을 가진 무서운 사나이가 되어버린 그를 명희는 전날과 같이 따를 수는 없었다.

그러나 그뿐이랴. 사나이의 최후의 고백이 분화구처럼 터질 그날이 오늘 내일하고— 그러한 기미를 눈치 챈 명희는 여러 가지로 그를 따져보고 저울질해보는 것이다.

'나는 그를 사랑하지 않는다.'

명희는 드디어 이러한 결론을 얻은 것처럼 생각되기도 했다. 왜 그런고 하니 만일 그를 사랑한다면 이렇게 주제넘게 제 마음대로 그를 해석할 수가 있을까.

사랑이란 생계란을 마시듯 그냥 삼켜버리는 것은 될지언정 이렇게 건방진 총명이 먼저 앞서는 것은 아닐 게다. 내가 그를 사랑했다면 그가 내게 '青い島*' 이야기를 해주고 또 '家なき兒**' 를 사다주던 그때일는지 모른다.

어쨌든 명희는 오늘 그를 만나지 않기로 결심했다. 그러고 나니 공연히 마음이 뒤설레고 또 집에 눈이 멀겋게 앉어서 그 시간을 보내기는 너

* 青い島: 푸른 섬.
** 家なき兒: 집 없는 아이.
*** 차다녀서: 나다니다, 나돌아다니다의 뜻으로 추정됨.

무도 죄송스럽고 하니 어디든지 차다녀서*** 이 모든 것을 잊어버리기로 했다.

검고 긴 눈이 거울 속에 이글이글 빛난다. 핏빛같이 붉은 저고리— 그리고 그 옷고름이 검은 치마 위에 흐를 때 그는 또다시 옷 입던 손을 멈치고 우두커니 방 한가운데 서 있었다.

"아이 속상해."

조금만 답답한 일이 있으면 제일 많이 사용하는 말이 오늘은 연거푸 세네 마디가 튀어나왔다.

"어머니 저 어디 좀 갔다 와요."

안방 아랫목에 허리 앓는 고양이상을 하고 누웠던 어머니는 딸이 또 나간다는 말에 그만 울상이 되었다.

"어딜 또 가니. 하다못해 네 버선짝을 꼬매 신기로 날의 날마다 차다니기만 하면 어쩌니?"

"그럼 뭐 이 방구석에 들어앉아 있을라구 세상에 났수."

딸이 톡 쏘는 바람에 어머니의 잔소리는 쑥 들어갔다.

그러나 양 어깨가 무겁고 나간다고 수선을 피우나 갈 데도 생각나지 않는다. 오늘뿐만 아니라 명희는 날마다 어디든지 갔다 오려고 계획을 가진다. 하루라도 방 안에 들어앉아 있는 것은 도무지 견딜 수 없는 일로 아나 또 이 방 안보다 더 나은 갈 곳을 찾지 못하는 그는 이틀에 하루는 이 방 안에서 해를 보낸다.

어머니 말씀마따나 가길 어딜 간다고 이럴까 하고 한풀 더 꺾였다.

'흥 그럼 또 이 방 안에 우두커니 있으면 무얼 하노. 이 방 안만이 내가 사는 세상이라면 차라리 나무칼로 목이라도 따 죽는 게 낫지.'

이것은 그가 밖으로 나갈 때 언제든지 속으로 중얼거리는 말이다.

시계를 보니 점점 그 시간은 가까워 온다. 아니 단 오 분밖에 남지 않았다. 기다리는 그이— 무서운 죄나 짓는 사람처럼 명희의 가슴은 조용치를 못했다.

*

오늘도 종로엔 부연 햇빛이 흐르고 김이 빠진 소매상엔 값싼 솜실속 옷들이 너저분하게 걸려 있다.

명희는 지금 종로를 지난다. 어떤 때는 이 거리가 화려의 극치를 이루고 모든 환락의 본원지인 것처럼 과장되어 보일 때가 있다. 그러한 때 그 가운데로 '지리멩치마*'를 휘날리며 지나가는 계집아이는 몹시 유쾌했었다.

그러나 오늘은 사물 그대로 보이는 판이라 씁쓸하고 가난하고 보잘것없는 이 거리가 무슨 생물과 같이 측은하게 보였다.

격에 맞지도 않는 단 하나인 백화점 안엔 함부로 문화고급품을 늘어놓고 선량한 사람들의 눈동자를 유혹하는 그 속을 빤—히 들여다보나 아무런 흥미도 생기지 않는다.

'어딜 놀러가야 좋을까.'

그는 아직도 생각지 못했다. 그렇다고 언제까지 길로 돌아다닐 수도 없고…….

'옳지. 작은어머니한테 가? 그까짓 데 가서는 뭘 하노. 그렇게 심심한 데 돌아다니려면 수두룩하지 뭐.'

그는 그의 어머니나 다름없는 숙모가 그렇게 보고 싶다고 오라고 해

* 지리멩치마: 바탕이 오글쪼글한 비단.

도 결국은 이렇게 해서 가질 않는다.

명희는 종로 네거리에 섰다. 그리고 이러한 생각을 하는 것이다.

'신경의 가락가락이 끊어지도록 즐거운 일을 가지거나 그렇지 않으면 목숨으로야 바꿀 수 있는 값 있는 일을 하거나 어느 하나라도 내가 만족할 수 있는 일이 있었으면 좋겠다.'

*

가끔 백화점 순례에 충실한 명희는 발을 옮겨 본정을 돌아 어느 백화점 기—다란 층계를 밟는다. 그는 어쩐지 '엘리베이터'에 몸을 싣는 것은 거의 바보에 가까운 것이라 하여 언제든지 이것을 피한다.

마침 일요일 오후라 사람의 덩어리가 이곳저곳에 밀린다.

사람이 유난히 많이 모여 떠들썩하는 곳에 가면 또 유난히 고독을 느끼는 명희는 오늘은 거의 견딜 수 없으리만치 외롭다.

두리번두리번 살핀다. 미끈하고 훌륭한 남자의 모양이 자기 시야에 들어올 때마다 명희는 그가 아닌가 하고 힐끗 쳐다보았다.

"그리로 가볼까."

그러나 벌써 여섯 시나 되었으니 너무 늦었다. 행여나 이 안에 들어왔다가 나를 불러주었으면 나는 완전히 즐거울 것이다.

몹시 야릇한 심사를 안고 사층 화장실에 들어가니 젊은 사람 서넛이 화장을 고치느라고 자못 망아 상태다.

가늘고 긴 눈썹이 없어지고 약간 검고 굵은 눈썹이 지금의 유행이라는 것을 그는 보았다. 실로 그 관찰 시간은 단 삼십 초!

*

"어디로 가십니까?"

깜짝 놀랄 그 목소리였다. 명희는 멈칫하고 쳐다보더니 무안한 웃음을 띠며 인사를 한다. 원수는 외나무다리에서 만난다고 기껏 피해 다니노란 것이 이렇게 딱 만났으니 무어라고 대답을 해야 좋아 하고 걱정이 안 될 수 없다.

"대관절 어디 갔다 오시나요."

가슴에 콕콕 백이는 소리가 또 한 번 들린다.

"저— 본정에 좀 갔다 오는 길이에요."

"본정에요? 흥 우리 같은 위인이나 가끔 걸어다니는 곳인 줄 알았더니 어느새 명희 씨도 그런 재주를 배웠군요. 하긴 언제나 그 골목에 들어서기만 하면 여러 분의 영양을 만나뵙는데 그분들이 다 물건 사러나 꼭 볼일이 있어서 오는 것은 아니겠지요."

명희는 자기를 비웃는 듯한 이 말이 귀에 거슬리나 무어라고 대꾸하다가 오늘 자기가 그에게 한 짓이 더 탄로날까 무서워 잠자코 있었다.

두 사람은 나란히 서서 왼편으로 난 큰길로 들어섰다. 둘이 다 말은 없으나 제각기 같은 생각에 얽히어 땅만 내려다보며 걷는다.

명희는 벌써부터 이 사나이의 재능과 우수한 품성을 안다. 그는 남보다 더 많은 재능과 더 많은 야심을 가졌기 때문에 오히려 그의 처세상 불리한 경우가 많은 것같이 보이는 때도 있다. 그러나 누가 그에게 십오원짜리 급사 일자리라도 소개해주면 또 넉넉히 그 일을 착실히 해갈 수 있는 침착성을 가졌다. 그는 결코 허랑허랑한 사람이 아니다.

두어 걸음 앞선 사나이— 그는 젊은 여자의 눈을 끌고야 말 축복받은 육체를 소유하지 않았는가.

그러한 사나이 앞에 명희는 언제나 그의 뜻을 모르는 체하고 시치미를 떼고 왔던 것이다.

그때 바로 그 앞을 지난다. 그 편지 속에 있던 찻집 앞을—. 사나이는 걸음을 멈추고 명희를 바라보며 빙긋이 웃는다.

"잠깐 쉬어 가시지요."

명희는 아무 말도 못하고 따라 들어갔다. 찻집 문이 안으로 밀리고 안에 앉은 사람들은 일제히 이 두 사람을 바라본다.

두 사람은 구석진 곳에 자리를 정하고 앉았다. '스파니쉬 쎄레나데'가 전기축음기의 굵은 음향을 타고 흐른다.

얼마 후에 두 잔의 커피가 옮겨왔다. 명희는 차를 저으며 연해 사방을 둘러본다.

"뭘 그렇게 열심히 보십니까."

사나이는 어이없는 듯이 이렇게 물었다.

"그렇게 좋으세요. 무에 그리 좋습니까. 정 그러시다면 제가 매일 모셔다 드리지요."

하고 웃는다.

"선생님은 좋아하지 않으세요. 저는 이렇게 방 안에 모래를 깔아놓은 것만 보아도 무슨 사막에나 온 것 같고 저 벽에 붙인 해골이나 뱀이 퍽 기괴한 호기심을 끌어내는데요. 그리고 이 컴컴한 방 안에 들어오면 말할 수 없이 무슨 이상한 곳에나 온 것 같애요."

"네 이 안도 좋기는 합니다마는 명희 씨의 머릿속이 전부가 시요 꿈인 까닭도 있겠지요. 명희 씨는 너무 로맨틱하시면서 또 너무 영리하신 데가 있어 큰일이십니다."

"아이 선생님두 자꾸 그런 말씀만 하시면 갈 테예요. 가만 계세요. 저걸 들어보세요."

명희는 가만히 새로 흘러오는 레코—드에 귀를 기울인다.

"명희 씨— 저는 지금 술을 조금 마셨습니다. 욕하지 마십시오. 그러나 결코 취할 염려는 없습니다. 명희 씨만 용서하신다면 퍽 기분이 좋을 정도에 불과합니다."

이렇게 말하는 사나이의 눈은 깊숙하게 빛났다. 그리고 약간 거무스레한 얼굴은 아닌 게 아니라 좀 붉어진 듯했다.

명희는 아무 말도 아니하고 가만히 웃으며 그를 바라보았다. 한 자 사이를 두고 가까히 마주 앉은 이 사나이의 싱싱한 육체가 내뿜는 호흡이 계집아이 하나쯤은 왼통 녹여버릴 것 같았다.

"명희 씨 당신은 너무 아름답습니다. 나는 명희 씨를 볼 때마다 '모나리자'를 보는 듯한 생각이 나요."

이렇게 말하면서 명희의 얼굴을 다시 한 번 골고루 살펴본다.

그다지도 말을 삼가는 그가 오늘밤엔 '알콜'의 힘을 빌려 함부로 떠드는 것을 볼 때 명희는 저윽이 불안을 느끼지 않을 수 없었다.

*

"선생님 시골 댁엔 안 가십니까?"

명희가 불쑥 이렇게 물었다.

"네? 시골집에요? 가봐야지요."

"언제 가시나요?"

"글쎄 그리 급히 가야 별로 할 일도 없고 하니 얼마 동안 서울에 좀 더 있어볼까 하는데요."

"댁에 가서 하실 일이 없으시다구요? 그럼 서울에 그냥 계시지요."

"서울에 있어선 또 할 일이 있나요."

"그럼 아무것도 하실 일이 없습니까?"

"그야 밥벌이하는 게 첫째 일이겠지요. 허…… 그나저나 이런 이야기에 언급하면 좀 곤란한데요. 단 한 달에 이십 원 밥벌이하기 위해서 내 자존심과 정력을 팔아버린대도 누가 눈 하나 깜짝 하지 않는 줄은 나보다도 명희 씨가 더 잘 아실걸요."

"어쨌든 이 차나 어서 드십시오. 생사람을 호두땀을 내지 마시구요."

"아니 글쎄 누가 어쩝니까. 그렇게도 하실 일이 없으시다니 말씀이에요. 어디 꼭 밥벌이만 일인가요."

"그렇지요. 밥벌이 이외에 좀 더 큰일이 있겠지요. 그러나 그 큰일이란 어떤 것인지 바로 인식하기가 어렵습니다. '何をなすべきか*' 이것은 어떠한 시대를 물론하고 찾기가 힘든 것인 모양입니다. 또 여기에 해답을 얻는 데야 거기에는 또한 의지가 필요한 것입니다.

그러나 지금 내게는 아무것도 없습니다. 사실 말씀이지 나는 살지도 못하고 죽지도 못하고 엉거주춤하는 괴로운 존재입니다.

그런데 명희 씨 당신은 왜 이런 신산스런 이야기를 끄집어내시나요. 누가 이런 엉뚱한 문제를 가르쳐드렸을까요. 이거 보세요. 명희 씨는 흰 새와 같이 아름답고 종다리와 같이 노래 불러주십시오. 곱고 연한 머릿속에 이렇게 굳고 딱딱한 이야기는 해롭습니다.

당신은 다만 즐겁고 유쾌히 살아주십시오. 그리고 모든 문제는 남자인 우리에게 미뤄 놓으십시오."

그는 벽에다 머리를 기대고 명희를 타는 듯한 눈으로 바라보고 있다. 차는 싸늘하게 식어있고 레코—드는 여전히 돌아간다.

"선생님 어서 댁으로 내려가세요. 여기서 자꾸 '카페'에나 가시려고

* 何をなすべきか: 무엇을 해야만 하나.

그러시지 뭡니까."

명희는 생글생글 웃으면서 몹시 괴로워하는 그에게 또 이런 말을 했다.

"허…… 용서하십시오. 잠시의 향락이지요. 사형수도 죽기 전까지 밥은 먹으니까요. 그만한 것도 없으면 내가 살았다는 증거가 어디에 있습니까. 이러한 향락이 내게 용서할 수 없는 일이라면 명희 씨 자신도 이러한 심판을 받으셔야 할 것입니다.

명희 씨는 대단히 사치한 것과 모던을 좋아하시지요. 그것이 명희 씨에게 넘치는 그러한 오류를 범하는 줄 아시면서 그냥 근대가近代街를 방황하고 계시지요. 첫대 명희 씨가 그다지도 찬미하는 이 찻집이 무엡니까. 무에 그다지 좋으십니까. 이 안에 취미가 명희 씨에게 절대의 흥미를 들린다면 좀 생각할 일이 아닐까요. 그러하면 저를 나무라실 자격이 어디 있습니까. 결국 명희 씨나 저는 모두 다 같은 범주 안에 드는 인간들인 겝니다."

명희는 얼굴이 새빨개서 금시에 터질 것 같은 상을 하고 앉았다가,

"네 알아요. 누가 그런 줄 모르나요. 그러나 저는 여자니깐 괜찮아요. 선생님 같으신 이가 그렇게 무능력하고 아무런 야심도 없는 것이 걱정이지요. 왜 하실 일이 없으세요. 언제까지 그렇게 우물쭈물 하시나요."

하고 대든다.

"하……명희 씨 이건 너무 심하십니다. 저를 더 괴롭게 마십시오. 자— 우리 또 차나 마시십시다. 나는 이 밤을 명희 씨의 날카로운 질책 아래 보내고 싶습니다.

명희 씨 무한히 아름다운 저녁입니다. 영원히 이 밤에 취해버리고 싶구먼요. 이것은 죄가 되지 않지요. 또 욕일랑은 마십시오."

"선생님 저는 인제 갔으면 좋겠습니다. 찻집에 와서 너무 오래 앉았

으면 사람들이 벽화壁畵라고 흉을 본다나요."

둘이는 큰길로 나왔다. 저쪽에서 바람이 쏴— 하고 휩쓸려온다. 어쩐지 몹시 거치러운 밤이다.

"그럼 안녕히 가세요."

명희는 인사를 하고 저쪽으로 돌아서려 한다.

"제가 댁에까지 모셔다 드리죠. 이렇게 바람 부는 밤에 명희 씨가 또 날아가시면 어떡하게요."

"아니에요, 괜찮아요. 어디 가다가 들릴 데도 있고 하니……."

이렇게 꾸며대면서 굳이 바래다준다는 것을 거절하고 혼자 돌아섰다.

한참 걷다가 돌아다보니 희미한 가등街燈에 비치어 어둠속에 그의 모양이 우두커니 서 있다.

명희는 생각했다.

'나는 그를 떠나리라'고.

그냥 집으로 돌아갈 생각은 없었다. 명희는 사람도 없는 거리를 방향도 없이 자꾸 걸었다.

《중앙》, 1934년 12월

오후 11시

매캐한 여름 밤이다.

*

수은이는 손때가 조르르 흐르는 왕복차표를 출구에 불쑥 내밀고 저쪽서 받기가 무섭게 부리나케 발을 움직였다.

정거장에서 집까지 그리 멀지는 않지만 숫제 가슴 조이는 품이 이만저만이 아니어서 어두운 골목쟁이를 접어들 때마다 사뭇 달리다시피 하곤 했다.

이리해서 큰길을 지나 동네 안에 들어섰을 때는 짧은 여름 밤이라 사방이 괴괴해서 벌써들 자는 모양이다.

"어찌나 벌써들 자네."

얼마 멀지 않게 판장*에 불빛이 환히 비치는 자기 집을 바라보면서

* 판장: 널판장, 널빤지, 널빤지로 친 울타리.

수은이는 더 걷지 못하고 서 있었다.

"뭣하러 벌써들 자? 벌써 그렇게 늦었을라고, 아직 초저녁인데 오늘 밤 따라 이 모양일까?"

이렇게 짜증을 내다시피 하여 사방을 둘러보니 거기엔 아무리 해도 벌써 초저녁에 그 어리고 부드러운 맛이란 사라지고 어지간히 무겁고 늙어 보이는 밤빛이 덮여 있지 않은가.

"아이 어떡하나. 아버지 계실까. 전처럼 들어오시면야 아직도 멀었을 텐데."

수은이는 두 손끝을 마주 비비며 미간을 찌푸렸다. 그가 지금 이처럼 근심하고 서 있는 것은 그 아버지가 집에 계신지 혹 밖에 나가 아직 들어오시지 않았는지 그것을 모르는 까닭이었다.

마을 가운데로 부연하게 터진 길 위에 뾰족하게 서 있는 수은이의 모양을 그 앞에 가리운 어둠을 짜개고 들여다본다면 실로 초라하기 짝이 없는 것이다.

목은 더 상큼해지고 입술은 하얗게 말랐다. 게다가 낮에 그 무서운 불볕에 얼굴이 꺼멓게 타서 비즌 듯한 콧날이 더 오똑해 보이고 두 뺨은 유난히 둥글어 보였다.

그나 그뿐인가. 후줄그레한 여름치마 아랫도리는 흙물 풀물이 함부로 들어 있고 새로 분칠한 흰 운동화는 백주에 흙 위가 되었다.

*

이야기를 하자면 실로 지금으로부터 열세 시간이나 열네 시간 전 이른 아침 수은이가 지금 저 불빛이 비치는 자기 집을 가만히 빠져나온 데서부터 시작된 것이다.

첫새벽에 자기 집을 가만히 나와서 간 데가 어디냐 하면 한 사십 분 동안 기차를 타고 또 시오리 길이나 걸어서 간다는 어떤 촌이었다. 그 촌으로 가는 뜻이란 어떤 사람 하나를 만나기 위함이라 한다.

그 어떤 사람이란 수은이의 생각을 빈다면 사랑하는 사람이라거나 더구나 연애하는 사람이라거나 이런 구중중하고 끈적끈적한 말을 써서는 결코 안 된다는 것이다.

그러나 이 열일곱 살 먹은 엉뚱한 소녀의 성미를 잠깐 누르고 여기엔 그냥 사랑하는 사람이라 부르기로 하자.

이 사랑하는 사람이 건강을 잃어서 좋은 공기를 마시러 어느 산 밑 숯 굽는 숯쟁이집에 가서 머물러 있는 것이다. 수은이는 그리로 찾아갔던 것이다.

연 나흘 동안 생각하고 또 그 생각을 무너트리고 이리하다가 드디어 떠나기로 딱 결심한 어제 저녁은 흥분한 나머지 밥까지 굶고 그리고 그동안 새 치마 손수건 양말 운동화 왕복 차비 오십오 전 이렇게 만반 준비를 해놓고도 밤에 자리에 드러누웠을 때는 아무래도 살아 생시엔 그리로 가낼 것 같지 않았다.

그러하나 수은이는 벌써 무서운 요술에 걸렸다. 귀신이 씌어서 앞뒤를 잊어버리고 가슴엔 오직 죽음 같은 담력만 차 있었다. 이 절대의 힘으로 그는 오늘 아침 호랑이 같은 아버지의 눈을 피해서 달아났던 것이다.

자나깨나의 소원대로 차를 타고 그 촌 정거장에서 내려서 묻고 또 물었으나 방향도 없이 떠난 길을 기어이 잘못 들었던 것이다.

잘못 든 길을 허둥지둥 가노라니 와시시 떨어지는 이슬을 치마에 받으며 조밭 수수밭 피밭도 지났고 소똥이 구불구불 떨어져 있고 수레바퀴 자죽이 움푹 패인 고개도 넘었고 키를 넘는 새풀이 앞이 보이지 않게 들어선 산길로도 들었다.

그러나 길은 찾을 수 없고 더욱이 나무꾼 하나 만날 수 없으니 어데 물을 곳조차 없다. 게다가 벌써 다리는 후들후들 떨리기 시작한다.

수은이는 샘물이나 웅당*진 곳에 갭힌** 물을 만날 때마다 물 위에 덮인 풀잎을 밀어놓으며 두세 모금 움켜서 시원히 마시었다. 그리고 수건을 적시어 머리에 올려놓고 그 곁에서 잠깐 쉬었다.

또다시 가다가 보니 깊숙한 골이 나지고 거기엔 다래 덩굴이 줄줄이 얽히어 그 속을 들여다볼 수도 있으며 무성한 동배나무엔 동배가 잦아지게 열렸다.

가끔 산새가 뫼뿌리에 울어 그 우후욱 우후욱 하는 소리가 산간의 적막을 흔들어놓는다.

수은이는 할일없이 집채 같은 바위 옆에 두 다리를 퍼더버리고 앉아 쉬노라니 땅에서 더운 기운이 콱콱 올라와 숨이 막힌다.

이 일을 어쩌면 좋단 말인가. 가도 오도 못하고 허리가 끊어지듯 배는 고파서 식은땀만 흘리고 있다.

그가 있는 집— 그 숯쟁이 숯 굽는 사람의 집은 여기서 동남쪽 멀리 멀리 있고 수은이는 지금 바로 서쪽 산중에서 헤매니 그를 만날 길이 이다지도 아득하다.

그는 손가락으로 땅 위에 그의 이름을 썼다. 그리고 몇 번이고 그의 이름을 불렀다. 이것은 오늘 이처럼 어려운 일을 당했을 때 오직 한 가지 힘이 되고 약이 되는 것이다. 만일 수은이 앞에 언제나 그 사나이의 웃는 모양이 나타나지 않는다면 어찌 이 산수의 □□ 힘들을 모조리 밟아 헤매였으랴.

갑자기 무서운 생각이 획 지나가며 공연히 사방이 살펴진다. 저도 모

* 웅당: 웅당이, 빗물 등이 고여 만들어진 작은 물웅덩이.
** 갭힌: '고인'의 뜻으로 추정됨.

르게 아래로 내리달렸다. 얼마쯤 내려오다 □□□□□□ 무슨 소리를 들었다.

돌연— 툭툭 분명히 도끼로 나무 찍는 소리다. 인제 살았구나 하고 그리로 자꾸 갔다.

과연 홍두깨만 한 상투를 짠 사나이가 나무를 찍고 있는 것을 찾아냈다. 그 곁에는 베개통 같은 젖을 드러내고 눈만 반짝거리는 어린애에게 젖을 먹이는 여편네가 있다. 아마 그 곁에 놓인 때묻은 보자기에 싼 그릇은 점심밥이었나 보다.

산 속에 사나이와 계집은 말을 못 배운 것 같다. 수은이가 그렇게 길을 묻건만 무슨 여우한테 홀린 줄이나 아는지 눈만 두리번거린다.

겨우 여편네가 입을 열었다.

"여기는 집이 없고 이 아래로 자꾸 내려가보오."

그리하야 불볕에 익고 땀에 젖어서 그 마을을 찾고 또 그 사람을 만났을 때는 아침도 지나고 점심때도 지나 벌써 해는 기울기를 시작했다. 마당 귀퉁이에 널어 말리던 호박시래기 위엔 반 남아 볕이 나가고 우거진 느티나무 가지는 땅 위에 짙은 그늘을 얼룩지을 때다.

하도 엄청나게 만난 그 사나이는 정신 빠진 사람처럼 두 눈이 멀뚱멀뚱해서 보기만 한다.

오래간만에 만나는 그의 모양도 여간 변한 것이 아니었다. 머리는 빡빡 깎고 얼굴은 못 알아보리만치 꺼멓게 타고 광대뼈가 두드러졌다. 아까 만났던 그 산의 사나이와 별반 틀림이 없어 보였다.

"어떻게 왔소."

그의 넓적한 이마엔 □□□□는 즐거움이 빛났다. 이로 □□□ 그리도 침착하던 그의 말소리는 떨리고 입가엔 경련을 일으키는 듯 싶었다.

"시장하시지요."

"양말을 벗으시오. 빨아드릴게."

"이 약을 자시오. □□□ 가시고 병이 날 것 같소."

그는 일변 주인노파에게 점심을 시키며 자기는 장작을 패서 부엌으로 안아들었다. 그리고 밥을 얼른 지으라고 노파가 까는 강낭콩을 그 기다란 허리를 꾸부리고 앉아 같이 까니까 노파가 그만두라고 야단이다.

그동안 수은이는 느티나무 밑 멍석자리 위에 앉아 옥수수를 먹었다. 아까 주인노파가 새까만 놋대접에 수부룩하게 담아 내온 것이다.

배가 몹시 고프던 김이라 오물오물 먹고 앉았는데 마침 그가 나왔다. 수은이는 무안스레 웃으면서 입속의 것을 채 씹지도 못하고 얼른 삼켜버렸다.

사랑하는 사람 앞에서 무엇을 먹는다는 것은 세상에 제일 부끄러운 일인 까닭이다.

"아버지 안녕하세요."

"아침에 떠났어요."

"학질을 두 번이나 앓았어요."

이러한 대화가 두 사람 사이에 오고 갔을 뿐으로 별말이 있을 성 싶으나 말은 끊어지고 말았다.

이리하야 뒷산에 굴뚝새 울고 마을에서 저녁 설거지가 끝났을 때 수은이는 다시 시오리 길을 걸어 차를 타고 집으로 왔던 것이다.

아까 정거장에서 오던 것이 바로 거기에서 돌아오는 길이다.

*

이야기는 여기서 끝났으면 좋으련만 처음에 쓴 것과 같이 수은이에게는 태산 같은 근심이 있는 것이다.

"아버—지."

아버지만 아니면 집에 들어가 꿀같이 단잠이 들 것이다. 그까짓 어머니쯤은 아무것도 아니다.

"미친 계집애처럼 어디 가 종일 돌아다녔니."

"뭘 동무들하고 놀러갔댔지."

"듣기 싫다. 아무렴 계집애년이 이때까지 돌아다녀. 배고픈 줄도 모르고. 저기 수제비 해놓은 게 있다. 어서 먹고 자거라."

이렇게쯤 되면 어수룩하게 받아주는 어머니를 슬슬 일러 바치면서 낮의 그 아슬아슬한 즐거운 생각을 품고 어머니가 펴놓은 자리 속에 들 것이다.

그러나 수은이는 무저리처럼 피곤한 몸을 가누워가지고 그냥 서 있는 것이다.

"아직 열 시밖에 더 됐을라구."

아직 열 시라면 그리 늦은 시간은 아닌 까닭이다. 어 그때도 이모님 댁에 갔다 열 시가 거진 되어 오고, 언젠가 한번 학교 선생님 댁에 갔다가도 그렇게 온 일을 기억한다.

그 셈만 친다면 오늘밤도 그리 늦은 것은 아니다. 그러나 이모님 댁에나 선생님 댁에 갔던 때와 같이 호기스럽게 문 안에 들어설 수는 없었다.

"아버지."

수은이는 이다지도 어려워하는 아버지의 존재를 생각해보았다. 내가 있는 것처럼 아버지가 있다는 것을 한 번도 의심해본 적은 없으나 새삼스럽게 아버지와 나와의 인연이란 그리 큰 것이 아니란 것을 깨닫는 듯 싶었다.

"그까짓 아버지 십 년 백 년 못 본대도 아무렇지도 않을 것 같다."

수은이는 발자위 소리를 죽여가지고 집 앞으로 가까이 갔다. 대문은 안으로 걸렸는지 꼭 닫혀 있고 안은 쥐 죽은 듯이 고요하다.

그는 바늘같이 된 신경을 가지고 판장 틈을 엿보았다. 전등은 마루에 걸렸으나 아무도 있는 것 같지는 않다.

"아무도 없구나."

이것은 참으로 수은이가 바라는 요행이었다. 그러나 대문을 손으로 밀어보도록 가까이 갈 수는 없었다. 아버지의 두 눈이 쏘고 있는 것만 같애서.

이리 생각 저리 생각해도 들어갈 방도는 없었다. 그 육중한 대문은 밀기만 하면 삐걱 우지직 소리를 낼 테니 수은이는 가볍게 한숨을 쉬고 눈에는 눈물이 핑그르르 돌았다.

아직 그리 늦지도 않았는데 모두 깊은 밤중이나 되는 것처럼 잠만 자는 사람들이 미웠다. 그중에도 어머니마저 자는 것이 더 미웠다.

사실 아무리 수은이가 초저녁을 고집한대도 부유스름한 하늘에 더 푸르게 발발 떠는 그 별빛이며 검은 담요와 같이 두터워진 그 밤의 두께가 벌써 열은 밤은 지났다는 것을 알린다.

마을에 도둑고양이가 한창 때를 만나 이 집 담장에서 저 집 부엌으로 먹을 것을 엿보며 다니고 사람들은 빈대와 모기 문 데를 손으로 빽빽 긁기는 하면서도 잠은 그대로 들어 있으며 아이들은 홑이불을 차 내던지며 돌아누워도 낮에 장난하던 꿈을 깰 줄 모르는 꽤 깊은 밤임이 틀림없었다.

"아버지만 안 계시면 얼른 들어가 자는 체하고 있으면 초저녁에 왔는지 지금 왔는지 아실 턱이 없지."

수은이는 또 한 번 요행을 바라면서 가만가만 사랑마루가 보임직한 데 가서 판장 구녕을 들여다보았다.

"에그머니."

깜짝 놀라 뒤로 물러섰다. 저도 모르게 몇 발짝 오던 길로 되돌아서 갔다.

*

정말 아버지가 마루 위에 정좌를 하고 있는 것이다. 검은 그림자를 등에 지고 담배만 피우고 있는 그는 호기스런 이마와 콧날이 불빛에 번쩍번쩍한다. 몹시 독이 오른 것처럼 보인다.

갑자기 큰 기침을 한마디 하더니 다시 숨소리도 없이 고요하다.

딸은 벌써 잊어버린 지 오랜 아버지였건만 그의 상심이란 여간 아니다.

"이년이 첫새벽같이 어디로 갔어."

조반 전에만 두세 번 그 마누라에게 물었으나 알 길이 없었다. 보통 때는 아침에 출입하면 저녁때야 들어오고 또 저녁 후에는 으레 나갔다가 자정이나 돼야 들어오곤 했다. 그러던 이가 오늘은 낮에만 세 번이나 들어와서 수은이가 왔느냐고 물었다. 저녁 후에는 당초에 나갈 생각도 않고 마루에 앉아 담배만 두세 개 연거푸 피웠다.

어머니는 무슨 큰일이 저질러질 것 같아서 아이와 다른 식구들에게 쉬—쉬— 해서 할 수 있는 대로 남편의 성미를 건드릴까 겁내었다.

"배라먹을 년 어디 가서 아직두 안 온담. 저 아버지 성정을 뻔히 알면서."

밤에 대관절 뭘 하려고 빨래를 태산같이 손질해놓고도 아무 □□이 없어 걷어치웠다.

"아 그래 그 애가 어디 동무한테 간다고 합디까?"

말은 아니하나 딸을 그렇게 내어놓았다고 자기까지 책망하는 듯한 눈치에 그만 마음이 짜릿했다. 이때 젖먹이가 울기 때문에 그 핑계를 대고 안방으로 들어갔다.

그렁저렁 집안 식구가 모두 잠든 다음 그는 뒤란에 다녀와 마당을 거닐었다. 도무지 천사만리가 그의 머릿속에서 맴을 돌고 있다.

"이년이 애비가 두려운 줄도 모르고."

가만히 생각하니 □□□ 기막혔다. 어느새 자기가 자기 자식에게 베풀던 □□□ □□□ 깨어지고 감히 첫새벽에 나가 밤중까지 집에 들지 않는다?

그는 여러 가지로 딸이 갔음직한 데를 생각해보았다. 암만해도 마음이 놓이지 않는다.

그는 벌써부터 사내 녀석들이 수은이를 찾아다니는 것을 잘 안다. 무슨 회에 나오시오. 무슨 강좌가 있소. 이런 핑계로 하루에도 두세 놈씩 왔다 가는 것이 띄었고 그뿐인가 가끔 양봉투에 오는 편지를 보면 여러 가지 구실로 딸과 만날 기회를 만드는 것을 잘 안다.

그러한 여러 가지가 오늘 밤 불안을 빚어낸 것은 두말할 것도 없다. 그러나 혹시 그 가운데 쓸 만한 놈이나 있지 않을까 하고 그는 여러 놈의 인상을 추려보기도 했다.

"고—약한 놈들 같으니."

그는 벌떡 일어나 광 옆에 닭장 문이 열린 것을 닫아주고 그 앞에 걸린 거적때기들을 주워 올려놓고 다시 마루 앞으로 왔다.

언젠가 병아리를 깠는데 이것들이 차차 커서 솜털을 벗고 날개가 커지더니만 암탉이 암만 불러도 뿔뿔이 달아나는 것을 보고 이 아버지는 이렇게 말한 일이 있다.

"허— 짐승이구 사람이구 자식이란 품안에 있을 때지, 키워 놓으면 저 모양이구먼."

그러나 이 밤에 자기가 그런 경우를 당한다고는 조금도 생각지 않았다. 그는 불안과 분노로 인해 마음을 진정치 못했다.

건넛집 담벽에 붙어 서 있던 수은이는 오도 가도 못하고 그 자리에 쪼그리고 앉았다.

그 개중에도 그 불안한 가운데도 눈앞으로 쉬지 않고 지나가는 것은 낮에 그를 만나던 즐거움이다. 그의 얼굴이 어둠속에 빛처럼 나타날 때마다 수은이는 아랫입술을 깨물었다. 가슴에 무엇이 가득 차 있는 듯싶다.

"아직 그리 늦지 않았을 텐데."

또 한 번 이렇게 고집해봤다. 그러나 딸과 반대로 그 아버지의 때를 맞추는 방법은 결코 그렇게 관대하지 않았다.

물론 오늘에 한해서 말이다. 전에야 열두 시가 다 돼도 초저녁같이 생각하고 새로 마을에 나가기가 일쑤였다.

그러한데 오늘은 일곱 시를 여덟 시로 회계하고 아홉 시를 열 시로 셈하더니 정작 열 시부터는 자정이 넘었다고 수없이 뇌었다.

"원 이런 별일이 있나. 계집애년이 첫새벽에 나가서 자정이 넘어도 안 들어오다니."

사실 커다란 계집애가 첫새벽에 나가서 밤중까지 오지 않는다면 그것만으로도 죽을죄가 넉넉한 것이다.

그런데 어찌된 까닭으로 수은이는 아홉 시 십 분, 이십 분하고 분으로 따지고 매달리는데 이 이버지는 엄청나게 뛰어넘어 열 시도 못 되어서부터 자정 타령을 하는지!

아버지는 인색한 고리대금업자처럼 진실로 인색한 빚쟁이처럼 딸의 시간을 늦춰서 계산한다.

바로 이때다. 곁집 보통학교 급사네 □□□ 땡땡 치기를 시작한다. 네 개의 귀는 반짝했다.

"하나 둘 셋 다섯 일곱 열."

담장 밖에 수은이는 열 이상 더 들으려고 하지 않았다. 그런데 담장 안에 아버지는

"하나 둘 셋 다섯 일곱 열 열하나."

그리고도 또 하나 있는가 해서 귀를 쭈뼛하고 기다렸으나 시계는 열하나에서 그치고 열둘을 치지 않는다.

"그놈의 시계가 미쳤어. 벌써 열한 시가 됐을까. 기껏해야 열 시가 좀 넘었을걸."

"그 집 시계가 바로 못 가는군. 인젠 자정은 넘었을 텐데 열한 시만 됐을 리가 있나."

똑같은 밤 열한 시를 사이에 놓고 이렇게 아버지와 딸의 생각은 제각기였다.

그러나 십 년 동안 근속한 그 보통학교 급사네 정직한 시계는 꼭 열한 시에서 또 이 밤을 끌고 가려고 초침이 규칙 있게 돌고 있다.

《신가정》, 1936년 6월

도장圖章

터놓구 말이지 저 집 맏동서는 이름이 좋아서 맏동서지 실상인 즉 개밥에 도토리 굴듯 이 구석 저 구석으로 굴러다니는 판 박은 소박데기다.

변덕이 왜죽 끓듯 하고 준치 가시같이 깔끄러운 작은동서 집에 얹혀서 부엌데기 천덕꾸러기로 동자질, 마전질, 왼갖 궂은일은 모조리 치르는 신세가 그리 좋을 리도 없을 터인데 무슨 까닭인지 저 집 맏동서는 노방 얼굴이 활짝 피고 입술에는 웃음이 처덕처덕 묻어 있지 않은가.

그야 입은 삐뚤어져도 말은 바로 하랬다고 저 집 맏동서의 생김생김이 활짝 피지 않아 세상 없으면 오죽한가. 그저 두말할 것 없이 두들겨 잡은 메주덩이랄밖에.

광고판 같은 얼굴판이 붉기는 왜 그리 붉으며 사철 두 입귀가 침에 허옇게 붙어 있으니 그 주먹 같은 들창코하고 어느 모로 보든지 볼품은 없이 생겨먹었다.

허나 일색소박은 있어도 박색소박은 없다고 나잇살이나 지긋한 홀아비나 어쨌든 계집 궁한 사내한테라두 시집을 갔을 말이면 자식새끼들하고 구수하게 잘 살 것을 워낙 짝이 찌브는* 남정네를 만나서 말도 많고 탓도 많고 한평생 고생살이가 치마끈에 매달리는 꼴이 하도 딱하다.

*

"왔소. 왔소. 글쎄 왔구려."

"아규, 오긴 누가 왔소?"

"아, 글쎄, 저 집 맏동서 사내가 왔구려."

"아이, 웬일이람. 큰여편네한테 발을 끊은 지가 벌써 칠 년인가 팔 년인가 됐다죠. 어쨌든 그 집 영태가 나서 석 달 만에 집을 나가버렸는데 지금 그 애가 일곱 살 아니우? 글쎄. 그 사람도 모질어요. 바로 요 아래 나무장께에서 첩석건** 잦아지게 살면서 어쩌면 여기는 한 번도 발질을 안 하는구려. 그런데 어떻게 돼서 왔을까. 잠시 다니러 왔누 아주 살러 왔누. 원, 궁금해 죽겠네."

"인제는 아마 돌봐주려나 보지. 아무리 못났어도 큰여편네가 큰여편네거든. 조강지처를 어찌 한담."

"그렇기만 하면야 작히나 좋겠소. 맘씨가 하 그리 착하니 후덕도 보련만서두……."

동네 여편네들이 수군덕거리고 수다를 피우는 품이 이만저만이 아니다.

* 찌브는: '기울다'의 뜻으로 추정됨. '한쪽으로 기울어지는'의 의미임.
** 첩석건: '첩네 에서는'의 뜻으로 추정됨.

*

저 집 맏동서의 남정네가 온 지도 오늘이 벌써 사흘째다.

맏동서는 처음에 남편네를 대했을 때 반가움은 둘째 치고 겁부터 먼저 집어먹었다. 남편네가 대문 안으로 들어서는 것을 보고 부엌으로 뛰어들어가 후들후들 떨고 있는 것만 보아도 알 것이다.

그랬는데 한 이틀 동안 두고 눈치를 살펴보니까 전보다 한풀 꺾인 듯싶다. 재작년에 와서 '도장' 을 내어놓으라고 몸부림, 칼부림을 해서 맏동서가 한바탕 죽었다 살아났지만 이번에는 암만 보아도 또 '도장' 때문에 온 눈치는 아니다.

맏동서는 뱃속이 흐뭇했다. 인제는 아마 마음을 잡고 자기를 건어주려나 보다고 생각한 까닭이다.

그럼 그렇지 않고, 인제 제게도 나이 서른다섯이나 되고 나도 서른셋이나 됐으니 철두 날대로 났고 또 하나밖에 없는 아들을 생각해서라도 모른다고는 못하겠지.

맏동서는 속으로 여러 가지 궁리를 했다. 남편에게 해야 할 이야기, 의논할 일이 여간 많은 게 아닌데 어느 것부터 먼저 꺼내야 할지 허두를 잡지 못했다.

맏동서는 이런 이야기부터 먼저 하리라 마음먹고 혼자 벌죽하게 웃었다.

첫째, 이 집에 너무 오래 얹혀 있어서 아무리 동기간일지라도 시동생이 가엾고 불쌍하니 딴살림을 나자고 해야 할 것이고 그리고 딴살림을 나면 나도 남과 같이 바깥 출입이 잦을 텐데 나들이옷으로 교직* 숙고사**

* 교직: 두 가지 이상의 실을 섞어서 짜는 일. 또는 그런 직물.
** 숙고사: 삶아 익힌 명주실로 짠 고사. 봄과 가을 옷감으로 쓴다.

저고리나 한 감 바꿔달라고 해야지.

그리고 영태 고무신도 하나 사야겠고 속바지도 없는데 하나 사달라고 해야지.

맏동서는 한참 흥이 나서 또 이런 생각도 해냈다.

이 담에 내 환갑이 되거든 애들을 내 앞에 불러내어 잔을 부으라 하고……. 그러구 환갑상에는 작은여편네 환갑상보다 한 가지나 두 가지를 더 해놓아달라고 해야지. 아무렴 큰여편네하고 작은여편네하고 어디 같은가.

맏동서는 이렇게 여러 가지 좋은 생각을 하며 남편 앞에서 웃음을 섞어가며 이야기할 차기*를 맘속에 그려보았다.

그야 의좋은 내외간 같으면야 한창 세상살이에 깨가 쏟아질 때지만 이 집 맏동서네야 어디 그럴 처지인가. 맏동서는 남편에게 이야기만 족해봐도 원을 풀 것 같았다.

*

"참, 그런데 얼마나 좋으시유. 인제 쥔어른이 자리를 꽉 잡은 모양이야. 그래 하도 오래간만에 만나서 얼마나 재미있는 이야기를 많이 했소."

"재미있는 이야기가 다 뭐유—. 그 여편네 보고야 구구거리고 잘 놀겠지만 나한테는 밤낮 낚시눈을 해가지고 있지. 허기야 그 여편네가 오죽 아양을 떨어바치겠소. 내야 그런 재간이 있어야지."

"저것 좀 봐. 웃고 있네. 그래 샘이 안 난단 말요? 나 같으면 그놈의 영감 수염을 잡아 끄들겠네."

* 차기次期: 다음 시기.

"여편네 맘은 다 한 가지지요. 그렇지만 나는 큰여편네니깐 어떻게 하우. 꾹 참는 수밖에. 히히……. 내 이야기 좀 들어보실라우. 어제 저녁에 말요. 맘 먹고 한번 이야기해보지 않았겠수.

'나, 돈 좀 주시우.'

'돈이 어디 있어.'

'돈이 호주머니에 가득한 걸 죄다 봤는데, 내 모를 줄 알구.'

'흥, 귀엽기두 하다. 은장도 같으면 모가지를 매서 옷고름에 차고 다니겠다. 못난 게 국으로 가만히 있기나 하지.'

히히, 나를 모가지를 매서 옷고름에 차고 다니겠대."

"좋은 소릴 들었구려. 그래, 가만히 있었소?"

"가만있긴요. 나도 막 해댔죠.

'첩의 딸들은 잘해줍디다. 잘해줘요.'

'이년아 네 눈깔로 봤니?'

'보지 않구. 못 봤을까. 이담에 아들 번 돈은 못 쓸 줄 아시우.'

'개 같은 년 파닥지만 커서 구역이 나서 죽겠는데 게다 뭐라구?'

이렇게 중얼거리며 일어나 나가려는 걸 내가 두 손으로 바짓가랑이를 덥석 잡아쥐고 늘어지지 않었수.

'가긴 어딜 가시우. 날 죽이고 가시우.'

그랬더니 내 손을 끊어져라 치고 냅다 갈기는구먼. 이것 점 보시우. 아직도 시퍼렇게 멍이 들었는데 손목만 부러보지*, 가만히 앉혀놓고 멕여 살리라지."

"아이 저런 몹시 맞았구려. 그래 아프지 않습디까?"

만동서는 무엇을 생각하는지 눈을 멀거니 뜨고 한참 있더니 얼굴을

* 부러보지: '부러뜨려 보라지'의 뜻으로 추정됨.

붉히며

"별루 아픈 줄도 모르겠던데. 하도 오래간만에 그이 손길이 살에 와서 닿으니까 아픈 것보다도……."

"원, 저런 변이 있나. 아픈 것보다도 어떱디까? 남편네 손이 오죽이나 그리워야 저런 소리가 나올꼬. 세상에 사내들이란 몹쓸 것들이지. 저렇게 알뜰살뜰한 댁내 맘을 몰라주다니. 이담에 죽거든 사내로 태어나 그 원수를 갚으소."

"원, 사내들이 여편네 속을 어떻게 알어유. 쇠털같이 많은 날에 내 속 썩는 것을 생각하면 거꾸로 매도 멧 끽*이 될지……. 그 말 저 말 다해서 뭣해요."

"그래도 아들 하나를 낳아서 바쳤으니 늘그막에야 호사가 늘어질걸."

"참, 그건 그렇죠. 나도 우리 영태 하나만 잘 키워놓으면 며느리 보구 폐백 받구."

"작은마누라에게는 딸들뿐이고 아들은 없다지? 그 마누라 몸에서 또 아들이 나면 어쩌누."

"작은여편네가 또 아들을 낳아야 그건 내 아들이지요. 계집애들도 그렇지, 죄다 내 딸이야유. 나는 큰마누라니까 민적에 있거든요. 민적에 오른 내 이름이 김정순이라나요. 민적이 제일이죠. 그러기에 큰마누라가 좋다는 게 아니우? 그 애들도 죄다 내 앞으로 올라서 내 아이들이야유. 저 어미야 암만 낳으면 쓸데 있나요. 나만 땡을 잡았지. 그 여편네도 생각하면 불쌍하죠. 백 년 있으면 언제 민적에 올라보나요."

맏동서는 요새로 빨간 얼굴이 더 빨개지고 웃음판을 채리노라고 노상 그 커다란 입을 터트리고 있다.

* 멧 끽: '몇 번'의 뜻으로 추정됨.

그저 애들을 데리고도 종일 아부지가 과자를 사오신다는 둥 큰아부지한테 □□□□ □□□□다는 둥 공연히 애들을 빙자해서 남편 타령뿐이다.

*

이러구러 저 집 맏동서의 남편네가 온 지 엿새쯤 되던 날이다.

맏동서는 오늘도 마음이 흐뭇하고 좋아서 바느질감을 찾노라고 머릿장을 뒤지는데 맨 밑에서 빨간 헝겊에 싼 조그마한 꾸러미가 나왔다. 그것은 별것이 아니라 맏동서의 도장이다.

맏동서는 가슴이 뜨끔했다. 요물 같은 도장이 튀어나온 것은 무슨 불길한 일의 징조같이 보였다.

대체 이 도장은 언제 무슨 필요로 새겨주었는지는 모르겠으나 그 도장에는 '김정순' 이라고 쓰여 있다,

맏동서가 세상에 제일 무서워하는 것은 이 도장이다. 손가락만한 나무에 글자를 새기고 그 끝엔 빨간 인습이 묻어 있는 이 물건이 그렇게 몹시 무서운 도장이다.

맏동서가 도장을 이처럼 무서워하는 이유는 여러 가지였다. 대체 이 도장이란 것은 한번 잘못 찍기만 하면 공짜로 집행을 맞는 수도 있고 때가서 징역을 사는 수도 있고 또 눈을 번히 뜨고도 가산 전부를 뺏기는 수도 있다고 생각하는 까닭이다.

이러한 도장에 대한 지식이 언제부터 늘었는지는 모르나 어쨌든 맏동서에게 도장이 생겼을 때부터 이 지식은 충분히 준비되었다.

그런데 맏동서가 이처럼 도장을 무서워하는 까닭이란 돈을 빼앗긴다든지 하는 데 있지 않을 것은 뻔한 노릇이니 그것은 그가 몹시도 가난한

늙은 질그릇 장수의 딸인 까닭이다.

그러나 이 도장이 맏동서에게 참으로 무서운 연고는 이 도장을 한번 찍으면 '이혼' 한다는 것이다.

'이 도장을 한번 찍으면 이혼한다?'

얼마나 고약하고 숭악스런 말이냐. 맏동서는 재작년 이맘때 겪은 풍파를 생각해내지 않을 수 없었다.

재작년 이맘때도 남편이 와서 이혼 문제로 집안이 부글부글 끓었다.

맏동서는 그날 밤 잠을 놓치고 이 궁리 저 궁리 끝에 가만히 도장을 찾아가지고 뒤꼍으로 나갔다.

그는 더듬더듬 굴뚝 옆에 가서 손가락으로 굴뚝 미구리를 팠다. 그리고 도장을 그 속에 파묻고 발로 꽁꽁 다져놓았다.

미친 사람처럼 도장을 내어놓으라고 야료를 하던 남편은 도장을 못 내놓겠거든 그냥이라도 친정으로 가라고 성화같이 졸랐다.

"날더러 어딜 가라구 그러시우. 나야 죽으나 사나 이 집 사람인데 날더러 어딜 가라구 그러시우."

(한 줄 미상.)

모르는 대신에 꼭 한 가지 알고 믿는 것이 있다.

자기는 살아도 이 최씨 집 귀신이라는 생각이다. 아마 이것은 그의 가슴에 흙이 얹힐 때까지 떼려야 뗄 수 없는 고집일 것이다.

맏동서는 벌써 칠팔 년 동안 친정에 발을 끊었다. 행여 친정에 다니러 갔다가 아주 밀려날까 겁을 내어 세상없어도 친정엘 아니 갔다.

죽어도 쫓겨 가지 않고 이 자리를 지키노라고 주근깨를 뒤집어쓴 여우 같은 작은동서의 요강까지 부셔서 바쳤던 것이다.

그때도 남편이 가라고 하다 못해서 매질을 시작하여 하룻밤 하루낮을 맞았다. 나중에는 장작으로 어디를 때렸는지 코피를 동이로 쏟고 머리채를 휘잡혀서 개새끼같이 대문 밖에 동댕이를 쳤다. 그는 아프단 말 한 마디 못하고 남편이 볼까봐 정신없이 다시 기어들어와서 행랑방에 숨어 있었다.

그런데 남편이 행랑방에까지 쫓아들어와 또 매질을 하려고 했다. 그는 구석으로 몸을 피하며 두 손을 들어 남편을 막는 것 같더니 그만 쓰러져 기절해버리고 말았다.

일이 여기까지 미치매 이혼 문제도 자연 오므라들고 말 수밖에. 자칫하면 살인이 날 판이니 더 손을 댈 수가 있으랴. 헐벗고 상스러운 저 몸뚱이를 아주 죽여놓기 전에야 어찌 하는 도리가 없었다.

니*의 신물이 들만치 지긋지긋한 이 싸움에 백전노장격인 맏동서가 명치 끝에 숨이 붙어 있어서는 이 집 밖을 나설 리가 만무한 노릇이다.

맏동서는 지난 일을 생각하며 깊게 한숨을 쉬었다. 그리고 그 얄궂은 도장을 얼른 옷 속에 꼭 감춰두었다.

*

맏동서는 밤이 깊숙하도록 바느질을 하면서 이 궁리 저 궁리에 정신이 팔려 앉았다.

아직 저녁상을 받지 아니한 남편의 밥그릇이 아랫목에서 눈이 말뚱말뚱해서 쳐다본다.

맏동서는 맘을 크게 먹고 먼 밖으로 남편에게 말을 걸어보군 했다. 사실상 지금까지도 남편의 코끝만 보면 쥐구녁을 찾지 못해 하는 판이다.

전 같으면야 벌써 열두 번도 더 야단이 났을 텐데. 닷새 엿새가 되도

* 니: '이'의 방언으로 추정됨.

록 아무런 동티가 나지 않는 걸 보니, 아마 인제는 정말 나를 거둘려나 보다고 생각할 때 맏동서의 눈에는 눈물이 돌았다.

이때다. 대문 소리가 삐—걱 나며 밖에 나갔던 남편이 들어온다. 맏동서는 어쩔 줄을 몰라 바느질감을 치우며 황망히 서둘렀다.

저녁상을 물린 뒤에 남편은 처음으로 아내를 불렀다. 그리고 길고 정다운 이야기나 있는 것처럼 은근스럽고 조용하게 말머리를 가다듬었다.

"여보, 내 임자에게 하나 물어볼 것이 있소. 내가 만일 '가막소'에 들어가서 징역을 살게 되면 임자는 어쩔 테요?"

"'가막소'에 가시다니, 뭘 잘못하셨기에 '가막소'엘 가신다구 하시우."

"허— 그러기에 말유. 내게 무슨 망신살이 뻗쳤는지, 글쎄 이게 무슨 꼴이요. 자칫하면 콩밥을 먹게 됐으니 이 노릇을 어쩌면 좋소?"

"글쎄, 무슨 일이기에 그런 숭한 말씀을 하시우. 설마 점잖으신 어른을 그렇게 할라구요."

"점잖고 점잖지 않은 게 어디가 있소. 법에 들어서는 제 할애비라도 잘못하면 잡아다가 징역을 살리는 거요. 그런데 이 일에는 꼭 임자가 나서줘야 무사할 텐데, 어쩌면 좋소?"

"에그머니, 나 같은 게 뭘 안다고 나서요. 무슨 장사끝으로 잘못된 일인가요?"

남편의 신상에 이런 변고가 생긴 것도 놀랍거니와 마득이* 딱한 노릇이래야 나 같은 것 보구 저처럼 사정을 하실라구.

옛이야기에 들으면 중한 죄를 짓고 옥에 갇힌 남편을 위해서 몸을 팔아 속량하는 수도 있고 대신 목숨을 바쳐 구하는 수도 있지 않은가.

하늘 같은 남편이 '가막소'에 가게 되면 나는 무슨 면목으로 목구녁

* 마득이: '얼마나'의 뜻으로 추정됨.

에 쌀물을 넘기고 살아 있단 말인가.

맏동서는 눈에 핏발이 뻗치고 양편 볼이 확확 달아올랐다.

"무슨 일인데, 말씀하세요. 나 같은 게 열 번을 죽으면 대순가요. 집안 일이 바루 되도록 해야지유. 근데 무슨 일이야유."

"뭘, 별것 아니구. 임자 도장만 한번 찍으면 되는 거야."

남편은 말끝을 흐렸다.

"도장을 찍어유?"

기어이 도장 이야기로구나. 그렇게 꺼리는 도장 타령이 또 나오는구나. 인제는 아주 잊어버린 줄만 알았더니. 도장은 찍어 무엇 한단 말인가.

자라 보고 놀란 가슴이 솥뚜껑 보고도 놀란다고 맏동서는 말문이 맥혀 멀거니 남편을 바라다보고 앉았다.

"여보 일이 이 지경 됐는데 임자한테 그실* 것은 무에겠소. 사실 사람마다 어려운 일을 당할 때면 제 가속밖에 더 가까운 게 어디 있소?

내 죄다 이야기할게 찬찬이 들어보오. 다른 게 아니라 말하기는 좀 거북하오마는 저기에 색시 하나 있는데 어찌어찌해서 나하고 혼인하지 않으면 안 될 형편이오. 만일 이 혼인을 못하게 되는 날이면 망신도 망신이려니와 저쪽에서 가만히 있지 않겠다오. 어떻게든지 나를 '가막소'에 쓸어넣어 콩밥을 멕일 작정이라니, 일이 우습게 되잖았소?"

"혼인을 하시다뇨. 그럼 나는 어떡하구 혼인을 하세요. 어떤 찢어죽일 년이 남 여편네 자식이 다 있는 당신에게 온대유."

맏동서의 우둥퉁한 얼굴은 네모가 져서 굳어버리고 사팔뜨기 두 눈이 한 데로 모여 눈물을 흘렸다.

* 그실: '속이다'의 방언.

"그러기에 말이 아니요. 임자가 지금 눈을 딱 감고 '이혼장'에 도장을 찍어주면 낸들 아주 모른다고 하겠소. 이런 일에 임자 덕을 보지 않으면 어찌하오. 남편 하나 살리는 셈 잡고 도장을 찍어주오. 감옥엘 가느니 차라리 죽는 게 낫지 않소?"

"……."

모두 다 내 팔자소관이다, 남편네가 저 지경이 되고 최씨 집안이 망하는 판에 아무리 무서운 도장이래도 내놓는 수밖에 더 있으랴. 남편 하나 구하려면 본처인 내가 죽으래도 죽고 살래도 살아야지.

"어쩔 테요. 못하겠수?"

"그럼, 내 도장만 찍으면 꼭 되나요?"

"되구 말구. 여부가 있소."

"도장을 찍어도 나는 늘 이 집에 있지요?"

"……."

맏동서는 장문을 열고 감춰두었던 도장을 찾았다. 무섭게 매듭이 지고 마른 가랑잎같이 껄끄러운 손으로 도장을 남편 앞에 밀어놓았다.

남편네를 위해서 하는 이 일이 남편네와 남이 되게 하는 노릇이라고는 생각지도 않고 도장을 내어놓고 말았다.

《여성》, 1937년 1월

계산서

어플사* 또 밤이 오나 보다. 바람이 모래알을 몰아다가 내 방문 창호지 위에 탁— 뿜고 내뺀다.

나는 밤이 무서워 견딜 수 없다. 문틈으로 흉악한 눈이 엿보는 것만 같아서 보자기를 쳐놓았건만 마음이 놓이지 않는다.

내가 집을 떠난 지가 벌써 일곱째의 밤— 앞으로 몇 조각의 밤을 더 누릴 목숨인지 모르거니와 밤의 펄럭이는 휘장 속에서 불길한 까마귀와 같이 떨고 있다.

*

내가 시방 와 있는 이 땅의 이름은 무엇이라고 하노? 아마 지도를 펴놓고 보면 어디이고 한 점 찍어놓았으련만 지금 내게는 그런 것이 대수

* 어플사: '아뿔싸'의 뜻으로 추정됨.

가 아니다.

두만강을 끼고 며칠이고 왔다. 두만강의 돌들은 검은 개흙을 뒤집어 쓰고 누런 강물 밑에 말없이 엎드려 있었다. 강을 건너면 거기는 오랑캐의 땅으로 산은 민편편*이요 흙은 고약과 같이 검누르다.

나는 이 검누른 벌판으로 호르 마차를 달린다. 짚을 깔아 자리를 만든 마차 속에서 호인 차부의 혼자 중얼거리는 소리를 들을 때 나는 세상에 살아 있는가 싶지 않았다. 대체 사람의 두뇌란 어떻게 옹졸한 것인지— 서울의 다가茶街를 헤엄치며 이 광야의 바람 소리를 곁들여 들을 수 있는 것은 오직 천재의 요술일 뿐이다.

하늘을 뚜껑으로 삼고 서글픈 바람만이 몸부림치는 이 광대무변한 들을 도심의 향락을 주무르며 생각할 수 있기엔 우리의 뇌장이 너무도 적다.

나는 이 땅 위에 끝이 없이 마차바퀴 자국을 내며 갔다. 이것은 정녕 꿈도 아니요, 현실인 것이 가끔 가다가 노정표가 엄연히 꽂혀 있어 이것도 한낮의 완전한 국토인 것을 말하는 것이다.

오 리를 가다가 혹 십 리를 지나서 몇 채씩 호인의 집들이 있다. 집들은 크고 육중한데 창문은 하나나 혹 둘이 그 넓은 벽에 조그맣게 뚫렸다. 마적과 바람을 막기엔 적당하다고 생각했다. 어둡고 우중충한 그 속은 아편 냄새와 도야지 기름과 수박씨가 있을 것이다.

아직도 원시 형태를 그대로 뒤집어쓰고 있는 호인들은 전혀 진때투성이다. 소매 긴 검은 손이 진때로 번들번들하게 결어서 가죽처럼 빳빳해서 좀처럼 해어질 것 같지 않다.

호인의 부락에 이르면 옥수수와 감자가 산더미같이 쌓여 있고 조 이

* 민편편: '낮아서 평평하고 넓다'의 뜻으로 추정됨.

삭이 허리를 두르고도 남을 만치 길다. 울타리도 없는 마당에 베개통 만큼한 감자를 도야지떼들이 파먹고 돌아간다.

대륙의 태양은 동아줄 같은 광선을 쏜는다. 내가 마신 두어 종지의 멀건 좁쌀 미음물이 사오 일 동안의 영양 가치를 가지지 못했다는 것보다도 마음과 썩어 들어가는 암증이 내 육체를 넘어뜨리고 말았다.

나와 동행하는 그 마나님과 그 아들은 내 좋은 길동무였다. 나는 내 아버지를 찾아가는 길이라고 엉터리로 꾸며댔으나 그들은 한번 귓속으로 굴러들어간 말은 다시 의심할 줄 모르는 듯이 그대로 믿어주었다.

사람들의 말에 의지하면 나를 마차 속에서 안아내릴 때 같아서는 다시 회생될 것 같지 않더라고 한다.

머리가 휑뎅그레한 것이 맴을 돌고 난 것 같다. 차차 의식이 회복되어가는 모양이다. 나는 내 이 몽롱한 의식 속에 오히려 더 강하게 두드러진 기억의 줄을 더듬으면 능히 일곱 밤 전에 이야기를 주울 수 있는 것을 심히 다행으로 생각한다.

내가 그 친절한 노파의 주선으로 이 부락에 머무른 것도 벌써 하룻밤 하루낮이다. 나는 여기가 어디인지 알 턱이 없다. 지금 내게 지리적 상식이 무슨 의미를 가질 것이랴. 오직 이 황막한 벌판에 암흑이 가로누워 있으면 그것만으로 족하다.

이 부락엔 대다수의 호인과 약간의 우리 동포들이 살고 있고 그 가운데 어디서 흘러왔는지 모르는 두어 가족의 백계*노인**이 있다.

나는 이왕이면 좀 더 여러 가지의 생활을 씹어보려고 그중에 빵장사 하는 백계노인의 집에 유숙하기로 했다.

내 방은 삼면이 흙벽으로 되고 바닥은 마루를 깔지 않고 맨봉당으로

* 백계: 1917년 러시아 혁명때 혁명을 반대한 러시아인의 한 파派.
** 백계노인百系露人: 백계 러시아인.

되었다. 그리고 앞문에는 휘장을 치고 드나들게 되었다.

카—챠 차이콥스키— 또네치카— 내 신세와 같이 영원한 거지들이다. 어깨와 몸이 한데 꼭 달라붙은 호박 같은 마나님은 검은 숄을 두르고 머리엔 차빛의 수건을 썼다.

벌써 램프에 기름을 두 번이나 넣었는데 또 거의 졸아든 모양이다. 벽에 대어놓은 나무침대 위에 헌 담요가 너무도 초라하여 영하 이십 도의 한기를 막아줄 성 싶지 않다.

스토—브 위에 사모발이 끓는다. 맞은편 벽에 어떤 제정시대 장교의 초상화가 거미줄 속에 궁기가 끼어 매달려 있다. 나는 어서 내 의무인 긴— 이야기를 쓰기로 하자.

나는 내 남편이 자동차에 치이거나 혹여 뜀박질하는 말발굽에 채여서라도 다리 하나가 없어지기를 바랐다.

그 이유란 지금으로부터 일곱 달 전에 나는 다리 하나를 잃고 훌륭히 절름발이란 이름을 가지고 들어앉게 된 까닭이다.

나는 다리가 하나인데 만일 내 남편은 다리가 둘이 되면 필경 우리 사이에 균형은 허물어지고 말 것이다. 균형을 잃은 것은 언제든지 완전한 것이 아니다.

*

나와 내 남편이 살던 집의 동네 이름과 번지수를 아는 사람은 우리들의 많은 지기와 친구 사이에 하나도 없었다.

문 앞에 명함 한 장이 붙어 있지만은 일곱 간 집에서도 우리 방은 옆으로 꼭 박힌 구석방이었다.

우리의 식구로는 내 남편과 나와 그리고 인형까지 도합 세 식구였다.

내 남편은 김이라고 하고 나는 봉이라고 하고, 또 인형은 앨리쓰라고 하고 이렇게 우리들은 세 개의 성과 세 개의 이름을 가지고 한 가족을 이루었다. 우리들의 살림살이는 그 두부의 모와 같은 구석방에서 어릿광대와 같이 유쾌했다.

나는 대단히 헤프고 미욱한 주부였다. 쌀값보다 과자값이 더 많고 일상 사들인다는 물건은 쓸 만한 것보다 장난감이 더 많은 형편이었다.

그러므로 우리들은 우리들의 가정을 가리켜 자칭, 모조가정模造家庭 혹은 소형가정小形家庭이라고 불렀다.

그러나 세월은 오래지 않아 우리에게 별다른 약속을 가져왔다. 그것이란 얼마만 있으면 내가 조그만 애기의 엄마가 된다는 것이다.

나는 이 엄마가 된다는 새로운 사실을 하느님이 베푸신 이적이라고 생각한 일도 없고 우리들의 생을 무한히 연장시키는 것이라고 해석한 적도 없다.

다만 우리는 좀 더 바쁘고 좀 더 부지런해졌다. 우선 집부터 넓은 데로 옮기고 도배를 하고 못을 박고 간장 고추장을 담그고 마늘장아찌 조기젓들을 절이고 홑이불을 빨고 남치마* 주름을 잡고 버선볼을 받아서 차국차국 쌓아두었다.

그는 서방님 나는 아씨— 우리는 더 뜨내기 장난꾼들이 아니고 틀지고 점잖은 양주요 사무에 충실한 월급쟁이요 허리띠를 졸라매고 돈을 저축하는 무던하고 든든한 살림꾼들이었다.

여기까지 써놓고 보니 이것은 혹 우리 이야기의 서문이 될는지도 모르겠다. 어쨌든 그 후에 우리는 우리가 생각했던 것보다 엄청나게 다른 운명을 맞고야 말았다.

그 엄청나게 다른 운명이란 내가 조그만 애기의 엄마가 되는 대신에

* 남치마: 남빛 치마를 통틀어 이르는 말.

한쪽 다리를 잃은 절름발이가 되었다는 것이다.

의사의 손에 쥐인 가위와 집게와 침으로 애기를 꺼내고 나는 취후에 고통과 함께 정신을 잃고 말았다.

내가 다시 눈을 뜨고 그리고 눈알을 옆으로 굴려서 희미하게나마 곁에 사람의 얼굴을 알아보기까지는 실로 두 달이란 세월이 흘렀다.

고슴도치처럼 수염이 무성한 남편은 내 눈알이 좌우로 구르는 것을 보자 외마디 소리를 지르며 내 이불자락에 얼굴을 대고 마구 비볐다. 미상불 기뻤던 것이다.

나는 날마다 친의*를 거두고 내 왼쪽 다리를 만져보았다. 탄력을 잃고 흐느적흐느적해진 것을 넓적다리에서부터 발끝까지 쭉— 훑어보고 그리고 그 발랄하던 생명이 어디로 빠져 달아났나 찾아보았다.

침울한 날이 흘렀다.

다락 속에선 쥐들이 덜그럭거린다.

내 손끝에서 길이 들고 기름기가 돌던 방 세간이며 마루에 놓인 것은 부옇게 먼지를 뒤집어쓰고 청승을 떨었다.

지금 내가 있는 이 방은 너무 덩그렇고 컴컴해서 운동이 부족한 내게는 견딜 수 없이 춥고 불친절하다.

나는 아랫목에 친의를 두르고 앉아서 하루종일을 보냈다. 어떤 때는 하도 심심해서 식모를 불러들여 하다못해 옛날이야기라도 하라고 졸랐다.

이 식모는 내좋은 반려伴侶였다. 내가 공연히 짜증을 내고 화풀이를 하면 그는 가만히 내 눈물을 씻기고 길게 한숨을 쉬었다.

나는 날마다 내 나들이옷을 꺼내 보는 것이 큰일이었다. 다리미에 불

* 친의親依 : 속옷

을 담아 달라고 해서 다시 다려서는 쭉— 내걸어 놓았다가는 다시 개켜 놓고 했다.

나는 점점 성미가 고약해갔다. 내가 앉은 맞은편 벽의 도배지의 무늬를 보기 싫어 거기에다가 검은 휘장을 쳤다. 그뿐만 아니라 방 안을 온통 도깨비 사당을 만들어 놓았다.

그림이란 그림은 모조리 갔다가 벽이 보이지 않게 붙여놓고 기둥마다엔 조각 인형, 거울 같은 바이올린, 나중에는 고무로 만든 개까지 달아매놓았다.

이렇게 요란스럽게 꾸며 놓았다가도 금시로 죄다 치워달라고 야단을 했다. 식모는 아주 익숙해져서 내 말이 떨어지기가 무섭게 제꺽제꺽 해놓는 품이 훌륭한 내 조수다.

이렇게 수선을 피우고 난 다음에는 나는 반드시 울었다. 눈을 딱 감고 누웠으면 감은 눈 밑으로 눈물이 샘솟듯 했다. 사람에게 눈물이 이렇게 많아서 품절이 되지 않는 것은 아주 다행한 일이다.

어느 날 밤 밖에서 돌아온 남편은 내게 외투 한 벌을 사다 주었다. 이것은 작년 겨울부터 한번 장만하려고 나는 조르고 그는 애를 쓰던 것이다.

외투를 내 앞에 펴놓을 때 나는 오래간만에 마음이 움씰해지고 좋았다. 이 새로운 물품이 풍기는 코 안이 싸—한 신선한 냄새도 좋았거니와 내 병치레에 저금한 것은 물론 있는 것은 모조리 없애버린 옹색한 처지에 그래도 그 한 벌을 사들고 들어온 그의 정성이 나를 다소간 기쁘게 했던 것이다.

전 같으면야 기다릴 새도 없이 입어보고 맘에 드느니 안 드느니 하고 수다를 떨었을 것이나 그러한 것은 지나간 이야기고 지금은 아니다.

그는 나를 부축해가며 겨우 외투를 내 몸에 꼈다. 그리고 우리는 거울 앞으로 갔다. 두 사람의 모양이 거울 속에 비쳤을 때 두 사람은 함께 놀랐다.

너무도 초췌한 내 모양과 너무도 두드러지게 완전한 그의 모양이 두 사람 가슴에 똑같이 비수를 박는 것처럼 선뜻한 아픔을 주었다.

나는 거울 속을 한참 노리고 서서 내 무섭게 커진 눈과 광대뼈가 내비친 노란 얼굴을 바라보다가 외투 소매를 부드득하고 물어뜯었다. 나는 성난 짐승과 같이 내 등 뒤에 붙어 서 있는 그를 떼밀고 외투를 벗어 방바닥에 동댕이를 쳤다.

"죽는 것보다는 낫지 않소?"

남편은 이 말을 입버릇처럼 내세워가지고 나를 달래려 들었다. 그러나 지금 내게 어디가 죽은 것보다 나은 데가 있는지 나는 알지 못했다.

"죽은 것보다 낫지 않소?"

는 결국 나를 속이는 엄청난 사기술이었다.

나는 날로 말이 없어져갔다. 하루 종일 말 한 마디 없이 천에*를 두르고 앉아 있기도 했다.

너무도 큰 실망과 큰 괴로움은 내 불구된 육체를 타고 파선한 배와 같이 밑으로 가라앉으려고만 했다. 이리하여 말이란 마음의 표현을 거절했던 것이다.

나는 내 몸에서 다리 하나를 잃고 보니 도시 마음에 버텨나갈 아무것도 없었다. 공연히 의붓자식처럼 눈치만 보이고 기운이 줄어들었다.

나는 오랫동안 화장하기를 잊었다. 뿐만 아니라 그 여러 가지 화장품이 어느 구석에 흐트러져 있는지도 알기가 귀찮았다.

나는 내 화장품을 남에게 보이기를 아주 싫어하는 성미였다. 그리고 화장품에 쓰는 돈이 제일 아깝지 않고, 마음에 흐뭇했다.

* 천에: 친의로 추정됨.

어느 날 이웃집 복희라는 철 나지 않은 계집애가 놀러왔다가 내 화장품 한 개를 집어갔다고 식모가 야단이다. 아마 떠드는 말을 들어보니 내가 마지막으로 사들인 '코티' 입술연지를 가져간 모양이다.

나는 파랗게 질리는 대신에 앉았던 자리에서 벽에 머리를 기대고 길—게 하품을 했다.

내가 내 화장품을 무시한다는 것은 내 적은 인생을 통틀어 초개시한다는 것이나 다름없다— 이쯤 해두더라도 과히 어그러지지 않는 한낱 부녀자의 철학이 됨직도 하다.

남편은 여전히 저녁이면 빈대떡을 사들고 들어오는 극히 선량하고 친절한 가장이었다. 그는 이렇게 불쌍하게 병신이 된 나라도 결코 한평생 아내로 두기를 주저하지 않을 것이다. 나는 그런 것쯤이야 믿고 안 믿고의 여부도 없다고 생각했다.

어느 날 밤— 열두 시도 넘어서 꽤 이슥한 때였다. 나는 자리옷을 바꿔입다 말고 남편에게 어리광 비슷이 이렇게 말했다.

"우리 밖에 좀 나갔다 올까? 나 찻집에 가본 지두 참 오래네."

이것은 정말 내가 나가자는 것이 아니고 하도 심심하니까 그저 해보는 소리였다.

그런데 남편은 이것을 예상 이외로 너무 진실하게 대답을 해버렸다. 그리고 대단히 서글픈 웃음을 보여주었다.

"지금이 어느 때라고 나가오? 그리고 나간댔자 괜히 몸만 괴로웠지 소용 있소?"

말이야 옳은 말이니 내가 그 말을 탄하는 게 아니라, 그 말을 할 때 남편의 입가로 실뱀같이 지나간 그 웃음이었다.

"그러면 남편도 내가 다리 하나 병신 된 것을 슬퍼하나?"

나는 내 남편이 나를 위해서 내가 병신된 것을 슬퍼하는 줄만 알았지 자기 자신을 위해서 슬퍼하리라고는 정말 생각지 못했다.

이러한 것을 눈치라고 하나부다.

하면—.

나는 날마다 남편에 대한 눈치가 늘어갔다고나 할까.

제비같이 쏘다니던 그 좋은 바깥세상은 어디로 갔노. 제비같이 쏘다니던 그 좋은 바깥세상을 잃었어도 나는 아직도 고독을 모르고 또 내가 앉은 자리가 좁다고 불편을 느껴보지 못했다.

그것은 모든 것을 삼켜버린 내 마음의 바다 위에 오직 하나의 섬이 있었으니—.

혹 영원히 적의 침략을 받지 아니할 피난처— 느긋한 해초의 향기를 풍기는 햇빛의 복지— 길들지 않은 남양의 새와 같은 내가 마음껏 재주를 부릴 수 있는 무인도—.

이러한 섬이 곧 나의 남편이라고 생각했다. 이 섬에서 내가 다리 하나쯤을 잃었다고 그 자유로운 영토가 줄어들 리가 있을까. 타조와 같이 활발한 내 즐거운 장난을 거절할 이유가 될 것인가.

우리들의 마음 가운데는 똑같이 어둠이 왔다. 그 어둠은 도적과 같이 왔다. 이러한 것은 눈으로 보아서 아는 것이 아니라 눈치로 올개미질해서 잡는 것이다.

그와 나는 이 도적과 같이 임한 어둠을 가운데 두고, 오랫동안 술래잡기를 했다. 진실로 우리의 애정은 완전한 것이 아니다. 단히* 싱거운 수작 같으나 이것을 몸소 찍어 맛을 본 남자나 여자에게 있어서는 실로 깜짝 놀라고야 말 진리가 될 것이다.

* 단히: '대단히'의 뜻으로 추정됨.

나는 차차 남편에게 미안을 느꼈다. 그리고 늘상 빚을 진 것같이 마음이 무겁고 께름칙했다.

남편은 여전히 나를 위무하기에 애를 썼으나 피차에 어림없는 실패였다.

"다리 하나가 무슨 상관이요. 아직 우리에게는 세 개의 다리가 더 있지 않소?"

그러나 이것은 멀쩡한 거짓말이다. 세 개의 다리는 늘 네 개의 다리보다 못하다는 것은 나보다도 그 자신이 먼저 깨달은 바이리라. 되풀이하거니와—.

나는 날마다 그가 자동차에 치이거나 혹여 뛰박질하는 말발굽에 채여서라도 다리 하나가 없어지기를 바랐다.

우리는 가끔 모조가정 시대를 회상하고 그리고 그때에 쓰던 말들을 복습해보았다. 이 말이란 우리의 날개 돋친 생각을 끌고다니던 짓궂은 장난꾼이었다.

첫째, 우리에게는 우리가 아닌 다른 사람으로써 통여 무슨 소린지 알아먹을 수 없는 야릇한 단골말이 많았다. 그중에도 내게 대한 여러 가지 애칭은 실로 장황한 설명을 요한다.

있쩐짜이, 뽀르대, 곰이, 애그맹이, 빼뚤이, 강아지 등등이다.

"있쩐짜이(일 전짜리)."

이것은 우리가 어느 시골 정거장을 지나다가 지은 어름이다. 그적에 차를 기다리던 손님이 우리석건 도합 사오 인밖에 안 되었는데 조그마한 대합실 바깥벽에 아침 햇빛이 또아리를 틀고 있고 그 옆에는 사과장수 늙은 할미가 과일 함지박을 앞에 놓고 우들우들 떨고 앉았다.

그 사과 중에 맨 꼭대기에 놓인 사과 한 알이 가장 적고, 한편 모서리가 찌부러지고 빨갛고 보삭한 얼굴을 반짝 쳐들고 우리를 말끄러미 쳐다본다.

"형— 저 쬐꼬만 애기능금이 재없이 당신 모습을 닮았구려."

우리는 즐겁게 웃었다. 그리고 노파 앞으로 다가서며 흥정을 부쳤다.

"일 쩐을 냅세."

노파의 희망대로 일 전 한 푼을 주고 그 적고 귀엽고, 가엽고 꼼꼼하고 영리해 보이는 애기능금을 샀다. 이때부터 나는 '있쩐짜이' 가 된 것이다.

뽀르대— 이것은 우리가 어느 항구에서 배를 기다리고 있노라니— 산더미같이 육중한 기선이 커다란 몸뚱이를 천길 바닷속에 철렁 박고 앉은 그 옆으로 쪽박같이 적은 뽀르대—똑딱선이 꼬리를 흔들며 기선의 겨드랑이를 간지르며 돌아다니는 꼴을 보고 그가 지어준 이름이다.

곰이. 이것은 우리가 모조가정의 신접살이를 차리던 그해 봄 어느 공일날 동물원에 놀러갔다가 철창 속에서 염체 없이 뒹구는 곰의 그 유들유들하고 뱃심 좋은 모양을 보고 지어준 이름이다.

미상불 이름을 붙이자면 바로 옆댕이 쇠그물 속에서 제비처럼 팔랑거리는 구모사루(거미원숭이) 해당하련만두 하필 동에도 서에도 닿지 않는 곰에게다 나를 겨눈단 말인가? 나중에 알고 보니깐 네 성미가 너무 팔랑대는 축인 즉 그 곰 뽄으로 마음이 너그럽고 호탕하고 무게 있으라는 교훈 애칭이었다.

이렇게 그는 어떠한 사물을 대하든지 그중에서 가장 구염성스럽고 재롱스럽고 얌전하고 알뜰한 것을 발견할 때마다 다짜고짜 거기다 나를 비교하는 버릇이 있었다.

이렇게 나는 그로부터 새록새록이 수많은 새 이름을 지어봤을 때마다 그가 진심으로 나를 아껴주는 고마움을 감사했다.

이러한 애칭이야말로 우리들에게 있어 가장 쓸모 있고 보람 있는 끔찍한 재물일 거요 두 사람 사이에 손때 묻은 장난감과 같이 앙그러진 살림살이를 낱낱이 적어놓은 기념비일 것이다.

그러나 이러한 되풀이는 우리의 사이를 미한정 어색하게 만들었고 뚜렷한 거리를 보여주었다.

*

남편과 새 넥타이—.

나는 아직도 이 '남편과 새 넥타이'에 대해서는 확실한 증거를 잡지 못했거니와 어쨌든 그 새 넥타이는 우리의 마지막 운명을 두 개로 빼개는 좋은 쐐—기였다.

그 불길한 넥타이의 복잡한 빛깔과 무늬는 지금도 내 눈에는 박혀 있어 나를 괴롭게 하는데 이렇듯 무서운 넥타이를 내 손으로 장만했다는 것은 세상에 비극이 있다는 증거일 것이다.

내 몸이 아직 성했을 때 그 넥타이를 사들이고는 아직 한 번도 매어 보지 못하고 그냥 갑 속에 들어 있는 채 잊어버리고 말았다. 내가 앓느라고 집안이 뒤집히는 통에 언제 그런 것을 생각할 여지가 있으랴.

어느 날 밤 나는 오래간만에 마음에 주름을 펴고 제법 곁에 사람과 웃으며 이야기도 하고 또 우리 집 살림꾼 식모가 장보러 갈 때 낄 헌 장갑을 깁고 앉아서 그가 돌아오기를 기다렸다.

조금 늦게야 남편은 돌아왔다. 전처럼 손에 사과봉지도 들지 않았거니와 잡담 제하고 건넌방에 가서 그 새 넥타이를 매고 있는 것이다.

내 칼날같이 파란 눈초리는 그 새 넥타이와 그 새 넥타이를 매고 있는 두 개의 손길을 훑었다. 어쩐지 가슴이 덜컥 내려앉고 불길한 예감이 떠올랐던 것이다.

'밤에 남편이 새 넥타이를 맨다? 무슨 까닭일까. 그리고 왜 그다지 정신 나간 사람처럼 황급히 서두를까. 들어올 때만 해도 구두 한 짝이 잘 빠지지 않는다고 그냥 털어서 마당 한복판에 팽개치지 않았는가. 그처럼 눈을 내려깔고 내 얼굴을 꺼리는 것은 무슨 곡절일까. 누구에게 보이려고 저 야단일까. 별다른 대상이 없어 가지고는 저와 같은 몸치장이 되지 않는 법인데!'

각막과 수정체로 된 우리의 두 개의 눈이란 얼마나 무디고 둔한 무기인지 내 눈은 기어이 그 넥타이 매는 손이 가지고 있을 듯한 비밀을 찾을 길이 없었다. 나는 괴로웠다.

의심은 도둑고양이와 같다. 이 도둑고양이가 쫓아다니는 한 우리의 애정은 완전한 것이 아니다.

그 새 넥타이를 맨 남편이 이 밤에 내가 아닌 다른 여인에게 좀 더 많은 호감을 사려고 온갖 지혜를 짜내지 않으리라고 누가 보장할 것인가.

그는 두어 마디 다녀온다는 말을 마치고 전에 없이 급하게 나가버렸다. 나는 나도 모르게 벌떡 일어나려고 했으나 다리가 말을 듣지 않아 그냥 벽에다 몸을 기대버렸다.

도둑고양이와 같은 의심은 내 모든 것을 무시하고 나를 미치게 했다. 내 모든 교양이 애써 쌓아오던 자존심과 체면 그리고 그와 나 사이에 굳게 받들던 믿음을 무시하고 끝끝내 이러한 결론을 만들고야 말았다.

'남편은 새 넥타이를 매고 두 다리가 성한 계집을 찾아갔다.'

얼마나 비밀하고 우스운 생각이랴. 그러나 나는 그 밤에 그렇게 생각지 않고는 마지 않았으며 지금도 오히려 이것을 믿고 남음이 있는 바다.

나는 외투를 입고 바깥에 나섰다. 눈이 푹푹 빠지는 밤이다. 흥분으로 말미암아 아무것도 몰랐으나 노파의 걱정하는 소리가 어설프게 들렸다.

"아이, 큰일나셨네. 눈이 이렇게 오시는데 저 지경을 하고 어디로 가신담."

나는 행길에 나서서 쏜살같이 달리고 싶었으나 절룩거리는 내 다리는 나를 여지없이 학대했다. 실상 이러한 것은 내게 다시 구할 수 없는 실망과 슬픔을 더했고 또 내 마지막 날을 분명히 선고한 것이다.

나는 길바닥을 거의 톱질하듯 걷다가 가로수 등거리를 두 손으로 붙잡고 숨을 돌렸다. 일찌기 그처럼 유쾌히 헤엄치던 이 거리를 지금 나는 무디게 톱질하는 것이다.

나는 집으로 돌아가기를 생각했다. 너무도 무모한 내 꼴을 두 번 다시 생각하기도 싫었다. 분노가 사라진 뒤 재와 같이 싸늘하게 식었다. 집에 이르렀을 때는 온몸이 땀에 떴으면서도* 아래윗니를 딱딱 마주치며 떨었다.

나는 오랫동안 방바닥을 덮어버리고 앉아 있었다. 내 길지 않은 인생에서 나는 언제나 가장 교만했다. 내가 제일 예쁘고 내가 제일 귀염을 받고 내가 제일 재주가 많고 그러나 지금은 싸우기도 전에 져버리고 마는 나이다. 내 한쪽 다리가 내 몸뚱이를 받칠 수 없는 것과 같이 내 마음에도 버티어 나갈 아무것도 없다.

이쯤 되고 보면 내 목숨 또는 우리의 생활은 파산인 것이다. 나는 어떤 의미로나 이 이상 더 견디어 나갈 도리가 없다.

하면 나는 인제 우리 생활의 총결산을 가장 정직하게 계산하지 않으면 아니 될 것이다.

무릇 한 개의 부부생활이 해소되는 때는 그 아내된 자가 그 남편된 자에게 변상해서 받아야 할 것이 있다.

혹 어떤 아내는 위자료 이천 원을 청구하면 재판소에서는 훨신 깎아서 오백 원의 판결을 내린다.

* 떴으면서도: '젖었으면서도'의 뜻으로 추정됨.

나는 무엇을 받아야 할까. 이것은 내게 불구자란 약점이 생길 때부터 생각해온 문제다.

나는 내 남편도 나와 같이 다리 하나가 병신 되기를 바랐다. 남편의 다리 하나— 그러나 다시 생각해보면 다리 하나쯤으로는 엄청나게 부족하다. 내가 받아야 할 것은 그의 목숨 그것뿐이라고 생각한다. 생명을 받아야 겨우 수지가 맞을 것 같다. 이것은 내 계산서뿐만 아니라 모든 아내된 자의 계산서일 것이다.

*

밤이 어지간히 깊어진 모양이다. 스토—브에 불이 꺼진 지 오래여서 추워서 견딜 수 없다. 아무리 잠이 아니 와도 저 나무침대 속으로 들어가야 할까 보다. 집을 떠나 일곱의 밤을 뜬눈으로 새워도 조금도 피로를 모르겠다. 기적이란 아마 이따위겠지.

나는 아직 살인을 하지 않은 채 이곳으로 왔다. 받을 것을 다 못 받고 그대로 주저앉는 것이 모든 아내해된 자의 약점이요, 애교인 모양이다.

나는 얼마 동안 이곳에 더 머무를 것이다. 내 계산서를 완전히 청산할 때까지 이 땅에 더 있을 것이다.

이 땅은 마적이 있어서 좋고 돼지가 죽은 아이 시체를 물고 뜯어먹는다는 이야기가 있어서 좋고 죽음 같은 고독이 있어서 좋다.

《조광》, 1937년 3월

여인 명령

1. 난도卵島

타악 터진 바다— 밀려드는 파도 위에 둥그렇게 떠 있는 난도는 그 한쪽 모서리가 가늘게 뭍과 연해 있다.

늙다리 사공의 무시무시한 전설이 묻어 있는 곳— 항상 가난하다.

*

양지짝 바위 위에 누어 놓은 개똥이 언 것처럼 뽀얗게 굳어 있다. 첫 겨울날이 아무리 따스하다 해도 벌써 이른 저녁때가 지났으니 산산하고 추운 바람이 목덜미로 기어들지 않을 수 없다.

이 섬에는 오늘 이상스런 사람들이 오고 마을 애들이 큰일이나 난 것처럼 한 놈 두 놈 모여들어 야단이다.

그 이상스런 사람들이란 양녀처럼 차린 여편네 하나와 한 오십 되어 보이는 막벌이꾼 같은 사내가 두어 살쯤 된 어린애를 천업의*에 푹 파묻고 한 손엔 커다란 가방을 들었다.

그들은 마을에 접어들자 길 옆 울타리도 없는 초가집 툇마루 위에다 짐들을 내려놓고 그 앞에서 서성거리는데 보아하니 그 젊은 여자는 무엇인지 수심에 싸인 사람 같다.

"얘들아, 너희들 누가 이 가방을 저기까지 좀 들어다주련? 그럼 내 돈을 줄게."

애 녀석들이 큰 구경났다고 모여섰다가 이 하이칼라 여자가 말을 거는 통에 모두 어이없는 듯이 마주 보고 익살맞게 웃는다.

그런데 인중 앞에 두 줄기 콧자리가 허옇게 말라붙은 어린놈들은 원체 웬 영문인지도 모르는 모양이나 그중에 대가리 큰놈 몇은 돈이란 말에 그래도 입맛이 당기는 모양이다.

"내가 어디 들고 가볼까. 거 무거워요? 너무 무거우면 우리 아부지가 욕해요."

"하하…… 저 녀석이 마구 히야까시를 올리네. 돈을 준다는데 잔소리가 무슨 잔소리여."

"음, 좀 무겁다. 너희 둘이서 여기까지 모두 들어다주렴."

그는 가방을 애들한테 들리우고 어린애 업은 영감쟁이를 앞세워놓고 자기도 그 뒤를 따라가는데 구경꾼 애들까지 쭉 늘어서서 가는 품이 무슨 말광대패나 지나가는 것 같다.

마을에선 벌써 저녁밥들을 짓는지 부엌에서 뽀얀 김이 나와서 부엌 뒷벽에 매달아놓은 무잎 시래기 위에 서리운다.

"저게 무슨 계집이오? 양인 사람은 아니고 죄선 사람은 죄선 사람인

* 천업의: '아기포대기' 정도의 뜻으로 추정됨.

데 저러고 어디로 가는 모양인가. 저 신발 뒤축을 좀 봅세. 넘어지는 날엔 발목이 부질거지지* 않겠음, 쯧쯧."

"하하…… 아즈바이는 원 별 걱정을 다 하오. 발목이 부러지는 기사 어찌 됐든지, 모양을 내사겠스니 그렇지비. 그나저나 여름 같으면 멕(목욕) 감으러 나온다고 지금 여기를 무스거하러 올까."

"아무튼지 양지(얼굴)는 과연 잘생겼다이. 아주 온 동리가 디완한** 걸. 그런데 저 어린애는 제가 낳은 걸까. 원, 한 줌만 한 허리하고 그 속에서 어디 애가 나올 성 싶은가."

"윗집의 작은아바지는 상기두 의뭉스런 소리만 하신다니. 그러게 작은어마이는 한평생 속을 썩였다지."

"자기는 뭐 벨소릴 다한다. 내 무스거 어쨌니. 너— 작은에미가 들으문 또 나를 잡아먹자고 하겠다."

숙채는 이렇게 마을 사람들이 조롱 겸 지껄이는 소리를 귀담아 들으며 여전히 걸었다.

워낙 여기 집이란 울타리 타고 제법 할 만한 것이 별로 없고 그저 깨어진 뱃조각이나 낡은 그물로 약간 얽어놓았으니 마당이자 또 길이므로 모두 한데집들이다.

그리하여 숙채 일행은 남의 집 마당 같은 데로 이리저리 돌아나가는데 마을 중턱쯤 지났을 때는 그 뒤에 따르는 구경꾼이 어지간히 많았다.

이 통에 제일 제면적어 하는 것은 어린 아기를 업고 오는 막벌이꾼 사내다. 그는 돈푼이나 단단히 생기는 바람에 사내자식이 어린 애기를 업고 사십 리 길을 오기는 왔지만 남의 눈에 쑥스럽기 짝이 없다.

"야, 이 간나 새끼들아 무슨 구경이 났니. 어째 이렇게 떼밀고 지랄

* 부질거지지: '분질러지다'의 뜻으로 추정됨.
** 디완한: '시원하다'의 뜻으로 추정됨.

이냐."

그는 참다못해 이렇게 애들을 윽박질러 놓았으나 기실 자기가 생각해도 이런 것이 큰 구경이 아니면 무엇이랴고 생각했다.

젊은 여자는 얼굴이 하얗게 되어서 한눈 팔지도 않고 걷는데 이 동네가 퍽 익숙한 모양이다. 그러기에 남에게 한 마디 묻지도 않고 바로 큰 버드나무집으로 죽 들어간다.

*

이 버드나무집은 이 섬에선 갑부라고 하는데 기역자로 지은 집이 제법 번듯하게 크고 뒷간 옆에 돼지우리엔 큰 돼지 두 마리가 엎드려 있다.

"저— 안에 누가 계세요?"

부엌문이 왈칵 열리며 얼굴이 새까만 여편네가 나왔다.

"뉘 집을 찾소?"

"여기가 저— 총각이네 집이지요?"

"총각이네요? 아니 우리 아—는 조앙돌이오. 아, 그 총각이네 말이로구만. 그 집은 벌써 떠나서 아주 먼 데로 이사를 갔는데 벌써 여섯 핸가 일곱 해가 됐다이. 그런데 그 집은 어째 찾소?"

"아니 저— 벌써 떠났나요?"

그는 갑자기 얼굴을 흐리며 사뭇 울상이 되어버린다. 벌써 날이 저물어서 울타리 밑에 쌓여 있는 굴껍데기 위에 넘어가는 햇빛이 비치어 조개껍질 안쪽은 오색이 영롱하다.

"그나저나 어디서 오신 손님이오?"

"저요? 서울서 왔어요."

"앙이, 서울이 여기서 어디메라구 저런 끔찍한 일이 있소. 그래 총각이네 하고는 무슨 일가뻘이 되오. 그 집이 그렇게 된 줄인지 모르구 왔겠지비. 저 노릇을 어쩌겠소. 아무래두 인제는 되돌아서 가지는 못하오. 우리 집이 더럽지만 좀 들어오."

"네."

숙채는 그 개중에도 주인댁의 친절을 고맙게 생각해서 그의 얼굴을 다시 한 번 쳐다보고 들어오라는 대로 정지간으로 들어갔다.

이 간랑통의 넓은 정지간은 노존이란 갈껍데기로 짠 자리를 깔았는데 때가 어찌 올랐는지 손으로 만져보면 꺼끌꺼끌하다.

부뚜막 옆엔 머리가 중의 송낙을 쓴 것처럼 타부*를 한 원숭인지 사람인지 분간할 수 없는 할머니가 헌 누더기를 두르고 앉아 숙채를 빤히 쳐다보고 있다.

숙채는 애기를 안고 윗목에 가 쪼그리고 앉아서 될 수 있는 대로 이 할머니의 눈을 피하여 딴 데를 바라보고 있는데 그래도 뜨뜻한 집 속에 들어와 앉으니 행결 사지가 풀리고 애기도 좋아한다.

여기 집은 안방과 부엌 사이에 벽이 없고 한군데 맞붙었는데 이것을 정지라 한다. 솥이 바로 구들 위에 걸려 있고 아궁이는 사람 한 길이나 되게 높다.

주인댁이 저녁밥을 푸려고 큰 가마뚜껑을 척 열어젖히고 들어앉아서 놋박죽으로 밥을 푼다.

훅 불면 날아날 듯한 조밥에 몟**을 둔 것을 놋주발에 수북이 담아서는 손에 물을 묻혀가지고 척척 눌러서 복개***를 덮어 내어놓는다.

집안 식구 상들을 다 내어가고 주인댁은 숙채 때문에 큰 걱정이 난

* 타부: '모자' 정도의 의미로 추정됨.
** 몟: 팥.
*** 복개: 덮개 또는 뚜껑.

모양이다.

"저 애기 어마이 무스거 자시겠습. 이런 데야 어디 사람 사는 데라구."

그는 지어놓은 저녁이라 집안 식구는 먼저 상들을 받게 하고 부리나케 바가지를 들고 광으로 들어가더니 그래도 부잣집이라 어느 구석에 쌀 한 되 감추어 두었던 것을 한 복개 떠 들고 북어 한 마리를 빼어가지고 부엌으로 들어온다. 숙채 저녁밥을 따로 짓자는 눈치다.

"밥을 왜 따로 지으세요? 댁에서 잡수시는 대로 한 술 뜨면 그만인데요. 아이 이러시면 안 돼요. 그 쌀을 도루 갖다 넣으세요."

숙채는 주인댁과 한참 실랑이를 하다가 생각하니 차에서 변또 하나를 샀다가 먹지 않고 그냥 가지고 온 것이 생각나서 보따리를 찾아 변또를 꺼냈다.

"여기에도 밥이 있는데 그럼 이걸 먹지요."

주인댁이 보니 나그네가 가지고 온 밥이 이밥(쌀밥)이고 반찬도 보지 못하던 훌륭한 것들이라 자기가 짓는대야 그만 아주 못할 테니 숙채 말대로 하기로 했다.

"그게 다 무시기냐. 맛이 있겠구나."

이때까지 말 한마디 없던 늙은 할머니가 쪼그라붙은 눈으로 변또를 들여다보며 몹시 자시고 싶은 모양인지 나무등걸 같은 손을 내밀어 빨갛게 물들인 '가마보꾸*' 하나를 냉큼 집는다.

"할마이, 이건 저 애기 어마이 자실 게요."

손주며느리인 주인댁은 민망한 듯이 늙은이의 절벽 같은 귀에다 대고 이렇게 소리를 지르니 늙은이는 알아들었는지 말았는지 내밀던 손을

* 가마보꾸: 일본 무늬 어묵.

도로 포대기 속에다 넣는다.

숙채는 하도 어이가 없어서 얼른 변또를 들어 그 할머니 앞에다 놓으려니 주인댁이 손살을 내저으며 질색을 한다.

"애기 어마이 자시오. 이 할마이는 영 아무것도 모르신당이."

"글쎄 이러지 말고 저 할머니께 드려요. 저 할머니가 계신데 이게 내 목으로 넘어가겠어요. 어서 내 맘이 편하게 그렇게 하서요."

변또를 앞에 갖다 놓으니 숟가락을 잡은 손이 부들부들 떨리는데 그래도 밥을 술목이 부러지게 떠서 넣고 고깃점을 집어서 이라고는 한 대도 없는 잇몸에 대고 문질러서 정신없이 자신다.

숙채는 길게 한숨을 쉬고 얼른 애기를 끌어다 안았다.

*

숙채는 어젯밤 너무 피곤해서 그냥 그 집 윗목에서 새우잠이나마 자고 이튿날 아침에 일어나니 행결 머리가 깨끗하고 몸도 개운해졌다.

주인댁은 벌써 새벽 조반을 해치우고 씨암탉처럼 아기작거리며 앞뒤로 돌아다니는데 여편네가 말과 일에 막힌 데가 없고 엽엽하고 싹싹해서 뜻밖에 버릴 것이 없이 다부지게 됐다. 사람이 워낙 됨됨이가 그렇기 때문에 숙채에게도 언제 정든 것은 아니래도 끔찍히 고맙게 굴었다.

숙채는 지금 이 처지에 이러한 사람을 만난 것이 다시 없이 고맙고 마음이 든든했다.

"그래 저 애기 어마이 총각이네를 어떻게 아오. 그게 벨일이 아니오. 서울 사는 사람이 이런 데 틀어박혀 사는 총각이네를 아는 기 참 벨일이오. 여기에 사는 것들이야 말이 사람이지 어디 사람이라구. 나부터라두 그렇지비."

"총각이네가 그렇게 떠난 지 오래요? 그래 지금 어디 사는지 통 모르나요?"

"그거 어떻게 알겠소. 아마 식구가 산지사방으로 흩어졌다니까 어디메 갔는지 뉘가 아오."

"그때 내가 왔을 땐 그다지 그런 것 같지 않드니."

"그럼 그 집이 아주 갑자기 망한 셈이지비. 아들 형제가 한 달 건너로 죽고 그 집 아바이는 화가 난다고 술만 자시고 배를 타지 못하니 고기는커녕 어디 가 그물 한번 쳐봤겠음. 그러니 많은 식솔에 어떻게 살겠소. 그나저나 서울 애기 어마이 일이 큰일이오. 서울서 여기가 어디라고 그 집을 바라고 왔다가 젊으나 젊은이가 어떻게 하겠소."

"아니 뭐 꼭 그 집을 바라고 온 것은 아니에요. 총각이네와 무슨 지척이 되는 것도 아니고 전에 한 번 여기에 왔다 간 일이 있는데 그때 알았어요. 그래 이번에 내가 여기에 와서 얼마 동안 있으려는데 사실 서울서는 그 집을 바라고 온 셈이지만 댁에서라도 방 하나 세로 주시면 그만 아니에요. 그런데 저 사랑방은 지금 쓰시나요. 저 방에 있었으면 좋겠는데."

"글쎄 그럼 그렇지. 총각이네하고 무슨 일가뻘 될 일이야 없겠지비. 앙이 그러믄야 우리 집에 같이 있지비 무슨 걱정이 있소. 그런데 그 방보다 저 뜰 아랫방이 좀 나은데. 거기에 있으면 좋잖아요. 그러고 세가 무슨 세요. 내 언제 집세를 받아먹고 살았다구 아예 그런 말은 하지도 마오."

숙채는 그 사랑방이란 것을 들여다보며 끔찍이 그 방에 있게 된 것을 좋아하는 모양이다. 만일 그렇지 않았더라면 숙채가 이 섬으로 온 걸음이 절반이나 허사가 되고 말 것이 아니냐. 숙채는 매캐한 흙냄새가 풍기는 방 안으로 머리를 들이밀고 또 한 번 휘 살펴보았다.

"글쎄 그래두 셈을 하고 있어야 나두 마음을 놓지 않아요. 그럼 우리 이렇게 합시다. 나도 밥을 먹어야겠으니까 댁에서 함께 먹기로 하고…….”

숙채는 뛰어 들어가 핸드백을 들고 나온다.

“이게 약소하지만 받아두세요. 그리고 댁에서 잡숫는 대로 조밥이 아주 좋으니까요. 꼭 내 말대로 해주세요.”

“이게 무시기요. 그러구 이게 얼마요.”

주인댁은 십 원짜리 한 장 오 원짜리 한 장 모두 십오 원을 손에 쥐었다가 숙채 앞으로 얼른 내어놓으며 질색을 한다.

“앙이 이런 무서운 일이 있소. 돈이 일흔닷 냥이면 부재하나요. 동네에서라도 이런 줄 알면 나를 아주 도적년이라고 앙이하겠소.”

숙채는 바람 난 사람처럼 부들부들 떠는 주인댁의 손에 돈을 쥐어주고 아무 말도 말라고 다져놓았다.

“나 비하구 걸레하구 좀 주세요. 인제 내 방이 됐으니 훔치고 세간을 들여놓아야지.”

“그 방에 먼지가 오죽할까. 어쨌든지 그 방을 쓰지 않은 지가 십 년은 된다이. 아 너루 나오* 내 쓸게.”

“아니 괜찮아요. 천장에 거미줄은 싸리비로 훔쳐내야겠는데.”

대체 이 방은 어느 태고 삼한 적에 발랐는지 도배 종이가 까맣게 글고 해어져서 아주 득들끓었다.

숙채는 두 팔을 걷어붙이고 우선 비로 초벌 먼지는 쓸어내고 다시 천장을 훔치다가 아랫목 짝에 누더기처럼 더덕더덕 기워놓은 데를 물끄러미 쳐다보고 있다.

그는 무슨 생각이 났는지 부리나케 밖으로 나가더니 마당 구석에 놓인 사다리를 들고 방으로 들어온다.

* 너루 나오: ‘넓은 데로 나오시오’의 뜻으로 추정됨.

사다리를 천장에 대어놓고 숙채는 그리로 기어 올라가더니 그 누더기처럼 기워놓은 가운데 희끄무레한 종이 조각을 얼이 빠져서 들여다보는데 그것은 원고용지 절반 자른 것에 이런 것이 쓰여 있다.

'아직 건강이 회복되지 못해서.'

"무스거 그리 들여다 보오. 방을 쓰지 않으니까 전에 있던 사람들이 바른 대로 그냥 두었당이."

"댁에서 바른 게 아니라구요? 그럼 십 년 전 총각이네가 있을 때 바른 게 분명하군요."

"그럼 우리사 그 방에 손 한 번 댔다구. 여기에서야 종이 한 장 구경하기가 오직 힘들어야지."

"십 년 전— 그의 필적이다. 그가 이 방에 있을 때— 내가 왔던 날 손수 발랐다는 종이가 분명하다.

*

숙채는 사다리 위에 올라앉은 채 손으로 그 기운 종이조각을 어루만져보았다. 껄끄스름한 감촉 외엔 아무것도 잡히는 것이 없다.

오랫동안 문을 닫아 두었다는 어두운 이 방 속에 이 매캐하고 수더분한 냄새는 혹시 십 년 전 그때 그가 호흡하던 그 공기가 아닌지도 모르겠다. 이 방 속에 이 어두움— 그때 그의 몸을 싸고 있던 어둠이 십 년 동안 갇혀 있다가 지금 다시 숙채의 눈에 밟히는 것이 아닌지도 모르겠다.

숙채는 방 속에 풍기어 있는 냄새를 콧구멍을 넓혀가지고 맡아보았다. 그러다가 빗자루를 쥔 채 문턱에 걸터앉아 먼 뒷일 생각하노라고 눈은 울타리 밖 허공을 헤매고 마음은 사뭇 매를 맞듯이 아픈 것을 보니 감상이란 우리의 이지로 떼어버리기는 불가능한 병이라고 생각했다.

숙채는 이 방 이 천장 그리고 이 냄새— 이것들은 그때의 이야기를 그대로 써 놓은 증서證書와 같아서 지나간 날을 다시 되풀이하지 않을 수 없음을 슬퍼했다.

십 년 전 그때— 숙채는 단 한 번 이 섬에 다녀간 일이 있다. 그가 병으로 약을 한 짐 짊어지고 이 섬으로 왔을 때다. 숙채는 어머니를 졸라서 객지에 온 동무에게 가져간다고 속이고 장조림 한 단지와 고추장 한 단지를 볶아서 가지고 사십 리 길을 걸어서 이 섬으로 그를 찾아왔다.

지금도 또렷이 떠오르는 그때의 숙채 모양은 검정치마에 흰적삼을 바쳐 입고 흰 운동화를 신었다. 그리고 큰 책보에 항아리 두 개를 잘 끈을 싸서 머리에 이고 바쁜 걸음을 하던 것이 눈에 떠오른다.

한낮이 지나서야 여기에 이르렀을 때 얼굴이 불같이 달아 감히 들어오지 못하고 바로 저 버드나무 뒤에 숨어 서서 행여 누구의 눈에 뜨일까 겁을 집어먹고 서 있었다.

얼마를 지난 뒤에야 마슬* 갔던 총각 어머니가 보고 달려 들어가서 그에게 무에라고 수군거린 모양이다.

그때 이 방 속에 벌떡 드러누워 천장만 쳐다보고 있던 그가 노파의 말에 놀란 말처럼 화닥닥 뛰어나와 한참 동안은 어안이 벙벙해서 두 손길을 마주 잡은 채 장승같이 서 있었다.

"여기엘 어떻게…… 들어오십시오."

그가 숙채를 알기는 숙채가 아직 열세 살 때— 두 사람이 서로 알기는 숙채가 열여덟 살 때— 이렇게 오랜 세월이 두 사람 사이에 흘렀으나 아직 이 두 사람은 한마디 말도 완전히 끝을 맺지 못하고 몇 번이나 토막을 치는 수줍은 사이였다.

* 마슬: '마을'의 방언. 여기에서는 '이웃에 놀러 다니는 일'로 쓰임.

방에 들어가 —바로 이 방이다— 장조림 항아리를 사이에 놓고 마주 앉았으나 역시 적당한 말을 찾지 못하여 옹송그리고 있을 때 마침 천장에서 쥐란 놈이 장난을 친다.

"저런 놈의 쥐— 가뜩이나 낡은 천바지를 죄다 뚫어놓아서 오늘 아침에도 여기엘 이렇게 발랐습니다."

그때 그가 원고지를 찢어서 발랐다는 것이 십 년 후인 지금 숙채가 쳐다보고 있는 저 희끄무레한 것이다.

"무슨 생각을 그리 하고 있소— 이 방에다는 저기 새 노존*이 있으니 그거 깔아야지 이 가방도 지금 여기에 들여놓을까? 참 사람의 일이라는 건 모를 기라니. 십 년 전에 애기 어마니 얼나(어린애) 적에 여기에 왔다 갔겠능기 지금 또다시 올 줄을 어찌 알았겠소. 그래 그때는 무슨 일로 왔다 갔소?"

"네? 네— 난 또 깜짝 놀랐군요. 저— 오라버니가 병 고치러 여기에 왔었는데 그때 바로 총각이네 집에 있더군요. 그래서 한 번 다녀갔지요."

숙채는 무망 중 오라버니라고 해놓고도 그 오라버니라는 오라버니를 또다시 쓰게 되는 것을 생각할 때 실로 감개무량하다.

십 년 전 그때에도 총각이 어머니한테 오라버니라고 했었는데 그때는 그렇게 거짓말을 꾸며내지 않을 수 없는 경우였으나 지금은 무슨 까닭으로 이러한 거짓말을 하지 않으면 아니 될 것이랴.

"앙이 그래서 여기를 아는구만. 글쎄 그런 일이나 있었기에 왔다 갔지. 그렇잖으면 무시래 오겠소. 그런데 무슨 병인지 있어서 좋다는 대처에서 고치지 않구 이런 사람 못살 데 와서 무슨 병을 고치겠소."

"그래도 이런 데 와서 바다 공기도 마시고 햇빛도 쏘이고 하면 낫는

* 노존: '삿자리'의 방언. 갈대를 엮어서 만든 자리.

대은."

"저거 좀 보겠소. 바닷바람을 쏘이면 병이 낫는다이. 그래 그런지 이런데 사람은 좀 해서 병이 나는 법이 업당이. 하기사 언제 병치레까지 하고는 살아갈 수가 있어야지. 약 한 첩 앙이 먹고 죽는 사람이 많지비."

*

밤이 되니 마을 여편네들이 숙채 구경을 하려고 애들을 안고 모여들었다.

"앙이 증손 에미랑 오는구만. 어서 들어옵세."

"이 집 성님은 서울서 나그네랑 와서 좋겠소. 우리두 서울 얘기나 얻어들을까 하고 왔당이."

그들은 정지간 넓은 구들이 무너지게 모여 앉아서 저마다 어린 애기에게 젖꼭지를 물리고 앉아 이야기 장단을 펴놓는다.

빤—한 등잔불의 심지가 까불어지는 대로 에미네(여편네)들 얼굴이 밝았다 어두웠다 하는데 큰솥에다 되호박을 쪄서 구수한 냄새가 코를 찌른다.

"그래 애기 어마이 지금 나이 몇이오?"

"스물일곱이에요."

"세상— 스물일곱인 게 저렇게 얼라같당이. 우리는 대즉해야 스무남살로 봤는데."

"그래 애기 아바지는 어디메 있소?"

"돌아갔어요."

"에구— 저일을 어찌겠소, 언제 그렇게 됐소?"

"한 일 년 반 됐어요."

"저런 꽃 같은 댁네를 두어두고 어찌 눈을 감았소. 그래서 애기 어마이 도시 수심에 싸인 사람 같군."

"어째 앙이 그렇겠소. 에미네한테야 과부 되는 게 마지막 일인데."

동네 여편네들의 그 순박한 얼굴들엔 갑자기 서글픈 빛이 떠오른다.

숙채는 그 부인들이 모처럼 서울 이야기를 들으러 왔다가 그만 이런 이야기로 재미없이 되는 것이 안되었다.

그래서 무슨 좋은 서울 이야기를 끌러보나 좋은 것이 생각나지 않고 또 사실 말할 경황도 없었다.

"진고개 이얘길 할까. 화신상회 이얘길 할까. 동물원 이얘길 할까."

숙채는 가까스로 그들이 좋아할 듯한 것을 말해주니 그제서야 제각기 질문이 야단이다.

"서울에는 웃틔(옷)감이 그리 싸다지. 한번 고운 웃틔를 실컷 입어보고 죽었으믄 좋겠당이."

"저 성님은 이제 고은 웃틔를 입고 시집을 가겠소."

그들은 모두 간간대소를 한다.

"동물원에는 원숭이도 있고 사자도 있다던데 그게 정말이요?"

"가래골집 조카가 그러는데 그 전차라는 거 타문 질(길)로 걸어다니는 사람은 모두 거지같아 보인다지?"

"거지라는 게 무시계요?"

"유궐이를 거지라고 앙이 하오."

"쯧쯧! 걸어댕기는 기 타고 무시태 유궐이 같겠소. 말이 그러지비."

그들은 이렇게 떠들다가 밤이 이슥해서 돌아갔다.

숙채도 겨우 틈을 얻어 자기 방으로 와서 자는 애기를 아랫목에 누이고 램프에 불을 켰다.

시계를 가지지 않았으니 몇 시인지 알 수 없거니와 짐작컨대 아마 열한 시는 됐을 성 싶다.

열한 시면 아직 초저녁이나 다름없건만 이 섬의 사람들은 벌써 잠든 지 오래다.

"쿠릌쿠릌 푸—푸."

옆의 방에서 코 고는 소리가 야단이다.

보지 않아도 그들은 헌 누더기를 차 내던지고 베개에서 떨어져서 네 활개를 펴더버리고 꿈같이 잘 것이다.

숙채는 이불을 잡아다녀 쌕쌕 잠이 든 애기를 꼭 덮어주었다. 사과와 같이 붉은 뺨 위에 기다란 속눈썹이 부채살처럼 덮어 그늘을 지웠는데 적은 콧구멍은 가벼운 숨을 마시고 있다.

숙채는 가만히 애기의 뺨에 볼기짝에 발바닥에 함부로 입을 맞췄다. 핍박과 고난 속에 순교자가 성자의 발에 입을 맞추어 구원을 얻듯이 숙채는 이 아기의 발에 입을 맞추어 새 생명을 찾는다.

쾅쾅 솨솨— 파도 소리가 바로 울타리 밑에 들린다. 오늘밤은 폭풍은 아니건만 바다는 시커먼 하늘과 끝을 맞대고 미친 듯 뒤집히고 두터운 안개는 모든 섬을 삼켜버렸다.

휘—휘 물귀신의 울음소리 같은 바람이 뒤에 몽당 솔밭 사이로 달리는데 아마 오늘밤도 어느 바다 위에 난파선은 있을 것이다.

이런 섬의 밤이란 아프리카 해안 원시인의 부락처럼 그저 암흑이 있고 무서움이 있을 뿐이다.

마을엔 지금 한창 도둑고양이가 부뚜막을 넘어다닐 때— 바로 곁에 정지간에선 이 집 늙은 할머니의 코에서 참 야릇한 소리가 난다.

"끄륵 끄륵 끄르르륵!"

아흔두 살이라는 이 할머니는 인제는 사람과 원숭이의 중간동물로서 이 섬의 '직힘이'다. 그의 희미하고 뽀얗게 쪼그라붙은 눈동자 속에는 이 섬의 오랜 역사가 역력히 쓰여 있는 것이다.

"우리가 시섬* 올 때는 뵈**겹저고리를 입고 왔지만 지금보다 고기야 몇 갑절을 잡았지."

그가 아직 팔십 줄에 있을 때만 해도 이런 이야기를 곧잘 했지만 지금은 세상만사가 모두 아득하여 오십 년 전에 바다에 나갔다가 다시 돌아오지 않는 남편이며 여름에 맥 감으러 나갔다가 빠져 죽은 아들의 생각이며를 다 잊어버리고 말았다.

숙채는 밤이 깊어갈수록 그 늙은이가 앙상한 백골이 되어서 사이문을 밀고 들어오는 것만 같아서 그 문만 노려보고 있자니 웬일인지 문짝이 정말 움찔움찔하는 것 같다.

*

이렇게 하루 이틀 지나는 동안에 차차 얼굴이 익고 정이 들어 인제는 숙채가 길에 나가도 숭한 말로 조롱하는 사람도 덜했다.

숙채도 할 수 있는 대로 이곳 사람들의 눈과 비위에 거슬리지 않으려고 애를 썼다.

"대야가 어디 있어요?"

"저 외양간 옆에 있당이."

숙채는 우그러진 양철대야에 물을 떠가지고 자기 방으로 들어왔다.

그리고 단발같이 짧게 자르고 전기로 곱게 물결을 지워 지진 머리에다 물을 찍어 발러서 참빗으로 싹싹 빗었다.

숙채는 거울을 들여다보며 가르마를 이마 한복판에 똑바로 타 가지

* 시섬: '시집'의 오기인 듯.
** 뵈: '베'의 옛말.

고 빤안빤안히* 머리를 쪽 졌다.

왜 그런고 하니 숙채가 이 동네에 처음 들어왔을 때 이곳 사람들이 제일 야릇하게 생각하고 마뜩잖게 본 것은 이 머리를 지진 것이다.

숙채는 본시 살결이 희고 맑은 바탕에 눈 코 입이 모두 조각을 해놓은 것처럼 정돈되고 더구나 그 입술은 주홍을 찍어놓은 것처럼 붉다. 그래서 아무렇게 차려놓아도 남의 눈에 드러나게 화려한 인상을 주는 그러한 얼굴과 몸을 가졌다.

만일 누가 지금 이 섬에 와서 본다면 때 묻지 않은 자연을 배경으로 한 그 속에 숙채는 한 개의 황홀한 존재가 아닐 수 없을 것이다.

숙채는 이 섬에 온 후 크림을 한 번 바르지 않았고 또 그러한 것이 필요치도 않아서 필요치 않은 화장품과 물건은 모두 걷어 싸두었다.

"그래 애기 어마이 정말 여기에 한 달이나 있겠소?"

"그럼요. 또 웬만하면 한평생 여기에 있을지 알아요?"

"애구 저런 거짓부렁이를 좀 보오. 애기 어마이 무시기 답답해서 이런 데서 한 뉘를 살겠소."

숙채는 방바닥에 흩어진 머리카락을 거두며 길게 한숨을 쉬었다.

오늘은 희한히 맑고 따스한 날이다. 숙채는 섬 맨 끝에다 지어놓은 선황당 있는 곳으로 왔다.

사면을 돌아보아야 야청빛으로 푸른 남빛의 바다와 빛나는 흰 모래뿐으로 아무런 눈도 숙채를 지키는 이 없으매 숙채는 마음놓고 우두커니 선황당 앞에 서 있었다.

선황당 앞에 달아맨 노랗고 밝은 색 헝겊들이 바닷바람에 펄럭이고 숙채가 머리를 쑥― 그 안으로 디밀고 보니 울긋불긋 그려놓은 화상 앞

* 빤안빤안히: '시원하게' 혹은 '반듯하게'의 의미로 추정됨.

에 흰밥이며 북어 쪽이며 콩나물들이 수북이 쌓여 있는데 그 냄새를 맡고 까마귀 두어 마리가 날아와서 선황당 옆에 동백나무 가지에서 까악까악 울고 있다.

숙채는 갑자기 무서운 생각이 나서 저만치 달아났다가 다시 그 선황당 뒤에 높이 솟은 바위를 바라보았다.

숙채는 그 바위 위로 기어올라갔다. 이 바위는 바다로 향한 쪽은 아득한 절벽인데 그 밑에 시퍼런 물이 용솟음을 친다.

올라가서 보니 바위 꼭대기는 적은 방 한 간만 하게 넙죽하고 평평하게 되었다.

숙채는 그 위에 올라가 앉아서 멀리 바다 저편에 늘어서 있는 항구를 바라보았다.

"저기 저쯤에 그의 집이 있을 것이다."

숙채는 눈으로 지도를 그리면서 그 사람이 사는 곳을 찾아서 헤맸다.

"그리로 들어가는 첫 어귀엔 담배가게가 있고 그 뒤에는 바로 장터가 있는데 돼지국을 끓여서 국밥을 말아 파는 할머니들이 왼손 편으로 쭉 늘어앉았다."

숙채는 십 년 전 그와 함께 다니던 길을 지금 다시 눈앞에 또렷이 그려가지고 그 길을 따라 이리저리 돌아다닌다.

"그이를 만나야 할 텐데. 어서 만나야 일이 될 텐데."

숙채는 또다시 멀—리 바다 건너 항구를 바라보았다.

그 후 숙채는 이 섬에 있는 날까지 매일 이 바위에 나와 앉아 항구를 바라보았다는 것은 그 후 어떤 사공의 입에서 나와서 퍼졌다. 그 밖에도 여러 사공이 흰옷 입은 여자가 그 바위 위에 우뚝하게 앉아 있는 것을 보았다고 한다.

2. 별리別離

쾅쾅 자르르—.

그 마지막 계집아이가 벌거벗은 몸뚱이를 무대 옆으로 감추자 야단스러운 제금 소리와 함께 무거운 막이 주춤주춤 내리워진다.

숙채도 와— 하고 무너져 쏟아지는 사람들에 끼어 천막 밖으로 나왔다.

구경 올 때는 오후 세 시인 대낮에 왔건만 구경을 다 하고 나오니 낮을 밤으로 만들고 새파란 가스불 밑에서 노름을 놀던 그 천막 안의 세계의 연장인 듯 박 같은 입이 캄캄하게 어둡고 서울 거리의 지붕들은 구슬 같은 물방울로 뜰을 도졌다.

숙채는 네거리에 나서서 잠시 망설이다가 그냥 걷기로 하고 휘적휘적 걸었다. 전차를 탈 것이로되 타는 것보다 그냥 바둑판처럼 네모진 무늬가 도진 포도 위를 걸어보는 것이 훨씬 더 유쾌할 것 같은 것이었다.

밤 공기가 무척 부드럽고 검은 약파 같은 하늘엔 별들을 찾을 수 없으나 여기는 사막이 아니니 아무도 슬퍼할 이 없다.

숙채는 하부다이* 치맛자락이 아랫도리에 착착 감기도록 날쌔게 걸으나 머릿속에는 지금 구경하고 나온 곡마단 노름이 그대로 벌어져 재연을 하고 있다

인형처럼 그린 두 눈, 발갛게 물들인 입, 금가루를 뿌린 짧은 치마 아래엔 포동포동한 다리가 분가루를 폭 뒤집어쓰고 줄 위에서 재주를 부린다.

숙채는 어느 취인소** 고층건물의 창 옆을 지나며 자못 황홀한 경지에

* 하부다이: 명주.
** 취인소: '거래소'의 옛 용어.

빠졌다.

밤이 되고 또 그 밤의 바다 위에 무수히 떠 있는 등대 뒤에는 필경 숙채가 알지 못하는 요사스런 세계가 강렬한 향기를 뿜고 있을 것만 같다.

"너무 늦었다. 그새 편지가 왔을 텐데."

이렇게 후회하며 쌩— 하게 냅다 걸어서 겨우 하숙집 근처까지 왔을 때는 양편 빰이 홧홧거리고 이맛전엔 땀이 촉촉이 내쏟아졌다.

"그새나 편지가 왔을까? 웬 게 열흘 동안이나 오지 않은 편지가 그새 왔을라구."

사실 오늘 곡마단 구경을 동무도 없이 혼자서 달아난 것은 구경보다도 그 편지 배달시간을 기다리기가 어려워서 그런 것이다.

일요일이 되어서 학교에도 안 가고 하니 아침 늦게 일어나 조반을 먹고 빨래를 좀 하라고 하나 손에 붙지 않는다.

그래서 하숙방 아랫목에서 굴면서 오후의 배달 시간을 기다리자면 적어도 다섯 시간은 더 있어야겠는데 이 다섯 시간이라는 시간이 기다리는 사람의 척도尺度에 따라 몇 천 년으로 계산할 수도 있는 긴 시간이므로 도저히 그때까지 기다리고 있을 수가 없었던 까닭이다.

숙채는 문 앞에 이르자 마구 달려서 안으로 들어가는데 벌써 각방에서는 먹고 물린 밥상이 까만 콩자반을 그대로 놓은 채 나오고 있다.

"애가 어디루 혼자만 빠져 다녀?"

은희가 배를 찬 방바닥에 철석 붙이고 엎드려서 무슨 잡지를 뒤적이다가 숙채가 들어오는 것을 눈귀가 샐쭉해서 쳐다본다.

"너 종일 집에 있었구나. 그런데 편지 안 왔니?"

"밤낮 그 편지 편지 소리 듣기 싫어 사람 죽겠다. 편지는 안 왔어도 사람은 왔더라. 네가 그 편지처럼 기다리는 사람인지 어쩐지는 몰라도……. 그런데 내가 곧 온댔는데 왜 좀 기다리지 않고 어딜 혼자서만 다니니?"

"용서해라 곡마단 구경을 갔었다. 너두 없구 어디 빈 방에 혼자 있겠든? 그런데 어떤 사람이 찾아왔든. 올 사람이 없는데. 몇 시쯤 해서 왔디?"

"아까 나 혼자 있는데 다섯 시쯤 해서 웬 사람이 와서 너를 찾더라. 그래 아마 구경을 간 게라고 하니까 한참 섰다 갔다."

숙채는 유원이가 온 것을 직각했다.

"쟨 구경은 왜 갔다고 했니. 그래 또 온단 말은 없디?"

"응, 저녁 일곱 시쯤 해서 다시 온다구. 그런데 무슨 사람이게 구경을 갔다면 안 되니?"

"아—니 글쎄 안 될 건 없지만……."

숙채는 누가 찾아왔었다는 말에 그만 머릿속이 아찔해진다.

'그가 올 까닭이 없는데 그가 오자면 아직도 한 달 하고 닷새는 남았는데 그러나 열흘씩 편지가 없었던 것을 보면 그동안 무슨 변동이 생겼음직도 하고…….'

*

은희는 납작한 얼굴이 아직도 혼자 있는 노염이 잘 풀리지 아니하야 새침해 있다.

"어떻게 생긴 사람인지 봤니? 올 사람이 없는데."

"그럼 나가서 말까지 했는데 눈을 가지고 안 보니?"

"어떻게 생긴 사람이디?"

"어떻게 생겼더냐구. 그런데 사람이 좀 이상하드라. 그 사람이 네게 날마다 편지하는 사람이냐? 그런데 그 옷 입은 모양이 왜 그러냐 호호……."

"뭐? 옷 입은 모양이 어때서?"

"얘, 난 우스워서 혼났다. 그 사람 키가 좀 크고 얼굴이 어딘가 날카로운 인상을 주는 사람이지? 맞았니? 그런데 그 사람이 말이다 번들번들하게 다듬은 흰 광목 두루마기를 입었는데 짧기는 왜 그리 짧은지 무릎으로 올라가더구나. 호호……."

"얘, 웃긴 그게 그렇게 우스우냐. 네겐 모던 보이가 제일이니까 그 사람이 네 눈에 좋게 보이는 사람이라면 나는 벌써 경멸했을 게다."

"얘, 그렇게 악의로 들을 것이 아니다. 그 두루마기를 네가 보지 못했으니 그렇지 너두 보면 우스울라 호호……."

"체— 그가 너 같은 애 화제에 오른다는 것이 피차의 불명예다."

숙채는 윗목으로 돌아앉아 양말을 벗어 책상 밑으로 했드리터리고는* 두 무릎을 일위세우고** 벽에 기대앉았다.

"왜 왔을까. 구경을 가지 말고 조금만 집에 더 있을걸."

"너 그래 그렇게 토라지기냐? 광목 두루마기를 입었다고 했기 망정이지 부대조각 두루마기를 입었다고 했다면 큰일 날 뻔했구나. 도대체 그게 누구게 네가 그렇게 눈이 뒤집혀 역성을 드니 오빠는 아니지? 요런 깜직한 것."

"아이 꼬집지 마라 아프다. 너 저녁 먹었니? 난 배고파 죽겠다. 그런데 정말 일곱 시에 온다구 했니?"

"말은 분명히 그러더라만 올지 안 올지는 단 삼십오 분 후에 문제다."

은희는 손목시계를 들여다보며 아직도 여섯 시 이십오 분이라고 일러주었다. 그리고 오늘따라 숙채가 너무 긴장해서 덤비는 바람에 자기는

* 했드리터리고는: '흩뜨려트리고는'의 뜻으로 추정됨.
** 일위세우고: '일으켜 세우고'의 뜻으로 추정됨.

웬만해서 한 손 늦추어 주리라고 생각했는데 그것은 평소 그들의 좋은 우정의 결과일 것이다.

이러한 은희의 양보로 다 같이 풀어져서 제법 낮에 사온 캬라멜 껍데기를 벗기고 있을 때 누가 밖에서 숙채를 찾는 소리가 난다.

"왔다 왔어. 낮에 왔던 그 사람이 옳다. 어서 나가보려무나. 왜 이렇게 정신 빠진 애 같다니?"

"응—."

숙채는 얼굴이 붉어져서 선 자리에 꼼짝도 못하고 있더니 얼른 거울 앞으로 가서 세수수건을 벗겨가지고 얼굴을 함부로 문지른다.

"은희야 미안하지만 네가 나가서 잠깐 기다리시라고 하고 나 물 좀 떠다주렴. 이거 어떡하니."

"얀, 이제 언제 화장을 다시 하고 나가니. 그대로 예쁘니 어서 나가봐라."

"아이 화장을 다시 하는 게 다 뭐냐. 이거 분 바른 거랑 좀 지우고야 나가지. 그이 앞엔 화장을 하고는 못 나간다."

숙채는 은희가 나가서 무에라고 말하는 동안에 마침 책상 밑에 자리귀*를 떠나놓은 것이 있기에 거기에다가 수건을 적시어서 다시 얼굴을 아무렇게나 문지르고 밖으로 나갔다.

"어떻게 오셨어요?"

"네, 그저…… 저리로 같이 가실까요?"

두 사람은 어두운 골목길로 들어서서 걸었다.

"그새 편지가 도무지 없어서 퍽 걱정했어요."

"그러실 줄 알았습니다. 늘 아프시다더니 좀 어떠세요? 이번에 내가

* 자리귀: '자리끼'의 오기인 듯.

저기서 용한 의원을 하나 만나서 약을 지어 가져 놓고 그만 못 가지고 왔는데……. 그동안 시골 댁엔 별일 없으신 모양이지요? 그리고 학교에도 여전히 통학하시구요."

"네—."

그들은 별말이 없이 그 긴— 골목을 다 걷고 또 다른 골목으로 들어섰다.

숙채는 문득 아까 은희와 말다툼하던 것을 생각하고 그가 입은 그 문제의 두루마기를 자세히 보았다.

"이건 어디서 얻어 입으셨어요?"

숙채는 자기가 말을 해놓고 제 말에 놀랐다. 어디서 지어 입었느냐는 소리를 그만 어디서 얻어 입었느냐고 물었던 것이다.

"네? 이 두루마기요. 고물상에서 샀습니다. 잘 맞습니까?"

*

두 사람은 더 두루마기 이야기를 하지 않고 골목 막다른 데 있는 큰 기와집 앞까지 왔다.

그 집은 큰 포목상을 경영한다는 사람들이 산다는데 이십여 간 되는 기와집이 으리으리하다. 숙채와 유원이가 찾아오는 집은 그 안집이 아니고 그 집 행랑채에 들어 있는 허 서방 있는 데다. 대문 앞에 이르자 그는 큰 대문을 삐국하고 열더니 숙채더러 먼저 들어가라는 뜻을 보인다.

"어서 들어가십시다. 어디 첨 오시는 데라고……."

"방에 아무도 없어요?"

"있으면 어떤가요, 그들은 절대 우리 편이니까. 어서 들어가세요."

유원이가 먼저 대문 안으로 성큼 들어서니 숙채도 그 뒤를 따라 들어갔다.

기침 소리를 외며 행랑 방문을 열었을 때 그 안은 지금 한창 저녁참이다.

"아이 학생 아씨 오시네. 어서 들어오세요. 원 이런 델 서방님이 계시니 오시지. 오시라고 빌면 오실까. 여보 이것 저리 좀 치워놓우."

"어서 저녁들 잡수시지요. 우린 한쪽에 있을 테니……."

숙채는 방을 들여다보니 어디 발을 들여놓을 자리가 있을 성 싶지 않아 그대로 주춤거리고 섰다가 혹시 방이 더러워서 들어가지 않나 생각할까 보아 기어이 밥그릇을 가로 타며 들어가서 윗목에 가 쪼그리고 앉았다.

"나는 좀 시장한데 우리도 여기에서 함께 먹었으면 좋겠군요. 용연 어머니 무슨 맛있는 찬이라도 있거든 다 내놓으시지요."

"에그머니 숭해라. 여기서 어떻게 같이 잡수신다고 그러세요. 우리 인제 다 먹었는데 상을 따로 차려야지. 원, 이런 진질 서방님은 잡수신다고 아씨야 어찌 잡수신담."

"글쎄 아씨고 서방님이고 그런 말은 쓰지 마시래두. 자꾸 잊어버리시는 모양이군. 학교 안 댕기기 잘했지. 댕기기만 했더면 밤낮 낙제만 할 뻔했소. 안 그러냐 용연아."

"그저 우스운 소리는 잘 하셔. 아이 녀석아 어서 먹고 아저씨 상 채려 드리자."

이 집 식구는 오십 되는 주인사내의 마흔 살 되는 마누라와 여남은 살 되는 막내둥이 아들과 도합 세 식구다.

저녁을 먹노라고 세 식구가 둘러앉아 가운데 소반 하나를 놓고 영감과 아들이 겸상을 받고 마누라는 밥그릇은 방바닥에 놓고 김치는 상 위의 것을 집어먹는다.

좁은 방 안에 사람이 꽉 들어앉고 게다가 김치 냄새며 찌개 냄새며가 합하여 이상하게 메스꺼운 냄새가 되는 것은 우리 음식의 특성이라고 할 것이다.

숙채는 윗목에 찌개냄비 곁에 그 냄비보다 몇 배나 더 크고 흰 사기 요강이 유난스레 눈에 띄는 것을 본다.

그 요강은 이 집안 세간 중에 아마 제일 크고 훌륭한 것인 모양인데 다른 것은 못 장만해도 요강만은 이렇게 크고 훌륭한 것을 장만하는 까닭은 무슨 사치꺼리거나 호사로 그러는 것은 아니고 대단히 필요한 조건이 있음으로 그런 것이다.

서울 집에 행랑채는 큰 대문 안에 바로 있고 그 담에 또 중문이 있고 이 중문 안에 워낙 원채가 있는 것이다.

그런데 변소는 안채에 딸려 짓는 것은 물론이다. 행랑이란 방 한 칸 뿐이니 변소가 있을 리 없다.

안채에선 초저녁만 되면 특별한 일 외에는 중문을 꼭 잠가버린다.

그러니 만일 밤에 이 행랑채 사람들이 뒤 보는 일이 있으면 이런 변이 있을 데가 없다.

그러나 행랑채 사람들이라고 밤에 뒤 보러 가지 말라는 법은 없으니 이러한 때에 이 요강이 필요한 것이다.

그리하여 하룻밤을 새우게 될 때 이 요강 안엔 이 집 식구의 여러 가지 배설물이 가득히 담기는데 때로는 대변 같은 것을 누어 놓은 때는 알뜰한 주인마누라가 신문지 부스럭이라도 그 위에 엎어놓는다.

숙채는 그 요강을 멍하니 바라보며 속으로 이렇게 생각했다.

'지금 저 요강 안에 오줌에서는 암모니아 가스가 성히 발산하리라'고.

*

주인마누라가 안으로 들락날락하는데 눈치를 보아하니 안댁에서 무슨 찬을 좀 가지고 나오는 모양인데 얻어 가지고 나오는지 은근히 훔쳐 가지고 나오는지 그건 알 수 없거니와 어쨌든 사발이며 양재기에다 무엇을 담아서 들고 나온다. 그는 윗목에 앉은 두 사람의 눈치를 슬금슬금 보면서 가지고 온 것을 상에다 채려놓는다.

"어서 진지를 잡수시우. 오죽 시장하실까. 낮에 점심도 안 잡숫구."

"여보 영감 어느새 졸기는 왜 졸우? 안에선 지금 바빠서 부지깽이까정 뛰는데. 오늘 저녁 고사를 잡수시노라고 시루 열둘을 들여벽이고* 쪄내는데 불 땔 사람도 없고 물도 더 길어와야겠고 이러구 앉았으면 어찌우? 나도 어서 들어가봐야겠지만."

"소리는 왜 이리 초풍을 하게 질러? 깜짝 놀랐네. 물은 무슨 물을 또 가져오래? 오늘 몇 번 가져왔는지 알기나 하고 그래. 새벽부터 서른두 지게나 가져왔어. 젠—장."

"글쎄 암만 가져왔어도 모자라는 걸 어찌하우. 백 지게라도 가져오라면 가져왔지 별 수가 있소."

"인제는 허리가 아파서 더 못 가져와. 사람이 살구야 볼일이지."

"에구 인젠 임자두 귀신이 다 됐수. 그까짓 것 긷구 저렇게 운신을 못하는 걸 보니 더 바스러져서 저 모양이지."

"이건 눠길 악담을 하나. 나 살 때까지만 살아봐."

영감 마누라가 한참동안 옥신각신하드니 영감은 할 수 없이 일어나 안으로 들어갔다.

* 들여벽이고: '들여넣고'의 뜻으로 추정됨.

그렇게 바쁘다고 영감을 담배 한 대 못 피우게 휘몰아들여 쫓고 자기는 되려 늘어져 앉았다.

"에구 엎어진 김에 쉬어간다고 나도 좀 앉았다 가야지. 오늘은 첫새벽부터 꼬박 섰더니 장단지의 힘줄이 팽팽 키여서 죽을 지경이구먼. 그만해도 나일 먹어서 이 지경이지."

"무슨 일이 밤에 또 있나요? 어서 좀 쉬세요."

"그런데 그 숭늉이 다 식어서 어디 됐어요. 내 안에 들어가 잠깐 데워가지고 나올게. 천천히들 잡수세요."

"하— 이러지 말구 여기 좀 이렇게 앉아겝시오."

"그럼 못 이기는 체하고 조금만 더 앉았다 들어갈까. 주인마님이 또 선 자리에서 팔팔 뛰시게. 마님 성미가 어찌 매서운지 그 눈총을 맞아 당장 거꾸러질 것 같은데 그래도 아직까정 목숨이 붙어 있군그래. 그리구두 작년 섣달 명일에 세친을 주신다구 버선 한 켤레를 차악 내놓았구만. 그러게 사람에두 천중 만중 구만중이 있다드니 그 말이 옳아요. 아차 잊었군. 대문 앞에 황토를 펴라던 걸. 고사날이 돼서 사람을 기하니까."

마누라가 잠깐 나갔다가 또 안으로 안 들어가고 다시 들어와서 이야기를 계속한다.

"그런데 나도 인젠 사십이 넘어 오십 줄에 들지만 내 평생에 이 서방님 같으신 어른은 첨 봤어요. 서울 오실 때마다 우릴 주고 가시는 돈으로 여관집에 들었으면 아주 상지상으로 잘 잡숫고 편히 계실걸. 하필 우리 집에 오셔서 이 고생을 하신다니까요. 작년 여름에두 우리 영감이 죽을 병에 들어서 꼭 죽게 된 것을 이 서방님이 살렸습죠. 돈을 수태 쓰신 건 말 말구두. 글쎄 손수 영감 입에 미음을 떠넣는다 생선을 구어 가시를 발라서 집어넣어준다 무슨 주사를 놓는다 약을 쓴다 이렇게 병구완을 해줬지요. 우리 같은 사람이 당장 거꾸러진다면 누가 본 체나 하겠어요. 더구나 이런 행랑채라도 집주인은 제집 용마루 밑에서 사람 죽는 게 싫다고 숨 떨어지는 사람을 업고 나가라고 야단하는 세상인데요. 재작년 우리 용범이가 죽을 때 이야기를 하면 귀신도 곡을 하고 산천초목도 서러워하지요. 그게 재작년 바로 추석날 밤이에요. 한 일 년 동안이나 시름시름 앓다가 죽기 한 달 전쯤 해서 제 혼자 어디 가 진찰을 해보니 폐병이란 게라군요. 젊은 애 병이니 그저 낫겠지 하고 있었는데 점점 병이 심상치 않게 되어가니 저 아버지와 내가 아무리 애를 쓴들 무슨 소용이 있어야지. 그리다가 바로 추석날 밤엔 아주 일이 글러가는군요. 그런데 안에서는 송편들을 빚느라고 야단인데 내가 빠지면 되겠어요. 그래도 마님께 자식 놈이 죽게 됐으니 나가보겠단 말을 못하고 그냥 그 일을 하려니 내 오장이 어떻게 됐겠어요. 그것도 숨기고 싶어 숨긴 게 아니라 바른대로 말하면 필경 행랑치라두 자기 집에서 죽는 것을 싫어할 것 같아서 그랬지요. 어디 송편을 빚자니 손이 떨려서 빚을 수가 있어야죠. 그래 두어 개 빚다가 슬그머니 나와 보니 벌써 아래턱이 다 떨어졌어요."

그는 말을 하다말고 목이 메여 흐느낀다.

*

마누라는 빨갛게 된 코끝을 앞치마로 문지르며 다시 아들 죽던 이야기를 계속한다.

"내가 제 귀에다 대고 동범아 동범아 하고 불렀더니 다 꺼진 눈을 한 번 뜨는 것 같더니 또 그대로 아무 소리도 없군요. 그런데 마침 안에서 또 부르기에 할 수 없이 들어가 마님께 사실대로 여쭈었지요. 그랬더니 아니나 다를까 영감마님까지 펄펄 뛰시며 행랑방에서는 운명을 못 시킬 테니 업고 나가라고 야단입니다. 스무 살이나 멕인 자식이 죽느라고 껄

떡거리는데 이걸 업고 나가라니 밤중에 어딜 업고 간단 말이요.

'마님 저이가 입때 댁의 덕분에 살아가다가 이런 일을 당해서 댁의 신세를 지지 않으면 어찌합니까.'

'아니 왜 다 죽게 된 사람을 감춰 두구 잔뜩 있다가 내 집에서 초상을 치게 한단 말인가. 안 되네 안 돼. 어서 업고 나가서 운명을 시키게.'

나는 저를 일으켜 세우려고 등 밑으로 팔을 넣어 조금 놀았더니 목이 뒤로 척 늘어지고 사지가 두어진 것이 어디 돌겠습디까. 제가 어미 배 밖에 나면서부터 고생을 해서 죽는 날까지 배부른 밥을 못 먹다가 이제 조금만 더 있으면 숨을 끊겠는데 그새에 어디 편안히 뉘일 데가 없어 이 지경이니 부모 된 사람의 맘이 어떻겠어요. 할 수 없이 저 아부지가 이불에 싸서 업고 사직공원으로 갔습지요. 그 날 밤 달은 어찌 그리 밝던지— 추석날 밤이었으니까요. 뉘일 자리를 찾으니 어디다 뉘이겠어요. 그래 그 나무걸상에다 뉘이러니 걸상 길이가 짧아서 다리가 축 땅으로 늘어지는군요. 그러니 죽는 전들 얼마나 괴로웠겠어요. 이러다가 새벽 두어 시쯤 해서 제가 아주 숨을 끊으니 나는 그만 칼로 내 배를 갈라서 그 속에 있는 창자를 죄다 꺼내서 온 땅 위에 뿌려놓고 죽을려고 했지요. 그런 생각을 하면 이 서방님께는 머리를 베어 신을 삼아 드려도 그 은혜를 다 못 갚지요. 그런데 서방님은 대학교두 졸업하시구 시골 댁도 부자라면서 무슨 액운이 뻗쳐서 이 고생을 하고 다니시는지 옛날 같으면 무슨 암행어사나 되셨다구 할까. 원 나 같은 게 알 수가 있어야지. 그저 어서 이런 아씨와 혼례식을 하고 살림을 하셨으면 그땐 세상 없어도 우리 늙은이들이 따라가서 한평생 의지할 텐데."

"아주머니 인젠 그만— 그 콧물이나 싹 닦고 그리고 아주머니 시집 오던 날 이야기나 또 하슈. 초례청에서 신랑이 키가 적어서 어떻게 했어요? 허어……."

"지금도 키가 저렇게 적은 게 그때야 오죽했다구 히히……."

"여보 마누라— 저게 정신이 온전한가 원. 뭘 하구 있는 게여? 마님 분통이 터져서 병원에 가시게 됐어. 저런 제—기."

"좀 가만 계시우. 어련히 들어갈라구."

이렇게 이들이 서로 시비를 하며 안으로 들어가노라고 중문 소리가 여무지게 삐—걱 난 다음 한 칸도 못 되는 방이나마 갑작이 휑뎅그레하게 헤넓어졌다.

유원이는 신문지로 바른 궤짝에 기대여 앉았고 그와 정면으로 아랫목에 숙채가 앉았다가 불시로 호젓해진 분위기에 두 사람은 똑같이 방안에 공기가 자기네 가슴을 압박하는 것 같은 고통을 느끼었다.

이 방 안은 광대무변한 광야— 그리고 이 두 사람은 감시인의 눈을 벗어난 포로— 어쩐지 한없이 큰 자유를 얻어쥔 것처럼 즐거우면서도 또 한편 두렵고 초조했다.

이러한 때 숙채는 눈을 떨어뜨려 자기의 무릎만 지키고 있는데 유원이는 사나이의 못된 버릇으로 눈을 들어 숙채의 얼굴을 도적해 봤다.

"거 얼굴에 무에 모두 묻었습니다."

"네? 무에 묻었어요?"

"허허…… 왜 얼굴에다 환을 그리고 다니십니까. 먹 장난을 하신 게군요."

"어디 묻었어요?"

숙채는 수건을 꺼내 가지고 씻으려고 하나 어디에 묻었는지 제 얼굴을 볼 수가 있어야지. 그렇다고 이 집에 거울이 있을 리는 없고.

"어디 묻었는지 가르쳐주세요. 씻게."

"그 이마와 눈과 눈썹 사이에 왼통 먹이 묻었는데요."

숙채는 제 손으로 씻느라고 해도 잘 씻어질 리가 없다. 그리하여 유원이가 여러 가지 손짓으로 벙어리 가리키듯 해서 겨우 씻었다.

그 먹이라는 것은 사실 어린애처럼 먹 장난을 하다가 묻힌 것이 아니라 요즘으로 버쩍 열심히 배우는 화장술로 눈썹을 그렸던 것이 아까 곡마단 구경을 갔다 와서 그대로 있다가 유원이가 오는 바람에 질겁을 해서 물 묻은 수건으로 문댔던 것이다.

그렇게 덤비며 문지르는 통에 눈썹 먹이 이마며 눈꺼풀에 퍼져서 황을 그렸던 것이다.

"왜 숙채 씨는 거울도 안 보고 다니십니까. 요즘 길에 나가보면 거 여자들이 얼굴에다 무얼 모두 그리고 칠하구 다니던데 숙채 씬 아직 그런 재간을 못 배우신 게군요. 허허……."

유원이는 자기의 숙채가 이렇게 얼굴 꾸미는 재간을 모른다는 것이 한없이 미쁘고* 사랑스럽고 또 고마웠다.

그러나 숙채는 이미 이러한 칭찬을 듣기는 죄 많은 몸이라 얼굴이 빨개지지 않을 수가 없었다.

*

바람이 들창문 문풍지를 간지럽혀 바스락바스락하는 작은 소리가 두 사람의 귀에 커다랗게 들리도록 방 안은 다시 조용해졌다.

이때 유원이가 옴숙 일어나더니 자기가 가지고 온 주먹만 한 보따리를 끄르는데 그 보따리 속에는 십 전짜리밖에 아니 될 누리끼한 세수수건 하나와 허름한 내의 한 벌과 영신환 몇 봉지와 봉투 한 축이 들어 있다.

* 미쁘고: 믿음성이 있다.

유원이가 그 속에서 무엇을 꺼내서 숙채 앞에 내어놓는데 그것은 누런 금시계인데 순금 줄과 메달까지 달린 커다란 금시계였다.

이 시계는 유원이가 재작년 봄에 공과대학 전기과를 수석으로 졸업할 때 그의 아버지가 졸업 기념으로 준 것이다.

"이걸 이번 댁으로 내려가실 때 가지고 가주십시오. 내게는 도모지 필요치 않고 거추장스러운 물건이니까요."

"아버지께서 주신 걸 그렇게 해서 어떻게 해요."

"아버지가 주신 거라도 내게 필요치 않을 때는 달리 처리하는 수밖에 없지요. 아버지가 주신 시계뿐만 아니라 때로는 아버지 그 자신도 그렇지요."

숙채는 얼핀* 이런 예수의 교훈이 머리에 떠올랐다.

"나를 따라오려거든 부모나 처자를 버리고 따르라."

대개 현재에서 만족치 않고 그 현재를 넘어서 좀 더 높은 진리를 찾으려는 사람에게 있어서는 늘상 이러한 무정無情이 있는 것인가 하고 생각했다.

숙채는 산뜻한 금속의 감촉을 손끝에 받으며 그 시계를 집어서 자기 핸드백 속에 집어넣었다.

옆집에서 늙은이의 해소기침 소리가 쿨렁쿨렁 들리는데 무에 대문을 왈칵 열며 큰소리로 떠든다.

"이리 오너라."

방 안에 있던 두 사람은 깜짝 놀랐다. 그중에도 유원이는 대단히 놀란 모양인지 눈에 뜨이게 기분이 좋지 못해졌다.

유원이는 늘 마음을 턱 놓고 사지를 쭉 펴고 사는 사람이 아니었다.

* 얼핀: '얼른'의 사투리.

항상 초조하고 바쁘고 항상 긴장했다.

그러나 이번 걸음에처럼 잘 놀라고 깊은 생각에 잠기고 슬퍼하고 또 술에 취하듯 정열에 취해서 들뜬 것을 숙채가 다 알아보지 못했겠으나 어쨌든 숙채 눈에도 현저히 보일 만했다.

"숙채 씨—"

유원이는 한참 말이 없다가 고개를 번쩍 들면서 이렇게 불러놓았다. 그리고는 숙채를 뚫어져라 하고 바라보다가 또다시 머리를 기대고 앉은 궤짝 위에 털썩 내던졌다.

"숙채 씨—"

"네? 말씀하세요."

"우리 이번에 집에 내려가거든 아버님께 졸라서 약혼을 합시다. 반대십니까? 이것은 오랫동안 우리 사이에 준비되었던 말이 인제야 우리의 혀끝에서 해방되나봅니다. 그렇지 않습니까. 숙채 씨의 입으로 옮겨보십시오."

숙채는 이 말을 듣자 머릿속이 아뜩해서 혼도할 것 같았다. 그것은 자기가 이때까지 자라던 세계에서 다른 세계로 들어가는 한 계단을 넘어서는 그러한 일인 까닭에 약혼한다는 일이 그렇게 어렵고 또 이상한 일과 같이 생각되었던 까닭이다.

"그런데 아버지께서 반대하시지 않으실까. 박사 사위만 구하는 어른에게 나 같은 사람이 합당할까. 내가 하다 못해 전문학교 선생님이라도 되었다면 아버님 비위를 그다지 거슬리지 않겠지만 이런 하잘 것 없는 사람이 됐으니 좋다고 하실지 모르지요."

"왜 전문학교 선생 자격이 없으신가요. 하시지 않으니깐 그렇지."

"글쎄 어쨌든 죽이 되나 밥이 되나 내려가 담판을 해봅시다. 정 듣지 않거든 영감님을 우리 둘이서 그 왜 참외를 따서 넣는 망태가 있지요. 그

망태에다 홀랑 집어넣어서 갖다 팽개치지요. 하하…….”

유원이는 대단히 유쾌한 모양인데 그 눈은 사슴을 따르는 포수와 같이 희망과 열심으로 차 있다.

“그런데 우스운 일이 하나 있지요. 우리 어머니가 내가 여남은 살 될 때부터 내가 장가를 가게 되면 그 규수한테 예단으로 쓴다고 명주며 모시를 아주 많이 장만해두셨지요. 그리구 해마다 몇 번씩 꺼내서 거풍을 시킬 때면 나도 많이 구경했지요. 더구나 그 가락지는 굉장히 크더군요. 똑 말굴레만 한 게 이만은 해요. 그걸 숙채 씨가 끼시겠습니까. 허허……. 부인들은 옛날 부부인이나 지금 부인이나 다름이 없나봐요. 옛날 부인들은 말굴레 같은 은가락지를 사랑했고 지금 부인들은 다이아가 박힌 백금반지를 좋아하구요. 그런데 숙채 씬 무얼 좋아하십니까. 어디 좀 말씀해보십시오.”

이때 그 중문이 아주 조용히 달그닥 하며 열리는 모양이다.

*

“아이 무슨 얘기를 그리 재미나게 하세요. 두 분이 그리고 앉은 것을 보니 아주 꼭 맞는 천생배필이십니다. 우린 세상에 났다가 저런 재미 한 번 못 보고 인제 다 늙었지.”

두 사람은 사는 데 수고로움밖에 모르는 이 마나님— 혹 그가 시집오던 날이나 혹 첫 아들을 낳았을 때 하루 해를 다 못 넘기는 짧은 즐거움을 가졌을지 모르나 그 평생이 수고롭고 슬픈 마나님의 넙죽한 얼굴을 쳐다보았다.

“우리 이렇게 앉았는데 퍽 좋아 보여요?”

“좋아만 보여요 아주 인간의 꽃송이들이시죠. 두 분이야 이제 세상에 부러운 게 없이 오죽 잘들 하고 사실까. 저렇게 얌전하신 아씨에 서방님도 인제 암행어사도 행차나 다 치르고 나시면 고래등 같은 기와집에서…… 그땐 세상없어도 내가 따라갈 텝니다."

"암행어사는 무슨 암행어사애요. 내가 이도령인 줄 아시우. 그럼 숙채 씬 춘향이시로군."

세 사람은 일제히 큰소리를 내어 웃도록 그들은 진실로 이런 말을 하고 이런 말을 듣는 것을 즐거워했다.

"어서 떡이 식기 전에 좀들 떼셔요. 떡고물이 좀 간간해졌군요. 마님이 또 들볶는 통에 그만 손이 떨려서 내가 소금을 넣은 게 그 지경이죠. 요즘 서방님 음식이 변변치 않아 궁진하실 텐데 어서 좀 잡수세요."

마나님이 안으로 들어간 다음 두 사람은 수북하게 담은 떡 한 그릇을 다 먹도록 별 말이 없었다. 가끔 떡을 베어물다가도 떡덩이를 넘어 두 사람의 눈이 부딪힐 때 두 사람은 웃었다.

"우리 이번에 집에 가거든 알섬卵島으로 한번 가볼까요? 현대인에게 향수鄕愁란 것이 없으나 알섬은 우리에게 영원한 땅이지요. 그때 내가 가 있을 때 숙채 씨 꼭 한 번 오셨다 가셨죠. 그게 벌써 몇 해나 됩니까. 삼 년 전이군요. 그 우물이 지금도 있는지—. 그날 숙채 씨가 몇 번이나 그 우물에 가서 물을 자셨지요. 물빛도 몹시 누렇고 물맛이 찝찔하더니. 그 누런 물빛만 생각해도 곧 그 섬의 냄새가 코로 스며드는 것 같군요. 그런데 그 섬에선 해가 지려면 동이 같은 불덩이가 바로 그 원두막 뒤로 까물어져 들지요. 그럴 때면 이 섬은 인간세상이 아니고 한 개의 전설의 마을이지요. 바다 이야기를 하면 나는 언제나 해적이 되고 싶어요. 금화와 보석상자를 실은 서반아 해적선의 선장이 되고 싶군요. 하하. 그런데 아무리 아름다운 땅이라도 거기 먹을 것이 없으면 기름이 마른 등잔불과 같아서 빛을 낼 수가 없어요. 알섬도 그만치 아름다운 땅이면 '이낙 아든'

의 이야기와 같은 로맨스 쯤은 있을 것 같으나 결국 살아갈 방도가 없는 사람들에게는 로맨스나 전설이 빚어질 경황이 어디 있어야죠."

*

이 알섬에서 사십 리 길을 가면 북어와 고등어가 산더미같이 가리어 있고 돼지고기와 술집이 많은 한 작은 항구가 있으니 그 항구는 유원이와 숙채를 길러낸 옛 마을이다.

유원이는 재작년 봄에 대학을 졸업하고 평양 어느 공장에 기사로 있었고 숙채는 지금 시내 모 여자전문학교에 학적을 둔 여자전문 학생이다.

유원이가 평양 가 있게 된 지 일 년 반 되던 작년 구월에 갑자기 유원이가 직장 일을 그만두었다는 간단한 편지가 숙채에게 왔다.

유원이는 머지 않은 장래에 공학박사의 학위를 얻으리라는 여러 사람의 기대를 물리치고 지금은 어디서 무엇을 하고 있는지 아는 사람이 없었다.

유원이가 이렇게 된 뒤 숙채에겐 사흘에 한 번씩 편지가 오고 또 한 달에 한 번씩 서울로 오는 것이다.

유원이가 이렇게 한 달에 한 번씩 서울로 온다는 것은 두 사람에게 있어서 말하자면 모든 연인과 마찬가지로 가장 큰 기쁨이 아닐 수 없다.

"아무 날 아무 시 어디로 가 있겠습니다."

하는 편지를 숙채가 받고 그 시를 시계를 들어앉아 분을 다투어 가보면 꼭 그 시 그 장소에 유원이가 나타나 있는 것이다.

칠 개월 동안 그들의 약속은 분초의 틀림도 없이 정확했다.

숙채는 유원이에게 단 한 마디 말도 묻지 아니했다. 이것은 어느 틈에 그들 사이에 철칙처럼 되었고 그 대신 숙채는 단 한 가지의 무기인 그의 호수 같은 두 눈으로 유원의 얼굴과 몸과 그리고 머리에서 무엇을 찾아 알려고 했다.

그러한데 제일 먼저 숙채의 눈에 띄인 것은 아무도 몰라보리만치 달러진 유원의 차림새다.

그는 본래 모양을 내는 일이 결코 없으나 그의 타고난 품이 어딘가 '로미오'를 생각게 하는 아름다움과 우아한 풍모를 가졌고 그 위에 과학자로서 단정한 복장을 갖추어 한 개의 완전한 신사였다.

그러든 것이 이렇게 서울로 다니면서부터 그는 은희란 여학생이 그처럼 조롱을 하리만치 짧은 광목 두루마기를 고물상에서 사 입고 있었다는 것이다.

*

그리고 또 한 가지 이상한 것은 유원이가 이렇게 다니면서부터 언제나 열한 시— 밤 열한 시에 대해서 이상한 관심을 가지는 것이다.

밤 열한 시만 되면 그의 눈의 동자가 더 커지는 것 같고 얼굴의 근육은 팽팽하게 긴장이 되는 것 같고 그리고 그 행랑방 길로 향한 벽에 뚫린 작은 들창으로 수없이 내다보는 것이다.

이렇게 수없이 내다보다가 그의 눈이 어둠 가운데서 무엇을 발견했는지 그때는 행길로 나가는 것이다.

이러할 때면 그는 의례히 숙채를 그 때가 이르기 전에 먼저 하숙으로 돌려보내놓고 그리고 같이 있는 용연 어머니나 용연 아버지에게도 어떤 핑계를 만들어서든지 그 자리를 피하게 한다.

두 사람은 그 팥고물이 짜다는 떡을 엄참이* 먹고 나니 냉수 한 사발

* 엄참이: '한참' 또는 '많이'의 뜻으로 추정됨.

을 서로 또 다 먹었다.

"지금 몇 시나 되었어요?"

숙채는 자기의 손목시계도 있건만 어쩐지 그것은 보지 않고 핸드백 속에 들어 있는 유원의 시계를 꺼냈다. 금사슬을 주르르 달고 나온 시계 뚜껑을 열고 보니 꼭 아홉 시다.

"아홉 시예요."

"네— 그럼 그동안 우리 산보나 할까요?"

두 사람은 문 앞을 나서서 어둡고 긴— 골목을 나와 다시 전차 정류장에까지 이르렀을 때 어디로 갈지 몰라 잠시 머뭇거렸다.

"어디로 갈까요?"

"어디든지 둥그런 창窓이 많은 거리로 가십시다."

두 사람은 웃었다.

"둥그런 창 있는 거리—."

"그럼 둥그런 창 있는 거리로 가십시다."

겨울이 지나고 아직 봄이 이르기 전— 밤이 무척 유순한데 바람은 비단목도리처럼 목에 사붓이 감겨든다.

"좋은 밤이지요?"

유원의 말은 극히 만족했다.

"네— 좋은 밤입니다."

"밤은 한 개의 예술이오 또 모든 예술은 밤에 나오지요."

유원이는 숙채의 말에 잠자코 웃었다.

두 사람의 발은 서울거리에 익숙한지라 아무 골목이나 들어갔고 아무 모퉁이라도 돌아서 밤거리를 걸었다.

그러다가 그들이 정거장 근처에 이르렀을 때 문득 어느 조그만 '오뎅' 집 유리창 너머로 삶은 계란을 수북이 가리워 놓고 그 위에 소금을 슬슬 뿌려놓은 것이 보였다.

"우리 이 집에 들어가서 잠깐 쉬여 가실까? 아무도 없군요."

"이게 술집이 아네요?"

"왜 안 되세요? 제가 있는데 괜찮죠. 들어가십시다."

두 사람은 문 앞에 '오뎅' 이라고 써 붙인 헝겊자락을 쳐들고 안으로 썩— 들어섰다.

마침 객은 하나도 업고 늙스구레한 오까미상*이 오뎅 가마 옆에 낡은 교의에 앉어 끄덱끄덱 졸다가 문 여는 소리에 깜짝 놀라 입술에 붙었던 "이랏샤이마세(어서 오세요)"를 재바르게 내어놓는다.

두 사람은 다른 객이 없는 것이 썩 다행해서 꺼멓게 때가 앉은 소나무 테이블을 가운데 두고 마주 앉았다.

"오늘밤은 이국異國의 거리를 걸으면서 서투른 풍경을 보는 것 같아서 마음이 이상하군요. 무슨 새로운 경이驚異가 오는 것 같아요."

"좋습니다. 숙채 씬 워낙 꿈이 많으시니까요. 그러나 한 삼십 분만 이 나무걸상에 앉아 계시면 곧 이 풍경에 익숙해지고 그 대신 또 다른 세상이 서툴러질 겝니다."

두 사람이 이런 이야기를 주고받는데 오까미상은 쓴 엽차를 사기찻종 두 개에다 따라놓고 무슨 음식을 청하시느냐고 손끝을 싹싹 부비며 묻는다.

"난 오늘 저녁에 술을 좀 먹었으면 좋겠는데 허락하십니까?"

"네 좋습니다."

"아버님이 아시면 댓바람 나를 잡아다 초달을 치실 거야! 숙채 씰 모시고 이런 데 와서 술을 먹었다구……."

* 오까미상: 일본어. 요정이나 여관, 술집 등의 여주인을 높이는 말.

"체— 아버지는 뭐 술을 안 잡수신다구……."

"그럼 내가 몇 잔 이렇게 먹었다고 해도 용서하실까요. 만일 책망을 듣게 되거든 그땐 숙채 씨가 변명해주셔야 합니다."

숙채가 소독저 두 개를 집어서 하나를 유원에게 주고 하나는 자기가 종이를 벗기었다.

이리 하는 동안 주문한 음식이 오는데 우동 한 그릇과 오뎅 한 접시는 유원의 아래 받아놓았다.

"삶은 계란을 좋아하신단 말을 전에 어머님께 들었는데…… 생각이 계시면……."

숙채는 그 큰 눈에 웃음을 담아가지고 유원이를 쳐다봤다. 그리고 고개를 끄덕끄덕해서 먹겠다는 뜻을 표했다.

유원이는 오까미상에게 삶은 닭알을 있는 대로 가져오라고 하는 것을 숙채가 말려서 스무 개만 가져오라고 했다.

*

오까미상은 다 늙어 기름이 빠진 껍데기에 못된 분을 발러서 얼굴이 차마 볼 수 없이 밉건만 그래도 심부름을 하는 데는 다시 없이 친절했다.

그는 주문한 음식을 두 사람 앞에 가져다놓고 곁눈질을 살금살금하며 다시 제자리인 오뎅 가마 옆에 가 앉는다.

여느 때 같으면 비록 늙기는 했을망정 하던 솜씨라 유원의 곁에 와서 농지거리도 했겠고 구수한 이야기도 몇 마디 해야 옳은 것이로되 그는 이렇게 잠자코 제자리에 가서 고양이처럼 앉았는 것이다.

그것은 그가 첫눈에 벌써 이 두 손님에게는 자기는 도무지 필요치 않은 존재라는 것과 그러므로 이러한 경우엔 잠자코 있는 것이 도리어 더 좋은 서비스가 된다는 것을 잘 아는 까닭이다.

오까미상이 제자리에 돌아가서 홍을 잃고 앉았는데 방 안은 여전히 컴컴하고 오뎅 가마에선 더운 김이 무럭무럭 솟아서 들큰하고 구수한 냄새가 코에 밴다.

유원이는 본래 술을 먹을 줄 모르는 편이나 오늘밤만은 이렇게 한 컵이 철철 넘게 들어 마시는 것이다.

"어떻습니까. 술 먹는 것이 고약하게 보이지 않습니까. 숙채 씨도 한잔 하실까요?"

"아규 숭한 말씀두……."

"왜요. 자— 어디 대담하게 한잔 들어보시죠. 우리에겐 극히 대담한 것이 필요할 때가 올 것입니다."

"술 먹는 게 무에 대담한 건가요."

"술 먹는 게 대담한 것이 아니라 이때까지 하지 않던 새로운 일 한 가지를 하려면 거기는 최대한도의 대담성과 굳센 의지가 필요한 것입니다. 숙채 씬 어느마한 대담성과 의지를 가지셨는지 그걸 아직 나는 모릅지요."

"……."

숙채는 눈을 내리깐 채 닭알 껍데기를 까서 소금을 찍는다.

"그런데 숙채 씨에게 한 가지 묻고 싶은 말씀이 있는걸요—."

"무슨 말씀이세요?"

유원이는 잠깐 머리를 뒤로 젖혀 천장을 쳐다보더니 다시 말을 계속한다.

"제가 말이죠. 전처럼 한 개의 전기기사로 회사 일에나 골똘하는 게 아니라 이렇게 나와 다니는 데 대해서 숙채 씨는 불만을 가지시지나 않는지 말입니다."

"아니에요."

숙채는 고개를 흔들어 단연코 부정하는 뜻을 보였다. 그러나 그다음 순간 그는 괜—히 유원이를 쳐다보고 있다.

"글쎄요 전 암만 생각해봐도 제가 선생님을 신앙信仰하는 것밖에는 아무것도 없는 것 같아요. 신앙한다는 것은 아는 것은 아니니까요. 그래요 전 선생님을 아는 것이 아니에요."

"그럴 리가 있습니까. 숙채 씬 나를 최대한도로 이해하십니다."

"그야 이해는 합니다. 그러나 이해쯤으로 되겠습니까. 제게 있어서는 그 곡마단 계집애가 빨간 부채를 들고 춤을 추는 것이나 또 선생님이 이렇게 고물상에서 사온 짧은 두루마기를 입고 목로방잠*을 자서 머리에 이가 들끓고 또 열한 시를 기다리시는 것이나 그 어느 것도 한 개의 생활이 아니라 그저 꿈인 것 같습니다."

"꿈이라니요. 천만의 말씀이지요. 대체 그 곡마단 계집애가 춤추는 것이나 내가 이렇게 십 전짜리 보따리를 들고 다니는 것이나 모두 분명한 생활이요 꿈이 아닙니다."

"글쎄요. 차차 알아질 때가 오겠지요. 어쨌든 저는 선생님이 만일 그 곡마단의 사나이처럼 흰말을 타고 '백마의 왕자'라고 하면 저는 그 빨간 부채를 들고 춤추는 계집애가 될 것 같고 또 선생님이 이렇게 십 전짜리 보따리를 들고 다니시면 저도 그와 같은 일을 할 것 같은데 이러한 생각이 잘못일까요?"

유원이는 눈을 감고 앉아 숙채의 이야기를 들었다. 대체 이 총명하고도 미련한 처녀를 어떻게 해야 바로 인도할까 하는 생각에 갑자기 겁이 났다.

* 목로방잠: '이슬에 젖은 한뎃잠'을 이르는 말로 추정됨. '목로'는 선술집의 널빤지 상을 뜻하는 말인 듯.

숙채는 지금 유원이가 하는 대로 몸짓 손짓을 함부로 흉내내는 작은 공상가空想家다. 그러나 숙채의 이러한 태도를 비난할 수 없는 것은 무릇 모든 여인은 남자의 그림자인 까닭에 그 그림자에 따라 여러 가지 모양으로 되는 것이다. 숙채는 지금 유원이라는 커다란 배를 타고 아무런 폭풍 경고도 두려워하지 않는 치마 두른 용사勇士다. 이 이상 다른 것을 그가 알지 못했고 또 알릴 필요도 없다. 이것은 모든 여인이 행복하는 오직 한 가지 길인 까닭이다.

술잔에 따라놓은 술이 노—란 원형을 그리고 있은 지 오랜데 숙채가 닭알 하나를 소독 젓가락 끝에 꾹 꿰어서 유원의 앞에 내밀었다.

*

어딘가 제 맘대로 하기를 좋아하는 숙채—. 조각처럼 정돈된 흰 얼굴이 지금 반쯤 옆으로 돌리고 있다.

유원이는 그 얼굴을 보고 또 보고— 이리 하는 동안 그는 무한히 행복했다.

술 냄새와 간장 냄새가 풍기는 방 안은 여전히 아늑하고 바깥은 여전히 희고 맑은 밤이다.

유원이는 숙채의 얼굴에서 눈을 떼지 않은 채 깊은 생각에 잠겼다.

'저러한 숙채를 만일 내가 없이 이 세상에 하루라도 두게 된다면……. 내가 없을 때에도 숙채가 능히 혼자 서서 나갈 수가 있을까…….'

유원이는 머리를 흔들었다.

'곡마단의 사나이와 나를 구별하지 못하는 숙채— 그러면서도 내가 하는 일에 절대의 신앙을 가지는 숙채— 또 사실에 있어서 이러한 것이

한 여인의 참된 행복이 될 수 있도록 마련이 된 지금의 경우—.'

유원이는 생각할수록 위험했다.

"우리 이 주장酒場의 오늘밤을 기억하는 것이 과히 마음의 사치奢侈는 아니지요?"

"아 그야 사치는 사치지요."

숙채의 야무진 말소리에 유원이는 차라리 놀라서 이렇게 대답했다.

"그런데 숙채 씨— 아까 꿈과 생활을 구별할 수 없다고 하신 거 말입니다. 그것은 때가 이르면 숙채 씨 스스로 이해하실 것이요 체험하실 것이요 또 실천하실 것이리라고 생각합니다."

"……."

"그리고 이번에 우리 내려가거든 전에도 말씀한 바와 같이 약혼을 정식으로 해야겠습니다. 방학이 인제 며칠 남았어요?"

"한 일주일밖에 안 남았을걸요."

"그리고 이번에 다녀오시거든 그 선생님 소리 제발 좀 그만두어주십시오. 숙채 씨 선생님은 인제 사면합니다."

두 사람은 웃었다.

그들이 자기네 이야기에 골똘해 있는 동안 여기에 다른 손님 하나가 들어왔었다.

그는 짧고 통통한 다리에 각반을 올려치고 지까다비*를 신은 수염 많은 사나이다.

아까부터 오뎅 가마 옆에 앉어 술과 '곤야꾸'를 어찌나 주워 먹었는지 벌써 대취가 되어 그리도 무료해하든 오까미상을 상대로 곧잘 떠들고 논다.

* 지까다비: 일본어. 일본 버섯 모양의 노동자용 작업화.

두 사람은 아까부터 그들의 노는 꼴에 전혀 주의를 하지 않은 것은 아니나 할 수 있는 대로 모른 체하였다.

"그럼 이번엔 저하고 같이 집에 가세요?"

"네— 아마 그렇게 될 것 같습니다."

"아라 이야다요 오마에상*—."

오까미상의 냅다 지르는 소리에 깜짝 놀라 두 사람이 일시에 머리를 돌리니 별일이 아니라 그 수염 많은 사내가 오까미상의 꺼멓게 마른 손목을 잡아끄는 때문이다.

그래도 오까미상은 여편네라고 싫다고 손을 뿌리치며 그처럼 포달을 부리는데 사내는 여전히 좋은지 끼득끼득 웃는 것이다.

"숙채 씨께 이러한 장면을 보여드려서 안됐습니다. 그러나 이러한 여러 가지 세상을 보아두시는 것도 좋으니까요."

"우리 인제는 가볼까요?"

"네 갑시다. 그런데 지금 몇 시나 됐을까요?"

유원이는 시간 이야기를 하매 문득 또 긴장해지는 것이다.

"열한 시 십오 분 전이에요."

"어서 가십시다."

유원이가 오까미상에게 돈을 치러주는 동안 숙채는 다시 한 번 이 정다운 방 안을 휘둘러보고 그리고 그 방 안이 가지고 있는 이야기를 눈여겨보았다.

마침내 두 사람이 이 집 문을 나설 때 그들이 마주 앉아 즐기던 테이블 위에는 아직도 유쾌한 스무 개의 닭알 껍데기가 흩어져 있을 뿐이다.

"오늘밤은 숙채 씰 바래다드리지 못하겠는데 혼자 가십시오."

* 아라 이야다요 오마에상あら, いやだよ。お前さん。: 아이, 싫어요. 당신.

"네 전 괜찮아요."

"저기 전차가 오는군요. 바로 됐습니다. 저걸 타세요."

"걸어갔으면 좋겠는데……."

"아니 안 됩니다. 너무 늦었으니까요. 지금은 숙채 씨가 거리를 걸을 시간이 아니라 주무실 시간입니다."

숙채는 입귀가 약간 실룩해지면서 웃었다.

"그럼 선생님은 어디……."

숙채가 이렇게 말을 하다가 즘즛하고* 전차를 타고 간 다음 유원이는 혼자서 바쁘게 전차길을 건넜다.

*

유원이가 서울 온 지 이미 여드레— 실로 여드레란 동안이 이제 유원이와 숙채 사이에 흘렀다.

그동안 유원이는 여전히 그 행랑방— 동이 같은 흰 사기요강에서 '암모니아 가스'가 쉴 새 없이 방산되고 맏아들이 추석날 밤 달빛을 안고 공원나무 걸상에서 운명하든 이야기를 쉴 새 없이 지껄이는 마나님이 있는 그러한 방에서 또 쉴 새 없이 그 네모진 등창 구멍으로 바깥을 내다보았다.

그리고 또 숙채는 숙채대로 학교에 다니고 요사이는 일학기 시험을 치르기에 얼굴까지 핼쓱하게 되고 그리고 오늘 시험이 끝나기를 기다려서 그는 하숙에 와서 보름 동안 방학에 집으로 돌아갈 짐을 꾸리고 오후엔 집으로 가지고 갈 선사품을 사려고 진고개를 싸대고 했다.

* 즘즛하고: '멈칫하고'의 뜻으로 추정됨.

숙채는 저녁을 먹고 바로 유원이 있는 데로 찾아갔다. 다른 식구들은 안에 들어가서 아직도 저녁들을 치르고 있는지 유원이 혼자서 언제나 마찬가지로 그 신문지로 바른 궤짝에 기대 앉아서 무슨 생각에 잠겨 있다가 숙채가 인기척을 하고 문을 열었건만 유원이는 몹시 놀란 모양이다.

"왜 놀라셨어요? 제가 밖에서 선생님 계세요 하고 들어왔는데……."

"아니 변명을 안 하셔도 숙채 씨께 허물이 없습니다. 또 제가 좀 놀랐으면 어떱니까."

숙채는 자기가 문을 열었을 때 유원이가 어떻게 날카로운 표정을 하는 것을 생각하고 불안했다. 일찌기 유원의 그 우아한 얼굴에서 그처럼 겁을 집어먹은 무서운 눈을 보일 리 없는 까닭이다.

"오늘 시험이 다 끝났어요?"

"네― 그리고 오늘로 방학을 했어요."

유원이는 자기도 모르게 길게 한숨을 쉬고 다시 그 궤짝에 기대앉아서 말이 없다. 이따금 숙채가 핼끔핼끔 유원의 얼굴에서 무엇을 찾으려고 도적질해보는 눈과 마주치면 그는 빙긋이 웃을 뿐이다. 이렇게 두 사람이 말이 없는 방 안엔 물빛만 유난스레 환하고 두 사람의 그림자가 벽에 그리워져서 이따금 약간 흔들릴 뿐이다.

"숙채 씨 너무 심심하시죠? 그럼 내 이야기 하나 할까요?"

"무슨 얘긴데요?"

"만일에 말입니다. 내가 오늘 밤이나 내일 밤 갑자기 죽는다면 그때 숙채 씬 어떻게 하시겠습니까?"

"……."

숙채는 눈이 퀭―해서 유원이를 바라보고 있는데 그 눈이 어떻게 크고 슬픈지 유원이는 그만 골살을 찌푸렸다.

"아니 무슨 갑자기 감상적인 공상을 만들어서 숙채 씰 괴롭게 하려는 게 아니라…… 만일 뜻하지 않은 때 지극히 어려운 일을 당한다고 하면 그러할 때 숙채 씨의 태도— 그게 염려된다는 말씀입니다."

"글쎄요 지극히 어려운 일— 그런 일을 당한대도 저는 넉넉히 이기고 나갈 자신이 있는데요."

"고맙군요. 그럼 그래야 하지요. 우선 어떤 일을 당하든지 너무 절망에 빠지거나 너무 슬퍼만 할 것이 아니라 그 당한 일에서 가장 좋은 방법으로 이를 해결해야 하는 것입니다. 알아들으셨습니까."

"네—."

"그런데 내 생각에는 숙채 씨가 오늘밤으로 먼저 댁에 내려가셨으면 좋겠는데……."

"왜요? 선생님은 안 가시구요—."

"저는 한 이틀 후에 갔으면 좋겠어요."

"그럼 저도 이틀 후에 함께 가실까요?"

"아니 안 됩니다. 숙채 씬 오늘밤으로 꼭 떠나십시오. 방학이 며칠 안 되니까 더 가지고 가실 짐은 없겠군요."

"그래도 조금 있는데요."

"그동안에 뭘 또 꾸려가지고 가십니까."

유원이는 숙채를 나무라듯이 흘겨보며 웃는다.

"그럼 아무래도 하숙엘 또 갔다 오셔야겠군요. 아직 시간이 넉넉하니까 곧 가서 짐을 가지고 오십시오."

숙채는 마음이 내키지 않으나 유원이가 하는 말이나 일엔 무조건하고 복종하는 버릇은 장차 현모양처가 될 준비가 아니라 좀 더 다른 의미에서다.

숙채는 유원의 성화 같은 재촉에 하숙으로 짐을 가지러 장달음을 쳤다.

*

숙채가 짐을 가지고 다시 왔을 때는 온 집안 식구가 방으로 그득히 모여 앉아 수선쟁이 낙천가인 그 집 마나님이 한창 웃음판을 퍼트리고 있었다.

유원이와 숙채도 아까보다는 훨씬 가벼운 마음으로 그들의 떠드는 입을 바라보았다.

그런데 유원이가 윗목에서 신문지에 싼 커다란 뭉치를 가운데 내어놓고 끄르는데 보니까 노랗게 구운 빵이다.

"이것들을 잡수십시오. 숙채 씨가 좋아하는 것이기에 가다가 시장하실까봐 사왔어요."

"에구 저렇게 알뜰히 아씨 생각을 하시는 서방님이 이 세상에 어디 또 있을꼬."

유원이는 얼굴이 약간 벌게서 히죽이 웃는다.

새로 구어서 말신말신한 빵을 다섯 조각에 내었다. 그 집 식구 세 사람과 유원이와 숙채를 합하면 다섯 사람이기에 그 떡을 다섯 조각으로 내었다.

빵에다 '빠터' 를 찍어서 막 먹으려고 할 때에 문득 숙채가 이런 말을 했다.

"라스트 써퍼(최후의 만찬)—."

유원이가 이 말을 듣더니 머리를 번쩍 들어 숙채를 뻔히 본다.

"라스트 써퍼—"

유원이는 그대로 다시 한 번 옮겨보며 여전히 숙채를 본다.

"왜 그런 말씀을 하십니까. 라스트 써퍼— 라니요."

여자의 입이란 자고로 요망스런 것이라 한다. 숙채가 부지중에 새여

놓은 한 마디가 그들의 앞날을 점치는 불길한 주문呪文이 될 줄은 아무도 몰랐던 것이다.

"왜 무슨 좋지 못한 예감이라도 드십니까?"

유원이의 얼굴은 확실히 슬픔과 근심이 지어 있다.

"전 아무렇지도 않게 그런 말을 했는데요……."

숙채는 무망 중 그런 말을 해놓고도 마음이 좀 안됐는데 더구나 유원이가 그 말을 언짢게 생각하는 걸 보니 미안하지 않을 수가 없었다.

그러나 이틀 후면 다시 못 만날 그를— 여기에서 여덟 시간 동안만 기차를 타고 가면 돼지고기와 술집이 많은 항구— 저들의 고향에서 늙은 어머니가 오랫동안 의롱 속에 감추어 두었던 말굴레 같은 은가락지를 꺼내놓고 약혼식을 한 그를— 그들에게 어찌 영원한 별리別離를 생각게 하는 슬픔이 있을 것이랴.

다만 '주사위'를 굴려서 나오듯 그렇게 우연한 말이 숙채의 입에 나온 것인데 그러한 '주사위'가 어떤 운명을 맞히듯이 숙채의 이 말도 그들의 앞날 운명을 잘도 맞힌 것이다.

"그럼 서방님은 한 이틀 뒤떨어져 가시고 아씨는 오늘밤에 먼저 가시누먼요?"

"네—."

이럭저럭 밤이 아홉 시가 되었을 때 인제 숙채는 정거장으로 나가지 않으면 안 되게 되었다.

숙채가 정거장으로 나가려고 일어서니까 모여 앉았던 식구들이 우시시 일어들 나서 대문간까지 쫓아 나온다.

그렇게 쫓아 나오는 그 집 식구들을 돌려보내고 유원이와 숙채만 그 길고 어두운 골목을 나오는데 그 골목엔 오직 하나의 창문에 지극히 약한 불빛이 비쳐 있을 뿐으로 전혀 어둡고 캄캄하다.

"그럼 이틀 후엔 꼭 오세요?"

"네 이틀 후엔 가겠습니다."

"밤차로 오시겠어요?"

"네—."

"그럼 제가 정거장으로 나갈까요?"

"아—니 나오지 마십시오."

유원이는 한쪽 손에 가방을 들고 걷다가 갑자기 우뚝 선다.

"숙채 씨— 이틀 후엔 갑니다. 기다려주십시오."

유원이는 어둠속을 더듬어서 숙채의 어깨를 안아다 자기의 가슴에 대었다.

전대 속같이 길고 어두운 이 골목 위에는 검은 하늘이 뚜껑을 하고 모든 창들은 눈을 감은 이 골목이 지금 한창 축복되어 있다.

그런데 이것은 그들의 최초의 포옹인 동시에 또 최후의 포옹이다. 이것이 그들의 최초의 포옹인 것은 두 사람이 다 아는 바나 이것이 그들의 최후의 포옹이 될 것은 두 사람이 다 몰랐다.

두 사람이 전차 정류장까지 와서 돌 위에 섰으나 서로 얼굴 대하기가 거북해서 전차 오는 쪽만 바라보고 외면을 하고 있다.

그러나 막상 타고 갈 방향의 전차가 오고 또 그 전차 위에 숙채가 올라탔을 때 두 사람의 눈동자는 좀 더 농도濃度의 색채를 담았다.

전차의 몸뚱이가 움칠움칠 기기 시작한다. 그러드니 갑자기 빨리 달아난다.

그러한데 그들의 이 맞닿은 시선이 끊어지는 그 찰나 그때야말로 숙채와 유원이가 영원한 별리를 짓는 꼭 그 마지막 점이다.

*

숙채가 집에 돌아와 있은 지 오늘이 벌써 닷새째다. 처음에 와서 한 이틀은 별스럽게 좋아하더니 그다음부터는 늘 말이 없고 무엇을 근심하는 사람 같다.

종일 제 방 속에 들어앉아 있지 않으면 뒤곁을 거니는데 그 뒤곁엔 큰 돌배나무 하나가 서 있다.

숙채는 흔히 저녁 때만 되면 이 돌배나무 밑에 나와 그 아름드리 몸뚱이에 의지해서 멍하니 하늘을 쳐다보고 서 있는 것이다.

돌배나무의 우둘투둘한 늙은 껍데기 등허리를 따갑게 하는 것도 잊고 섰노라면 흔히 숙채 어머니가 딸이 보고 싶어 그 밑으로 쫓아 나온다.

"애야 너는 오래간만에 집에 왔으면 에미하고 이야기도 하고 하지. 어째 밤낮 그러구만 있니?"

숙채 어머니는 숙채가 외딸인데다가 늘 공부하러 다니노라고 그립고 보고 싶다가 이렇게 방학이 되어 집으로 돌아오면 어떻게 해서든지 딸의 곁에 붙어 있어서 떨어지기를 싫어한다.

더구나 인제는 숙채가 스물한 살이나 먹어 다 자라놓으니 딸을 의지하는 마음이 나고 딸이 없을 동안 남편한테 노엽던 일이나 어려운 일은 죄다 가지고 있다가는 숙채가 오면 하소를 하는 것이다.

그럴 때면 숙채는 의례히 어머니의 편역을 들고 또 좋도록 위로를 해드리기 때문에 어머니에게 있어서는 숙채가 다시 없는 힘이다. 그래서 남편한테 노엽고 분한 일이라도 웬만해 참어 두었다가 딸이 오면 저저히* 일러바치는 것이다.

* 저저히: 북한어. 이것 저것 이유를 대는 것이 구구하게.

그러던 것이 이번엔 숙채가 할 수 있는 대로 혼자만 있고 간혹에 어머니가 곁에 와서 너무 긴 이야기라도 하면 귀찮아서 콧살을 찡기는 것을 본다.

그리고 더구나 이상스런 것은 밤마다 숙채가 어디 갔다가 열두 시가 넘어서 들어오는데 얼굴이 하이얗게 질리고 심상치 않은 거동이 걱정을 놓지 못하는 어머니는 지금도 돌배나무 밑에 좇아 나와 무에라고 말을 붙이는 것이다.

"얘 너 나하고 이모 댁에 안 가련? 방학이 돼서 왔으니 인사도 할 겸……."

"안 가겠어요."

어머닌 물론 숙채가 싫다고 할 줄을 알면서 해본 말이라 별로 여러 말을 해서 딸의 성미를 거스를 수가 없어 그냥 잠자코 있었다.

"어머닌 들어가세요. 나두 조금 있다 들어갈게."

"응 들어가마. 그런데…… 난 암만 해두 이상하다."

"무에 이상해요?"

"네가 전과는 다르니까 말이다. 신색이 다 좋지 못한 게……."

어머닌 처음엔 숙채가 이렇게 하는 것을 그저 그러거니 했다가 문득 한 가지 생각이 번개같이 머리에 떠오르자 어떻게 해서든지 말에 기맥을 떠보고 싶었다.

그 번개같이 떠오르는 생각이란 딸이 무슨 시집갈 궁리나 하지 않았나 하는 것이다.

그도 신식엔 '연애' 라는 걸 해서 시집가고 장가간다는 소리를 들었고 또 막연히 자기 딸도 무슨 그런 짓을 할 것 같은데 자기로서는 그것을 막을 생각은 없었다.

어머니는 이러한 생각을 하며 보지도 못한 사위의 모양이 눈에 보이는 것 같고 무슨 경사가 쉬 날 것 같아서 은근히 기쁘기도 했다.

"야— 그나저나 내 네게 물어볼 말이 있는데 방으로 들어가자꾸나."

숙채는 잠자코 어머니를 따라 안방으로 들어갔다.

어머니는 딸을 아랫목에 앉혀놓고 얼굴을 이리저리 돌리며 거북하게 말을 꺼낸다.

"너 에미한테 무슨 못할 말이 있니. 그러니 속에 있는 말을 다 해봐라. 사람이 무슨 근심을 속에다만 넣어 두면 병이 되는 법이다."

"내가 뭘 근심하는 것 같아 뵈우?"

숙채는 사실 서울서 온 후에 유원이가 이틀 후엔 올 줄 알았다. 그러던 것이 벌써 오늘이 닷새째나 되어도 오지 않는다.

보통 같으면 이틀 후에 오겠다던 사람이 닷새 후나 한 주일 후에 온대도 그리 큰일 날 것은 없지만 유원이의 경우는 그렇지 않은 것이다.

온다는 날짜와 시간을 어긴다는 것은 반드시 그 이상의 무서운 중대성을 가지고 있기 때문이다.

더구나 그 근심하던 얼굴— 숙채는 생각할수록 혼자 온 것을 후회했다. 이러노라니 자연 어머니 눈에도 이상하게 보였던 것이다.

"그런데 네가 벌써 사흘 밤이나 어디 갔다가 그렇게 늦게 오디?"

숙채는 눈을 지긋하고 있다가 어머니를 불렀다.

*

"어머니 오늘밤에 나하구 어디 좀 가십시다."

"어디루?"

어머니는 인제야 딸이 밤늦게 다니는 데를 알 것 같아서 반색을 하며 달려들었다.

"저— 정거장으로 갈 텐데……."

"정거장에는? 누가 오니?"

"네—"

"어디서?"

"서울서요"

"서울서 누가 와…… 그건 누구냐?"

어머니는 더욱 자기 생각이 들어맞는 것 같아서 딸에 눈치만 살폈다. 웬만한 사람이 온다면 딸이 저다지 안달을 하지 않을 텐데 아마도 무슨 일은 있는 모양이다.

아무튼지 오늘밤 저를 따러 가보면 알겠지 하고 생각했다.

"글쎄 누가 오든지 어머닌 그저 잠자코 계세요. 자꾸 잔소릴 하시면 안 데리고 갈 테요."

"기앤— 내가 어쩌니."

숙채는 어머니의 잔소리가 만만치 않을 줄 알고 미리 이렇게 읏박질러 놓았더니 아니나 다를까 어머닌 딸의 기색만 살필 뿐이지 지지리 캐거나 그러지는 못한다.

그래도 속으로야 노엽지 않을 리가 없다.

'망할 년— 무슨 일이 있으면 내게 의논하는 게 아니라 저 혼자만 끙끙대고…….'

"그럼 몇 시 차에 오니?"

"열한 시 차로 와요."

"열한 시…… 그런데 넌 어째 그리 늦게 다녔니? 정거장에 갔다 오면야 대즉해야 한 반 시간밖에 더 걸리겠니?"

"아니 여기 정거장에 가는 게 아니에요. 저— ××정거장으로 가요."

"엉?"

어머니는 실로 깜짝 놀랐다. ××정거장이라면 여기 정거장에서 두 역이나 지나서 있는 촌정거장이다.

여기서 그리로 걸어가자면 못해도 십 리 길은 될 게고 그러노라면 갔다 왔다 내왕엔 이십 리 길이 잘 되는 터이다.

"웬 사람인지 하필 그런 데 와서 내리니? 여기 좋다는 정거장을 두구……."

"글쎄 거기에 내려야 하겠기에 그러는 거 아니우. 어머닌 암만 그래두 모르신다니까…… 내 이제 다 이야기하지 않으리."

"이야길 하겠어? 글쎄 그래야 나도 속이 좀 시원하지 무슨 심속인지 나는 모르겠다."

숙채 어머닌 딸이 이야길 한댔으니까 그때까지는 입을 꼭 다물고 있으리라고 생각했다.

"얘— 그런데 그 온다는 사람은 여편네냐 사내냐?"

어머닌 참겠다고 큰맘을 먹었다가 또 이렇게 물었다.

"……."

숙채는 어머니의 속을 뻔히 아는지라 어머니를 들여다보고 그저 웃었다.

*

이럭저럭 밤이 아홉 시나 되었을 때 숙채와 숙채 어머닌 다른 식구 몰래 갈 차비를 했다.

"야— 넌 저고리나 하나 더 껴입으렴. 아직도 밤엔 산산하게 춥더라."

"저고리를 둘을 껴입어요? 그건 통통하게 뭘 입어요."

"모양 볼 게 있니? 밤중에 오겠는데 그럼 어떡하니?"

숙채는 어머니를 재촉해서 겨우 대문밖에 나섰다.

"그런데 몹시 어둡겠지? 거기가 맨 벌인데 웬 불이 있겠니? 무얼 좀 가지고 갔으면 좋겠구나."

"글쎄— 우리 집에 '덴찌*' 없어요?"

"불 켜는 거 말이냐? 그걸 누가 빌려 가드니 가져오질 않는구나. 저기에 초롱이 있는데 그거라두 가지고 가자."

어머닌 어느 옛날에 다락 속에 처박아 두었던 초롱과 초 한 자루를 꺼내서 불을 다려서** 들고 나섰다.

"초롱은 내가 들 테니 어머닌 어서 앞서시우."

"인내라 내가 들 테니 너나 어서 조심해 걸어라."

두 모녀가 시가지를 지나 벌판에 이르렀을 때 서투른 길을 허덕지덕 따라오는 어머니를 숙채는 마음에 눈을 딱— 감고 보지 않으려 했다. 그러나 덧저고리를 입은 어머니의 구부정한 등허리가 눈결에 자꾸 보인다.

"그런데 너 이런 길을 어떻게 혼자서 다녔니? 왜 진작 나하고 같이 다니지 않고……. 이런 끔찍한 일이 있니? 여기가 어디라고 장정도 못 다니겠는 델 밤중에 혼자 다닌단 말이냐?"

어머닌 생각할수록 모골이 송연하고 애가 미치지나 않았나 하고 생각할 지경이다.

두 사람은 사면이 끝이 없이 넓은 벌판인데 그 사이로 큰길이 훤—이 트인 데로 초롱불을 들고 걸었다.

주먹만 한 초롱불이 대롱대롱 매달려 땅 위에 동그란 불빛을 비칠 뿐으로 사방은 암흑으로 꽉 차 있었다.

숙채는 어머니의 한쪽 팔을 붙들고 걷는데 이 넓은 벌판에 오직 하나

* 덴찌: '전지電池'의 일본말.
** 다려서: '댕겨서'의 뜻.

의 인가인 채소장사 하는 중국사람 집이 어둠 가운데 보인다.

그 중국사람 집을 지나서 또 한참 배추밭 사이로 걷는데 멀리 조그만 정거장이 보이고 그 정거장에는 벌써 열한 시 차가 들이닫는 소리가 난다.

*

"저 차엔 유원이가 온다."

숙채는 어머니를 버리고 배추밭 샛길을 막 뛰어서 정거장에 들어갔다.

차는 벌서 와 닿았다.

숙채가 숨이 턱에 닿아서 '플랫폼'에 나갔을 때 벌써 이 정거장에 내릴 사람은 다 내린 모양인데 유원이는 오지 않았다.

문마다 덧문을 내린 기차는 여기에서 오 분밖에 정거하지 않는 동안 두어 사람의 승객을 내리우고 또 두어 사람의 승객을 태우고 망연히 서 있는 숙채를 남기고 이내 떠나버리고 말았다.

촌사람 둘이서 어린애 업은 아낙네와 함께 보따리들을 이고 지고 나오는데 숙채도 할일없이 그 뒤를 따라나왔다.

검정 복장을 한 역부는 문을 잠가버리고 수하물실로 들어가버렸다.

이제 이 조그만 정거장엔 아무런 남은 일도 없고 숙직하는 역부가 교대시간을 기다리는 동안 잠깐 책상머리에 이마를 대고 조는 것밖에 없다.

"왜 온다는 사람은 안 왔니?"

"네—."

숙채는 암말도 않고 앞서서 걸었다.

휑—한 벌판 가운데 궤짝 같은 정거장! 그 속에 가물거리는 약간의 불빛과 유리창 너머로 흔들리는 두어 사람 역원의 얼굴! 이러한 것들을 뒤에 두고 숙채와 어머니는 그 배추밭 고랑을 빠져서 다시 행길에 나섰다.

"어머니 다리 아프시지 않아요?"

"난 괜찮다. 그런데 원 무슨 사람이 벌써 온다는 지가 언젠데 아직 안 오니?"

어머니는 무슨 일인지 알지 못하거니와 숙채가 이렇게 밤길을 걷는 것이 가슴이 아프지 않을 수 없다.

숙채는 길을 걷는 동안 여러 가지로 생각해보았다.

'유원이가 왜 안 올까?'

그러나 이것은 숙채가 손을 댈 수 있는 수수께끼는 아니다. 사실 숙채는 아무것도 모르니까 어렴풋한 짐작조차 나서지 않는 것이다.

중국사람 채소밭 울타리를 다시 지나고 왼편으로 늘어선 소나무들을 거치는 동안 숙채는 한 마디의 말도 하지 않았다.

다만 부옇게 풀어진 어둠속에 유원이의 얼굴이 둥둥 떴다 가라앉고 떴다 가라앉고 할 뿐이다.

밤길 십 리를 되돌아서 모녀가 정신없는 걸음을 해서 집 근처까지 왔을 때는 벌써 이른 닭이 울었다.

숙채는 어머니를 안방으로 들여보내고 자기는 제 방으로 돌아와 깔아놓은 요 밑에 손을 집어넣고 벽을 향해 언제까지나 앉아 있었다.

그러나 깊은 밤은 바보와 같이 미련해서 숙채에게 아무런 좋은 생각도 주지 않고 눈앞을 맴을 도는 것처럼 뱅뱅 돌아 어지럽다.

숙채는 한 일 없이 자리에 누웠으나 아무래도 잠은 오지 않고 생각만 길어서 또다시 일어났다.

"옳다, 가보자. 인제 오기는 틀린 사람인데……."

숙채는 단연 밝는 날 첫차로 서울로 가기를 작정했다.

"왜 진작 그런 생각을 못했을까. 여덟 시간 동안만 가면 만날 것을……."

숙채는 여기 있어 이렇게 조바심을 하느니보다 여덟 시간 동안만 기차로 가면 그가 있는 서울이 나서고 또 그가 있는 행랑채— 그 약간 실그러진 네모난 살문을 펀쩍 열면 거기엔 유원의 침통한 얼굴이 분명히 나타날 터인데 왜 진작 가지 않았던가 생각하니 잠시도 더 지체할 수가 없다.

숙채는 안방 어머니 있는 데로 갔다. 어머니는 아랫목에 옷을 입은 채 그냥 누워 잠이 들었다가 숙채가 문을 여는 소리에 깜짝 놀라 깨었다.

"너 어째 아직 안 잤니?"

"자다가 왔어……"

숙채는 어물거리다가 어머니 얼굴은 보지 않고 말을 꺼냈다.

"어머니— 나 아침 차로 서울 좀 갔다 오겠수."

"응? 서울은 왜?"

"글쎄 갔다가 올 일이 있는데 꼭 하루만 있으면 와요."

"아니 며칠 안 있으면 학교 갈 때가 되는데 그때 아주 가지 뭘 하러 그동안 또 가니? 아무리 지금 세상이기루 서울을 이웃집 말*— 가듯 한단 말이냐 원."

어머니는 아주 못마땅한 듯이 쓴 입맛만 다시는 모양이 여간해서는 말을 들을 것 같지 않다.

"그래 어머니 날 못 가게 하시겠수?"

"그럼 못 가지 않구. 커다란 계집애가 무엇 하러 싸다닌단 말이냐?

* 말: 마을.

밤중에 몇 십 리씩 걸어서 정거장엘 다니지 않나. 난 지금 생각해두 머리칼이 하늘로 뻗친다. 원 그런 무서운 델 어쩌면 혼자서 그렇게 다닌담. 도담스럽기두* 하지."

"그럼 정 못 가게 하시겠수?"

숙채는 갖은 말로 어머니를 달래서 다시 서울로 가기로 했다. 몇 시간 뒤— 정착차를 탔을 때는 몸에 날개라도 돋힌 것 같았다.

*

숙채가 남대문 역에 내렸을 때는 오후 네 시 십오 분이었다.

아무 짐도 없고 핸드백 하나 안 든 가뜬한 몸이라 여러 사람들을 비집고 먼저 출구로 나왔다.

유원이가 몸 담아 있는 서울의 얼굴 무척 반갑다. 숙채는 정거장 앞 광장廣場을 건너는 동안 혓바닥이 겨자를 먹는 것처럼 맵고 아리아리하도록 흥분해서 저도 모르게 어깨를 몇 번이나 가볍게 흔들어 가슴의 동요를 진정하려고 했다.

숙채는 동대문 행 전차를 기다려 탔다. 오후 네 시의 거리를 유리창 너머로 내다보매 숙채의 기쁨은 만만히 멈출 줄을 모른다.

"인제 십 분 후면 유원이를 만난다. 지금도 그 신문지로 바른 궤짝에 기대 앉았을 게다."

숙채는 숨을 깊숙이 들이마셨다가 싸— 하고 다문 잇새로 내뿜었다.

전차 안에 자리가 얼마든지 있는데도 앉지 않고 그냥 대롱대롱 매달려 발끝을 오물오물댔다.

* 도담스럽기두: 북한어. 보기에 도도하고 담찬 데가 있다.

도무지 널찍하게 앉아 있을 마음새가 못 되는 까닭이다.

이윽고 전차는 숙채가 내릴 장소에까지 왔다. 숙채는 바쁘게 내려서 그 골목을 향해서 걸었다.

숙채가 그 골목에 들어서 한참 걸었을 때 저만침 벌써 그 행랑채 옆으로 난 네모진 들창이 보인다.

저 네모진 들창으론 늘 유원이가 무엇을 내다보았다. 지금도 내다보다가 숙채가 이렇게 들어오는 것을 보지나 않을까.

숙채는 큰 대문을 왈칵 밀고 안으로 들어섰다. 그리고 정말 그 실그러진 살문을 펄쩍 열었다.

"……."

숙채는 문을 열어 쥔 채 잠시 우두커니 서서 방 속만 들여다보았다.

"아무도 없다."

거무스레한 회색빛이 떠도는 이 방 속엔 아무도 없다. 숙채는 마음이 뜨끔—했으나 우선 신을 벗고 방으로 들어갔다.

"응 어디 나갔군. 글쎄 그러면 그렇겠지……."

그것은 아랫목 구석진 데로 유원이의 두루마기와 모자가 여전히 놓여 있는 까닭이다.

모자와 두루마기가 있는 것을 보니까 유원이가 있기는 있는데 아마 변소로 갔던지 그렇지 않으면 이 근처로 잠깐 나간 게라고 생각했다.

숙채는 사람은 없어도 모자와 두루마기를 보니 반가워서 한쪽으로 축 늘어진 두루마기를 다시 두 쪽 겨드랑이를 착 맞춰서 걸어놓고 방 안에서 서성거리며 유원이 들어오기를 기다렸다.

그러나 십 분— 이십 분— 삼십 분을 기다려도 유원이가 들어오지 않을 뿐만 아니라 이 집 식구도 하나 눈에 보이지 않는다.

숙채는 차차 가슴이 답답해와서 공연히 바깥만 자꾸 내다보나 유원이는 고사하고 하다못해 이 집 식구라도 어서 좀 만났으면 좋겠다.

"변소엔 안 간 모양인데…… 아직도 안 오는 걸 보니……."

숙채는 견디다 못해 한 번도 들어가본 일이 없는 그 집 안채로 들어갔다.

중문을 밀고 안마당에 들어서 부엌 쪽을 들여다보며 용연 어머니를 불렀다.

"어디서 오셨어요?"

주인아씨가 마루 끝에 나서서 묻는다

"용연 어머니 어디 갔어요?"

주인아씨는 어떤 말쑥한 아가씨가 황황히 자기 집 어멈을 찾는 것이 약간 이상스러웠으나 부엌을 향해 소리를 친다.

"어멈—."

"네—."

열댓 살 되는 계집애가 나온다.

"어멈이 지금 마님 심부름을 간 걸요."

"응 그래?"

"어멈이 마침 심부름을 갔다는군요"

"네— 그럼 들어오거든 저 행랑으로 좀 나와달라고 해주십시오."

숙채는 미끄러지듯 중문을 빠져나왔다.

"빌어먹을— 어디가서 이렇게 안 와? 용연 어머닌 또 어디로 가고……."

숙채는 속이 상하고 조바심이 나서 방 한가운데 펄썩 주저앉았다.

이때다. 마침 밖에 용연 어머니가 온 모양이다.

"에구 아씨 오셨네."

*

숙채는 용연 어머니만 보아도 눈이 번쩍 뜨였다. 용연 어머니는 고무신짝을 아무렇게나 벗어 팽개치고는 방으로 들어서며 숙채 얼굴을 본다.

"언제 오셨어요?"

"지금 막 오는 길이에요. 그런데 선생님 어디 가셨어요?"

"아—니 시골 댁으로 안 가셨습디까?"

"시골 댁으로라니? 언제 집으로 내려가신다고 했어요?"

"허—참 별일두 다 많아."

용연 어머니는 수심된 얼굴에 혼잣말처럼 이렇게 중얼거린다.

"글쎄 벌—써 어디루 가셨는데……."

"가시다니 언제 가셨어요? 여기 두루마기랑 모자랑 다 있는데?"

"글쎄 그러기에 이상하다는 거예요."

"그런데 언제 나가셨어요?"

숙채는 혀를 내밀어 마른 입술을 축이며 물었다.

"아씨 가신 바로 그 이튿날 밤 밤 가셨는데 저렇게 두루마기랑 모자랑 두시고 그냥 그저 나가시기에 우리야 전처럼 또 어디 다녀오시겠거니 했죠. 그런데 밤이 한 시 두 시가 돼도 안 들어오셔— 그담엔 날이 밝아도 안 들어오시죠. 그래서 이날 이때까지 혹 무슨 소식이 있을까 하는데 이렇게 깜깜 부지군요. 우린 혹 시골 댁으로 내려가셨나 했는데 거기도 안 가셨다니 일이 맹랑하지 않아요?"

"내가 떠난 바로 다음 날 밤에 나가셨어요? 몇 시쯤 돼서요?"

"아마 열한 시나 됐을걸요."

"열한 시—."

'기어이 그 열한 시가 일을 저질렀구나!'

하고 숙채는 정신 나간 사람처럼 턱을 쳐들고 앉아 있었다. 벌써 다시 어찌할 수 없는 절망인 것이다.

"우린 그래도 댁으로 내려가셨거니만 했는데. 그때 아씨 계실 때 이틀 후면 가신다고 안했어요? 어쨌든 하도 근심스러워서 편지라도 좀 해볼까 했지만 누가 쓸 사람도 없고 또 어디 계신지 통 호수를 알아야지."

숙채는 그저 기가 막혔다. 귓속에서 무에 잉잉 우는 것 같다.

그리고 자기가 떠난 다음 단 하루라도 더 유원이의 얼굴을 보고 그 말소리를 들은 마나님이 몹시 행복스러워 보였다. 왜 자기가 그 자리를 대신하지 못했는가 생각했다.

"그럼 나가신 지 오늘이 엿새째군요?"

"그렇지요."

숙채는 가슴이 답답해왔다. 어디 가서 풀어야 알며 어디 가서 찾아야 할지 도무지 생각의 끝을 부칠 아무런 재료도 없다.

다만 이 목격자— 그가 마지막으로 이 방을 나가던 때를 목격한 이 목격자를 붙들고 껍데기가 닳도록 묻고 캐는 수밖에 별 도리가 없었다.

그러나 이 목격자는 너무 무지하다. 그 단순한 관찰력에 유원이의 심각한 고뇌와 행동이 몇 푼어치나 담겨 있을 것이랴.

마나님의 눈 코 입 손— 어느 것이나 숙채는 함부로 달려들어 쥐어뜯고 싶었다. 좀 더 정확하고 시원한 말을 해주지 못하는 그 눈— 그 입—.

"내가 간 담에 누가 찾아온 사람은 없어요?"

"없어요."

"그동안 몇 번이나 밖에 나가십디까?"

"내내 들어앉아 계시다 그날 밤에 첨으로 나가셨죠."

"꼭 열한 시에 나가셨어요?"

"아마 그랬지요."

"여기 계시는 동안 무슨 이야기를 하신 것 없어요? 혹 어디 딴 곳으로 가시겠다고는 안 합디까?"

마나님은 잠깐 무엇을 생각하드니 빙긋이 웃는다.

"이야기라야 그저 아씨 말씀뿐이죠. 아씨가 열세 살 적부터 자기는 꼭 아씨한테만 장가를 가겠다고 맘을 자셨는데 그동안 서로 공부를 하시노라고 이때까지 정혼도 못하고 계셨지만 이번엔 내려가시면 사주단자를 보내신다구요. 그래 내가 사주단자를 보내실 때 쓰실 '함'은 서울서 가지고 가시라고 했더니 허허…… 하고 웃으시더군요."

숙채는 손가락 끝을 자근자근 씹으면서 이러한 말들을 다 듣고 있었다.

"어멈—."

총알 같은 소리가 안으로부터 굴러나온다. 용연 어머니가 안으로 들어간다. 숙채는 빈 방 가운데 우뚝 서서 벽에 걸린 두루마기를 뻔히 바라다보았다.

"두루마기는 있건만……"

숙채는 왈칵 달려가 두루마기를 두 손으로 움켜쥐었다. 그리고 그것을 제 얼굴에 대었다.

향긋한 냄새가 그 두루마기에서 난다. 이것은 필경 유원의 체취體臭일 것이다.

숙채는 무슨 생각이 들었는지 그 두루마기를 제가 입어보았다.

커다란 사내 두루마기라 입은 숙채의 우스운 모양이 아무런 구경꾼도 없이 이 방 한가운데 서 있는 것이다.

숙채는 제 몸을 내려다보며 혼자 웃었다. 그러나 그다음 순간 그 두루마기 자락으로 얼굴을 싸고 울었다.

*

이튿날 아침 숙채가 그 행랑방에서 눈을 떴을 때 네모진 들창 그을음이 앉은 종이 위로 아침 햇볕 두어 오리가 빨갛게 들여쏜다.

숙채는 몸을 가누어 일어날 힘이 없는 듯이 멀거니 드러누운 채 그 햇빛의 오리오리를 보았다.

"오늘은 어제와 같은 날이 아니다."

숙채는 오늘이란 오늘이 왜 이리 싱거운지 모른다. 유원이를 만날 수 없는 이 날이 왜 이리 빛같이 허옇게 바래 보이는지 모른다.

"용연 어머니— 그이가 하던 말은 죄다 빼놓지 말고 이야기해보세요. 인젠 정말 더 없어요? 어디 꼼꼼히 더 생각해보면 있을 텐데……."

"글쎄— 더 생각이 나지 않는군요. 참 이런 말은 한번 하셨죠. 인천에 혹 친척이 있느냐구요."

"인천에 친척이 있느냐구요?"

"네—."

"인천? 인천?"

숙채는 머리로 피가 갑자기 모이는 것 같았다.

"그럼 인천으로 갔을까?"

그러나 설사 인천으로 갔다 쳐도 인천 어디로 갔는지 알 턱이 없다.

인천이란 땅은 숙채가 삼 년 전에 학교에서 원족 가는 데 따라갔던 일밖에 없는 극히 생소한 고장이다.

숙채는 가마니를 산더미같이 쌓아놓았던 그 부두에 구더기 끓듯 하는 날품팔이 노동자의 떼를 기억한다.

"그가 혹 그런 데나 가 있지 않을까?"

숙채는 당장 인천으로 내려가서 부두로 달려나가려고 생각했다.

"옳다. 꼭 거기에 갔을 것이다."

그러나 숙채가 벌떡 일어나 갈 차비를 하는 동안 숙채의 모험심은 잦아들고 말았다.

한 가지 생각을 꽉 붙들고 실행하기는 모든 사세가 너무 꿈같고 숙채가 너무 어리기 때문이다.

그럭저럭 점심때나 되었을 때 용연 어머니의 끔찍한 정성과 권으로 밥을 한 술 뜨고 숙채는 아주 그 집은 하직하고 나왔다.

"그럼 저녁 차로 가세요?"

"더 있어야 소용없겠으니까 내려가야죠. 그동안 혹시 자기 집으로 갔는지도 모르고 또 우리 어머니가 몹시 기다리실 테니까요. 그런데 내가 간 후에라도 무슨 소식이 있거든 이 주소로 곧 좀 알려주세요."

"알기만 하면야 여부 있나요. 그런데 몇 시 차로 가세요?"

"세 시 차가 있어요."

숙채는 전차도 타지 않고 뻥 하게 걸어서 남대문 옆을 지나 정거장으로 향했다. 걸음을 걸으면서 속으로 집으로 가는 북행차를 탈지 인천으로 가는 차를 탈지 생각이 오락가락해서 어느 것을 점쳐야 바로 들어맞을지 몰랐다. 그러나 마음속엔 벌써 이러한 여러 가지 계획보다 더 큰 실망이 누르고 있어 숙채의 자신 없는 용기를 꺾었다.

마침 이때다. 수그린 고개 옆으로 휘 지나가는 사람이 있다. 숙채는 가슴이 뜨끔한 채 그냥 몇 걸음 더 걷다가 뒤를 돌아다보았다.

숙채의 시선이 떨어지는 두어 간 되는 곳에 웬 젊은 사내사람이 커다란 키에 짧은 흰 두루마기를 입고 훨훨 가는 것이다.

숙채는 그 뒷맵시를 멍하니 보다가 그것이 아무래도 '유원' 이와 같은 생각이 들어서 그냥 그 뒤로다 쫓아갔다.

그 사내가 어찌 빨리 걷는지 '하이힐' 을 신은 숙채가 따라갈 수가 없다.

"분명 유원이다."

그러나 멀건 대낮에 행길에서 달음박질할 수도 없고 그렇다고 꽥꽥 소리쳐 부를 수도 없고 숙채는 죽을힘을 다해서 따라갔다. 그러나 도무지 붙잡을 수 없다.

그러다가 그 사내가 조선은행 앞에 이르렀을 때 잠깐 옆으로 머리를 돌리는 것을 보니 이건 백판 딴 사람이 아니냐.

"내가 미쳤구나. 그이는 두루마기를 입지 않았을 텐데……."

숙채는 제 손에 든 작은 보따리를 보았다. 그 속에는 유원이의 두루마기와 모자가 들어 있는 것이다.

그런데 숙채는 자꾸 흰 두루마기 입은 사람만 쫓아갔다. 사십오 도 각도로 나가자빠진 백화점 육층 건물의 그림자가 사뭇 '초콜릿' 향기를 뿜는다. 숙채는 이러한 도심을 고아와 같이 걸었다.

이윽고 정거장 아래 이르렀을 때 숙채는 거의 자기도 모르게 사방을 휘— 살펴보고 대합실에 들어가 한쪽 걸상에 쪼그리고 앉았다.

그러나 숙채보다 한 십 분 먼저 이 정거장으로 나와 이등 대합실 쪽으로 간 사람이 있었다.

*

삼등 대합실은 언제나 장터와 같이 분주하고 여러 가지 사투리를 쓰는 사람들의 가난한 보따리가 그 기다란 벤치에 늘어놓여 낮잠을 잔다.

숙채는 한쪽 다리를 들어 걸고 몸은 어느덧 보따리에 탁— 의지해서 평안히 앉아 있었다.

점점 보따리가 한쪽으로 씰그러져 몸이 사뭇 드러누워지는 판이나 숙채는 그런 것도 잊고 눈은 그대로 수없이 들끓는 사람들의 얼굴을 물색했다.

모두 다 눈 코 입을 갖춘 얼굴들이로되 그 어느 것도 숙채가 찾는 얼굴은 아니어서 헛되이 눈꺼풀만 무거워 온다.

숙채는 까맣게 때가 오른 그 나무걸상에 그대로 누워 잠깐 눈을 붙였으면 꽤 고수—하게 잠을 이룰 것 같다.

그러나 이렇게 피곤하고 풀어지는 육체와 반대로 마음은 갈피갈피 멍이 든 것처럼 아프다.

숙채는 뽀—얗게 담배연기가 피어오른 대합실의 불결한 공기를 마셔 가며 그대로 몇 분 더 앉아 차 시간을 기다리는 수밖에 없다.

'집으로 가나? 인천으로 가나?'

아직 차표도 사지 않은 숙채는 세 시에서 몇 분 남지 않은 시계만 쳐다보며 미간을 찡겼다.

인천으로 가나 집으로 가나 그 어느 한쪽에도 숙채는 자신을 가지지 못하고 그저 아주 캄캄하고 막연한 것밖에 없다.

'다시 유원이가 사는 하늘— 그러한 하늘이 이 세상에 있을 성 싶지 않다.'

숙채가 이처럼 실의失意를 하게 되는 것은 이번 유원이의 모든 행동으로 보아 거의 움직일 수 없이 어떤 불행이 온 것을 직감했기 때문이다.

"이거 더 큰일났구나. 내레 낡은 고무신을 안 개지구 왔구나."

"오마니레 개지구 온댔다. 와 안 개지구 왔노."

이렇게 지껄이는 소리에 정신이 들어 숙채는 발딱 일어나 표 파는 데로 갔다.

집으로 가는 표를 샀다. 표를 사서 손에 꼭 쥐고 나니 행결 마음이 가벼워져서 어정어정 돌아다니며 아무 데나 기웃거렸다.

이윽고 시간이 되어 숙채도 그 기—다란 사람 행렬 속에 가서 끼어

섰다. 앞에서는 벌써 가위 소리가 딸깍거린다.

그런데 이 출구 말고 다른 출구로 나간 사람— 그 사람은 즉 유원인데 그도 지금 이 차를 타느라고 벌써 나가서 차를 타고 있다. 유원이는 삼등 객차로 맨 앞차에 탔다. 말하자면 식당 바로 다음 차다.

숙채는 혼자서 그 긴 플래폼을 걸으면서 이제 방금 떠날 차비를 하는 차에 유리창을 넘어 그 안을 살폈다. 어느 것이나 꼭꼭 다지게 사람을 실은 것이 겉에서 보아도 알겠다.

숙채는 작은 보따리 하나만 든 빈 몸이라 그리 먼저 타겠다고 덤빌 것도 없어서 첫 차 칸부터 차츰차츰 보아 내려가는데 어느 칸에나 다 만원이어서 할 수 없이 맨 끝의 칸에 타게 되었다.

마침 그 칸엔 저—쪽 끝에 한 자리가 비었으므로 숙채는 얼른 거기 가서 꽉 앉았다.

한참 동안 서로 좋은 자리에 타겠다고 덤비는 통에 숙채도 한몫 보느라고 다소 애를 쓴 모양인지 이맛전에 가는 땀이 내뱄다.

숙채는 잠깐 모든 것을 잊고 그 심한 자리 싸움에서 그래도 한자리 얻어서 턱 앉게 된 것이 유쾌했다.

"때르르릉."

떠나는 신호가 신경을 바짝 오그려놓는다. 숙채는 그저께 유원이를 찾아서 이 정거장에 이르렀을 때 그 즐겁던 마음이 지금 이 석탄이 쌓인 구내를 지나며 다시 생각나서 또다시 얼굴이 흐려진다.

"어디까지 가십니까?"

"……."

숙채는 잠깐 자기 앞을 바라보니 바로 맞은편 걸상에 웬 신사가 대단히 인상이 좋지 못한 얼굴을 들고 숙채에게 말을 건네는 것이다.

숙채는 별로 대답할 필요를 느끼지 않아 그냥 잠자코 머리를 돌렸더니 이 자가 또 무에라고 한다.

"실례올시다마는 어느 학교에 다니십니까. 그렇잖으면 혹 어디 근무라도 하고 계십니까?"

숙채는 약간 눈을 들어 그 자의 얼굴을 훑어보았다. 그리고 어디 다른 데로 자리를 옮길 생각을 했다.

"대단히 죄송합니다만 이거 하나만 깎아보십시오."

이 신사가 또다시 배와 칼을 내미는 통에 숙채는 그만 속이 발끈 뒤집혔다. 그래서 유원이의 두루마기와 모자가 들어 있는 그 보통이를 들고 다음 차 칸으로 갔다.

그러나 거기에는 사람이 꼭 차고 한 자리도 없으므로 할 수 없이 그 칸을 지나서 그 다음 칸으로 갔다.

이 칸에는 유원이가 타고 있는 데다.

*

유원이는 돌로 만든 사람처럼 조금도 움직이지 않고 차창 밖만 내다보고 있었다.

정말 그는 두루마기도 입지 않은 맨저고리 바람에 모자도 쓰지 않았다.

그리고 약간 엷은 듯한 입술과 뺨을 돌려서 꺼멓게 수염이 내돋았다.

그는 며칠 동안에 몰라보리만치 살이 깎기워서 오뚝한 콧대만 무섭게 서고 두 눈은 패여서 치뜰 때면 쌍꺼풀이가 지려고 애를 쓴다.

그는 왼편으로 첫째 걸상에 앉았는데 가끔 안간힘을 쓰듯이 끙끙대며 깊은 숨을 내쉬는데 그럴 때면 의례히 차 안을 한번 휘둘러보는 것이다.

유원이는 지금 ××지방으로 호송이 되어가는 길이다. 그는 그날 밤 열한 시에 그 행랑방에서 나와서 바로 ××서원에게 검거되었는데 그것은 모 중대사건에 관련되었던 까닭이다.

이러고 보면 유원이가 그날 밤 실종되었던 것은 이러한 비극의 시초였고 평양 모 공장의 기사의 직을 그만둔 지 만 팔 개월 만에 이러한 결과를 가져온 것이다.

유원이는 가끔 자기 앞에 앉은 사람들을 둘러보나 그가 정말 무엇을 보는지는 알 수 없고 그러한 다음에는 의례 창밖을 내다보는 것이다.

유원이의 몸뚱이는 움직이는 습관을 잊었으나 그의 머리는 깊은 사유思惟를 감추고 그의 눈은 점점 더 고양이의 눈동자처럼 맑아진다.

'숙채—.'

유원이는 가끔 이러한 토막친 발음이 귓속을 찌륵찌륵 울리며 뇌장腦漿을 아찔하게 하여 눈을 감고 안간힘을 쓴다.

차는 그동안 벌써 한 정거장을 지났다. 숙채는 보따리를 들고 유원이가 있는 차 칸까지 와가지고는 바로 들어서지 않고 그 문에서 머리를 약간 앞으로 들이밀어 자리가 있나 없나 살펴보았다.

그 안에 앉았던 사람의 시선이 일제히 숙채에게로 쏠린다. 숙채는 약간 제면적어 좀 더 찬찬히 자리를 돌아도 보지 못하고 그냥 어름어름하는데 마침 바른 편으로 서너 걸상 되는 데 자리 하나가 있는 듯 싶더니 벌써 웬 할머니가 덥석 앉아버린다.

숙채는 그 안에도 자리가 없는 것을 보고 굳이 들어갈 생각이 나지 않았다.

그래서 차라리 사람 많은 데 들어가 볶이우는 것보다 그 세면기가 놓여 있고 거울을 붙여 놓은 변소 맞은편 구석진 데로 들어섰다.

숙채는 세면기 옆에 거울 담아놓은 벽에다 등허리를 대고 서서 차가 흔들리는 대로 몸을 흔들었다.

이렇게 되고 보면 그 거울이 붙은 벽을 사이에 두고 유원이는 그 안에 앉았고 숙채는 그 밖에 섰는 것이다.

아까 그 할머니가 덥석 주저앉던 그 자리에만 가 앉았어도 유원이와 숙채는 다시 만나는 기쁨을 가졌을 것이다.

그리고 아까 숙채가 자리를 찾느라고 머리를 약간 앞으로 내밀고 휘— 둘러보았을 때 조금만 더 왼편으로 쏠렸으면 거기엔 유원이가 앉았던 것을 보았을 것이다.

그러나 숙채는 그저 한 번 쭉 훑어보고 나와버렸다.

차는 왕십리往十里 미나리강 허리를 넘는다. 철로길 옆에 깎은 듯한 언덕 위에 다닥다닥 붙여놓은 오막살이에서는 노랑저고리 분홍치마 입은 젊은 각시들이 지나갈 때마다 내다보는 기차를 지금도 내다본다.

숙채는 거울에 비친 자기 얼굴을 바라보다가 두 손으로 얼굴을 쌌다.

'어쩔까 인천으로 가볼까. 내 맘이 이렇게 지피우는 것을 보니 아마도 그리로 간 게로군. 가긴 뭘 가. 공연히 가서 헤매지 말고 바로 집으로 가봐야지. 그동안 무슨 소식이나 왔는지.'

숙채는 이렇게 속으로 여러 가지 궁리를 해보는데 어쩐지 자꾸 그 인천부두로 가는 큰길 옆에 노친네들이 우동이며 고구마며 시루떡이며를 벌여놓고 앉은 그 근방엔 유원이가 다른 사람 틈에 끼여 앉았을 것만 같다.

'에구 헛걸음을 하더라도 가봐야지—. 아무래도 그리로 갔어. 그 담엔 어디 갈 데가 있나?'

숙채는 벌써 저물어오는 들을 내다보았다. 밭 가운데 커다랗게 써 붙인 술 회사 광고에 가리어 언덕 위에 수수바재*를 늘어세운 초가집들이

* 수수바재: 수수와 바자. 바자는 대, 갈대, 수수깡, 싸리 따위로 발처럼 엮거나 결어서 만든 물건.

잘 보이지 않는다.

숙채는 눈을 지그시 감아 눈에 고인 눈물을 털어버렸다. 그리고 그 거울 밑에 웅숭거리고 앉았다.

"아무튼지 가보자. 가서 인천 바다를 다 싸다니노라면 어느 길가에서라도 만나겠지."

숙채는 갑자기 인천으로만 가면 유원이를 만날 것 같아서 앉았다가 벌떡 일어났다.

"옳다. 가자. 이다음 역에서 내리자."

그리자 차는 청량리역에 닿는다. 숙채는 뒤도 안 돌아다보고 바삐 내렸다. 여기서 다시 인천 가는 차를 바꿔 탈 작정이다.

진실로 숙채는 뒤도 안 돌아다보고 내려서 출구로 나가는 것이다. 이 때 유원이는 차가 정거하는 바람에 어디인가 하고 출구 쪽을 잠깐 내다보는 것 같았으나 자기를 찾아 인천으로 가는 숙채의 뒷모양을 보았을 리가 없다. 이것이 그들 자신도 모르는 마지막 별리다.

3. 처녀출범處女出帆

숙채는 아침 여섯 시 아직 전등불이 채 나가기 전에 일어나서 머리맡에 놓인 양말부터 집어 신었다.

"오늘은 취직하러 가는 날이다."

어째 취직이라는 새로운 생활 과정을 당하고 보매 누구나 그러한 것과 같이 필요 이상의 흥분으로 해서 정작 해야 할 일은 손에 잡히지 않는다.

마치 처음 항해航海를 하는 젊은 선장과 같이…….

숙채는 우선 다리미에 물을 담아가지고 치마 주름을 다리고 손수건까지 하나 다려놓았다.

그리고 세수를 하고 머리를 빗고 조반을 먹고 이러한 일이 끝난 다음 아랫방 색시가 왔다.

"인제 다 채리셨어요? 아이 예쁘네. 이 저고리감이 뭐예요?"

"저고리감이?"

숙채는 눈을 게슴치레해가지고 웃었다.

"그럼 잠깐만 계세요. 내 변또를 가지고 나올게."

명자는 —이 색시 이름이 명자다— 제가 있는 뜰아랫방으로 가더니 자줏빛과 주황을 섞어 무늬를 놓은 책보자기에 변또를 곱게 싸서 들고 몇 번이나 드나드는 문설주에 달아 매놓은 거울을 들여다보고는 콧등에 분을 자근자근 눌러도 보고 새끼손가락 끝으로 입술에 바른 연지를 다시 문지르기도 하고 더구나 양쪽 눈썹이 곧추 서도록 눈을 크게 부릅뜨고 한참이나 들여다보는데 이것은 명자가 눈이 작은 것을 몹시 한하여 거울을 볼 때마다 저도 모르게 눈을 커다랗게 떠보는 버릇이다.

그가 한참이나 모양을 본 다음에야 숙채와 같이 가지런히 서서 문간으로 나왔다.

"그래 정말 사장이 오라고 그랬어?"

"아주 사장은 아니고 전무 선생님이 오라고 해서요."

"내 이력서는 누굴 갖다 주었소? 그것도 전무를 갖다 주는가?"

"아니 이력서는 저— 판매주임이라고 있죠. 그일 갖다 줬지요. 그리고 꼭 써달라고 내가 몇 번이나 조른걸요."

숙채는 인제 열여덟 살밖에 되지 않는 얄밉도록 모양 내기를 좋아하는 명자가 이처럼 자기 일에 열심인 것을 볼 때 마음으로 고맙지 않을 수가 없었다.

"그래 그 판매주임이라는 이가 내 이력서를 보아?"

"네— 보더니만 전문학교까지 다닌 사람이 왜 점원 노릇을 하느냐고 그러면서…… 흐흐."

"그러면서 왜? 뭐 우수운 말을 해?"

"그인 입버릇이 본래 그래요."

"입버릇이 어떻게 무에라구 그랬는지 알아야 나도 정신을 채리지."

명자는 괜한 말을 꺼냈다고 후회하는 빛이었으나 또 대수롭지도 않게 말했다.

"언니 이력서에 붙인 사진을 보고 얼굴이 잘생겼다고 제 며느리를 삼았으면 좋겠다고 하겠죠. 그건 본래 그런 망칙스런 수작을 썩 잘하니까요."

숙채는 이처럼 자기를 가지고 함부로 말을 하는 것을 처음으로 들어서 불쾌했다. 그러나 그만치 또 새로운 지방을 여행하는 사람처럼 호기심도 들었다.

두 처녀는 아침 거리를 걷노라니 투명치 못한 햇빛이 유리창 위에 누렇게 번뜩거린다.

벌써 상점마다 점원들이 총채를 들고 '쇼—윈도'며 물건 위를 툭툭 건드려 먼지를 턴다.

"그리다가 안 된다고 퇴짜를 맞으면 어쩐다?"

숙채는 무엇을 약간 생각하는 듯 눈을 째긋하더니 다시 머리를 흔들어 생각을 정리하는 모양이다.

이윽고 백화점 앞에 이르렀다. 억센 용수철을 박은 유리문을 안으로 잔뜩 밀고 들어서니 고객의 손이 아직 닿기 전 물건들은 털 하나 일지 않고 정돈되고 있고 햇빛이 없는 헤너른* 실내엔 아침 서슬이 아직도 푸르

* 헤너른: '아주 넓은'의 뜻으로 추정됨.

당당하게 차 있어 숙채는 어쩐지 그렇게 정다움을 느끼지 못한다.

"사무실로 가야죠."

숙채는 암말도 않고 명자를 따라 돌층층대를 밟았다. 층층대 끝에 선을 친 쇳조각이 구두 뒤축에 닿을 때마다 '잘그랑잘그랑' 하는 소리가 이상스럽게 숙채의 발바닥을 딱딱하게 만드는 것 같다.

*

숙채와 유원이가 차 속에서 만날 뻔하다가 만나지 못하고 숙채가 유원이를 찾으러 간다고 인천으로 가던 때부터 지금은 일 년 후다.

그 일 년 동안 숙채에겐 여러 가지 비극이 있었다. 세상엔 여러 가지 기구한 운명을 써서 재미있는 이야기책을 꾸며가지고 심심한 사람들의 소일거리를 삼는 일이 있으나 그러한 이야기와 같이 곡절 많은 세상사를 그대로 몸에 지니어 한 개의 산 이야기를 만드는 것은 그리 흔한 일은 아니다.

숙채는 그동안 아버지와 어머니를 일시에 사별하고 거기에 따라서 일어나는 숙채의 몸 수체에 대한 일책으로 일가들이 끌어내는 결혼 문제— 이러한 초인적 난관들이 숙채로 하여금 달팽이처럼 제 짐을 떠싣고 다시 서울 하숙으로 찾아오게 한 것이다. 물론 이러한 사품에 그는 학교도 그만두었다. 숙채는 유원이가 실종된 다음 만 삼개월 만에 유원이가 감옥에 가 있게 된 것도 알았다. 그러나 이러한 모든 일에 숙채는 어떻게 자기의 생활을 처리해야 하겠다는 것을 조금도 생각지 못한 채 세월은 그냥 흐르는 것이다.

숙채는 다시 이 하숙으로 왔다. 이 하숙은 숙채에게 있어서 최후의 포대砲臺인 동시에 또 새로운 항해를 하는 첫 항구도 되는 것이다.

숙채는 날마다 이 하숙방에서 생각했다.

'나는 어찌해야 좋을 것인가.'

'내가 산다는 것은 무엇인가.'

'내 머릿속에 이처럼 박혀 있는 유원이의 얼굴은 어느마한 실재實在성을 가졌는가.'

숙채는 오랫동안 말도 하지 않고 외출도 하지 않고 간혹 책을 보는 것 외에 울기를 잘했다.

이렇게 우울한 날이 가고 또 오는데 그래도 뚫어진 창 구녁으로 햇빛이 들여 쏘듯이 숙채의 '청춘'은 쉬임없이 자라는 것이다.

숙채는 가끔 자기 방문을 열어놓고 문턱에 턱을 고인 채 뜰아랫방에 세로 들어 있는 색시 즉 명자의 거동을 살핀다.

명자는 지금 풍로에 불을 피우고 그 위에 양은냄비에 고추장찌개를 해서 올려놓고 부채질을 한다.

그는 금년 열여덟 살 먹은 처녀인데 숙성해서 얼핏 보기엔 숙채나 별로 다름없이 한 스무남은 살 되어 보인다.

그렇게 키는 덜성하게 커도 꼭 사과와 같이 빨갛고 동그란 얼굴이 누르면 터질 듯이 말랑말랑해 보이고 더구나 그 콩쪽같이 작은 입은 늘 어리광이 나오도록 준비되어 있는 것 같다.

그런데 이 명자는 시내 어떤 백화점에 점원으로 다니는데 그 월급이 얼마인지는 알 수 없으나 이렇게 이 집 뜰아랫방을 세로 얻고 자취를 해가는 것이다.

그가 월급봉투를 타는 날은 으레 이 집 주인에게 방세로 사 원을 가져오고 그다음에는 쌀을 소두 두 말에 숯 한 섬에 전등불 값에 이렇게 혼자 살림이나마 나누어 놓고 나면 불과 오 원 내외가 남는데 이 돈은 세상없어도 자기 몸단장 하는 데 써버리는 것이다.

그러한 덕에 명자에게는 자기 각색 모양의 구두가 세 켤레, 그밖에 치마저고리가 여러 벌 방 속에 걸려 있다.

그는 늘 토끼와 같이 바지런한테 그것도 다른 일엔 최대한도로 늘어지고 게으르고 오직 자기 얼굴과 몸치장 하는 데만 그처럼 말랑말랑한 것이다.

명자는 점원 가운데서도 상당히 인기가 있는데 그 인기의 대가로 받는 것은 늘 젊은 연애꾼들로부터 받는 편지들이다.

"당신은 떼파—트* 유리상자 속에 피어난 한 송이의 말 없는 꽃입니다. 나는 밤마다 당신의 뒤를 따라 밤거리를 헤매는 무명의 용사입니다."

이러한 편지도 있고 어떤 것은 보통학교 아이들의 글씨 같은 것으로 아주 망칙하게도 쓴 것이 많았다.

그런데 하루는 의외에도 명자는 영어로 쓴 편지를 받았다.

명자는 갑자기 자기의 자존심이 뾰족하게 머리를 내미는 것 같다.

"어쩌면 내게 영어 편지를 다 할까."

필경 영어 편지를 쓸 줄 아는 사람은 무척 훌륭한 대학생이리라고 생각했다. 그러나 읽을 수가 없이 생각하고 생각한 나머지 드디어 숙채에게 가지고 가기로 생각했다.

"저— 미안하지만……."

명자는 자기의 연애편지쯤 남에게 읽히우는 것을 그다지 죽을 지경으로 부끄러워하는 사람은 아니다.

"저— 난 영어를 모르는데!"

숙채는 웬 영문인지를 몰라 눈이 커졌다.

* 떼파—트: '백화점'의 뜻.

*

숙채와 명자는 이러한 경로를 밟아 서로 알게 되었고 또 명자의 주선으로 숙채도 점원으로 취직을 하려고 오늘 오라는 시간대로 이 백화점에 온 것이다.

그래서 숙채는 명자가 안내하는 대로 문에 '전무실' 이라고 하얀 글자로 써붙인 방으로 들어가서 전무 영감을 만나게 되는 것이다.

숙채와 명자는 저쪽에 큰 테이블을 놓고 그 옆에 점잖아 보이는 어른 앞에 가서 굽실하고 경례를 했다.

전무는 그저 자기가 뒤적거리던 서류에서 손을 떼지 않고 있다. 그러니 불가불 숙채는 그대로 대령하고 서 있는 수밖에 없다.

급사가 무슨 편지 같은 것을 또 가지고 와서 내어놓더니 전무가 손에 아직 피우지 않은 담배 한 개를 끼어가지고 있는 것을 보고 재빠르게 성냥을 그어서 담뱃불을 붙여 드린다.

숙채는 이렇게 한 오 분 동안 서 있는데 나중에 다리가 약간 떨리고 도무지 얼굴을 어떻게 하고 있어야 할지 눈꺼풀에 경련이라도 일어나는 것 같다.

'사람을 세워놓고 제 할 일만 해.'

숙채는 그냥 돌아서 나오고 싶었으나 발은 그대로 마루 위에 꽉 붙어 있어 조금도 움직이지 않는다.

"에— 또 이름이 무엇이라구?"

전무는 인제야 숙채를 힐끗 훑어보면서 말을 꺼낸다.

"남숙채올시다."

"남숙채—."

"에— 그런데 학교는 왜 중도 퇴학을 하셨소?"

"가정형편이……."

"흠— 가정형편의 불여의로……그럼 어떠한 취의로 점원 생활을 희망하시나요?"

"……."

숙채는 잠깐 이 말에 기가 질렸다.

'글쎄— 내가 무슨 뜻으로 점원이 되려고 한담……?"

숙채는 이러한 경우에 쓰는 대답법을 갑자기 알 수가 없었다. 물론

'돈벌이라는 것이 첫째 조건이겠으나 그런 거야 뻔한 일인데 전무 영감이 그걸 몰라 물을 까닭은 없고…….'

숙채는 잠깐 딱한 모양으로 전무 영감의 이마빼기만 빤히 쳐다보고 있는데 그의 눈에 비친 것은 사실 그 전무의 번들번들한 대머리진 이마빼기가 아니라 커다랗게 떠오르는 '유원'의 얼굴이었다.

"네— 좋습니다. 이 아래층에 내려가 판매부 주임을 만나보시오."

숙채는 판매부 주임을 내려가 만났다. 그는 사십이 넘은 중년신사로서 윤곽이 확실하고 좀 동탕하게* 생긴 사람이다.

"난상은 이 화장품부에서 일을 보오."

남녀점원들이 이 판매부 주임이 데리고 온 새 점원을 호기심들이 나서 바라본다. 그중에도 눈치 빠르고 방정맞은 계집애들은 주임의 눈자위가 이 새로 들어온 점원에게 어떻게 돌아가나 사냥개처럼 냄새를 맡는다.

"처음이 되어서 좀 서투르지만 해보면 곧 되는 거니까……."

주임은 숙채의 등을 두어 번 또닥또닥 두들겨주고는 이내 이층으로 올라갔다.

* 동탕하게: 얼굴이 두툼하고 잘생기다.

숙채는 석고石鼓로 만든 것처럼 희고 매끈한 둥근 기둥을 둘러서 반원형半圓形을 그린 유리함 속에 온갖 향기와 빛깔을 가지고 있는 화장품들이 예쁘게 진열되어 있는 것을 본다.

그리고 그 둥근 기둥과 유리함 사이에 있든 작은 장소— 숙채는 거기에 들어가서 마치 성을 지키는 파수병같이 오뚝하게 서 있었다.

차차 오후가 되면서부터 사람이 손톱 박을 틈 없이 밀려들어 정신을 차릴 수가 없다.

"파피리오 고나오시토이*를 하나 주세요."

"네— 무슨 색으로 할까요?"

"하다어**로 이호를 주세요"

"뷰—타가 있어요?"

먼저 있던 점원은 얼굴이 빨개지면서 공연히 숙채 쪽을 본다.

"저— 뷰타가 뭡니까?"

"호호…… 화장품부에 점원이 화장품 도구 이름도 모르고 어쩐담. 속눈썹 지지는 기계 말요."

"미안합니다. 그건 요즘 품절이 됐습니다."

여인은 무엇이 불쾌한지 꺼내놓은 물품은 하나도 사지 않고 저쪽으로 횡하게 가버리는 것이다.

"아이 눈 아파."

숙채는 하도 많은 사람이 움직이는 것을 하루 종일 보고 났더니 눈알맹이가 쏙 빠지는 것처럼 저리고 아프다. 눈만 아플 뿐만 아니라 다리가 어찌 아픈지 무릎 종지에서 빠드득 소리가 나는 것 같다.

그럭저럭 밤 시간도 거진 다 되어 손님들은 거의 다 빠지고 그 대신

* 파피리오 고나오시토이: 화장품 이름인 듯.
** 하다어: 화장품 이름인 듯.

점원들은 집으로 돌아갈 차비에 부산했다.

숙채도 갈 준비를 하느라고 치마에 꽂은 핀을 다시 빼어 꽂다가 얼핏 옆으로 보니 판매부 주임이 이상하게 황홀한 눈으로 숙채를 쏘아보고 있는 것이다.

*

어느 날 밤이다.

밖에는 바람이 불고 비가 와서 포도가 몸속 짐승의 껍질같이 번질번질하게 윤이 나고 미끄럽다.

날씨가 이렇게 사나우니까 우산을 가지지 못한 통행인들은 죄다 전차로 몰리고 거리는 행결 적막해졌다.

더구나 배가 터지게 사람을 실은 전차가 지나간 뒤 그다음 전차를 기다리노라고 정류장에 쭈그리고 서 있는 몇 사람의 모양은 거의 살풍경이다.

이러한 밤 백화점 안은 무척 평화스럽다. 그 누리끼—한 크림색의 불빛이 흰 벽으로 된 넓은 실내에 하나 가득 담겨 선반 위에 치장해놓은 인형이며 유리통 속에 들어 있는 과자며 '에쓰' 자로 꿰어걸은 넥타이들이며를 비치고 있다.

거리의 통행인이 드물매 이 안에 손님들도 차차 조수가 밀려나가듯 줄어드는 것이다.

그러면 이 집은 커다란 빈 배와 같고 여기저기에 널려 있는 점원들은 할 일 없는 선원들같이 한가하고 자유롭다.

숙채는 여전히 그 둥근 기둥 옆에 상반신만 보이게 서서 이층으로 올라가는 구름다리에 눈을 던지고 있다.

맞은편 아동복부에 있는 명자가 허리를 책상에 걸친 채 손가락 하나를 내저어 숙채를 말없이 부른다.

숙채도 마주 바라보고 웃었다. 그런데 명자는 그 손가락으로 서쪽 옆 모자부를 가리키며 눈을 째긋해서 익살을 부린다.

"저걸 좀 봐요. 저걸……."

숙채는 무심코 그쪽을 보았다. 그리고는 다시 명자를 바라보며 둘이는 소리 없이 웃었다.

"호호…… 사이상은 사람이 너무 좋아서 탈이야. 내야 다른 사람 보고 이야기하든 말든 사이상한테 무슨 상관요? 정 그렇게 걱정되거든 감독한테 꼬아 바치구려. 싱겁다."

"……."

사이상이란 남자점원은 얼굴이 벌게서 뾰루퉁한 여점원의 돌아앉은 어깨를 한참 내려다보더니 저쪽으로 휘 가버린다.

그 남자점원이 가버리자 명자가 좋아라고 숙채에게 뛰어온다.

"저런 얼간이는 처음 보겠어. 인젠 아주 놀림감이 됐건만 아직도 속을 못 차리는구만. 저러다가 감독한테라도 들켜봐— 당장 쫓겨날 테니……."

"왜들 저러는 거야? 싸웠어?"

명자는 신이 나서 숙채 옆으로 바싹 다가앉으며 꺼낸다.

"글쎄 저 사이상이란 이가 작년 구월부턴가 여기 들어왔죠. 그런데 저 인숙이한테 그만 녹초가 돼서 사내자식 꼴에 울기두 여러 번 했다나 봐요. 못난 녀석 같으니라구."

숙채가 명자의 옆구리를 꾹 찔렀다.

"무슨 말을 그렇게 해. 그럼 마음이 가는 걸 어쩌나? 그런데 인숙이는 싫다고 하는 거야?"

"아규, 그 애가 어떤 앤데 저따위 걸 사람으로나 보나요? 그 애 눈이 어떻게 높다구. 그리구 지금 고이비도*를 가지고 있죠."

"그 고이비도는 어떤 사람인데? 저 사람보다 나아?"

"저 사람이 다 뭐예요? 잘 모르긴 해도 퍽 부자고 또 여간 멋쟁이가 아니래. 저애도 얼굴이 예쁘니까 그런 데로 시집갈 만해요. 그런데 저 따위가 암만 저런다고 되겠어요."

사실 이 안에 여점원과 남점원은 다 같은 이십 원 내외의 월급을 받는 사람들이나 그 값價에 있어서는 도저히 계산할 수 없는 차이를 보인다.

대개 여점원의 첫째 조건은 얼굴에 있으므로 여기 채용된 여점원은 거의 다 자기 얼굴에 대하여 많은 자부심과 교만을 가졌다. 그런 까닭에 이 얼굴을 밑천으로 해서 그들은 이 백화점에 드나드는 가장 호화로운 부인들과 같은 데 시집을 갈 수가 있는 것이다.

또 그렇게 훌륭한 자리에 시집가는 것은 그렇게 어려운 일도 아니다.

영애도 순이도 죄다 그런 부잣집에 시집을 가서 시집 간 몇 달 동안 이 백화점을 다시 찾을 때는 가느다란 금시곗줄을 저고리 밑에 늘이고 값비싼 여우목도리 속에서 뽀—얀 얼굴을 살짝 웃어만 보이는 것이다.

수많은 여점원 가운데서 영애나 순이처럼 되는 사람이 좀체 쉬운 일이 아니나 이 안에 여점원들은 누구나 그러한 시집들을 꿈꾼다.

그러나 그와 반대로 남자점원들이야 그 쓰메에리** 검은 복장이 그리 좋은 것도 없고 월급 이십 원에서 이십오 원으로 올라가자면 아차 까맣게 쳐다보이는 몇 해의 세월이 흘러야 하니 생각하면 을씨년스럽고 궁하고…….

* 고이비도: 일본어. 연인, 애인.
** 쓰메에리: 일본어. 깃의 높이가 4cm쯤 되게 하여, 목을 둘러 바싹 여미게 지은 양복. '깃 닫이', '깃닫이 양복'으로 순화.

숙채는 인숙이라는 색시의 교만이 내발린 아래턱이 약간 빠른 얼굴을 바라보고 있다.

"크림 하나만……."

숙채가 깜짝 놀라 보니 웬 여자 손님 하나가 왔다.

"코티— 계통으로 콜드크림 하나 주세요."

"네—."

숙채는 그 여자 손님이 이상하게 눈에 띄었다. 그는 양장에 단발을 한 몹시 이국적인 여인이다.

후에 이 여자가 숙채의 생활에 어떻게 커다란 한쪽을 이루는 것이야 지금 이 자리에서 알 리가 없다.

"일 원 팔십 전이요?

"네—."

그 여인은 일 원 팔십 전을 내어놓고 비오는 거리로 나갔다.

*

숙채는 오래간만에 맞는 휴일休日을 어떻게 보내야 할지 몰랐다.

우선 어젯밤부터 다리를 쭉 뻗고 자고 오늘 아침도 안에서 새까만 콩자반과 새우젓 접시가 놓인 상들이 줄을 달아 나오도록 숙채는 일어나지 않았다.

숙채는 요즘으로 얼굴이 핼쓱해지고 까—칠하게 여위었다. 그리고 눈만 감으면 백화점 안에 수없이 뒤끓는 사람들의 모양이 보이고 더구나 그 돌층층대로 오르내리는 사람들의 다리가 견딜 수 없이 눈앞에 아른거린다.

어제도 어찌나 사람 멀미가 나든지 잠간 눈을 감고 기둥에 머리를 대고 섰다가 그만 코피가 나서 저고리 앞섶에 왼통 피칠을 했다.

"하아—."

숙채는 여덟 시를 치자 한번 호되게 하품을 하고 자리에서 벌떡 일어났다.

"오늘은 편지를 쓰자."

그러나 채 일어나지 못한 채 이불을 두르고 또 멍하니 앉아 있다.

이렇게 고장이 생긴 시계와 같이 조금만 하면 움직이기를 잊고 멍하니 앉아 있는 것은 숙채에게 가장 큰 버릇이다.

유원이가 간 후 숙채는 문밖의 세상과 절연을 했다. 그리고 할 수 있는 대로 이렇게 앉아 있는 것을 일삼는다.

마치 숙채의 전 생명이 외계와는 아무 상관도 없고 모두 그 머리와 가슴과 내장 속으로 모여든 것과 같이…….

숙채는 또 유원이의 얼굴을 그려본다. 그러할 때면 그는 눈을 가늘게 떠서 최면술 거는 사람처럼 한군데만 보고 있다.

그러나 늘 그 얼굴은 똑똑지가 않고 몹시 복까쓰해놓은 사진처럼 군데군데가 뚜렷이 보이고 다른 부분은 폭 흐려 보이다가 나중엔 아주 범벅처럼 한 군데 뭉개지는 것은 무슨 변덕인지 모르겠다.

"조반상 내와요? 제—기."

이 집에서 심부름하는 머슴애 녀석이 조반이 늦어 귀찮으니까 역성을 내는 모양이다.

숙채는 깜짝 놀라 마당으로 내려가서 고무신짝을 끌고 양철 대야를 찾았다.

낮에는 빨래 가거나 하고 하는 동안 별로 신통치 않게 하루 해가 다 갔다.

저녁때 명자가 들어와서 활동사진 구경을 가자고 한다. 그러나 숙채는 머리를 가로 흔들었다. 유난스레 감상感想이 밀려드는 때는 거리의 바람난 '포즈'가 불길한 까닭이다. 이로부터 조금 후다.

"이리 오느라."

"네— 누굴 찾아겝시요?"

"여기 남숙채 씨라고 있소?"

숙채는 자기 방에서 귓결에 남숙채 운운을 듣고 공연히 귀뿌리까지 빨개져서 벽에 가서 딱 붙어 섰다.

"누굴까? 날 찾는 사람이."

"이 방 손님 누가 찾아요."

심부름하는 애가 아니꼬운 듯이 한 마디 내던지고 간다.

숙채는 잠깐 망설이다가 나가보았다. 대문간 구석진 데 어둠속을 들여다보던 숙채는 놀라지 않을 수 없다.

"에? 선생님 어떻게 오셨어요?"

거기에는 판매부 주임이 약간 제면쩍은 표정으로 응달진 어둠속에서 있는 것이다.

"아 난상 계시군요. 이 앞으로 지나다가 마침 난상 계신다기에……."

숙채는 어쩨야 좋을지 몰랐다. 물론 자기 방으로 들어오십사고 하기는 계제부터 되지가 않고 그렇다고 이대로 점잖은 손님을 문간에 세워놓을 수도 없다.

"하—그런데 난상 저녁 자셨소?"

"네 아직은……."

"아직 안 자셨군요. 그거 잘됐소 그럼 우리 어디로 저녁밥이나 먹으러 갈까?"

숙채는 몹시 의외다. 그래서 주임의 말을 못 들은 체하고 그냥 서 있다.

"왜 그러고 섰어? 잠깐 산보 삼아 나갔다 오면 좋을걸그래. 어서 차부하고 나오시오."

숙채는 그렇게 맘이 내키지는 않으나 또 싫다고 질색을 할 까닭도 없어 잠깐 들어가 나들이옷을 바꾸어 입고 나왔다.

"먼저 타시오."

주임이 타고 온 듯한 자동차에 숙채가 먼저 허리를 꾸부리고 들어가자 주임도 신사답게 뒤이어 올라탔다.

"싸아—."

운전수는 핸들을 냅다 돌렸다.

*

두 사람은 차를 몰아 한창 구경꾼이 들이밀리는 극장 앞 번화지지를 지나서 어느 큰 중국요리집 앞에 이르렀다.

차를 다시 현관 앞까지 바싹 들이닿게 한 후 주임은 손수 자동차 문을 열었다.

"자— 여기서 내리지."

숙채는 고개를 약간 까딱해서 먼저 내리는 뜻을 표하고 선뜻 뛰어내렸다.

"이랏샤이마세."

벽으로 하나씩 되는 체경이 앞뒤에서 번쩍거리는 현관에서 중국인 뽀이가 친절히 안내한다.

주임이 저쪽에서 뽀이에게 조용한 방이 있느냐 어쩌구 하는 동안 숙채는 혼자 두리번두리번 순 중국식으로 화려하게 꾸며놓은 실내를 살폈다.

이윽고 흰 저고리 입은 뽀이놈이 앞서서 이층 어느 조그마한 방으로 인도하였다.

"어서 앉으시죠."

주임은 자기가 먼저 의자에 들어앉으며 이렇게 자리를 권한다.

뽀이가 들어와 차를 따른다. 그런데 눈을 내리깔고 차를 따르는 뽀이놈이 이상스럽게 눈알을 굴려 숙채와 주임을 힐끔힐끔 보는 것이다.

'이 녀석이 왜 사람을 이렇게 봐.'

숙채는 몹시 불쾌했다. 그 녀석이 꼭 사람을 조롱하는 듯한 무엇을 경계하는 듯한 눈치를 보이며 드나든다.

'망할 녀석—.'

숙채는 그 뽀이의 얼굴이 확실히 숙채와 주임 사이에 무슨 '음흉' 스런 것을 암시하는 것 같아서 마음이 뜸했다.

"왜 그러고 앉았소? 무슨 얘기라도 하시구려."

주임은 몹시 은근하고 또 신사의 예의를 잃지 않으려고 애를 쓰는 모양인지 가끔 '넥타이' 도 매만지고 앞머리도 쓸어올리는 등 어딘가 흥분하고 초조한 색이 있다.

그러나 숙채는 도무지 자기와 마주 앉은 이 중년신사를 이성異性으로 생각지 않는다. 그저 자기가 일하는 곳에 웃어른으로 알고 따라왔던 것이다. 그리고

'우리 아버지보다 나이가 좀 더 많을 게다.'

이런 생각은 했다.

문이 조용히 열리며 음식이 들어온다. 술도 들어왔다. 주인은 숙채 앞에 간장과 초를 따라놓고 어서 음식 집기를 권한다.

"어서 드시오. 그리고 난상 제일 좋아하는 게 있거든 얼마든지 청해 보슈."

술잔을 연거푸 빨아들이는 주임은 벌써 벌겋게 되어서 수건으로 번질번질한 입을 닦으며 수선을 피운다.

"난상은 언제 결혼하슈? 난상 결혼날에 내가 이렇게 술을 먹을까. 하하……."

"……."

"하숙엔 혼자 계신가요?"

"네 뜰아랫방에 명자가 있어요."

"명자— 응 그 애 말이로군."

"그래 처음으로 생활전선에 나와 보니 생각했던 것보다 힘이 들죠?"

"무얼……."

"그런데 실례지만 난상은 어디 약혼이라도 해놓은 데가 없는가요? 이런 말을 묻는다고 날 또 오해하지는 마시오. 허허……."

"선생님두……."

숙채는 참 이상했다. 상점에 있을 때 주임과 점원은 현저한 계급이 있어 말도 하댓말을 하고 했는데 오늘 저녁 주임은 그런 티는 조금도 없고 그저 한 사나이로서 숙채에게 온갖 호감을 사려고 그 앞에 무릎을 꿇는 것이다.

사십이 훨씬 넘은 중년의 사나이도 이러할 때는 마치 젊은 연애꾼과 같이 그 행동거지가 말이 아니다.

숙채는 두 손으로 턱을 고이고 주임의 얼굴만 바라보았다. 그리고 이런 생각을 했다.

'저이도 집엔 아들딸이 있겠지.'

숙채는 주임의 아들이나 딸이 지금 저 꼴을 본다면 어떨까— 얼마나 자기 아버지를 경멸할 것인가.

사실 주임은 위로 스물셋 된 아들과 끝으로 열두 살 나는 딸을 합하여 오남매의 아버지다. 그가 자기 가정에서 얼마나 훌륭한 아버지며 건실한 지도자라는 것은 두말할 것도 없다.

숙채는 또 문득 이런 생각도 했다.

'우리 아버지도 나와 같은 계집애를 보고 저렇게 체신머리 없이 굴었을까?'

숙채는 생각만 해도 낯이 간질간질해서 질색을 했다.

"선생님 따님 계세요?"

"응? 딸이 있느냐구. 있지 시집가게 된 딸이 있어."

"우리 아버지도 선생님만 밖에 안 되셨어요."

"음—."

주임은 먹었던 술이 불시에 깨고 흥이 다 깨지는 것 같다. 자기 눈앞에 대학 예과에 다니는 맏아들의 불쾌한 얼굴이 커다랗게 나타난다.

그러나 눈을 딱 감고 흥을 다시 돋우기 위하여 술을 퍼마셨다.

딱딱딱.

"어—이, 사께 못데고이*."

시계가 열 시쯤 되었을 때는 주임은 대취하여 가겠다는 숙채를 두 팔로 가로막았다.

"못 가 못 가 가긴 어딜……."

그러더니 한 팔로 숙채의 허리를 껴안고 한 손으로 자기 입에 물었던 담배를 숙채 입에 물려주려고 한다.

"미쳤어……."

숙채는 날쌔게 몸을 빼면서 입술에 끼어진 담배를 뽑아 내던졌는데 담뱃불이 주임의 가슴에 온통 흐트러졌다.

* 사께 못데고이酒持ってこい!: 술 가져와!

그 길로 숙채는 한걸음에 달려서 집으로 왔다.

*

그날 밤 두 시를 치도록 숙채는 잠을 이루지 못했다. 드러누워서 보니 바로 밤길에 어젯밤에 입었던 치마가 걸렸다.

"저 치마엔 주임의 팔이 닿았다."

이런 생각을 하니 주임의 굵직한 팔이 자기 허리를 감는 감촉이 아직도 남아 있는 것 같아서 사뭇 허리께가 근질근질하는 것 같다. 그리고 주임의 침이 한 푼 가량이나 묻은 담배를 자기 입에 억지로 틀어넣고 껄껄 웃으며 짐승과 같이 덤비던 꼴— 숙채는 생각할수록 망칙스럽고 고약했다.

숙채는 아직 순결한 처녀인 까닭에 주임의 그 미친 행동이 확실히 무엇을 의미하는 것인지는 알 수 없으나 어쨌든 그러한 것이 소위 '정조 유린' 이라는 것과 모두 한 종류의 행동같이 생각됐다.

숙채는 가끔 신문에서 '뻐쓰껄' 이나 '떼파트껄' 이나 타이피스트나 간호부나 여급사나 이러한 직업을 가진 계집애들이 감독이나 주임에게 '정조 유린' 을 당하고 위자료 청구소송을 한다든지 해서 굉장한 기사가 나는 것을 읽는다.

'응. 그렇게 하는 거야.'

숙채는 그러한 신문기사의 내용이 인제야 대강 짐작되는 것 같았다.

세상에선 그러한 봉변을 당한 소녀가 어떻게 가엾은 줄 안다. 그러나 또 그러한 일은 거의 상식적으로 으레 그런 법이니라 하고 그저 그만 해두면 이것이 갈보나 여급 같은 것을 만드는 첫 입시가 되는 것이다.

숙채는 그 신문에 나는 계집애들과 자기 자신을 이제 잠깐이라도 한

군데 섞어서 생각하게 된 것을 깨달으며 새삼스럽게 놀랐다.

"저 녀석 내가 누군 줄 알고— 그것도 사람이야?"

숙채는 마음껏 주임을 경멸했다.

"도대체 그것도 딸이 있다지. 제 딸을 누가 그래봐. 아마 눈깔을 뒤집고 제법 아비답게 날칠 테지."

*

이튿날 아침 숙채는 백화점에 가서 전무실을 찾았다. 그리고 상점을 그만두겠다고 말했다.

전무는 무슨 까닭이냐고 물었으나 숙채는 물론 입을 다물고 그저 그만둔다고 해두었다.

한 시간 가량 기다린 후 어디로 어떻게 돌았는지 월급봉투가 나왔다.

숙채는 얼굴을 약간 붉히며 그 봉투를 받아 쥐고 집으로 왔다. 주인집은 다 어디 갔는지 텅 비고 숙채 방은 아침빛이 들었다 나간 뒤 푸르스름하다.

숙채는 방에 들어서기가 바쁘게 월급봉투를 방바닥에 와르르 쏟았다.

"얼마냐."

가만히 따져보니 자기가 다닌 지가 한 달이 채 못 되는 스무여드레. 그 가운데서 이틀 휴일을 빼고 스무엿새 동안에 하루 육십 전씩 얼마나 될까.

육육이 삼십육하고 이륙 십이 하면 십오원 육십 전에서 또 무얼 이십 전을 제하고 나면 십오 원 사십 전이다.

숙채는 이렇게 돈 셈을 따지는 자기를 생각하고 혼자 부끄러웠다. 그러나 난생 첨으로 돈이라고 벌어보니 미상불 좋기도 했다.

"얘 춘식아—."

"왜 그러시우? 오늘은 왜 일찍 오셨수?"

"얘 너 과자 좀 사오련?"

숙채는 십 전짜리 네 개를 모두 집어서 춘식이를 주었다.

"이거 이십 전어치는 과자를 사오고 이십 전은 네가 가져라."

"네? 과자는 이십 전어치만 사오구요."

"응—."

춘식이의 심술이 쑥 들어간 것을 보니 숙채도 마음이 좋았다.

숙채는 그 돈을 다시 봉투 속에 넣어서 서랍에 넣다가 문득 한 생각이 났다.

"옳지. 이 돈으로 차입비를 해가지고 감옥으로 면회를 가자."

숙채는 갑자기 눈앞이 환해지는 것 같다. 이때까지 사실 그런 엄두를 못 냈으니까 그렇지 가보면 못 갈 까닭이 없다.

"못 가긴 왜 못 가?"

숙채는 유원이를 자꾸 생각해보면 어떤 때는 머릿속의 신경이 와락 흐트러져서 정말 유원이란 사람이 이 세상에 있었던가 없었던가 의심까지 하게 된다.

"있기야 있었지, 그럼."

그리고는 혹 유원이의 웃는 입매라든지 걸어가는 모양이라든지 말하던 한 토막이라든지 이러한 것이 눈앞에 얼진얼진 지나가는 것이다.

"가서 만나자."

이 세상 어느 한 곳엔 그가 있는 땅이 있을 것이다.

숙채는 두말할 것 없이 내일 꼭 떠날 것을 작정하고 그 돈을 소중하게 이불 개켜놓은 속에 넣어두었다.

4. 거리의 등불

이튿날 오후 세 시에 숙채는 아무도 모르게 정거장으로 나왔다. 아니 아무도 모르게가 아니라 이 큰 도시 그 많은 사람 가운데 숙채의 내왕來往에 대해서 아랑곳할 사람은 단 한 사람도 없었다.

다만 숙채의 조그마한 몸이 정거장을 향해 바쁘게 걸을 뿐이다.

시계가 세 시 오 분이 되자 숙채는 차를 타고 남대문역을 떠났다. 이 차는 바로 유원이가 타고 가던 차다. 그리고 숙채는 유원이를 찾으려 가느라고 청량리역에서 내리던 차다.

'인젠 정말로 가게 됐다.'

숙채는 차를 턱 타놓고 앉으니 인제야 세상없어도 유원이를 만나러 가는가 보다 생각했다.

'유원이가 있는 감옥은 어떠한 곳일까. 그는 지금 어떻게 하고 있을까. 내가 이렇게 찾아가는 줄을 알면 얼마나 좋아할까.'

숙채는 차창 밖에 머리를 쑥 내밀고 있었다. 그렇지 않으면 차 안의 담배연기나 이상스런 냄새가 속을 아니꼽게 해서 도무지 견딜 수가 없는 까닭이다.

먼— 지평선 끝엔 해가 불러서 이글이글 타는 불빛선을 두르고 있다.

산과 들과 또 그 가운데 초목들— 숙채는 사과 한 알을 집어서 차창 밖으로 힘껏 팽개쳤다.

"아—."

숙채는 털썩 쿠션에 주저앉았다. 그리고 눈을 감고 차바퀴 우는 소리를 들었다.

숙채가 목적하고 간 땅 그 정거장에 내렸을 때는 이미 밤 여덟 시도 지난 때였다.

정거장 출구를 나와 보니 생면강산의 이 땅이 어디가 어디인지 알 수 없거니와 우선 정거장 앞 자동차부엔 불빛이 휘황찬란하여 번화한 감을 주었다.

'여기에 유원이가 있다.'

숙채는 옆으로 지나가는 사람을 붙잡고 물었다.

"여기 감옥소가 어디에요?"

"감옥이요? 저—쪽에 있소."

"이 길로 바로 가면 되나요?"

"이 길로 조금 가다가 바른손 편으로 꼬부라져서 자꾸 올라가면 되오."

숙채는 진심으로 고맙다는 인사를 하고 그 사람이 길을 가르쳐준 대로 갔다.

그러나 밤이 어떻게 어두운지 앞에 가는 사람도 보이지 않도록 캄캄하고 그 사람이 가르쳐주던 길은 길이 아니라 그저 넓은 들인데 들이라도 무인지경이어서 집 한 채 볼 수 없다.

물론 처음 정거장에 내려서 어느 여관에 가서 그날 밤은 자고 이튿날이라야 감옥으로 가서 면회를 하든지 할 것이다. 그렇지 않고 정녕 그날 밤으로 감옥 근처에라도 가려고 하면 그 길로 다니는 버스도 있는데 숙채는 전후 분별이 없이 그저 캄캄한 벌판을 무엇에 쫓기는 것처럼 걸었다.

지금 이렇게 숙채가 달려간들 오늘밤으로 유원이를 만나는 것도 아니다. 더구나 정거장에서 감옥까지는 오 리 길이나 잘 되는 먼 길이다.

숙채는 앞만 똑바로 내다보고 걸었다. 무섭지가 않다. 가끔 어둠속에 무엇이 보이는 것 같으면 숙채는 두 눈을 커다랗게 해가지고 가만히 서 있다.

"그는 지금 내가 오는 걸 모를 게다."

숙채는 빙긋이 웃었다.

이렇게 얼마나 갔던지 무척 갔을 때 저쪽에서 사람 같은 것이 온다. 숙채는 전신에 땀이 쭉 내배며 다리가 뻣뻣하게 굳어져서 걸을 수가 없다.

"아아— 정말 사람이로구나."

숙채는 정말 사람인 줄 알면서도 그대로 서 있는데 앞으로 가까이 오는 것을 보니 그것은 사내도 아니요. 촌 여편네 둘이서 아마 읍에 가서 장을 보아가지고 가는 길인 모양이다.

"이거 보세요. 여기에 감옥소가 어디에요?"

"에?"

두 여편네는 또 숙채를 보고 놀란 모양이다. 경을 칠 밤이 어찌 그리 캄캄하든지…….

"감옥소요? 바로 저기에 있는 게 아니요. 누군데 이 밤에 감옥소를 찾소."

두 여편네는 무에라고 지껄이며 지나갔다.

'감옥소—. 유원이가 있는 감옥소—.'

숙채는 그쪽으로 달음질을 쳤다.

정말 두어 개의 불빛이 희미하게 비치는 곳을 바라보니 큰 성城과 같은 장벽이 둘린 '감옥'이다.

숙채는 그 벽에 얼굴을 대고 울었다.

*

흑흑 느껴 우는 여자의 울음소리가 높은 성곽城郭과 같은 벽돌담을 돌아서 파수지기 간수한테까지 들렸던 모양이다.

때가 밤이고 또 여기는 휑뎅그레한 빈 벌판이라 여자의 가는 울음소리도 만만치 않게 크게 퍼져서 드디어 파수꾼이 깜짝 놀라 달려오게 되었다.

"누구야?"

확— 하고 덴찌를 들이비친다.

"누군데 이렇게 울고 있어?"

"네?"

숙채는 뒤로 비실비실 몇 걸음 물러섰다.

"왜 이렇게 밤중에 여기 와서 울고 있어. 젊은 여자가 여기 누가 있어?"

"네—."

"누구야?"

"……."

"누가 여기에 와 있어?"

"오빠예요"

"응……."

간수는 숙채의 아래위를 자꾸 훑어보면서 대단히 미심쩍어하는 눈치다.

"저— 서울서 면회를 왔는데 될까요?"

"서울서 왔어?"

간수는 더욱 놀란다.

"서울서 면회를 왔으면 내일 와서 면회 신청을 하고 해야지. 지금 이러고 있으면 되나?"

"네, 내일 아침엔 될까요?"

간수는 숙채의 묻는 말은 대답도 않고 한참 섰더니 뚜벅뚜벅 무거운 구두 소리를 내면서 저쪽으로 걸어간다.

"이 안엔 유원이가 있다. 내가 지금 밖에 와서 있는 줄도 모르고 눈이 끔벅끔벅해 앉았겠지."

숙채는 행결 마음이 좋아서 어둠속에 높이 솟아 있는 그 성벽을 다시 한 번 쳐다본다.

그러나 그 안은 방금 귀신이 음산한 기운을 몰아 가지고 달리는 듯 도무지 알 수가 없고 무시무시할 뿐이다.

"내가 여기 왔는데……."

숙채는 손으로 찬 돌담을 가만히 문질러보았다. 그리고 고개를 뒤로 바짝 젖히고 그 담 꼭대기를 쳐다보니 어찌도 까마득하게 높은지 나는 새도 얼씬 못할 것 같다.

"내가 한번 뛰어넘을 수 있다면—."

숙채는 그 담만 뛰어넘으면 그 안엔 바로 유원이가 있을 테니 지금 숙채와 유원이 사이는 불과 몇 칸 되는 땅이 가로막히지 않았다.

정문은 큰 쇠문이고 그 위에 불이 환하게 켜 있어 파수병의 잔등을 비치고 있을 뿐 그저 침묵이다.

"여보시오. 이리 좀 와요."

숙채는 도무지 그 피스톨을 허리에 둘러찬 사람들 있는 데로 가기 싫으나 또 안 갈 수도 없어서 갔다.

"여기 온 밤 이러고 있을 작정이오? 어디 여관에라도 들었다가 내일 면회를 해야지."

숙채는 알아들었다는 뜻만 표하고 또 멍하니 섰었다.

"어디로 가시려오?"

"글쎄 어디로 가야 좋을는지 모르겠군요. 이 근처에 어디 하룻밤 유할 데가 없을까요?"

"이 근처에? 여기에 집이라고 두어 채밖에 없는데 게다가 너무 누추해서……."

"아니 괜찮아요. 이 근처가 꼭 좋겠어요."

숙채는 오늘밤 이 감옥을 떠나서 다른 데 가고 싶지 않았다. 이렇게 이 담장을 쳐다보면서 한밤을 새우고 싶었다.

"그럼 이리로 오슈. 여기 오래 있으면 안 돼."

숙채는 암말도 않고 그 뒤를 따라갔다. 간수는 앞서서 덜렁덜렁 가더니 다리 하나를 건너서 밭 가운데로 들어선다.

"데이상 계슈?"

"네— 누구십니까?"

문이 열리며 눈이 십 리나 들어간 사내가 거의 죽어가는 목소리로 묻는다.

"나요."

"아이 나—리께서 어떻게 이 밤에 나오셨어요? 난 또 누구시라구……."

"다른 게 아니구. 여기 이 부인네가 서울서 오빠 되는 이의 면회를 왔다는데 밤중에 감옥 담장에 붙어 서서 울기만 하니 하도 딱해서 데리고 왔소. 오늘밤 데이상 댁에 유하게 하시오"

"네— 그럽지요."

숙채는 그 집 뒷방으로 인도되었다. 그리고 오래간만에 보는 램프불을 켜서 들어왔다.

숙채는 그 불을 들여다보고 잠을 이루지 못하는 동안 별별 생각을 다 했다.

'서양선 빵 속에다 편지를 써 넣어서 감쪽같이 들여보낸다던데. 어떤 죄수는 이십 년 동안 한 곳을 파서 나중엔 그 구멍으로 도망을 했다지…….'

이러한 엄청난 생각이 숙채를 더욱 혼란케 했다.

*

이튿날 아침 열 시쯤 해서 첫새벽부터 담 밖에 몰려섰던 사람들은 인제야 겨우 들어갈 허락을 받고 모두들 머리를 수그리고 말없이 그 큰 쇠문 옆에 적은 문으로 들이밀렸다.

숙채도 그들 틈에 끼어서 이 금단의 문턱을 넘어설 때 저절로 머리카락이 오싹했다.

숙채는 문 안에 들어서자 온몸의 신경을 눈으로 몰아가지고 그 안에 커다란 붉은 벽돌집을 보았다.

'저 안에 유원이가 있는가?'

사람들은 줄레줄레 밀려서 그 뜰 아래 적은 대합실처럼 꾸며놓은 데로 들어간다. 모두 다 입은 꽉 다물고 눈으로만 무엇을 찾으려고 두리번거린다. 그리고 혼자 떨어지면 총알이라도 맞을 것처럼 사람 무리에서 떨어질세라 서로 뭉쳐 다닌다.

뚜걱뚜걱 절컥절컥 간수들이 목을 빳빳이 들고 다니는데 그 위엄과 호기란 세상에 제일인 것 같다.

"글쎄 이 녀석이 집에 밥이 없소. 옷이 없소. 숱한 돈을 들여 공부까지 기껏 시켜놓으니 여기에 들어와 이 지경으로 죽치고 앉았구려. 저를 여기에다 두고 집의 사람이야 물 한 모금 바로 넘어가야지."

한 오십 되어 보이는 중년 부인이 곁에 사람보고 혀 아랫말로 이렇게 중얼거린다.

숙채는 그 기다란 나무걸상 한쪽 끝에 가 앉았으나 너무 심한 흥분으로 사지가 와들와들 떨려서 견딜 수가 없다. 정 그러할 때면 일어나 두어 걸음 서성거려보나 역시 몸을 어디에다 의지하지 않고는 넘어질 것 같다.

숙채는 그저 눈이 둥글해서 그 벽돌집 번질번질한 유리창만 건너다 본다. 그러나 햇빛이 바로 유리창 위에 와서 이글이글하게 비치었음으로 그 안의 것이 보이지 않을 뿐만 아니라 눈이 시어서 볼 수도 없다.

'유원이가 저 집 어디쯤에 있을까. 조금 있다가는 누가 면회를 왔다고 불러내겠지. 불러낼 때 숙채가 왔다는 것을 알려주는가. 그렇지 않고 갑자기 나를 본다면……'

숙채는 유원이와 만나는 장면을 생각만 해도 머리가 아찔해지며 혼도될 것 같다.

'우선 절대로 울거나 하지 말고 그를 위로하기 위해서 약간 웃어 보일 것— 나는 언제나 가장 강한 당신의 용사입니다— 이렇게 말할까?'

숙채는 혼자 빙긋이 웃었다.

"인제 저리를 가서 신청들 해요. 그런데 떠들거나 하는 사람은 그냥 내쫓을 테니 그리 아시오."

간수의 입에서 이 말이 떨어지자 사람들은 숨도 크게 쉬지 못하고 황송천만하게 저쪽 벽돌집으로 물러갔다.

유리문 위에 수부受付라는 패가 붙은 앞에 가서 사람들은 서로 다투어 면회신청을 한다.

숙채도 목을 길게 빼들고 사람들 어깨 너머로 그 안을 들여다보나 얼른 쉽사리 자기 차례가 오지 않는다.

"남숙채—."

문간에서 초별 신청을 들인 것으로 이렇게 불러내는 것이다. 숙채는 사람들을 떼밀고 앞으로 나섰다.

"네— 여기 있어요."

"누굴 면회하러 왔소?"

"김유원 씨예요."

새까맣게 때가 오른 와이셔츠를 입은 사람이 무슨 커다란 책을 자꾸 뒤지더니 한 군데를 찾아 딱 펼쳐놓고 손가락으로 줄을 그어가며 무엇을 조사한다.

"김유원의 가족 중에는 남숙채란 사람이 없소."

책뚜껑을 딱 하고 엎어서 한쪽에 밀어놓고 다른 사람을 불러내려고 한다.

"이거 보세요. 그럼 면회를 못하나요?"

"네— 안돼요."

"……."

저 사람은 어찌 저리 험하게 안 된다는 말이 나오는지 시치미를 뚝 떼고 제 할 일만 한다.

"이거 보세요. 나도 그 집 가족이에요."

"호적에 없는데."

그 사람은 눈을 굴려서 숙채를 한참 보더니 다시 그 책을 끌어다 펼친다.

"그럼, 당신 유원이의 아내인데 아직 혼인계를 안 했소?"

"네? 아내? 네네 그렇습니다. 그래요."

유리창 구멍으로 이십삼 호라고 쓴 나무패 한 개를 내민다.

"인제는 됐다."

숙채는 길게 한숨을 쉬었다.

아침 열 시에 들어간 숙채가 오후 세 시에야 겨우 불리었다. 문 앞에 이르자 숙채는 입 안이 바짝 마르고 입에 침이라곤 하나도 없다.

좁다란 방 안엔 가운데 큰 테이블이 놓이고 그 테이블 위엔 포장이 쳐 있고 그 옆엔 간수가 서 있다.

숙채가 테이블 앞에 서자 포장이 스르르 열리며 그 속에서 유원이의 귀신같이 누렇게 뜬 얼굴이 나타난다.

유원이는 그동안 예심을 마치고 다시 팔 년의 판결을 받았다. 실로 팔 년이란 세월의 형기를 마치지 않으면 안 될 것으로 그의 몸에는 붉은 감빛의 죄수복이 입혀 있었다.

숙채는 "앙" 하고 두 손으로 얼굴을 싸고 울었다. 그렇게 예비했던 미소와 말은 다 어디로 가고…….

사내대장부인 유원이도 아래턱이 딱 굳어져서 한 마디의 말도 못하고 서 있었다.

"숙채— 건강하시오? 자— 울지 말고 얼굴을 들어 나를 보아주시오. 어서 시간이 없소. 얼굴을 드시오."

"……."

간수가 꼴을 보아하니 당초에 글렀는지라 다른 사람보다도 더 빠르게 포장을 주르르 잡아들여버렸다.

*

그 날 밤으로 숙채는 서울 오는 차를 탔다. 차를 타고 가만히 앉아 생각하니 이제 지난 일이 한낱 꿈인 듯 어느 것 하나 손에 붙들리는 것이 없다.

다만 다른 사람이 붉은 옷 입은 몸뚱이 위에 유원이의 얼굴을 떼어다 붙인 것처럼 유난스럽게 얼굴 바탕만 눈 속으로 달려들던 그 얼굴만이 마음속에 꼭꼭 누비질해 있을 뿐이다.

차는 지금 어디쯤을 지났노. 북쪽 지방은 땅이 기름지지 못하다더니 과연 넓은 들은 돌짝 밖 불모지지뿐이다.

차 안의 사람들은 지금 한창 밤중이어서 과실바구니며 옷 보퉁이 등을 베고 잠이 들었다.

숙채는 자지 않고 오뚝하게 앉아서 사람들의 굴뚝 속처럼 꺼멓게 그을음이 앉은 콧구멍을 흘겨보았다.

"코고는 소리 듣기 싫어 사람 죽겠다."

한참 만에 숙채는 변소 쪽으로 왔다. 와서 물을 따라 손을 씻고 막 돌아서려고 하는데 거기에도 숙채와 같이 자지 않는 사람 하나가 있다.

그는 숙채와 눈이 마주치자 뜻하지 않고 빙긋이 웃어 보인다.

'응? 어디서 보던 사람 같은데.'

숙채는 꼭 그 사람이 어디서 보던 사람 같아서 주춤거렸다.

그러자 저쪽에서도 이내 아는 체를 한다.

"어디서 한번 뵌 것 같은데요."

"글쎄 저도 그래요."

두 사람은 또 웃었다.

"아— 참 인제 생각이 나는군. 나를 기억하시지요?"

그는 처음부터 숙채를 담박 알아보았으나 짐짓 이렇게 수작을 끌었다.

"네— 저도 생각이 나요. 어느 날 밤인가 비올 때 오셨던 분이죠?"

"호호…… 참 그날 밤에 비가 왔어."

그는 숙채의 검정치마 자주저고리 입은 약간 피곤한 듯한 차림새를 보더니 자기 곁에 앉기를 권한다.

"어디 여행하고 오시는 길인가요?"

"네—."

"왜 이렇게 혼자서…… 너무 호젓하군요."

"……."

숙채는 대답 대신 그저 웃어 보였다.

숙채는 그 여인이 이상스럽게 보였다. 이상스러울 뿐만 아니라 몹시 매력을 느끼게 했다.

그 여인은 흙빛의 어두운 색으로 옷을 지어 입고 얼굴도 그 옷빛처럼 햇빛에 그은 예쁜 구릿빛을 생각케 한다.

숙채는 일찌기 이처럼 보기 좋은 양장한 맵시를 본 일이 없다. 더구나 그의 몸뚱이는 이국異國의 거리인 양 사뭇 새로운 풍경을 펼쳐 보인다.

"참 성함이 누구시요?"

"저요? 남숙채예요."

"남숙채 씨— 남의 이름을 물었으니 또 내 이름도 대야지. 나는 이름이란 게 본래 없고 그저 '안나' 라고 부르지요."

'안나.'

숙채는 이렇게 속으로 되받아 불렀다. 역시 이상한 여자로구나 생각했다.

이 여인은 다른 사람이 아니라 숙채가 점원으로 있을 때 단발한 머리에 비를 조르르 맞고 들어와 크림 한 통을 사던 사람인데 그날 밤도 숙채는 그저 보아두지 않았기에 지금 이렇게 기억하는 것이다.

차 안에 불빛은 몹시 컴컴하고 사람들은 여전히 쓰러져 잠들이 들었는데 안나라는 그 여인은 도무지 피곤하지 않은지 가끔 숙채의 얼굴을 훔쳐본다.

"실례지만 아직 미혼이시죠?"

"네—."

숙채는 두 뺨이 빨개져서 그 여인을 나무라듯 고개를 돌렸다.

"지금 어디 계신가요?"

"관철동에 있어요."

숙채는 자기 신상에 대해서 지지리고지리 파물을까봐 미리 골살을 찡겼는데 물론 '안나'는 그처럼 무교양한 여인일 까닭이 없다.

"관철동이면 나 있는 데서 얼마 멀지 않군요."

"네— 어디 그쯤 계시군요."

안나는 하품을 한번 크게 하더니 비스듬히 걸상에 드러눕는다.

"혹시 나 있는 데 놀러오시오."

"네—."

"나 있는 데는 ××정 삼십이 번지요. 낮에는 언제나 있으니까 한번 오시오."

숙채와 그 여인은 그 이튿날 새벽에 남대문역에 내려서 서로 헤어졌다.

"한번 놀러오시오."

그 여인은 자동차 안에서 이 말과 함께 머리를 끄떡해서 작별인사를 했다.

*

그 뒤로 여러 날 후였다. 어느 날 숙채는 허덕대고 거리로 나섰다. 나서긴 나섰으나 어디로 갈지 몰라 잠깐 망설이다가 그냥 행길로 걸었다.

정오의 행길은 아무 흥미도 없고 더구나 숙채에겐 모두 다 상관없는 사람들뿐이다.

"어디로 간다?"

숙채는 또다시 우뚝 서서 거리의 지붕 위에 꽂힌 연통들을 쳐다봤다.

"옳지. 그리로 찾아가보자. 그 이상한 여인 안나를 찾아가보자. 낮에는 언제든지 있다고 했으니까."

숙채는 불현듯 그 이상한 여인을 찾기로 했다. 같은 여자끼리고 또 그가 그처럼 호의를 가지고 오라던 것을 생각하고.

숙채는 오던 길을 되돌아서 한참 올라가다가 다시 왼편으로 꺾이었다.

그 여인이 일러주던 번지를 요행 기억하고 있기에 그 번지대로 어떤 뒷골목에 들어섰다. 뒷골목에 들어서며 바로 첫 집이 숙채가 기억하고 있는 번지와 꼭 들어맞는 집이다.

"내가 잘못 들었나?"

숙채는 눈이 둥글해서 머리를 흔들었다. 분명히 번지수는 맞거니와 그 번지에 있는 집은 보통 집이 아니고 '빠—' 였다.

조그마한 회색빛 집이다. 그리고 그 집 앞 이마에는 커다랗게 '빠—안나' 라고 새겨 붙였다.

"빠—안나."

숙채는 그 안나란 글자를 자꾸 읽어보았다. 그리고 사방을 살펴보았다. 문마다 커튼을 내린 그 작은 회색 집은 몹시 조용하고 또 그 커튼을 내린 유리창들은 마치 그 전날 밤에 살인사건이나 났던 집처럼 음산하고 침울한 바람을 내어보내는 것이다.

"그럼 그 여자가 이런 집에 사는가?"

숙채는 무슨 생각이 났던지 문 앞으로 바짝 가서 문을 안으로 밀어보았다. 손이 닿기가 무섭게 문은 안으로 열리며 그 안에서 이상하게 향긋—한 냄새가 확— 끼친다.

숙채는 깜짝 놀라 뒤로 물러섰다. 그리고 이상스럽게 가슴이 두근두근하도록 무서움을 느꼈다.

숙채는 이렇게 무서운 생각을 하면서 여전히 그집 뒤로 돌아갔다. 마치 명탐정이 수상한 빈 집을 뒤지듯이…….

그집 뒤로 돌아가보니까 정말 거기가 보통 사람 드나드는 문이다. 숙채는 찾을까 말까 하다가 손가락으로 초인종 단추를 꼭 눌렀다. 안에선 도무지 기척이 없다. 두 번 세 번 눌러도 그저 감감하다.

그래 막 돌아서려고 하는데 뒤에서 사내 목소리가 난다.

"누굴 찾으세요?"

"……."

숙채는 초인종은 두세 번 눌러놓고도 막상 사람이 나오면 어찌 말해야 좋을지 몰라 한참 딱했다.

"누굴 찾으세요?"

사내사람이 재처 심술 사납게 물을 때에야 숙채는 겨우 말문을 열었다.

"여기가 안나 씨 댁인가요?"

"네— 그렇습니다."

"지금 그분이 계신가요?"

"계시긴 하지만— 누구신지 성함을 말씀합시요. 그래야 만나십니다."

"아니 그만두세요. 만나지 않고 그냥 가겠어요."

숙채는 홱 돌아서 걸었다.

"아니, 이거 봅시요. 이렇게 하시면 제가 되려 양코를 떼입니다.* 성함만 말씀하십쇼."

"남숙채라고."

그 사내사람이 들어갔다가 다시 나와서 숙채를 대단히 정중하게 맞아 들여간다. 숙채는 안내하는 대로 따라 들어가는데 마침 아까 들여다보던 빠— 카운터 앞을 지나 들어가게 되었다.

숙채는 아까도 잠깐 보았지만 이처럼 찬란하게 꾸며놓은 실내를 처

* 양코를 떼이다: '혼이 납니다'의 뜻으로 추정됨. '코떼다'는 '무안하도록 핀잔을 맞다'의 뜻임.

음 보았는지라 자꾸 두리번거리며 그 안을 살폈다.

"야— 참 멋인데."

그러나 이 방 안은 화려하지만 않고 어딘가 몹시 적막한 데가 있다.

햇빛이 한 오리도 들어오지 않는 푸른 커튼을 무겁게 내리는 이 방 안은 밤에 환락창인 대신 낮에는 견딜 수 없는 적막과 공허가 있다. 마치 연극을 다 하고 난 뒤 무대와 같이 모두가 흐트러지고 소용이 없는 것 같다. 숙채는 무엇이 무엇인지 모르나 어쨌든 한눈에 그 방 안은 무척 슬펐다.

"아규, 이게 웬일요?"

해가 낮이 지났건만 아직도 자리옷을 휘감은 '안나'가 푸수수한 머리를 그대로 가지고 나와 맞는다.

*

숙채는 안나에게 손을 잡혀서 그의 방으로 들어갔다.

"아규—."

이 세상에 가장 질서를 잃은 곳이 있다면 그곳은 곧 이 방일 것이다. 방 안에 세간이 하나도 제대로 놓인 것이 없고 발 들여놓을 틈도 없이 무엇이 널렸다. 그러나 그 널려 있는 물건들은 지저분한 행랑방 넝마와 달라서 모두 다 향수를 바른 거 같은 아름다운 물건뿐이다.

안나는 자기가 자던 자리를 한쪽으로 밀어넣으며 숙채에게 자리를 권한다.

숙채는 주는 자리에 조심스레 앉으며 다시금 방 안을 살펴보니 이상야릇한 물건도 많으나 하나도 세속적인 값나가는 물건은 없다.

다만 맞은편 벽에 온 몸뚱이가 보이고도 남을 만한 큰 체경이 안나의 반생과 함께 한 듯 사람의 손때로 길이 들었고 아직도 안나의 체온이 배어 있을 그 침구는 야단스럽게 큰 무늬를 놓은 비단인 것뿐이다.

"나는 밤에는 총각 씨 귀신처럼 일을 하고 낮에는 이렇게 잠을 잔다우. 퍽 게으르고 고약스럽게 보이죠?"

"아이 별말씀을……."

숙채는 아닌 게 아니라 이것이 모두 별난 풍속이라고 생각했으나 그 분위기가 똑 마치 전에 곡마단 구경을 할 때처럼 야릇하고 아름답고 또 요술 같았다.

안나는 침의를 입은 채 두 손으로 뒷머리를 깍지거리를 하고 밀어놓은 이불 위에 철썩 기대앉더니 두 다리를 앞으로 쭉 뻗는다.

"손님이 오셨는데 용서하시오. 나는 본래 이렇게 되었다니까요. 어려서 우리 부모께 몇 가지 예절을 배우기는 했지만 내가 이렇게 떠돌아다니며 사는 동안 죄다 잊어버리고 한 가지도 안 남았어요. 호호……."

안나는 유쾌하듯이 그냥 드러눕다시피 해가지고 팔을 올려보내어 머리맡 창문을 열어놓는다.

"새 공기가 좋군."

숙채도 싸—한 새 공기를 마시니 좋았다.

"내가 처음 숙채 씰 봤을 때 퍽 인상이 좋았어."

숙채는 그저 잠자코 웃어만 보일 뿐 어떻게 말을 해야 좋을지 몰랐다.

이때 아까 나왔던 사내사람이 쟁반에 커피와 사탕 떡을 담아 들고 들어온다.

"응 커피를 벌써 끓였군. 자 어서 드시오."

숙채는 처음이라 도무지 쓰고 독해서 마실 수가 없건만 안나는 그것도 싱겁다 한다.

"잠깐만 기다려주시오. 내 세수하고 우리 조반 먹읍시다."

안나는 수건으로 머리를 꼭 동여매고 세수하러 나간다.

여기에 이 안나의 내력을 잠깐 소개하면 그는 전신이 영화여배우로 지금은 나이를 먹어서 이렇게 한쪽에 떨어져 장사를 하는 것이다.

물론 안나에게는 여러 가지 경력이 있는데 말하자면 시골서 어떻게 자기 양친을 떠나 서울로 오던 일이며 그동안 가지각색의 고생살이하든 이야기며가 수두룩하지만 그런 것은 그의 반생에 있어서 그저 고명이나 양념 격이고 그의 줏대 되는 생활은 두말할 것 없이 '연애' 다.

이제 그의 연애 생활을 가만히 따져보면 그의 남편 되는 사람이 이루 헤일 수 없이 많은데 이것을 편의상 학교에서 학생들을 반렬을 세우듯이 두 줄로 '나란히' 를 시키면 넉넉히 일 소대는 이룰 것이겠다.

그러나 안나에겐 사실 한 사람의 남편도 없고 그 많은 남편은 한 사람의 예외도 없이 죄다 다른 여인의 남편이다.

안나는 차차 나이가 들어갈수록 어린 애기 하나 낳기를 바라서 세 번이나 수술을 했건만 아무도 안나에게 애기를 주지 않았다.

"지독한 고독이다."

안나는 이 한 마디가 자기의 전부인 것 같아서 때로는 공연히 화를 잘 낸다.

"조반 잡수세요."

"자— 우리 밥 좀 먹읍시다."

시계를 보니 꼭 한 시 반이다.

*

"저— 춘식아, 짐꾼 하나만 불러다주렴."

"그래, 정말 오늘 떠나세요?"

"응, 내가 떠나서 시원하냐?"

"원, 시원할라고. 되레 섭섭해요."

"요 녀석이……."

"정말이야요."

"잔말 말구 어서 짐꾼이나 불러다주고 이 책상하구 '혼다데'는 네가 가져라."

"아, 그걸 인제는 안 쓰시는가요?"

춘식이 녀석은 벌써 이 두 가지를 어느 고물상에든지 들고 가면 일 원 하나는 영락 없으리라고 속으로는 좋아라고 한다.

숙채가 짐꾼에게 짐을 지워가지고 그집 대문을 나설 때 주인 영감이 문 앞까지 쫓아나오며 인사를 한다.

"안녕히 가십시오. 어디 가까운 데로 가신다니 또 종종 놀러오십시오."

손님이 있을 때는 방에다 군불 때는 장작을 한 번에 일곱 가치씩 매*—를 지어놓고 한 가치도 더는 얼씬을 못 하게 하더니 인사는 푸지게 한다.

숙채는 지금 안나의 집으로 간다. 두 사람이 사귄 지 만 한 달 만에 숙채는 드디어 짐을 떠싣고 안나의 집으로 가게 되는 것이다.

숙채는 안나가 좋았다.

숙채가 안나를 좋아하는 이유는 숙채 자신 확실하지 않으나 어쨌든 숙채가 보기에 안나처럼 방종하고 사치하고 요사스럽고 또 안나처럼 순진한 여인이 없기 때문에 이러한 모든 것이 스무 살 전후의 총명한 숙채 눈에 요지경 속같이 야릇하고 아름답고 또 좋았는지도 모른다.

숙채는 안나의 그 열은 보릿빛 얼굴을 보면 늘 유쾌했고 더구나 그의 방에는 어느 구석에 이집트 여왕이 기르는 독사毒死의 상자라도 놓여 있

* 매: 의존명사. 뱃고기나 살담배를 작게 잘라 동여매어 놓고 팔 때, 그 덩어리나 매어놓은 묶음을 세는 단위.

을 것처럼 요기스러운 기운과 '폼피안' 향료의 짙은 냄새가 수수께끼와 같이 기이했다.

숙채는 안나가 좋았다.

숙채와 안나가 사귄 지 두어 주일 되는 어느 날 숙채는 처음으로 자기 사정을 안나에게 이야기했다. 그 이야기 속에는 물론 유원이의 이야기가 가장 길었다.

안나는 가만히 앉아 듣더니 이야기가 거의 끝날 때는 얼굴이 사뭇 썩은 콩죽이라도 씹은 것처럼 찌그러진다.

"다 알겠소. 그 이야기는 차차로 두고 생각해야 할 것이나 우선 그런 하숙에 혼자 있으면 안 될 테니까 여기에 와서 나하고 같이 있읍시다. 내가 힘 자라는 데까지는 뒤를 보살필 테니까."

이리하야 숙채는 오늘 짐을 지워가지고 안나에게로 가는 것이다.

"이 골목으로 들어가요?"

"아니, 그다음 골목이요."

숙채는 부지런히 걸어서 짐꾼 앞서 갔다.

"이 문으로 들어오시우."

문으로 막 들어갈 때 그집에서 일하는 고 서방이 나왔다.

"지금 오십니까?"

"네, 계세요?"

이때 안에서 안나가 뛰어나왔다. 이 집엔 식구라구 안나 하나뿐이고 거기에 음식 만드는 '쿡' 한 사람과 심부름꾼 고 서방과 합해서 세 사람뿐이다.

오늘도 이집은 몹시 조용하다. 숙채가 맨 처음 왔을 때처럼 아무도 말 한 마디 하지 않고 가끔 '달그락' 하는 그릇 소리라든지 고 서방이 광으로 드나드는 소리가 유난스럽게 똑똑히 날 뿐으로 모두 별나게 조용하다. '쿡'과 고 서방은 서로 농담 한 마디 하지 않고 부엌에서 제 일이나 하고 있고 안나는 또 안나대로 방 속에서 네 활개를 퍼더버리고 쉬고 있는 것이다.

그도 그럴 것이 이 집에 있어서 한낮은 다른 사람들의 한밤중과 같은 셈이니까 이렇게 일체의 소리와 동작을 쉬고 그저 조용하고 갑갑한 것이다.

"고 서방, 이짐들은 저쪽 방으로 가져가오."

숙채는 제 방으로 작정된 안나 방 다음 방으로 둘러갔다. 작으나 다양해서 눈이 부신다.

벌써 오밀조밀한 방 세간이 얌전히 놓여 있고 고 서방이 죄다 훔치고 닦아서 거울알같이 윤이 나고 깨끗하다.

안나는 다시 들어와 손수 모든 것을 만지고 바로잡아 놓은 다음 숙채를 데리고 제 방을 갔다.

"내게도 식구 한 사람이 생겼군. 혼자 사는 건 무서운 일이야."

안나는 만족했다.

*

안나는 저녁 여섯 시만 되면 다시 세수를 한다. 이 세수는 과거 십 년 동안 그리고 지금까지 안나의 낮 생활 '프로그램' 중에서는 제일 중요한 것이다.

그러기에 안나는 으레 웃통을 죄다 벗어붙이고 세수를 한 다음 그가 거울 앞에 수건으로 얼굴을 문지르며 앉을 때는 그의 신경의 전부가 얼굴로 모이는 것 같다.

안나가 몸치장을 다 하고 마지막으로 손수건까지 접어서 허리춤에

넣고 난 다음에는 '홀'로 나가는 것이다.

이렇게 손님들이 모여들 때가 되면 '쿡'은 '카운터' 뒤에 달린 작은 주방에서 주문대로 차를 끓이고 '샐러드'를 만들고 '샌드위치' 감 빵을 썰고 오징어를 찢고 왜콩을 볶고— 이렇게 쉴 새 없이 돌아간다.

이윽고 밤이 초저녁의 다리를 넘어 지긋이 깊어 갈 때쯤은 '홀' 안이 왼통 무너지는 듯 야단이다.

요란한 음악소리와 함께 커다란 사내들의 너털웃음 소리가 한꺼번에 세네 줄거리씩 합해서 '홀' 안을 들었다 놓군 한다. 그런데 때로는 안나의 웃음소리도 여기에 섞여 들린다.

"호호호……."

그렇게 맑지 못하고 약간 거센 듯한 웃음소리와 어우러질 때면 그래도 애연한 맛이 있다.

안나는 커다랗게 소리를 내어 잘 웃는다. 그는 본래 웃기를 잘하는 솜씨에다가 오랫동안 여러 사람의 유흥遊興 기분을 돕기 위한 위조 웃음을 합하여 미상불 썩 잘 웃는 여인이다.

숙채는 제 방 속에서 숨도 크게 쉬지 못하고 있다가 가끔 '홀'에서 야단스런 웃음소리가 무너지면 화젓가락 끝으로 신경을 지지운 듯 깜짝깜짝 놀라지 않을 수가 없다.

그런데 안나의 웃음소리는 바로 곁에서 듣는 이보다 좀 멀리 떨어져 밖에서 들으면 어쩐지 몸에 소름이 끼친다.

"호호호……."

즐거웁되 어딘지 삐뚤어지고 히스테리가 묻어 있는 웃음인 것 같다.

"안나— 이리 좀 와요."

용구는 아까부터 두 사람의 친구와 함께 와서 술을 퍼먹었다. 물론 오늘이 월급날이니까 술값을 떼먹고 갈 리는 없겠으나 그렇다고 결코 여유가 있어서 들어온 것은 아니다.

"어쨌든 먹고 보자."

"안나가 뭐야. 안나 씨지."

"그럼, 안나 씨 이리 좀 오시오."

안나는 저쪽 테이블에 손님들을 어린애가 달래듯 또닥거려놓고 용구네 테이블로 왔다.

"나 이 뒤통수 좀 긁어줘. 가려워 죽겠어."

"이건 집에 가 마누라더러나 긁어달래지."

입으로는 그러면서 안나는 손을 올려보내 용구의 머리를 긁는 시늉을 해준다.

"우리 안나는 언제 또 시집가나?"

"또 시집을 가다니 내가 언제 시집갔나. 난 시집간 일 없어."

"그럼 또 자는 빼고 언제 시집가나?"

"당신 월급 오 원 더 올라가는 날……."

"에끼, 못 쓸 사람."

"하하……."

"호호……."

두 사람은 또 웃어젖혔다.

'홀' 안은 여전히 장터와 같이 분주하고 정신을 못 차리도록 어지러운 음악소리가 사뭇 방에 공기를 훈훈하게 한다.

용구는 '월급' 소리에 가슴이 뜨끔했다. 사내대장부인 체하고 그렇지 않다고 부정은 해보았으되 그것은 거짓말이다.

오늘이 월급날이다. 거기에 필연적으로 따르는 것은 아내의 볼썽사나운 얼굴이다.

집에 척 들어선다.

"돈 어떡했어요?"

"여기 있어."

아내는 눈을 까뒤집고 돈을 세어본다.

"왜 모두 이것뿐이에요?"

"그럼 그거지 머야."

"아니 칠십 원에서 왜 삼십오 원뿐이냐 말요."

"제—기 양복값 십 원 주고…… 점심값…… 뭐 해서…… 뭐 그저 그렇지……."

"뭐 그저 그렇지가 뭐유. 이 돈 가지구 한 달 못 살겠어요. 당신이 다니며 외상값도 주고 하시우."

아내는 돈을 방바닥에 홱 던지고 저도 모르게 눈물 몇 방울 떨어트린다.

그러면 용구는 냉큼 마루 위로 뛰어나와서 그 꼴을 안 보면 그만이다.

이러한 장면이 월급 소리에 곁들어 떠오르니 저절로 머리가 긁히고 먹었던 술이 불시로 깨어진다.

"우리 인제는 가세."

들어올 때 서슬은 간 데 없고 패잔병과 같이 늘어져서 나간다.

"또 오세요."

'듣기 싫다.'

용구는 속으로 이렇게 안나를 욕했다.

*

이윽고 한밤중 새로 두 시가 되면 빠—의 문은 닫아버리고 안나가 몹시 피곤해서 자기 침실로 돌아오는 것이다.

"아이, 난 배가 고파 죽겠다. 우리 뭐 좀 먹읍시다."

안나는 밤마다 돌아오면 이렇게 배가 고프다고 해서 밥을 먹는데 자기 혼자뿐만 아니라 온 집안 식솔이 죄다 모여서 먹는 것이다. 조반을 낮에 먹고 점심을 안 먹는 까닭에 이것은 점심 대신으로 먹는 밤참이다.

"데이상(쿡), 난 콩나물에 밥 좀 비벼 먹었으면."

그러면 쿡은 콩나물에 밥을 비벼서 사기대접에 얌전하게 담아 내온다.

안나, 숙채, 쿡, 고 서방 네 사람이 함께 앉아 밤참을 먹으면 안나는 마치 가장家長과 같고 그밖에는 모두 거기에 딸린 식솔과 같다.

"데이상, 난 내일 아침에 된장찌개를 좀 해주는데 장 속에 넣었던 풋고추를 몇 놈 그냥 들이데리고 마늘을 데숭데숭 다져 넣고 고기 끝이나 좀 넣어서 지저 주우."

쿡은 이 된장찌개 지질 것을 명심해서 들어두었다.

"고 서방 감기 들었다더니 좀 어떠우. 방에다 불을 뜨끈하게 때고 이불을 푹 쓰고 땀을 내오. 밤낮 일하는 사람 몸이 아퍼서야 어디 견디겠소."

이렇게 식사가 끝난 다음 안나는 일일이 집안일을 보살피고 쿡과 고 서방도 어서 자라고 하고 그 다음엔 숙채 방에 들어와서 숙채가 이불속에 들어가 눕는 것을 본 다음 또다시 문고리들을 단단히 걸었나 만져보고 그제야 자기 방으로 돌아가는 것이다

"땡땡땡."

시계가 세 시를 친다.

안나나 숙채는 아직도 초저녁에 드러누운 사람처럼 두 눈이 말똥거리고 더구나 지금 막 밥을 먹었으니 잠이 얼른 올 리가 없다.

숙채는 물론 안나의 모든 부정不貞한 생활을 모른다. 설사 그것을 이

야기로 들어서 안다고 해도 다소의 짐작은 될는지 모르지만 확실히 무엇인지 알 수가 없을 것이다. 그것은 숙채가 아직 아무런 경험도 가지지 못한 처녀인 까닭이다.

그러나 좀 더 있다가 숙채가 안나의 모든 음란한 행동을 안다고 해도 지금의 안나에게 있어서는 그 죄를 대변하고도 남을 것이 있을 것 같다.

"안나는 아름다운 여인이다."

이 한마디가 안나의 모든 것을 갚고도 남음이 있는데 이렇게 그 타락한 생활을 옹호하는 이유는 안나의 생활의 대부분의 책임이 그 화장에 있었다는 것도 한 가지 좋은 이유가 되지만은 그보다도 안나와 같은 부정녀不貞女가 아니면 도저히 만들어내지 못할 연지臙脂와 같은 요사스런 아름다움이리라. 사람은 떡으로만 사는 것이 아니라 때로는 안나의 연지와 같은 요사스런 아름다움도 필요한 것이다. 우리의 할머니와 어머니는 자손을 낳으나 자손을 못 낳는 안나는 그만한 것으로 자기 값을 하는 것이다.

"오— 갈 테야. 어— 내가 그랬어. 음음……."

곁의 방에서 안나가 잠꼬대를 한다. 그는 요즘으로 건강이 더 나빠지면서 밤이면 꿈과 가위에 눌려서 저 고생을 하는 것이다.

숙채는 발딱 일어나 안나의 방으로 달려갔다.

"언니, 정신 차리시요. 언니—."

"응? 누구야? 응— 숙채군. 왜 자지 않고……."

"자꾸 잠꼬댈 하시는 걸……."

"내가? 글쎄 어떻게 무서운 꿈만 꾸는지— 내 이마에 땀이 내뱄지?"

숙채가 손으로 머리를 짚어보니 열이 있고 땀이 후줄근하게 내뱄다.

"곁에 사람이 있었으면 잠꼬대 할 때마다 날 좀 깨줄 텐데……."

"내가 여기에 와 잘까요?"

"글쎄 곤한데 어떻게…… 그럼 베개만 가지고 내 이불로 오라구."

숙채가 베개를 가지러 간 다음 안나는 얼굴을 찡기며 모로 누웠다.

"숙채, 나 혼자 잘 테니 숙채 방에 가 자— 어서."

"괜찮아요. 여기에서 동무해드리죠."

"아니 여기에서 자면 안 돼— 숙채 방으로 가라구. 나야 인제 한참 고생해야 또 잠이 들 텐데."

안나는 기어이 숙채를 제 방으로 쫓았다. 그리고 연한 호박색의 누리끼한 불빛 밑에 어른거리는 자기의 이부자리를 돌아보았다.

"이 자리에는 수없는 사나이들이 잠자리를 가지던 데다."

안나는 확실히 의식하고 그러는 것은 아니나 어쨌든 이러한 감정으로 숙채를 자기 방에서 재우지 않고 쫓아 보낸 것이다.

안나가 눈을 어렴풋이 감았을 때 누가 문을 펄쩍 열고 들어서는 것 같다.

"거 누구?"

안나는 제 소리에 깜짝 놀라 또 깨었다.

*

숙채가 이집에 온 지 그러구러 두어 달 되었다. 그런데 안나의 건강은 점점 나빠갔다.

"의사가 한 일주일 후에는 물을 뽑아야겠대."

"그럼 뽑으셔야죠. 물만 뽑으면 쑤시는 건 좀 덜한가요?"

"아마 그렇겠지."

"찜질 또 할까요?"

"에구, 해주는 사람이 괴로워서 어떻게 또 한담."

"괴롭긴. 좋기만 하면야 자꾸 하지요."

숙채는 화로에 불을 피우고 그 위에 대야에 약물을 담아 들여놓고 수건들을 번갈아 짜가며 찜질을 시작했다.

안나는 앙상한 갈빗대에 꺼먼 고약을 바르고 드러누워 뜨거운 수건이 살에 닿을 때마다 얼굴을 찡겼다.

"나 같은 것은 이다음에 늙어서 죽더라도 앓지 말고 그저 잠들 듯 자져버렸으면 좋으련만— 진날 병이나 앓고 드러누웠으면 어느 자식이 있으니 물 한모금 따뜻이 떠다 줄까. 그러기에 사람마다 자식을 낳아야 하고 또 늘그막에는 그 덕을 보게 마련이야."

"어느새 늙은이 같은 소리는 잘 하슈."

"흥— 나는 어쩐지 내 나이보다 십 년 하나는 더 늙었어. 그것도 몸이 그러는 게 아니고 마음이 저절로 그렇게 되거든."

"언니— 그런데 난 요즘 뭐 하나 생각한 게 있는데……."

"뭘 생각했어. 어디 다른 데로 가려구 그래?"

안나는 불안한 빛으로 숙채를 쳐다본다.

"아니, 요즘 언니 건강도 좋지 못하고 한데 내가 언니 일을 좀 도와드렸으면 하는데……."

"날 도와줘? 고마워라 그렇지만…… 나는 숙채를 파리찌* 만한 흠집도 없이 시집을 보내려고 하는데 그런데 나가서 될까?"

"그런데서 일을 보면 흠집이 생기나요. 나는 그저 카운터에서 돈이나 회계하겠는데 무슨 상관 있어요."

"글쎄 아주 무사할 수도 있을까?"

"그야 언니 같은 사람은 이 테이블에서 저 테이블로 돌아다니는 사이

* 파리찌: 파리똥. '찌'는 어린아이의 말로 '똥'을 이르는 말.

에 무슨 독毒을 만들어내는지 모르지만 나야 그저 회계일이나 보는데 무슨 큰일이 있어요? 그리고 언니도 그렇지. 언니가 만드는 그 독이 술을 괴게 하기 위해서 어떤 세균이 필요한 것처럼 사람에게 필요한 것이라면 아무 흉 될 것도 없지 않어요?"

"내가 만드는 독이 사람에게 필요한 것이야? 아니 그럴 리가 없어. 나는 죄인이야."

그 날 저녁 여섯 시 안나가 세수를 할 때 숙채도 같이 했다. 그리고 안나가 벌써 숙채를 위해서 지어두었던 검은 비로도 드레스를 꺼내 입혔다.

"이쪽으로 좀 돌아서요. 그리고 이 팔을 들고…… 여기가 팽팽한 것 같잖아?"

이렇게 한참 분주하게 숙채에게 옷을 입히는 안나는 자기도 모르게 곁눈질로 숙채의 모양을 도적해 봤다.

"참으로 아름답다."

안나 자기는 벌써 오래전에 썩어버린 생선과 같이 어떻게 다시는 손을 댈 수 없이 쭈그러들고 망쳐진 것 같은 생각이 들자 갑자기 마음이 캄캄해온다.

"우리 인젠 나가봐."

'홀' 안은 오늘밤도 야단스런 불빛과 음악소리에 뼈까지 흠씬 물들도록 번화하고 부드러웠다.

숙채는 모가지가 기다란 붉고 푸른 양주병을 늘어놓은 앞에 고개를 수그리고 앉아 돈 회계와 음식 주문을 전달했다. 아닌 게 아니라 얼굴을 들고 앉았기가 몹시 창피하다. 역시 자기 방에서 생각하던 바와는 다르다.

"할로— 안나. 오늘은 기분이 어떠시오?"

아메리카 신사라고 하는 어느 전문학교 강사다.

"여보게, 작작 떠들게. 그런데 저 색신 누구요? 눈이 뒤집히겠는데……."

"응? 참, 저게 누구야? 오— 나의 태양이여! 나의 줄리엣, 나의 처녀……."

아메리카 신사는 벌써 다른 데서 처먹은 술이 대취해서 비틀비틀 자리에서 일어선다.

"이 사람, 어디로 가나?"

"나? 난 저 흑의의 처녀에게 가서 그 치맛자락에 키스를 하려네."

"왜 이리시우? 여기 가만히 앉아 있지 않으면 입에다 재갈을 물릴 테야."

안나가 아메리카 신사를 잡아들여 다시 자리에 앉혔다.

"여보, 안나. 그러지 말고 나 좀 소개해주우."

"안 돼. 그 처녀에게는 무서운 번견番犬이 있으니까 함부로 덤비다간 큰 코 땔 줄 알아요."

"번견이라니, 그 번견이 누구요?"

"나—."

안나는 자기 가슴을 가리켰다.

*

어느 날 밤 숙채는 혼자서 빠—의 일을 맡아 보게 되었다. 그 점은 안나가 오늘 아침에 잠깐 어느 시골로 다니러 갔기 때문이다.

여느 때보다 좀 일찍이 빠—의 문을 닫아버렸다. 좀 일찍이라야 오전 한 시경이었다.

숙채는 손님들이 다 빠지고 난 다음 수라장이 된 실내를 소제하려고 유리문들을 활짝 열어놓았다.

빗자루를 들고 교의들을 한쪽으로 치어놓으랴 마룻바닥을 쓰는데 유리잔 깨어진 것만도 세네 개가 된다.

소제를 다 한 다음 다시 덧문들을 닫고 앞뒤 통행문도 잠갔다. 주인 없는 집을 맡아서 보는 이만치 다시다시 조심해서 문들도 잠그고 여러 번 방 안을 살폈다.

이윽고 숙채는 손을 내밀어 스위치를 돌려서 방 안에 불들을 탁 꺼버렸다.

갑자기 어두운 방 안엔 저쪽 카운터에 조그마한 붉은 불빛이 켜 있을 뿐으로 방 안은 어두웠다.

숙채는 무서운 생각이 나서 얼른 안으로 들어가려고 하는데 안에서 마침 고 서방의 말소리가 커다랗게 들린다. 사람의 말소리가 들리니까 행결 무서운 생각이 가라앉아 숙채는 다시 한 번 방 안을 살폈다.

그 순간 숙채는 두 손길을 마주 잡고 우두커니 서 있었다. 그러다가 카운터 쪽으로 가서 주저앉아버렸다.

짙은 밀감색蜜柑色 불빛이 방 안 하나 가득히 담겨 그 가운데 테이블이며 교의며 그림들이 모두 다 용광로 속에 들어간 것처럼 빨갛고 흐물흐물하게 녹아 빠지는 것 같다.

숙채는 빈 '카운터'에 두 손으로 얼굴을 받치고 앉아 있었다. 마치 전에 학교에서 당번이 되어 소제를 다하고 나서 쉬는 참에 선생님 교의에 가서 앉아보면 아이들이 죄다 돌아간 교실 안이 이상스럽게 깨끗하고 조용한 것이 좋던 생각이 문득 난다.

어두운 벽에서 시계가 새로 두 시를 친다. 숙채는 지금 유원이를 생각하고 있다. 면회할 때 보던 그 창백한 얼굴이 보인다. 그러나 그것도 사진을 들고 앉아 보듯이 얼굴 전체가 똑똑히 보이는 것이 아니고 둥그런 윤곽 우에 콧대만 우뚝 보이기도 하고 혹은 얼굴 어느 한쪽만 보이기도 하는데 그처럼 생각하는 사람의 면영面影이 그처럼 불완전하게 박박 보이지 않는 까닭을 숙채는 두고두고 지내보아도 알 수가 없었다.

"버스럭 버스럭."

숙채는 깜짝 놀랐다. 어디서 무슨 소리가 나나 하고 사면을 살펴보아야 아무 것도 없다. 앞뒤 문을 다 잠갔는데 무엇이 있을 리가 없다.

'아마 어디서 쥐란 놈이 빵 부스러기라도 쓸고 있는 게지. 유원이가 내가 이런 데 와 있는 줄 알면 뭣이라고 할까.'

숙채는 이런 생각을 했을 때 가슴이 뜨끔했다. 아무래도 유원이를 생각할 때는 검정치마에 자주저고리 입은 숙채가 나서는 것이고 지금의 자기는 좀 어색하다.

'한 개의 생활에는 반드시 거기에 따르는 빛과 냄새가 있고 이 부류部類에서 저 부류 사이에는 엄연한 경계선이 있는가 보다.'

그러나 숙채 자기는 잠시 안나의 대신으로 이 일을 맡아 볼 뿐이라고 생각했다.

숙채는 카운터 위에 한 팔을 꼬부려 베개를 하고 엎드렸다. 두어 방울의 눈물이 꼬부린 팔 사이로 떨어졌다.

이것은 유원이를 생각할 때마다 흘리는 눈물이다. 그러나 조금 후에 숙채의 생각은 다른 데로 달아났다.

숙채에게 있어서 유원이의 생각은 마치 만성병慢性病과 같아서 그 슬픔이 가슴에 콱 박혀 있을지언정 그가 없는 세상이라고 금시로 자살을 하거나 하지 못하는 것을 또 숙채는 제 스스로 기이하게 생각했다.

'오늘밤은 이대로 자지 말자.'

이때 분명히 어디서 발자취 소리가 났다.

"용서하십시오."

"……."

숙채는 손가락하나 깜짝 못하고 아래에 와 딱 마주 섰는 사나이를 쳐다보았다.

"용서하십시오."

"에?"

사나이는 모자를 한손으로 벗으며 숙채에게 예의를 표한다.

*

"누구예요?"

숙채는 앉았던 자리에서 벌떡 일어나 비실비실 뒤로 물러서며 눈을 똑바로 그 사나이의 얼굴을 쏘았다.

"아니, 그렇게까지 무서워하실 건 없습니다. 보시는 바와 같이 나는 아무런 흉기도 가지지 않았습니다."

그자는 어디까지나 칙칙하고 부드러운 말씨로 숙채에게 타이르듯 말하며 두 손을 넌지시 앞으로 내밀어보인다.

'대체 이놈이 어디서 들어왔을까. 앞뒷문은 내손으로 꼭 잠갔는데……."

그러나 지금 이 자리에서 그것을 물을 수도 없고 더구나 아래위의 턱이 굳어진 것처럼 말이 잘 나오지 않는다.

"어서 나가요. 그렇지 않으면 저 안에 사람들을 부를 테요."

"쉬— 여러 사람이 아는 것은 피차에 불명예입니다."

숙채는 벽에다 등을 바싹 대고 서서 부들부들 떨었다. 그리고 안에서 행여나 무슨 소리가 들리나 귀를 기울였다.

사실 숙채도 여러 사람이 알기 전에 이 녀석이 나가주었으면 하고 조바심을 했다. 남이 다 알게 왁자지껄하는 것부터 창피하고 더구나 그 원인이야 어느 편에 있었든지 여자인 숙채에게 망신인 까닭이다.

"얼른 나가요. 이런 강도 같으니라구……."

"강도?"

그는 숙채의 말을 받으며 방긋 웃는데 쪽 고른 잇새가 검붉은 불빛 속에 분명히 보였다.

"사실 몇 마디 드리고 싶은 말씀이 있어서……."

사나이의 나즉나즉한 말소리가 헤넓은 '홀' 안에 울려서 어떤 말은 잘 알아들을 수조차 없다. 숙채는 그 사나이가 무어라는지 그 말은 한 마디도 귀에 들어오지 않고 그저 무서운 강적을 바로 눈앞에 세워놓고 있는 것 같은 공포와 본능적으로 일어나는 적개심이 있을 뿐이다.

이러자 그 사나이는 갑자기 숙채 앞으로 가까이 오려고 한다. 두 사람 사이는 겨우 한 간의 거리밖에 안 될 것이다.

숙채는 엉겁결에 곁에 놓인 유리잔을 집어 냅다 던졌다.

"딱—"

"앗."

사나이는 두 손으로 얼굴을 싸고 앞으로 약간 수그린다. 유리잔이 바로 눈시울과 이맛전을 맞혔던 것이다.

숙채는 두 눈이 등잔같이 되어서 바라보고 있었다. 자기가 한 일이나 또한 자기가 한 일 같지 않았다. 다만 자기 보호의 비상한 힘이 있었던 것뿐이다.

사나이가 흠칫 하며 머리를 드는데 얼굴이 왼통 핏빛이다. 어두한 불빛에 비치어 피는 이상스럽게 검고 번쩍번쩍하게 보였다.

'사람 죽는구나.'

숙채는 겁을 탁 집어먹으면서 뒷문으로 달려갔다. 그러나 잠가놓은 문이 떨리는 손끝에서 잘 열려질 리가 없다.

한참 손잡이를 비틀며 애를 쓰다가 할 수 없이 유리창을 하나 올려 밀었다. 의외로 걸리지 않고 주르르 올라간다.

숙채는 구두를 벗고 맨 양말로 유리문에 기어올라 그리로 해서 바깥에 뛰어내렸다.

"쿵—"

제가 떨어지는 소리인 줄 번연히 알면서도 사방을 휘둘러보며 그 자리에서 얼른 일어날 수가 없었다.

숙채는 바로 그 옆에 어떤 개인병원이 있던 것을 기억하고 그리로 뛰어갔다.

"이거 보세요. 문 좀 열어주세요."

그러나 그 안에서는 복도에 검은 불빛이 가늘게 문틈을 새어나올 뿐 아무런 기척이 있을 까닭이 없다.

숙채는 죽어라 하고 가는 철망을 친 문을 두들겼다.

"문 좀 열어주세요."

이 병원은 개업한 지 일 년밖에 되지 않는 젊은 의학사가 경영하는 병원이다.

이 젊은 의학사는 지금 막 잠이 깨어 변소에 갔다가 와서 다시 이불 속으로 들어가려고 하는데 밖에서 누가 금방 죽는 소리로 부르는 것이다.

"지금이 몇 시인데 저 지경이야? 세 시가 다 돼가는데……."

그러나 의사는 문간에서 나는 소리에 귀를 기울였다. 그것은 분명히 젊은 여자의 맑고 동근 목소리임에 틀림이 없었다. 의사는 무엇에 끌리듯 자리옷을 입은 채 이층 구름다리를 내려와 문을 열어주었다. 여느 사람 같으면 이 밤중에 어림이나 있으랴.

"주무시는데 미안합니다. 저기 급한 환자가 있어서요. 그런데 여기

상처가 났어요. 피가 흐르구요."

의사가 차비하러 올라간 다음 숙채는 잠시 멍하니 서 있었다.

"이상하게 생각하겠지."

숙채는 의사나 고 서방들이 알게 되면 사실 이상으로 어떤 흉측한 것을 생각지나 않을까 해서 말을 할 수 없이 창피하고 꺼림칙했다.

"갑시다."

숙채가 의사를 데리고 왔을 때는 고 서방 쿡 할 거 없이 죄다 깨어나고 얻어맞은 사나이의 얼굴엔 유리조각이 여러 군데 박혀 체면에 아프단 말도 못하고 고통을 참느라고 끙끙댔다.

*

"자— 김 선생 차렌데."

안나는 왼쪽 손에다 '가루다' 장을 부채처럼 쭉쭉 펴들고 앉아 열이 벌컥 올라 들여다보고 있다.

"네? 내 차례인가요?"

김 의사는 깜짝 놀라 자기도 안쪽 손에 쥔 '가루다' 장을 들여다보며 고르느라고 두리번거렸다.

그다음이 숙채 차례— 세 사람은 지금 안나의 방에서 '가루다'를 하고 있는데 안나 하나만 이 장난에 열심이고 김 의사란 사람은 생각이 전혀 딴 데 가 있고 숙채는 또 숙채대로 그저 남이 하니까 따라서 하는 정도로 별로 흥이 나지 않았다.

"곤하실 텐데 인제 주무시죠. 너무 피곤한 건 금물이니까요."

"나? 괜찮아요. 아직 밝지도 않았는데 밝은 다음에 자도 넉넉할걸."

안나는 이불을 잡아들여 허리에 두르며 비스듬히 드러눕는다. 대체

이 안나는 앉아 있는 것보담 늘 드러눕기를 좋아하는 성미다.

"우리 그럼 이건 그만두고 술이나 좀 먹을까?"

안나는 이 말에 누가 동의를 하든지 말든지 벌떡 일어나 나가더니 '위스키' 병을 들고 들어온다. 두 사람은 술을 먹고 숙채는 과자를 깨물었다.

안나가 낮의 화장을 지우고 얼굴에 콜드크림을 담뿍 발라 번질번질한 위에 술기운이 약간 오르니 그 보릿빛 얼굴이 그의 생활의 축도縮圖와 같이 방불했다.

(중략)

5. 결혼(생략)

6. 외쪽 길(중략)

숙채는 유원이가 떠난 다음 내내 애기를 껴안고 있었다. 아이는 그동안 어미를 떨어져 있더니 약간 정이 성기어졌는지 자꾸 밖으로 나가겠다고 한다.

"아가 엄마 목을 한번 꼭 끌어안아봐."

아이는 그대로 숙채 목을 안아보는 체 작은 팔을 벌려 숙채의 목에 감는다.

그런데 그날 낮쯤 해서 숙채는 혼자 누웠다가 갑자기 정신이 아득해지며 미처 곁에 사람을 찾을 여가도 없이 지독한 장출혈을 했다.

"애구 이거 큰일이 났소."

주인댁이 앞뒤로 달려 다니며 아우성을 치고 복순이네가 좇아오고 하는 동안에 숙채는 그냥 시체와 같이 늘어지고 말았다.

그러나 이 섬에 의원 한 사람 없고 그동안 숙채가 자기의 고독을 변통하기 위해 이 사람 저 사람 사귀어 놓은 그 순박한 어부와 홍합 장수 여편네들이 어떻게 숙채를 구한다는 도리는 없었다.

그래서 두셋이 달려들어 숙채의 팔다리를 주무르며 유원이가 돌아오기를 눈이 빠지게 기다렸다.

이렇게 지루하고 초조한 하루가 지나가고 밤이 이르렀을 때 동리 어구에까지 마중을 나갔던 복순 어미가 유원이를 맞아 가지고 들어왔다.

"앙이 이 일을 어찌겠소."

유원이는 약봉지를 걷어 안고 방으로 들어갔다. 그러나 이미 숙채는 혼수 상태에 빠져서 석고로 만든 사람 같이 온몸에 피라고는 한 방울도 없이 창백했다.

"숙채, 정신을 차리시오."

"나, 거기에 따스한 물 좀 주십시오."

유원이의 손은 그냥 볼 수 없이 떨렸다. 치맛자락으로 눈물을 씻는 주인댁이 물을 떠오고 유원이는 그 물에 응당 털끝 만한 효력도 보지 못할 약을 타서 숙채의 입에 퍼 넣었다. 그러나 약은 잇몸으로 흘렀다.

이럭저럭 밤은 차차 깊어오고 숙채의 육체도 점점 죽음을 부른다. 유원이는 얼이 빠진 사람처럼 그저 우두커니 숙채의 얼굴을 들여다봤다. 이밖에 다른 무슨 도리가 있으랴.

이윽고 그 울타리 밑을 씻어내리는 물결소리 속에 숙채의 임종이 가까워 왔다.

시계가 없으니 몇 시인지도 몰랐으나 짐작컨대 아마 열 시쯤 되어서 숙채는 완전히 운명하고 말았다.

행여 죽기 전에 다시 눈을 뜨면 어린애 수속이 끝난 것도 보여주고 또 애기도 보여주려고 주인댁과 자는 어린 것을 안아다가 숙채 곁에다 놓았다. 그러나 숙채는 다시 눈을 뜨지 않았다.

"숙채!"

유원이는 번연히 숙채의 시체인 줄 알면서 다시 그 이름을 그 육체 위에 대고 불러보았다. 그러나 그 대답을 기다리기 전에 유원이는 울었다. 이때 어머니를 다시 한 번 더 보라고 안아다 놓은 애기는 울지도 않고 되려 방바닥에 흩어져 있는 약 싸던 종이들을 가지고 놀고 있다.

맞은편 있던 애기의 동그란 머리에 가늘게 난 터럭은 그대로 벽에다 까만 그림자를 그리고 있다.

그날 밤은 달빛이 유난히 좋아 그 달빛은 그물로 친 울타리를 찢어지게 가로타고 있었다.

《조선일보》, 1937년 12월 18일~1938년 4월 7일

매소부賣笑婦

채금이는 발뒤축에 댄 버선목을 잡아다녀 다시 신으며 머리를 빗으려고 경대 앞으로 다가 앉았다.

얼굴이 하도 꺼칠한 것 같아서 쪽집게로 눈썹의 잔털을 뽑으며 거울 속을 들여다보니 어젯밤 술을 과히 마신 탓도 있겠지만 두 눈이 퀭하고 입술이 말라들고 더구나 눈꼬리 옆으로 잔티가 까맣게 내솟아 볼 수 없이 못 되었다.

"내가 왜 이다지 꼴이 틀려간담."

그는 가볍게 한숨을 쉬었다. 그리고 머리를 빗어 쪽을 지려고 두 팔을 들어 뒤통수로 가져가니 치마가 쭉 흘러내리면서 허리께가 드러나는데 헌 일 없이 양편 갈비대가 미친개 배때기같이 앙상하게 보인다.

채금인 제 꼴을 제가 보기에도 싫어서 얼른 옷을 치켜 올려 입고 얼굴에 크림을 또닥 바르고 파푸의 가루분을 묻혀 콧잔등 위에 한번 쓱 문대놓고는 우두커니 거울 속을 들여다보고 앉았다.

본래 엷은 눈꺼풀에 눈자위가 약간 푸른빛을 띠니까 눈만 더 무섭게 커 보이고 코와 입이 더구나 꼭 미쳐 보였다. 채금인 귀밑머리를 다시 한 번 매만지고는 경대를 윗목으로 밀어놓았다.

기생—. 이 동네에서 채금이도 기생이라고 한다. 그러나 제법 좋은 기생은 못 되고 그저 이렇게 자기 집에서 손님을 맞는 기생이다. 그러나 그의 기품 있는 아름다운 얼굴이라든지 좀 만만한 듯하면서도 가을 물속처럼 맑고 총명한 성품으로 볼 때 그렇게 천한 계집으로 보기엔 너무나 귀인 티가 있었다.

무릇 이러한 계집들이 으레 하는 전례대로 채금이도 제 친정집 식구를 벌어 먹이는 무거운 짐을 지고 있다.

자기 어머니 손아래 오래비 내외 어린 조카 또 자기—.

생각해보면 채금이가 이 식구를 벌어 먹인 지 지금이 꼭 십 년하고 또 삼 년이 되었다. 자기가 열여섯 살부터 벌기를 시작하여 지금 스물여덟이 됐으니까.

그러한데 채금인 십 년 동안 이 노릇에 몸이 몹시 지친 탓인지 성미가 아주 고약스럽게 되어서 매사에 참을성이 없고 집안 식구들하고도 사흘이 멀다 하고 싸운다. 싸우기만 하면 딱딱 까무러쳐 가면서 기승을 피운다.

본래 아이 적엔 연하고 입모양이 제비 같다고 일컬었었지만.

그저께 밤 싸움만 해도 웬만치 해두었으면 좋았겠는 걸 양편이 맞장구를 치더니 온 집안이 떠들썩했고 더구나 채금이는 전에 없이 심정이 상하고 기운이 꺾이었다.

그저께 다 저녁때가 되어 전에 채금에게 다니던 정 주사란 사람이 손님 대여섯을 꽁무니에 달고 찾아왔다.

"채금 아씨 있는가."

"어서 오세요."

"허허— 이거 왜 또 암상이 났담. 허리는 점점 가늘어 들구."

정 주사는 연방 입심을 부리며 채금이 귀를 끌어다가 무에라고 쏘곤 쏘곤한다.

"그래 자네 용돈이나 보태 쓰면 좋잖아. 뭐 노름으로 하는 건 아니니까 내가 이렇게 자넬 알뜰히 생각하는 거나 알라구. 자— 어서들 들어가십시다. 흥, 우리 채금인 아무 때 봐도 장안에선 제일 예쁘단 말이야. 그래도 요 성미 하나가…… 하하."

"들어들 오셔요. 방이 누추합니다만."

이 정 주사가 몰아가지고 온 친구들은 마짱패들인데 채금이 집에서 마짱도 하고 술도 먹겠다는 것이다.

그치들은 우루루 방으로 몰려들더니 마짱판을 가운데 놓고 네다섯이 쭉 들어앉으니 방 안이 가득하다. 채금인 자리도 비좁고 해서 살그머니 마루로 나와버렸다.

한창 노름이 어우러질 때 들여다보니 다섯 사람이 하나같이 비계 붙은 목덜미를 잔뜩 어깨 속에 움츠려 박고 두 손은 사타구니에 몰아넣은 채 말판에 독을 들이고 있다.

노름이 아니라더니 가끔 시퍼런 지전이 왔다 갔다 하고 그럴 때마다 그들의 그 두꺼운 얼굴 가죽이 씰룩 씰룩 경련을 일으킨다.

최 주사란 사람은 돈푼이나 잃더니 공연히 새끼손가락으로 콧구멍만 쑤시고 앉았고 허 무엇이란 작자는 소복이 돋은 윗수염을 토끼처럼 오믈 오믈 놀리고 있다.

"요리 배달해 왔습니다."

"어멈— 여기에 나와 상 좀 봐. 그리고 이 방에 불을 좀 더 때오. 자— 인젠 이건 저리 좀 비켜놓고 무엇을 좀 잡수십시다. 조금만 더 있다간 모두들 정말 돌아가시겠어요. 아이 뜨거. 아규 호호."

채금이가 신선로 그릇을 들어서 옮기다가 손을 데이고 엄살을 하는 바람에 모두들 정신을 차리고 겨우 물러났다.

"자— 사이 상부텀 먼저 드슈."

"우선 채금이 소리나 한 마디 하라구."

이렇게 술 먹기가 시작되어서 몇 순배 돌아 얼큰들 했을 때는 행색들이 말씀이 아니다.

"술이 좀 덜 따끈한걸. 난 찬술을 먹으면 되살아 올라서…… 술은 알맞게 데워야 진짜 맛이 나는 법야."

"더 데워 오죠. 이리 주세요."

"난 요즘 술을 기하는데…… 약을 좀 먹는다니까 술 먹고 들어가면 마누라가 약탕관을 도끼로 부순다고 지랄하는 통에 아주 서캐가 떨어질 지경이야. 영."

"어— 졸린다. 채금이 이리 좀 와. 자네 무릎 베고 좀 자려네. 밤을 새웠더니 골치가 쑤셔서 사람 죽겠네."

"그런 미친 소리 듣지 말고 나 냉수나 한 그릇 주소."

"하 봐— 부엌에 누가 있어? 냉수 한 그릇만 가져와."

그런데 부엌엔 어멈이 어디 갔는지 분홍치마 입은 오래비댁이 냉수 그릇을 쟁반에 받쳐 들고 머뭇거리다가 얼른 건넌방 앞에 와서 내가는 것을 마침 문 옆에 앉았던 손님이 덥석 받았다.

바로 이때였다. 대문 소리가 덜컥 나며 누런 공장복을 입은 오래비가 저녁 먹으러 돌아온다. 중문 안에 들어서자 자기 아내가 건넌방 문 앞에서 어물거리는 것을 보고 얼굴을 찡그리며 안으로 휙 들어가버렸다.

"아, 어멈이 없으면 나와서 가져가라고는 못해? 거기가 어디라고 그 앞에 가서 어물거리는 거야. 내 얼굴에 흙칠을 해도 분수가 있지."

안방에서 오래비 내외가 이 손님 때문에 싸우는 눈치를 알자 채금인 입술을 오므려 물었다.

그럭저럭 열 시가 좀 넘었을 때 밤을 샐 줄 알았던 손님들이 가려고 일어선다. 채금인 곤하던 김에 어찌 시원한지 모르겠다.

*

"왜들 그래? 무에 또 잘못됐담. 대체 이집 식구들은 탈도 잘 잡으니까."

"잘못되지 않으면 그게 무슨 꼴이유. 무얼 내갈 게 있으면 어멈을 시키든지 어멈이 없으면 온 다음에는 못해서 사내들 있는데 파닥지를 들고 나간단 말요."

오래비는 얼굴이 시뻘게서 안방 문에 떡 버티고 섰다. 이 사람은 본래 기생 오래비라고 하기는 천부당만부당하다. 타고난 천성이 몹시 진실하고 엄격하여 이러한 집안에서 치여난 티라고는 조금도 없을 뿐만 아니라 남달리 준수하고 깨끗한 품이 장래 밥술이나 좋이 따르리라고 남들이 칭찬할 정도쯤 되었다.

그런데 이 사람은 본래부터 자기 누이의 이러한 생활을 눈을 딱 감고 모르는 척하는 것이 그의 배짱이다.

자기 누이의 신세가 불쌍하다든지 어떻게 옳은 살림을 했으면 좋겠다든지 이런 생각보다도 그는 자기만의 체면을 생각하여 견딜 수 없이 부끄럽고 난처해 하였다.

그래서 그는 좀체로 채금이를 누이라고 부르지 않았고 좋은 일이고 궂은일이고 간에 통 모르는 척하지만 어쨌든 그 누이 덕에 자기 집 자식까지 잘 먹고 잘 지내는 것만은 사실이다.

"애 지금 세상에 무슨 내외가 그리 장하냐. 그만한 심부름도 하지 않고 밥이 입으로 들어가니?"

"내외가 장하지 않으면 그렇고 그런 뭇 잡놈들 앞에 얼굴 자랑을 해야 옳단 말요. 난 죽으면 죽었지 그렇게는 못하겠소."

"원 별소리가 다 많구나. 뭇 잡놈들이 네 계집을 잡아먹었단 말이냐. 너처럼 도저해서야 어디 사람이 살겠니. 너무 그러지 않아도 너희가 점잖은 줄은 세상이 다 안다."

이때 마침 그 어머니가 어디 갔다가 들어와서 또 싸우는 것을 보고 마루 끝에 가 털썩 주저앉는다.

"좀 그만들 둬라. 밤낮 싸우는 통에 이젠 아주 입에서 신물이 난다. 그 부처같이 순한 오래비 하나를 밤낮없이 달달 볶으니…… 이러구야 어디 사람이 살겠니."

"어머닌 왜 또 나서는 거유. 이건 내가 입만 벙끗 벌리면 모두 한편이 돼가지구 패싸움을 하려 드는구려. 내외가 무슨 오라질 내외야. 계집만 그리 중하거든 이고 다니려무나."

"넌 참 답답한 소리도 한다. 어째서 젊은 여편네가 내외를 않는단 말이냐. 어느 드러내 놓은 계집도 아니고 여염집 여편네가 내외를 않고 아무데나 막 나서야 옳으냐. 우리가 없으니까 그렇지 며느리라고 하나 있는 걸 왜 함부로 굴리겠니?"

'와직근 탕.'

채금이가 벌떡 일어나며 방 안에 사기요강을 집어서 마당에 내던졌다. 요강이 산산이 깨어지면서 오줌이 와르르 마당으로 한 가득 쏟아진다.

"다 듣기 싫어. 내가 이놈의 집을 나가야지. 안 나가는 것두 사람년 아냐. 어디 내가 나간 다음 살아들 보라구. 저 늙은인 또 밥 바가지나 들고 나서서 밥 얻으러나 댕기지. 그리고 나무도 주워다 때고…… 흥 엊그제까지 밥 바가지 들던 걸 벌써 잊었군 그래."

이것은 그 어머니가 아주 젊어 스물다섯에 과부가 되어 아이들하고 어찌할 수 없이 한때 정말 밥 얻으러 다닌 것을 말함인데 지금 이렇게 남부럽지 않게 차리고 사는 판에 그 어머니에겐 천하에 질색할 소리다.

"저년이 나중엔 못할 말이 없구나. 그래 빌어먹었다 빌어먹었어. 내가 밥 바가질 들고 문전마다 빌어먹은 것은 장안이 다 아는 노릇이다. 빌어만 먹었겠니? 별의 별짓을 다했지. 그래두 도적질하고 서방질만은 안 했다. 이년아, 그래 에미가 너희들을 데리고 수절하며 빌어먹이지 않고 의붓아비 밥을 먹였으면 좋을 뻔했구나. 저런 개가 뜯어갈 년. 어느 옛날 소리를 지금 꺼내가지고 남 다 듣게 야단이야."

어머닌 골이 난 김에 그만 안 해도 좋을 말까지 해버렸다.

"어머니 그런 건 뭐 부끄러운 일이 아니에요. 없는 사람이 그렇지 별수 있소. 추우신데 어서 방으로 들어오세요."

채금이는 모든 여자를 깔보고 무시한다. 그중에도 남의 아내, 점잖다는 여염집 여편네들은 파닥지라도 할퀴어 주고 싶도록 미워한다. 만일 자기에게 다니는 어느 놈의 계집이 제 서방을 찾아서 이 집 문전에 발만 들여놔봐— 가랭이를 찢어서 내쫓지 않으리.

그러나 지금 채금이가 그렇게 경멸하고 미워하는 남의 조강지처 된 자랑을 그 어머니 입에서 먼저 듣는 것이 아닌가.

"별짓을 다했어도 서방질만은 안 했다."

그저께 밤 싸운 것이 아직도 가시지를 않고 이렇게 가슴에 뭉깃하고 남아 있는 것은 실상 이 말 한 마디 때문이 아닌지도 모르겠다.

*

겨울 저녁이 산산하고 싸늘해온다. 채금인 이런 저녁때가 되면 괜히 슬퍼지는 버릇이 생겼다.

외입쟁이들이 피우다 남긴 담배꽁초가 놋재떨이에 수북하게 쌓이고 자개 박은 의거리 유리에 저녁 햇빛이 벌겋게 가로 흘러 그 햇빛 줄기 속에 무수한 먼지가 날리는 때면 그는 항용 혼자 있기를 즐겨한다.

지금도 머리를 다 빗고 아랫목에 깔아놓은 요 밑에 발을 집어넣고 파랗게 맑은 창문을 바라보노라니 어쩐지 가슴이 터지는 듯 아픈데 손은 거의 습관처럼 윗목에 흩어져 있는 화투장을 끌어다가 패를 떼고 있다.

'내가 지금 죽어보면 어떤가.'

손에 든 화투장이 빠지는 줄도 모르고 채금인 놀란 사람처럼 가슴이 뜨끔했다.

'참 죽어보면 썩 좋겠다.'

이건 아주 용한 생각이다. 지금 채금에게 있어서 그의 낡아빠지고 해어진 몸뚱이나 마음에 이보다 더 꼭 들어맞는 말이 있을 리가 없다.

'내가 죽는다면 어떻게 된다? 뭐 별 게 아니지. 이렇게 눈을 감으면 죽는 게고 이렇게 눈을 뜨면 사는 게니까.'

채금인 눈을 질끈 감아보았다. 몸이 녹으라져서 방바닥에 착 달라붙더니 점점 방바닥에 제 몸뚱이가 빨려들어 아주 삼켜버려서 나중엔 이 방 속이 무덤이 되는 것같이 생각되었다.

'이렇게 기운이 가라앉도록 내가 살았구나. 이제 내게 남은 건 이 죽어보는 재미, 이것 하나밖에 없다.'

채금인 제법 죽는 체라도 할 것 같은 생각을 해보니 한결 주체스럽던 제 몸이 홀가분해지고 일이 바로 되는 성 싶은데 또 무어 그리 어려운 일도 아닐 게다. 그저 한 십오 분 동안이면 쉽게 해치울 수 있는 일이다.

'그런데 말이지. 내가 이제 죽을 텐데 나 혼자 죽기는 너무 야속스럽고……. 내가 오늘날까지 내 몸을 내어맡겼던 수없는 사내들 그것들 가운데서 어느 놈이고 하나 같이 데리고 가야 옳지 않은가? 그럼 누굴 찾

는다? 나와 같이 정사해줄 사람— 그런 사람이 내게 있다구.'

채금인 십 년 하고 또 삼 년 동안을 상대해온 사내들은 제 생각이 자라는 데까지 모조리 뒤져내어 물색해본다.

그런데 이렇게 채금이가 생각해낸 사람 가운데는 별의별 녀석이 다 들어 있는 것은 무리가 아니나 그 어느 한 놈의 얼굴도 똑똑히 기억할 수 없는 것이 답답하다.

더구나 그 숱한 놈들이 어느 곳에 사는지 주소를 물어둔 일은 더욱 없어서 마치 바람에 날려 보낸 것처럼 아득하다.

물론 그 가운데는 채금이 때문에 제 아들한데 감금을 당하다시피 하면서도 논을 팔고 밭을 팔던 위인도 많았으나 도대체 그따위 물건들을 데리고 죽는 이야기를 할 거면 차라리 초저녁부터 이불을 뒤집어쓰고 일찌감치 자는 것이 낫겠다고 생각했다.

"흥 망할 녀석들."

채금인 노름이 정말이 된다고 처음엔 장난 삼아 해본, 이 죽는다는 생각이 이제는 꼭 갚아야 할 빚처럼 졸려대는 데는 어찌할 수가 없다.

"이석도."

옳지. 그 사람을 찾아가자. 그는 채금이에게 밤을 새워가며 '가츄—샤'의 이야기를 해준 사나이다.

그런데 그 사람은 지금 폐병으로 다 죽게 됐다지? 그러면 더욱 좋다. 사실 숭어새끼같이 살아서 펄펄 뛰는 놈이야 언제 잡아서 죽게 만든단 말이냐.

버러지가 가슴을 다 파먹고 남긴 껍데기 그 사나이와 이렇게 눈 가장자리가 퍼렇게 썩어 들어가는 매소부 채금이와는 과히 틀리지 않는 짝이 될 것만 같다.

채금인 시외에 있다는 그 사나이를 찾아서 나섰다. 전차 종점에서 내려서도 여우목도리 꼬리를 회회 내저으며 한참 늘어지게 걸었다.

네거리 옆에 조그마한 담배가게 앞에 왔을 땐 벌써 밤이 여덟 시나 되었고 가게 앞에다 벌려놓은 조무래기 사과와 연감이 추워서 발발 떨고 있는 것 같다. 가게 뒷길로 들어서서 백양나무가 길 양편으로 쭉— 늘어진 사이로 빠져나오면 거기가 바로 그 사나이의 집이다.

과히 크지 않은 대문 두 짝이 똑같이 닫혀져 있다. 짝— 하고 성냥을 그어서 문패는 본 지 오래건만 채금인 얼른 대문을 열지 못한다.

물론 사나이가 혼자 유하는 하숙방이라면 머뭇거릴 까닭이 없겠으나 이 대문 안에 있는 곳은 분명히 그 사나이의 가정이다. 아내가 있고 자식이 있고— 이러한 한 가정의 문지방을 과연 채금이가 넘어설 수 있을지 채금이 스스로도 몰랐다,

삐걱하고 왈칵 열리는 대문 소리가 채금이 귀엔 유달리 요란스러워서 온몸에 신경이 바짝오므라드는 듯하다.

"저— 말씀 좀 물읍시다. 예가 이 선생 댁입니까?"

그의 아내인 듯한 젊은 아낙네가 들어오라는 대로 안방에 들어가니 과연 그 사나이가 아랫목에 자리를 하고 아주 몸져 드러누워 앓는 모양이다.

"몹시 편찮으세요?"

"이거 채금이가……."

"이 앞으로 지나다가 편찮으시단 말씀을 들었기에……."

"음—. 여보 이따 후에 소독약을 좀 갈아주고 나 미음 먹을 채비를 좀 해줘. 그리고 인제 미음을 먹을 테니깐 식전 약을 먹어야지."

그 사나이는 자기 아내에게 수선스럽게 여러 가지를 시키며 자기는 체온계를 꺼내서 옆구리에 끼고 또 무슨 포도즙 같은 것도 마셨다.

채금인 한 사나이의 그렇게까지 냉정하고 무심한 얼굴을 일찍이 본

일이 없다. 더구나 그 사나이는 수척한 얼굴에 어딘가 몹시 불쾌하고 노기까지 띤 눈치가 보인다.

'남의 집엘 뭣하러 함부로 찾아다닌담. 지각없는 계집이로군.'

사내는 반드시 속으로 이렇게 채금이를 나무라고 있는 것이다.

여기는 채금의 집, 채금의 방이 아닌 까닭에 아무도 이 계집에겐 상관이 없고 더구나 엄격한 남의 가정에서는 이러한 계집은 조금도 용납할 수 없는 딴 세상 사람인 것이다.

"솥에 물이 따끈한데 손 좀 씻으실까요? 그리고 어서 미음도 잡숫고."

시퍼런 옥색치마에 빨건 분홍저고리를 입은 아무렇게나 막 생긴 이 촌 여편네가 제법 제 남편 곁에 턱 버티고 앉아서 시중을 들고 있다. 그는 그 남편 앞에서 한없이 평안해 보인다.

산골바위 틈에서 나오는 샘물처럼 맑고 시원한 이 여인이 채금이는 부러운 것처럼 생각된다.

"내가 여길 뭣하러 왔을까."

채금인 자기 방 속에서 하던 생각이 현실과 어떻게 다른가를 이제 새삼스럽게 깨닫지 않을 수 없었다.

차라리 사람의 힘으로 할 수 있는 일이라면 저렇게 살려고 애쓰는 저 사나이에게 채금인 제 목숨을 뭉텅 잘라서 던져주고 이 방을 튀어나가고 싶은 것밖에 없다.

*

채금인 다시 백양나무가 도깨비처럼 쭉 둘러선 사이로 나왔다.

'여자로 태어나서는 남의 아내가 되고 정절부인이 되는 것이 제일 유복한 팔자인가 보다. 지금 그 촌 여편네가, 그러고 우리 오라범댁이 그렇고, 또 내 어머니가 그렇다. 나는 다만 우리 집 내 방 안에서만 뭇 사나이들에게 잠시 사랑을 받는 체하다가 날이 밝으면 그 사나이들은 아무런 인사도 없이 가버리는 것이다. 생각하면 한스러운 일이 아니랄 수 없다. 에그머니.'

서두른 길이고 마음도 무너진 탓인지 채금이는 길가 돌부리에 채여서 넘어졌다. 잠시 그 자리에 주저앉은 채 멀리 앞을 내다보니 밤이 몹시 캄캄하다.

《여성》, 1938년 1월

돌아가는 길

음력으로 사월 보름께니 뼈마디까지 녹아내리는 봄날이다. 더구나 이곳은 조선에서 제일 남쪽인 전라남도 그 남도에서도 또 남쪽 끝에 놓인 이름조차 변변치 못한 가난한 S촌이다.

예경이는 오늘 아침 일찍이 이 동네에서 십 리 길이나 되는 아랫촌으로 암탉과 지네를 구하러 가려고 했다. 그것은 그의 남편 되는 K가 병이 들어 동네 노인네들이 그렇게 해먹이면 좋다고 해서 그것을 구하러 아랫촌으로 가려는 길이다.

예경이는 구멍 뚫어진 남색 비단양말에 흰 고무신을 신고 나섰다. 양말에다 고무신을 신으니 발이 넓적하게 벌어져 걷기조차 이상스러웠다.

"여보 당신이 그걸 구하러 가면 나는 그동안 어떻게 혼자 있겠소."

"그러니 어떻게 해요. 좋다는 일은 해보아야지요. 내가 아무리 다녀갔다 와도 점심때 전에는 못 돌아오겠으니 그동안 심부름 시킬 게 있거든 이 집 간난이를 좀 시키세요."

예경이는 병든 사람을 혼자 두고 가는 걸음이라 조반도 변변히 뜨지 못하고 앞 냇가에 나가 세수를 벅벅 하고 나섰다.

이들 두 내외는 이 동네에 단 하나인 동광학원에 선생으로 초빙되어 온 사람들이다. 물론 내외가 다 월급을 받고 오는 것이 아니라 그 남편 되는 K 선생이 한 달에 월급 이십 원을 받고 오는데 그 부인도 신식학문을 많이 한 분이라 함께 와서 두 사람이 같이 가르치겠다고 해서 이 촌에선 월급 이십 원에 선생이 둘씩이나 생긴 셈이니 그 소위 꿩 먹고 알 먹는 격이다.

동광학원은 그동안 경영난으로 문을 닫는가 싶었다가 이제 이런 좋은 선생님을 두 분씩 얻었으니 다시 개교를 해야겠는데 개교일자는 앞으로 사흘밖에 남지 않았다.

본시 이 S촌은 아직도 원시 상태를 그대로 가지고 있는 이백여 호 남짓한 곳이라 한껏 개화한 젊은이가 여기서 사십 리 읍에 가서 보통학교나 마치고 온 정도의 친구들이다.

그러고 보니 이 두 남녀의 존재는 이 촌에서 커다란 존경을 받을 뿐만 아니라 또한 좋은 의미로 큰 구경거리였다.

K 내외가 이 촌에 와서 일주일 정도 있는 동안 아직 한 끼도 정말 주인 잡고 있는 집 밥은 먹어보지 못했다. 동네 안에 조금이라도 넉넉하다는 집에서 돌아가면서 진지를 지어서 내외를 대접하고 심지어 밤참으로 경단을 해서 합에 담아 오는 이, 국수를 눌러 말아 오는 이까지 그 정성들이 여간 아니다.

K는 무슨 큰 병에 들린 것은 아니고 몹시 피곤한 몸에 감기가 겸해서 오늘은 아주 드러누워 있다.

사실 시골사람들 어수룩한 눈이라 아무도 눈치 채는 사람이 없지만 조금만 주의해 본다면 그들은 무엇에 쫓겨 온 사람들처럼 몹시 황겁하고도 극도로 심신이 피곤한 모양이다.

그러면서도 두 사람 사이는 틀이 잡힌 내외라는 것보다도 무슨 불장난하는 어린아이들처럼 죽을 둥 살 둥 모르게 열에 떠서 있었다.

두 사람은 어디를 가도 함께 있었다. 냇가에 나갈 때나 산에 갈 때나 동네 집으로 밥 먹으러 갈 때나 심지어 뒷간에까지도 함께 다니는 것 같았다.

어제도 내외가 뒷산에 올라가 구름같이 핀 진달래를 한 아름 꺾어가지고 내려오는데 비탈로 내려올 때에 아무도 안 보는 줄 알았던지 남자가 부인을 덥석 안아서 내려놓는다.

이 광경을 살짝 문 사이로 내다보던 동네 여편네들은 저도 모르게 얼굴을 붉히고 돌아앉는데 그중에도 입이 빠르고 수다한 패들은 서로 꾹꾹 찌르며 아주 죽겠다고 웃는다.

"세상에 나도 오늘밤 죽어서 다시 인간에 환생해 나면 저런 서방님 구해 갈라오. 이거야 밤낮 소 닭 보듯 이러구도 사는 보람이 있어야지."

"원 별소리 다 듣겠네. 아무리 소 닭 보듯 한대도 자식새끼 셋씩 낳고 잘도 사나봐."

"금순 엄마도 인물이 저렇듯 잘나보구려. 금순 아버지가 밤낮 업고 다닐걸—."

"아이고 인물 못난 것도 천하에 한이로구나. 인물만 잘나면 저런 서방님께 저처럼 귀염을 받을까. 에라 이놈의 상판대길 칼로 깎어야겠다."

동네 여편네들이 이렇게 흉인지 칭찬인지 지껄이는 동안 그들은 꽃을 안은 채 자기네 방에 들어가버리고 말았다. 어쨌든 그들은 이 동네에 과분한 손님이요, 그처럼 하이칼라 내외가 무슨 일로 이런 벽촌으로 굴러왔는지 사실 그들의 내력을 아는 이는 한 사람도 없었다.

*

벌써 점심때가 가까웠는데 예경이는 올 대로 왔으면 벌써 왔겠는데 지네를 구하기가 힘들어 그런지 아직 오지 않았다.

그런데 이때 K는 방 속에 누워 행여나 예경이가 이제나 오나 하고 기다리고 있을 때 이 동네 어귀엔 또 한 가지 이상스런 일이 있었다.

"여기 서울서 온 K라는 남자가 있어요?"

웬 스물네댓 되는 젊은 여자가 한쪽에 자그마한 옷보퉁이 같은 것을 들고 황겁하게 묻는다. 그는 차림새도 얌전하고 얼굴도 밉지 않게 생겼는데 머리엔 빨간 댕기를 들여 쪽을 졌다.

"그런 사람이요. 그런 분이 내외가 함께 여기 선생으로 오신 어른들이 있는데 아마 그분들을 찾는 모양이군. 그런데 젊은인 그 선생님 내외분과 어떻게 친척 간인가요. 이렇게 멀리 찾아오니."

젊은 여자는 선생님 내외분이란 말을 들으니 금세 얼굴이 핼쓱해지며 두 손끝이 바르르 떨린다. 그리고 두 눈에서 눈물이 비 오듯 한다.

"왜 우시오. 무슨 곡절인지 몰라도 그럼 어서 그 선생님한테 가야 하지 않소. 그런데 참 부인 되시는 이는 아침에 저 아랫동네로 지네 구하러 가서 아직 오시지 않았나 봐요."

"그럼 그 여자가 지금 없어요?"

젊은 여자는 이 말을 하면서 이상하게 두 눈이 똥글해진다. 그러더니 동네 마나님을 끌다시피 가자고 한다.

"그 여자가 지금 없어요."

그는 또 혼잣말같이 이렇게 중얼거린다. 동네 마나님은 하도 수상해서 그 젊은 여자의 아래위를 자꾸 훑어보았다.

"대관절 뉘시요? 선생님 그 어른과 남매간이신가요?"

"아니에요. 나는 그의 가족 되는 사람입니다. 그분이 바로 저의 주인 어른이에요."

"예? 그럼 잘못 알았군. 내가 말한 선생님은 내외분이 함께 오셨어!"

"글쎄 그러기에 말예요. 그래서 찾아왔어요."

"아니 그럼 젊은이가 그 선생님의 가족 되는 이란 말이요. 그럼 같이 온 사람은 누군가 원."

그는 눈물을 계속 훔치며 마나님을 따라 K가 있는 집까지 왔다. 그 마나님이 선생께 그런 이야기를 했을 때 K의 얼굴은 아주 흙빛으로 변했다. 아무리 둔한 늙은이래도 무슨 깊은 곡절이 있는 것을 눈치 채고 젊은 여자를 방으로 들어가라고 하고 자기는 곧 물러나오면서 쓴 입맛을 다셨다.

*

예경이는 한낮이 지나서야 지네 스무 마리하고 닭 두 마리를 맞매가지고 안고 왔다. 네 족을 맞맨 닭이 자꾸 버둥거릴 때마다 예경이는 마치 어린애 안듯 꼭 날개를 싸안고 K가 기다릴 생각에 정신없이 걸었다.

동경 유학생들 사이에서도 미인으로 유명하던 예경이 모양내기로도 일품이었던 예경이가 동경서 나온 지 이제 한 달도 못 되어서 지금 이 촌에 와서 고무신에 닭을 안고 다니다니 참으로 사랑이란 죽음보다도 강한 것인 모양이다.

예경이는 자기네의 지금 이 처지를 한껏 복되게 생각하고 서양 고대 소설의 '트리스탄과 이쏠데'와 그 정경이 같다고 느낀다. '트리스탄과 이쏠데'란 트리스탄은 무사요 이쏠데는 여왕인데 두 사람은 왕의 눈을 피해 죽음보다 강한 사랑을 했다. 그리하여 둘이서 도망해서 어느 깊은 산림 속에 들어가 풀을 뜯어 자리를 만들고 살았다는 비련의 이야기다.

사실 K와 예경이도 이 촌으로 취직이 되어 오기 전 사흘이나 어느 산중에서 가랑잎에 물을 떠다 먹으며 노숙한 일이 있다. 그때에 듣던 그 바람소리 그 밤에 소나무 사이로 보던 그 별들 그런 것은 다시 생각만 해도 기가 아찔해지는 슬프고도 달디단 이야기로 오직 그들의 가슴속에만 영원히 살아 있을 것이다.

예경이는 이제 완전히 자기네는 화려한 세상을 버리고 이 촌에서 늙어 죽을 때까지 가난한 자녀들을 가르치리라 생각했다. 그래서 조금이라도 세상에 도움이 된다면 그것이 자기네에게 그다지 부끄럽지 않을 사업도 되고 또 자기네의 생활에 대한 속죄도 되는 것이라고 생각했다.

예경이는 마을에 가까이 오자 더욱 부지런히 걸었다. 단 몇 시간이라도 서로 떨어져 있은 적이 없던 그들이라 아침에 본 사람이 까마득하도록 오래된 것 같아서 무어라 말할 수 없는 조바심으로 바쁘게 걸었다.

"이놈에 닭이 왜 이리 꼼지락거려?"

마침내 사립문을 밀고 토방 앞에 이르렀을 때 예경이는 눈이 휘둥그레졌다. K의 구두 곁에 여자의 하얀 고무신이 나란히 놓여 있는 것이다.

예경인 제 발을 내려다보았다. 제 고무신은 분명히 제가 오늘 아침에 신고 나가서 지금 이렇게 신고 있고……. 그러면 누가 왔나—. 잠시 가슴이 뭉클했다. 어쨌든 인기척을 내고 문을 펄쩍 열었다.

"앗!"

방 안에 앉아 있던 사람이나 문고리를 잡고 선 사람이나 일시에 두 눈이 캄캄해지는 것 같았다. K는 아랫목으로 돌아눕고 있다. 세 사람은 한동안 아무 말도 못했다. 말은커녕 혓줄기가 바짝 타들어가는 것 같았다.

*

지금 이 방 안에 들어와 앉은 여자는 사실 K의 본처였다. 일의 내막이 어찌되었느냐 하면 K는 자기 고향에서 넉넉한 집안의 아들로 내지 가서 대학까지 마쳤고 예경이 역시 한 고향에서 남의 무남독녀로 금지옥엽으로 자라서 그 역시 내지에 가서 어느 음악학교에 적을 두고 공부를 하게 되었다.

그런데 K와 예경이는 아이 적에 서로 같이 자라다시피해서 나이가 위인 K를 예경이는 오빠라고 부르며 쫓아다녔다.

그들이 다 같이 성장해서 서울 와서 중학교를 다닐 때부터는 자기네들도 모르게 사랑하는 사이가 되었다. 물론 단순히 어려서 장난 동무로 같이 놀았든 우정의 연장이었든, 그렇지 않으면 순전한 연애인지 그런 것을 그들은 확실히 알지는 못하면서 서로 사모해 마지 않았다.

그러다가 지금으로부터 사 년 전 K가 스물세 살 때 지금 찾아온 본처에게 장가를 들게 되었다. 그것은 K의 부모가 절대로 완고하게 혼인시키려 자기네가 선을 보고 데려온 며느리였다.

K는 속으로 예경이를 생각하는 터이라 물론 처음엔 장가를 안 간다고 떼를 썼으나 나이 스물셋이 많다면 많은 것도 같았으나 사실 아직 다 여물지 못한 그는 부모들의 무서운 명령에 끝까지 버틸 힘이 없었다. 그래서 장가를 들었던 것이다.

예경이는 처음에 K가 장가들었단 이야기를 들었을 때 가슴이 뜨끔했으나 그다지 아픈 줄은 몰랐다. 간혹 무엇을 잃어버린 것처럼 서운할 때도 있었으나 이미 혼인한 K를 생각하기는 자기 자존심이 허락치를 않았다.

이렇게 일 년이 지났다. K와 예경이는 그동안 한 번도 만나지 못했다. 일이 이렇게만 되었으면 오늘날 아무런 비극도 없었을 텐데 사실 운명은 그렇게 되지 못했다.

그해 겨울방학에 그들은 또 자기에 고향에서 만나게 되었다. 그러나 서로 찾지 않았다. 그러던 어느 날 예경이가 보니까 보통학교 운동장 한 귀퉁이에 우두커니 서 있던 K가 부르는 것이었다. 예경이는 잠깐 머리를 숙여 인사를 했으나 전처럼 뛰어갈 수는 없었다.

"오셨다는 말은 벌써 들었지만—. 그동안 안녕하셨어요."

예경이는 아무 대답도 없는 대신 어둠 속에서 K 얼굴을 쳐다보고 약간 웃었다. 그리고는 두 사람이 역시 아무 말도 없었다. 말은 없으나 가슴엔 전에 없이 동요가 생겼다.

두 사람은 아무 말도 없이 누가 먼저 시작한 걸음인지도 모르게 걸었다. 그들이 차차 동네를 벗어나 빈 들로 나섰을 때 푹 가라앉은 하늘에서 눈이 내리기 시작했다.

두 사람은 불빛 하나 보이지 않는 빈들로 우차牛車 바퀴 자국을 따라 한 없이 걸었다.

"겨울밤은 깊을수록 좋아요. 더구나 이렇게 눈이 푹— 빠지는 밤이란 '죄와 벌'의 쏘—냐를 생각게 하고 벌겋게 달은 스토—브를 둘러앉어 워카—를 마시며 두런두런 이야기에 열중한 라스코리니코프 같은 사람들을 생각케 해요."

예경이는 이 말을 들으면서 걸음을 멈추고 신 끝에 묻은 눈을 툭툭 털었다. 그리고 또 다시 걸었다.

"겨울밤은 깊을수록 좋다고 하시드니 지금 자꾸 깊어가는군요. 이러한 밤이 늘 계속된다면 자살하지 않고 살아 있을 사람은 아마 몇 안 될 겝니다."

이렇게 두 사람은 자꾸 가다가 결국 큰 마음 먹고 다시 돌아서 왔는데 그래도 자기 집 동네에 왔을 때는 벌서 자정도 지난 후였다. 그래서 걱정한 나머지 예경이는 다시 이모집에 가서 대문을 두드려 놀라는 이모를 엄벙뗑 달래가지고 이모집에서 잤다.

이로부터 그들은 자나깨나 서로서로가 그 밤 속에 있었다. 이것이 사년 동안 계속 되노라니 그들은 사실 뼈에다 가죽만 씌운 것처럼 몸과 마음이 말러 들어갔다.

이리하다가 마지막 막다른 길에 들어서기는 지금으로부터 한 달 전 예경이는 내지에서 도망치듯 나오고 K는 또 자기가 취직해 있던 곳에서 도망쳐서 서울서 두 사람이 만났다.

그때부터 두 사람은 남의 눈이 두려워서라도 부부로 행세하고 동거생활을 했다. 이 일은 얼마 안 가서 K와 예경의 집에 알려지고 그다음엔 두 집이 다 발칵 뒤집히게 야단이 났다.

예경이는 미모의 처녀였던 만큼 그 뒤에 수없는 구혼자가 있었고 더구나 그의 어머니가 칼을 품고 사방으로 찾는다는 소문이 다시 서울 두 사람에게 전해졌다.

두 사람은 숨어 다니다 못해 최후로 찾아온 곳이 지금의 S촌이다. 그래서 그들은 겨우 숨을 돌리고 이제 이 촌을 영원한 복지로 삼고 아이들이나 가르치고 있으면 그 이상 더 바랄 것이 없다고 생각했다.

예경이는 그대로 문고리를 쥔 채 섰다가 훌쩍 방으로 들어갔다. 흙마루 위에 내던져진 닭들이 발을 동여맨 채 푸덕푸덕한다. 그제야 K는 얼굴을 약간 찡그리면서 일어난다. 예경이는 K 앞으로 쓱 다가앉으며 말을 꺼냈다.

"이게 누구요?"

"이년아 내가 누군지 모르니? 멀쩡한 도적년 같으니라구. 세상에 사내가 없어 남의 사내를 채 가지고 다녀?"

본처는 보기와는 딴판으로 입으로 뱀이 나오는지 구렁이가 나오는지 모르고 욕을 퍼붓는다. 아무리 비둘기 같은 여자라도 남편을 빼앗기는 일은 여편네의 마지막 일이기 때문에 이렇게 머리악을 쓰고 덤비지 않는다면 그것이 오히려 부당한 일일 것이다.

예경이는 이때까지 털끝 하나 다치지 않고 귀히 자란 몸이다. 이제 이 무지스런 계집에게 개 몰리듯 하고 보니 온몸의 신경이 한꺼번에 오그라드는 듯했다.

그러나 예경이에겐 할 말이 없다. 본처는 비록 무식하고 구변이 없으되 떳떳이 할 말과 욕이 태산 같은 양 그는 미처 말을 빚어내지 못해 가끔 울음으로 때운다.

예경이는 얼굴이 백지같이 되었다가 다시 정신을 가다듬어 말을 꺼냈다.

"이거 보세요. 여기는 시골이고 또 우리는 교육자로서 온 터에 이렇게 상스럽게 싸움질을 하면 여기 사람들이 무어라고 하겠소. 하여튼 좋도록 처리할 테니 왁자지껄 할 것 없어요."

예경이는 이제 철두철미 빌붙는 자기의 모양에 눈물이 그냥 미친듯이 쏟아진다. 이때까지 돌부처 모양으로 앉았던 K가 눈을 번쩍 뜨더니 예경이 보고 밖으로 잠깐 나가자고 한다.

그들은 냇가로 나갔다. 두 사람이 다 한동안 서로 말을 꺼내지 못하다가 K가 몹시 침통한 얼굴로 말끝을 꺼낸다.

"일이 이 지경 됐으니 인제 이곳에 있기는 틀리지 않았소? 그러니 오늘밤으로 셋이 같이 떠나서 저 사람은 고향으로 보내고 우리는 또 어디든지 갑시다."

예경이는 잠자코 듣다가 몹시 가라앉은 말씨로 조용조용 K에게 물었다. 사람이 극도로 흥분하면 그다음엔 이렇게 조용한 순간이 오는 것이다.

"그런데 나 하나 물어볼 게 있어요. 당신하고 나하고 결국 저 여자 아니 당신의 본처에게 대한 감정이 좀 다르구먼요. 아무 거짓도 없이 말한다면 나는 저 여자를 만난 순간에 칼로 그 살을 갈기갈기 째고 간을 내어 씹고 싶도록 미운 것이 내 본심이에요. 나는 저 여자를 그만큼 미워해야 옳지 않아요? 그런데 당신은 저 여자를 나 없는 동안에 방에 들어앉히고 또 아무 증오도 없는 것 같으니 당신과 내 감정이 서로 다르지 않아요? 그렇다면 문제는 대단히 간단히 될 수 있을 거예요. 당신이 저 여자를 나와 똑같은 정도로 미워하지 않기 때문에 나는 극히 약해져서 그 여자 앞에서 한 마디 말도 할 수 없구려."

예경이는 운다.

"그건 또 무슨 쓸데없는 궤변이요. 지금 이 자리에서 가장 좋은 방법을 생각해내는 것이 상책이지 쓸데없는 감정 문제를 되씹고 있을 때가 아니지 않소. 어서 맘을 진정해가지고 내 말을 들어요. 당신이 나더러 그 계집을 당신만큼 미워하지 않는다니 부모가 정해준 사람이라……"

"뭐요? 부모가 정해준 사람? 내가 듣자는 말이 곧 그말이에요. 부모가 정해준 사람 정당한 아내."

그날 밤 예경이는 혼자서 타박타박 징검다리를 건너 행길에 나섰다. 여기서 사십 리는 가야 정거장이 있다. 열사흘 달이 몽롱한 달무리를 쓰고 떠있는 하늘 밑에 마을의 고목들은 괴물같이 서 있는 그 밑으로 예경이는 달음질하듯 걸었다.

주인집에선 K가 눈을 까뒤집고 예경이를 찾아 변소로 냇가로 줄달음질치고 있다.

《야담》, 1938년 11월

탕자蕩子

"그만두지요."

나는 맨발로 바닷가를 걸으면서 뱃사람에게 이렇게 말했다.

"그래두 그 등대가 참 좋습네다. 옛날엔 거기에 마귀할미가 살고 먹으면 장생불사한다는 새알이 있었는데 그걸 주우러 들어가면 그만 풍랑이 일어나서 들어는 가도 나오지는 못했다거든요."

"그런 델 갔다가 나도 죽으라구요."

"지금이야 그럴 리가 있습니까. 현재 등대지기 내지인들도 살고 있는데요."

*

나는 이번에 생전 처음으로 혼자 여행이라고 떠나보았다. 이 여행을 떠나게 된 동기란 또 여간 야릇한 게 아니다.

우리 옆집 각시의 시아주버니란 이가 시골에서 왔는데 그는 섬에 산다면서 미역과 해삼을 가지고 와서 우리 집에도 두어 꼭지 먹어보라고 내왔다.

그는 그 섬 간이소학교 선생으로 소학교 선생 노릇을 십칠 년 간이나 하고 지금은 그 섬에서 유일한 문화운동자로 말끝마다 유식한 문자를 많이 쓴다.

"우리 섬에선 새벽 네 시 반이면 기상나팔을 불고 자식은 남녀를 물론하고 학교에 와서 의무교육을 받습니다."

사십이 벌써 넘은 이 문화운동자— 그는 넙쩍한 얼굴에 실눈을 뜨고 항상 분투노력하는 태도로 있어 얼핏 보기에 이상한 데가 많다.

아주 여름도 다 지나 인제는 바다로 갔던 피서객들도 돌아오게 된 구월 초생에 나는 한번 큰 맘을 먹고 이 간이소학교 선생을 따라 알지도 못하는 섬으로 갔다.

막상 섬에 갔을 때 그 섬은 땅보다도 시꺼먼 바위가 많고 잡초가 우거져 길이라고 보이지 않는데 게다가 사방에 돼지똥이 흩어져 사람 살 곳은 아니다.

나는 너무도 을씨년스럽고 마음이 붙지 않아 겨우 이틀 밤을 자고 그 다음날 곧 다시 서울로 돌아오기로 했다.

그리고 보니 그 간이소학교 선생이 퍽이나 미안한 모양인지 자꾸 여기 등대가 참 훌륭한 게 있으니 그거나마 구경하고 가라고 떠든다.

나는 인제 바다고 섬이고 더 볼 흥미도 없거니와 등대란 말이 지독히 고독해서 굳이 그런 것을 볼 생각이 없었다.

"한번 구경하십시오."

몇 번이나 간절히 권하기 때문에 그럼 아무렇게나 하자고 나는 배를 탔다. 그리고 그 간이소학교 선생은 육지까지 나를 배웅해준다고 따라 나서고 그 외에도 섬사람 칠팔 인이 더 있었다.

주먹만 한 발동선이 섬을 떠날 때는 한낮이 지날 때였다. 뱃사람들은 먹는 게 세상에 제일 좋은 노릇이라 하면서 얼마 안 가서부터 조기회를 먹노라 쩝쩝거리며 숟가락이 쉴 새 없다.

나도 되도록 그 탈없는 사람들의 후의를 받들어 웃기도 하고 떠들기도 하는데 그들이 서울 창가 한 마디 들었으면 좋겠대서 나는 또 창가 한 마디를 했다.

배는 바다를 가르며 상어 새끼처럼 달아난다. 차츰 수심이 극히 깊어 자드레한 섬은 씨도 없고 마치 대양 가운데로 나온 것같이 그냥 망망할 뿐이다.

우리 배가 이렇게 거의 한 시간이나 갔을 때 인제 등대 가까이 왔다고 한다. 조금 있다가 정말 바다 가운데 큰 기둥 하나 선 것 같은 것이 보인다.

나는 뱃머리에 나서서 그 기둥 같은 것을 바라보면서 등대엔 늙은 할아버지가 어린 딸 하나를 데리고 사는데— 이런 이야기를 생각했다.

배는 삽시간에 등대 있는 섬 밑뿌리에까지 왔다. 문득 보니 큰 지우산 같은 '해파리'가 너울너울 떠온다. 이 놈은 청포묵처럼 맑았고 흐물흐물한 것인데 그래도 파선한 어부들을 만나기만 하면 몸뚱이를 통째로 녹여낸다고 한다.

여기는 바닷빛이 어찌도 푸른지 내 흰 치맛자락을 담그면 금세 파랗게 야청욱색*이 들 것 같다. 섬 꼭대기는 고개를 잔뜩 젖혀야 보일지 말지 치높다.

"인제 다 왔습니다. 여기엔 내지인 가족이 살고 있지요."

굴딱지 붙은 큰 바위 옆엔 사공도 없는 빈 배 한 척이 매어 있는데 돛대엔 큰 생선들을 배를 갈러 무수히 꿰어 말린다. 나는 언뜻 해적선에서

* 야청욱색: '야청'은 검은빛을 띤 푸른빛을 말함. 그 비슷한 색으로 추정됨.

모반하는 놈을 목을 매달아 말리는 것을 생각하고 어쩐지 이 무인절도에 빈 배가 끔찍이 무시무시했다.

우리 일행은 섬에 내렸다. 내려서 보니 우선 맨 밑에서부터 그 높은 꼭대기까지 흰 돌로 층층대를 쌓은 것이 이상스러웠다.

"한 오천 년 후 이게 폐허가 된 담에 한번 와봐야지."

나는 혼자 이렇게 중얼거리며 여기엔 무슨 옛날 로맨스라도 있을 성싶게 생각되었다.

순박한 사람들은 제가끔 떠들며 그 커다란 발로 덥석덥석 힘 안 들이고 올라간다. 나는 맨발에 구두만 신은 채 두리번두리번하면서 올라가는데 돌층대 좌우로는 그 소위 기화요초가 무성하게 들어섰다. 그중에도 불빛 꽃판에 자주빛 술을 드리운 나리꽃이 전면을 쭉 덮고 말았다.

나는 어쩐지 건드려놓은 대합조개처럼 입이 꼭 다물어져 다시는 열기가 싫었다. 요행 다른 사람들이 앞서가고 나 혼자 남았기에 돌층대에 걸터앉아 멍하니 그 기화요초가 바람에 흔들리는 것을 바라보았다.

앞서간 사람들은 벌써 맨 꼭대기까지 올라가서 나를 부르노라 고래고래 소리를 지른다. 나는 못 들은 척 하다가 다시 일어나 걷기를 시작했다.

얼마 올라가다 보니 거기엔 또 동백冬柏나무들이 꽉 들어섰다. 짙은 초록색 잎새는 뼈와 같이 딱딱한데 새알보담 큰 동백 열매가 잦아지게 열렸다.

"동백나무."

줄을 지어선 동백나무 밑으로는 요 포대기만한 검은 그늘이 길게 펴져 있다.

나는 뚱딴지같이 이 동백나무를 보자 동백꽃을 사랑했다는 '말그리트 고오체'의 그 슬픈 이야기를 생각해서 무슨 불길한 예감이 들었다.

이 동백나무와 칡넝쿨이 얽힌 사이로 자꾸 올라가니 이윽고 맨 꼭대기에까지 이르렀다. 그 위엔 소반같이 평평한 땅인데 거기엔 눈이 부시게 흰 성城 같은 것이 있었다.

등대도 희고 돌담도 희고 등대지기의 집도 희고— 모두가 하이얘서 눈이 아팠다. 더구나 그 돌담에 비친 햇빛을 손가락으로 묻혀보면 사뭇 노란 금빛이 적찌적찌 묻어날 것만 같았다.

누구나 하는 버릇같이 나는 그 흰빛에 저절로 두 눈을 가늘게 뜨고 여전히 두리번거리면서 혼자 놀았다.

이때— 문득 저쪽 담 옆에 웬 사람 하나가 서서 나를 보는 것이 띄었다. 나는 깜짝 놀랐다. 이 무인도無人島에 나 혼자거니 나 혼자 두리번거리거니 했는데 의외에 한 사람이 내 그 무심한 행동을 보았을 것을 생각하니 얼굴이 화끈했다.

"망할 녀석."

나는 괜히 괘씸한 생각을 하면서 그만 빽 돌아서버렸다. 깎은 듯한 절벽이 바로 발 아래 떨어져 남빛 바다가 무궁하다.

"들어오시지요."

그 사람은 등 뒤에서 이렇게 말을 건다. 나는 마지 못해 다시 돌아서면서 머리만 끄떡해서 인사를 했다.

"……."

그 사람은 얼굴이 희다 못해 창백하고 머리는 긴데 그 표정이란 처참하리만치 날카롭다. 나는 이런 섬 중에 저 젊은 사람은 어쩐 까닭인가 하고 잠시 기이했다.

이때 마침 먼저 들어갔던 그 간이소학교 선생이 덜덜거리며 나온다.

"아 왜 아직 안 들어오시는 거예요. 하 고노가다와…….*"

* 하 고노가다와はあ, この方は: 아하, 이분은…….

곧 돌려대고 그 젊은 사람과 나를 인사를 시킨다. 우리는 다시 허리를 굽혀 인사를 하면서도 피차의 성명은 무엇이라 대지 않았다. 잠깐 몇십 분 혹은 몇 백 분, 그동안을 만났다 헤어질 사람끼리 이름은 수고롭게 알아서 무엇하랴. 이리하여 그 불행한 이름을 알 기회는 영영 가버리고 말았다.

"어서 등대에 올라가 구경하십쇼. 여기 온 최대 목적이 등대 구경인데 왜 아직 밖에 계시냐 말예요."

우리는 등대 옆 자그마한 사무실로 들어갔다. 사무실 안엔 테이블을 두어 개 놓고 벌써 우리 일행은 그 최대의 목적인 등대 구경을 마치고 제가끔 의자를 차지하고 앉아 혀도 돌아가지 않는 국어로 제 잘났다 떠들어댄다.

나는 또다시 사무실 안에 있는 등대지기 두 사람하고 인사를 했다. 그 두 사람은 일견 외모나 행동거지가 비슷해서 얼핏 가려보기 어렵다.

얼굴은 검고 기름한데 이마가 즐컥 들어가고 아래턱이 나와서 웃을 때마다 시뻘건 잇몸이 드러난다.

그들은 벙어리는 아닌데 웬일인지 말 한 마디 못하고 그저 '헤' 거나 '하다' 거나 이런 소리를 하면서 히죽히죽 웃기만 한다. 어딘지 보통사람이 아니고 못난이 같은 구석이 있다.

"등대 구경 하시지요."

그 젊은 사람은 무에 못마땅한지 약간 골을 지으면서 나를 돌아다본다.

"제가 안내할 테니 따라 오십시오."

나는 약간 주저하다가 그냥 따라 일어섰다. 그는 사무실 뒷벽으로 난 문의 손잡이를 틀었다. 이것은 등대로 통하는 단 하나의 문이다.

그 뒷문으로 나오면 거기는 곧 등대 맨 밑층인데 우선 등대 속은 앞이 잘 보이지 않으리만치 컴컴하다. 그리고 돼지순대처럼 둥글고 좁은데 속이 빙글빙글 돌려서 올라갔다.

마침 저쪽 손거울만 한 동그란 창에서 저녁 햇빛 두어 오리가 쏘여 들어오지 않았다면 꽤 더듬어야 할 뻔했다.

"처음 보시는 분은 현기증이 나십니다."

좁은 속이 돼서 그런지 그의 말소리가 유난스레 두런두런 울린다. 구석구석에 생쥐라도 들끓을 것 같고 그 속에 공기는 압착이 돼 있는 것처럼 숨이 가쁘다.

우리는 아무 말도 없이 그는 앞서고 나는 뒤에 서서 조심조심 한 층계 두 층계 올라갔다. 그는 올라가다가 휙 돌아서면서 내게 어지럽지 않으냐고 묻는다.

나는 말은 않고 그냥 머리를 가로 흔들어 보였다. 이 등대 속에선 말이 도무지 적당치가 못해서 말소리가 나면 그것은 딴 물건같이 서투르다.

하늘에 별을 딸 것처럼 자꾸자꾸 올라가니 거기엔 정작 불이 켜지는 등대의 맷방석만한 '렌즈'가 번쩍인다. 그런데 둥그렇고 굵게 누비질해 놓은 것 같은 유리알은 조각조각 금이 지고 깨어졌다.

"이것은 사람이 깨트린 게 아니라 겨울이 되면 자연 이렇게 터집니다. 이 밑의 것은 수은판이고."

이윽고 그는 큰 램프 속에다 불을 켜댔다. 불은 심지에 확 붙으면서 흡사 황금꽃송이같이 타오른다. 누비질한 것 같은 유리알은 밝다 못해 흰빛을 쏜는다.

"폭풍우 치는 밤 바다의 어둠을 구경하신 일이 있습니다. 그런 밤이면 우리는 이 등대를 한 여인처럼 생각하지요. 숭고하고 아름답고 자애 깊은 여인— 그리하여 맘에 안위를 얻습니다. 눈이 아프십니까. 끌까요."

불을 끄고 나니 우리는 아까보다 훨씬 더 짙은 저녁을 느꼈다. 바로 우리가 서 있는 옆으로 사람 하나가 겨우 비비고 나갈 만한 작은 문이 있고 그 문으로 나가면 거기엔 등대 맨 꼭대기층인데 가생이로 좁디좁은 난간이 등대 모양을 따라 둥글게 놓여 있다.

"이리로 나오실까요."

나도 나갔다. 풀로 붙여 놓은 것 같은 이 좁은 난간에서서 아래를 굽어보니 그냥 몇 천 길인지 망망한 바다가 검은 지옥같이 흐물거린다.

"우리는 여기서 여러 가지 신호信號를 받습니다. 우리 배는 지금 어디에서 위험을 당하고 있다. 혹은 어느 날 몇 시 몇 분에 그리로 통과한다— 이러한 여러 가지지요. 그러면 우리는 거기에 적당한 기旗를 내어 답니다."

그는 말을 끊고 한참 그대로 서 있다.

"가장 훌륭한 분이 지나갈 때는 흰 기를 답니다. 환영하는 뜻으로요. 이번 여러분이 돌아가실 때도 그 흰 기를 달아드릴까요."

"……."

"우리는 극도의 정신주의자가 됩니다. 아까 사무실에서 보시던 사람들 어때요. 그들은 차츰 말하는 것을 잊어버리고 말더군요. 본래부터 그런 천치들은 아니었지요. 이러한 고독을 다소나마 짐작하실 수 있습니까. 오늘은 몹시 유쾌하군요."

나는 이 사람이 오래간만에 사람들 구경을 하더니만 그만 미치는 것이나 아닌가고 의심하리만치 그는 흥분해서 있다.

"어느 날 밤 바람이 몹시 부는데 나는 자정 너머까지 돌층대에 나와 앉았다가 거의 발작적으로 두 발을 탕탕 구르며 와아 하고 소리를 냅다 지르지 않았겠어요. 그랬더니 초저녁부터 자든 아까 그 사람들이 무슨 큰일이나 난 줄 알고 엉겁결에 몽둥이를 들고 나왔겠죠. 하하."

그는 그 신경질인 체질에 어울리지 않게 커다랗게 웃는데 어쨌든 이러한 장소에서 이러한 큰 웃음이나 과도한 이야기는 하나같이 어떤 위험성을 느끼게 한다.

"이런 데서 한번 떨어져보실 생각은 없으십니까. 높은 데 올라오면 누구나 한번 떨어져보고픈 충동을 느끼지요. 지금 내가 여기서 떨어진다면 허공에다 굉장한 일직선을 그으면서…… 그러나 바다에 다 떨어지기 전에 벌써 의식은 잊어버릴 겝니다. 어떻습니까. 한번 구경하시렵니까. 나는 떨어질 땐 나 혼자만 말고 누가 한 사람 꼭 곁에서 구경해주기를 바라는데 이것이 아마 내 마지막 허영일 겝니다. 현기증이 안 나십니까."

이런 이야기를 듣다가 눈결에 보니 그가 한 손으로 난간을 척 짚는 것 같더니 이상스런 자세를 취하는 것 같다. 나는 순간 눈앞이 아뜩해지며 나도 모르게 등대 안으로 튀어 들어갔다. 그리자 '텅' 하고 무엇이 등대벽에 부딪는 소리가 난다.

나는 소리를 지를까 그냥 뛰어내려갈까 어쩔 줄을 모르고 있는 판에 천행으로 밑에서 퉁퉁 소리가 나며 그 간이소학교 선생이 올라온다.

"웬 일들이세요. 암만 기다려야 내려오셔야지."

나는 너무 급해서 그냥 바깥을 손질하며 말을 못했다. 그는 무엇을 직각했는지 황급히 그 좁은 문으로 나간다. 나도 그제야 머리만 내밀고 보니 요행 그는 아직도 그 난간에 있고 바다로 떨어지지 않았다. 또 혹시 내 착각이었는지도 모른다.

등대의 사람은 십자가에 못 박힌 모양으로 두 팔을 벌려 뒤로 벽을 감고 머리도 벽에 기댄 채 두 눈을 딱 감고 있다.

"왜 이러세요. 내려갑시다."

"에? 미안합니다. 아무것도 아니에요. 이분은 어디로 갔습니까?"

이윽고 두 사람이 들어오는 것을 보자 나는 치맛자락을 걷어들고 쏜살같이 달려내려왔다.

이제 우리는 이 등대를 떠나야 할 때가 왔다. 그래서 우리 일행은 제가끔 돌아다니며 고맙다느니 잘 구경하고 간다느니 인사를 하느라 떠든다. 나도 가서 인사를 했다. 그 다른 두 사람은 여전히 '헤' 거나 '하아' 로 답례를 하면서 못나게 웃기만 한다.

내가 그 사람에게도 그냥 지낼 수가 없어 앞에 가 섰을 때 그는 나를 정수리가 따가우리만치 쏘아보고 있다.

"가겠습니다."

"……."

나는 한 마디 내던지고는 누구보담도 먼저 등대를 내려오기 시작했다. 그 흰빛이 눈이 부시는 옛 성과 같은 등대— 동백나무 밑으로 난 층층대엔 다시 올 리 없는 우리들의 발자취가 어지럽게 밟혀진다.

처음 내려올 때는 나무가 가리우고 칡넝쿨이 얽혀 보이지 않다가 중축쯤 내려오니 그제는 다시 아래 위 사람들이 서로 보이게 되었다. 여럿은 손을 흔들고 소리를 질러 이 무인절도를 소란스럽게 하는데 오직 그 사람만은 팔장을 낀 채 우두커니 서서 아래를 내려다본다.

우리가 밑에까지 내려왔을 때 배에선 또 전복회를 치고 더운 밥을 지었다. 뱃사람들은 틈 있는 대로 먹는 게 제일 즐겁다고 아까도 들은 말을 또다시 들려준다.

"어서 진지 드십시오."

"네."

나는 밥 보시기를 한 손에 들고 또 한 손엔 젓가락을 든 채 멍하니 미역들이 돌부리에 붙어 너울거리는 것을 바라보았다.

이럭저럭 등대 밑에서 거의 한 시간이나 지냈다. 인제는 해가 아주 넘어가 멀리 바다 테두리가 풋남빛으로 흐려 있을 뿐, 뱃사람들은 어서 떠나자고 재촉이다.

이어 배가 떠나서 섬 뿌리를 떨어졌을 때 등대는 다시 보인다. 거기엔 아직도 그가 산 위에 동굿처럼 꽂혀 있다. 마치 '소돔' 성이 유황불 속에 멸망할 때 신의 계시를 저버리고 뒤를 돌이켜보다 소금기둥이 된 '가난' 의 여인처럼.

배는 자꾸 달아난다. 나는 아까 본 선장의 망원경 생각이 나서 뱃머리에 의지한 채 한손을 내밀어 그것을 좀 달라고 했다. 초점을 맞추는 법도 모르고 그저 급하게 눈에 갖다대었다. 갑자기 등대 위 그 사람의 얼굴이 내 눈앞으로 확 달려든다. 나는 어뭇드리해서 그는 망원경을 무릎 위에 내려놓았다.

불행히 다른 섬 하나 가리지우지 않고 빤한 외줄기 물길은 작별을 짓기에 피곤하다. 등대는 마침내 바다 위에 한 점을 찍어 놓았다가 이어 소멸되고 말았다.

배가 거기에 조그마한 나무에 다았을 때는 벌써 저녁 설거지들이 끝날 무렵이다. 여기서 나는 한 시각을 지체치 못하고 자동차로 읍에까지 가서 그날 밤 여덟 시 몇 분 차로 서울로 와야 하는 것이다.

"난 오늘 밤 여기서 묵었으면 좋겠는데요."

"여기 어디 유숙하실 만한 처소가 있어얍죠. 하룻밤도 못 견디십니다. 그럼 읍에 가서 유하십시다."

"아니 여기에 있겠어요."

나는 두말할 것 없이 딱 잡아떼었다. 웬만한 고집으로는 그들의 권유를 물리치기 힘들 것을 알고 나는 아주 결사적으로 덤벼들었다. 그 간이소학교 선생은 혀를 쯧쯧 하며 성미도 고약하다고 속으로 나무랬을지도 모른다. 그러나 사실 나는 그 저녁 한 발짝도 더 육지로 나갈 수가 없었다.

이렇게 해서 그 밤 이 마을에서 묵기로 했다. 나는 이내 해녀海女들 자는 방으로 인도되었는데 그들은 한 간 남짓한 방에 오륙 인이 벌써 잠에 곯아 떨어져 있다.

맨픅* 속곳바람에 헌 치마조각을 두른 그들의 몸뚱이는 인어처럼 그렇게 아름다운 것도 못 되고 다만 과도한 노동에 팔다리가 쑤시는지 다리로 벽을 쾅쾅 차는 자에 이를 부득부득 가는 사람에 소금물에 겨른 머리에선 씁쓸한 냄새가 나서 속이 뒤집힌다.

특별히 구해온 목침은 때가 반들반들해서 나는 손수건을 꺼내 덮고 누웠다. 밤은 얼마나 깊었는지 마을엔 기침소리 한 마디 없고 다만 울타리 밑에서 물결이 철썩이고 있을 뿐이다.

나는 잠을 이룰 리 없다. 목침에 이마를 대고 엎드려서 물결 소리를 들으며 마음으론 몇 번이나 밖에 나가 등대의 불이 켜진 것을 보고 싶었으나 쉽사리 일어나지 못했다. 얼마를 엎드렸던지 이마엔 목침 자죽이 쑥 들어가고 어찔어찔 현기증이 난다.

마침내 나는 어두운 중에 문지방을 더듬었다. 그리고 다른 사람들이 깰까봐 앉아서 뭉기적무기적 툇마루로 나왔다.

산뜻한 새벽 기운이 얼굴에 망사처럼 씌운다. 나는 조개껍질을 어석어석 밟으면서 바닷가로 나갔다.

등대엔 불이 켜졌다.

캄캄한 밤바다엔 기둥 같은 섬도 보이지 않고 다만 등대의 불빛만 부채살처럼 퍼졌다 가둬졌다 뱃길을 인도하는데 나는 물결이 들어와 내 구두를 적시는 것도 모르고 두 눈을 모아 등대를 바라보았다.

아직도 그 젊은 염세주의자가 섬 꼭지에 서 있는 것 같다. 손벽 같은 붉은 별이 등대의 불빛과 나란히 밝혀 있는 곳에…….

나는 한 팔을 번쩍 들어봤다. 그 사람이 아직도 그 자리에 서 있는 것

* 맨픅 : '모두' 정도의 의미로 추정됨.

같아서 한번 신호를 해본 것이다. 그러나 밤중에 넓은 바닷가에 서서 내 팔이 혼자 움직이는 것을 깨닫자 나는 내 멋에 어떻게 놀랐는지 모른다.

이렇게 얼마를 서 있었던지 바다의 단조한 적막이란 견딜 수 없이 피곤하다. 그러더니 갑자기 머릿속이 선뜻하며 나는 물결 위에 무슨 파선한 사람의 송장이라도 떠들어오는 것 같은 착각을 느끼자 그만 그 자리에 푹 주저앉고 말았다. 기어이 이 지경까지 되고야 방으로 돌아왔다.

나는 방으로 돌아와서도 아무렇게나 해녀들 틈에 두 다리를 쭉 뻗고 벽에 기대앉아 있었다. 어두운 방 속에서 어떠한 현실에도 닫지 않는 생활과는 동떨어져서 아무런 이해 상관도 없는 슬픔을 뼈가 무너지도록 느끼지 않고는 마지 않았다.

"김이 만일 지금의 나를 본다면……"

그의 얼굴이 유황으로 그린 것처럼 내 맘눈에 환히 비친다. 나는 잠시 가슴이 뜨끔했다.

그 단정하고 진실한 청년학자, 대학의 조교수— 그는 아무래도 흠 잡을 데 없는 내 약혼자다.

"김이 만일 이것을 안다면……"

나는 몹시 미안한 생각이 들었다. 내가 이렇게 잠을 못 자고 날치는 것을 본다면 그가 얼마나 괘씸해 할 것인가. 이 정도의 생각쯤은 어떠한 범부범부凡夫凡婦 사이에도 있는 것이다.

나는 잡념을 없애려고 윗목에 새우처럼 꼬부리고 누워버렸다. 그러나 웬만한 범부의 양심쯤으로는 등대의 그 사람의 모습을 지워버릴 수가 없는 것이 민망했다.

"아무 이해 상관도 없는 슬픔."

나는 오랫동안 궁리해보았다. 김의 그 건전하고 진실한 생활과 태도가 거죽이라면 등대의 염세주의자의 슬픔은 아니 되고……. 나는 지금 그 안을 추구해 마지 않는 것일까.

"사람은 떡으로만 살 것이 아니라……."

진실로 사람은 떡으로만 살 것이 아니라 이렇게 아무 짝에도 쓸데없는 슬픔으로도 사는 시간이 있는 것을 어찌할 수가 없었다.

나는 지금 모든 것을 잊고 오직 등대의 생각으로 미칠 지경이다. 이 증세가 오래오래 검은 머리 파뿌리 될 때까지 계속될 리는 만무하나 지금에는 정말같이만 생각되고 그리고 이것은 김에게도 있을 수 있고 또 내게도 있을 수 있는 생활처럼도 생각된다.

물결은 여전히 솨솨거리고 해녀들은 꿈을 꾸는지 돌아누우며 낑낑댄다.

*

이튿날 아침 귀결에 듣자니 짐 실은 목선이 인천仁川으로 간다고 한다. 나는 언뜻 반가운 생각이 나서 밖으로 나가 배 주인에게 나도 그 배를 타고 인천으로 해서 서울로 가겠노라 했다.

그때 조반을 먹던 그 간이소학교 선생이 질겁을 해 나오며 내게 눈짓을 한다. 풍랑도 무섭고 까딱하다가는 무진 고생을 할 테니 아예 그런 생각은 말고 이따가 자동차로 해서 육로로 가라는 것이다.

나는 여기서 또 한 고픠 미련한 채 떼를 쓰지 않으면 안 되게 되었다. 가다가 물에 빠져 죽어도 좋고 아무렇게 해도 좋으니 실어다 달라고 무슨 큰일이나 난 것처럼 서둘렀다.

큰 목선은 불그레한 감물 드린 돛을 높이 달았다. 배가 나루를 떠나 큰 바다로 나왔을 땐 한나절의 바다는 희멀끔해서 지리하고 심심하다.

마음이 몹시 초조하다. 사람이 이 지경이라면 전후 분별이 없어지는 모양인지 내 딴엔 무슨 큰 음모나 하는 것처럼 긴장됐다.

"이거 보세요. 이 배를 저 등대 있는 섬으로 해서 돌려 가주십시요."

"에? 등대라니요?"

처음엔 시퍼런 얼굴이 깜짝 놀라더니 그 담에야 내 말을 알아듣고 하도 어처구니가 없는지 허허 웃기만 한다.

그 등대 있는 섬은 동쪽에 있고 우리 배는 바로 서쪽으로만 가는데 하늘이 두 쪽이 난대도 그리로 들어가는 물길은 없다고 한다.

내게 그다지도 중대한 일이 이 사공들에겐 이렇게 뚱딴지 같은 소리로밖에 안 들리는데 또 비단 이 사공들뿐 아니라 나 이외의 사람은 누구나 그게 얼마나 쓸데없고 가당치않은 소리인 것을 잘 알 것이다.

"그게 뭐 어려워요. 잠깐 들려가면 될 텐데."

딴은 짐을 싣고 인천으로 돈벌이하러 가는 배가 무슨 턱에 장난이나 하듯이 길도 아닌 데를 들러갈 리 있으랴.

나는 떼를 쓰는 아이가 발버둥을 치면서 억지로 어른에게 업혀오듯이 기어이 등대엔 못 들리고 이 큰 목선에 업혀서 자꾸 서쪽으로만 가는 것이다. 목선은 미련한 고래처럼 나를 업고 잘도 달아난다.

*

기차로 오기보담 시간이 곱절은 들어서 오후 여섯 시나 돼서야 인천에 당도했다. 항구엔 수없는 발동선과 목선이 닥지닥지 들러붙어 물 밑엔 기름이 둥둥 뜬다. 요란한 기계 소리, 아우성치는 사람의 범벅덩이, 산더미 같은 집들 사이로 해서 나는 잔교棧橋에 내리지 않으면 안 되게 되었다.

한 손에 가방을 들고 또 한 손엔 파라솔을 들고 간신히 기어내렸다.

양쪽 다리가 후둘후둘 떨리고 속이 메스꺼워 한 자리에 우두커니 서 있노라니 한 발자국도 더 육지로 나가고 싶은 생각이 없다.

이때 내 맞은편 배에서 불이 확 켜진다. 흰 바탕에 검은줄 진 샤쓰를 입은 젊은 뱃사람이 자빠져 누웠다가 벌떡 일어나면서 불을 커다란 램프에 켜대는 것이 그 불빛 속에 환히 보인다.

램프불은 물결 때문인지 약간 흔들거리면서 그 바가지 속만 한 작은 선실을 비추는데 앞에는 무엇을 깎다 둔 것인지 끝이 뾰족하고 날이 시퍼런 식도가 번쩍 하고 놓여 있다.

나는 두 눈이 켕해서 그 흔들리는 선실 속을 들여다보았다. 아직 회개할 때가 되지 못한 탕자와 같이 육지로 돌아갈 줄 모르면서 가방고리만 점점 더 꼭 감아쥐었다.

《문장》, 1940년 1월

처의 설계

1. 기다림

소라는 자다가 벌떡 일어났다. 일어나면서 이내 벽에 걸린 시계부터 보니 벌써 새벽 한 시다. '벌써 새로 한 시—.' 소라는 자던 눈이 퀭해서 시계만 쳐다봤다. 입으로는 말하지 않았으나 그의 가슴 속에서는 새로 한 시란 말이 커다랗게 지껄인다.

사로잠*을 자다가 깬 방 안엔 유난스레 전깃불만이 눈이 부신다. 그리고 방 속은 써늘해서 오금이 으슬으슬 추워진다.

윗목에 깔아놓은 남편의 이부자리는 초저녁에 깔아놓은 대로 새벽녘이 되도록 사람이 들지 않아 벗어놓은 짐승의 허물처럼 훌쭉한 채 늘어져 있다. 이부자리란 사람이 덮고 자게 마련인지 새벽이 되도록 빈 껍질처럼 훌쭉해 있으면 그처럼 서글프고 외롭고 또는 무시무시해지기마저

* 사로잠: 염려가 되어 마음을 놓지 못하고 조바심하며 자는 잠.

하는 거였다.

소라는 멀거니 남편의 이부자리만 바라보고 앉았다가 벌떡 일어나 자줏빛 이불깃을 척 쥐고 개키기를 시작했다. 그래선 이불장 속에 아무렇게나 구겨넣었다.

모두 다 잠자는 새에 혼자 일어나 육체를 움직이면 제 소리에 제가 놀라고 제 멋에 제가 무서워지기 쉽다.

소라는 빈 뱃속같이 휑뎅그레한 방 안을 아무 뜻 없이 두루두루 살폈다. 세간들도 다 그대로 있기는 하나 이 방 안이 왜 이다지 허술한지 모르겠다고 생각하면서 다시 잠이 오지 않을 것을 걱정했다.

바깥에서는 바람 소리가 윙윙하고 지나간다. 어디서 딸각 소리도 나는 것 같다. 소라는 앉았다가 우뚝 방 한가운데 가 섰다. 서서는 한참 무엇을 생각하더니 다락에서 털 보료를 꺼내어 푹 뒤집어쓰고 바깥으로 나갔다.

골목 안엔 집집이 불을 껐으나 간혹 행랑채 방엔 전등이 그대로 켜 있어 네모진 유리창으로 환한 불빛이 보인다. 그 적막한 가운데로 소라의 고무신 소리가 자박자박 들리나 아무 집 대문도 굳게 닫혀서 이것을 보는 사람은 없다.

골목 어귀 담배가게 옆엔 난데없는 길다란 나무걸상이 사철 놓여 있다. 이것은 이 가게에서 여름에 참외 먹으러 오는 손님들을 위해 아주 땅속에다 다리를 깊숙이 묻어놓은 교의다.

소라는 보료를 뒤집어 쓴 채 그 교의 위에 가 쪼그리고 앉았다. 그리고 어둠속으로 골목 밖 행길을 열심으로 내다보았다.

'인제는 오겠지.'

소라 생각엔 이제 남편이 저 행길에 다다랐는지도 모르겠다고 했다. 그리고 종로에서 이 시외인 금성정으로 오자면 자동차면 십오 분 인력거면 삼십 분 걸어오면 오십 분 이러한 것을 소상히 따지고 있었다.

'요즘은 모든 주점酒店이 밤 열한 시만 되면 홀 안에 불을 일시에 끄고 손님을 내몰고…….'

그러나 늘 신문지상에 보도되는 환락가歡樂街의 시간 제한이 사실 자기 남편의 밤 출입시간과 맞는 것을 보지 못했다.

'빠―나 카페에선 인제 열한 시까지면 문을 닫는다죠?'

'그래도 한번 들어간 손님이야 그렇게 내모나.'

소라는 이러한 대화를 속으로 수없이 자문자답하며 또 그것의 진위를 혼자서 믿었다 안 믿었다 했다.

밤이 어찌도 캄캄한지 담요로 얼굴까지 싸고 눈만 내놓고 보는 소라의 눈은 시력이 피곤하여 눈이 아프고 눈물이 나왔다.

'걸어온대도 벌써 왔을 텐데……. 혹 지금 동소문께를 지나는지도 모르겠다.'

남편 청재가 검정 외투로 귀밑까지 덮고 터벅터벅 걸어서 지금 금시로 자기 앞에 올 것만 같다. 어두운 밤길 위에 그의 길다란 다리가 성큼성큼 걷는 것이 환히 보이는 것 같다.

"땡 땡."

담배가게가 닫아둔 빈지 안에서 시계가 두 시를 친다.

'훙, 두 시로군. 인제 오긴 틀렸지. 들어가야지. 아니 저 어귀까지 지금 막 닿았는지 누가 아나.'

소라는 십 분 동안만 더 기다리기로 했다. 그래서 아주 길―게 잡은 십 분을 더 기다렸다. 그래도 골목 안은 그냥 캄캄만 하고 아무것도 보이지 않는다.

'오 분 동안만 더―.'

소라가 또 오 분이라고 생각한 시간이 지나도 아무것도 오지 않는다.

이번엔 기어이 들어갈까 했으나 아무래도 이왕 나온 길이니 하고 다시 속으로 오백을 셀 동안만 기다린다 하고 하나둘 셈을 세기 시작했다.

*

청재는 이튿날 아침까지 돌아오지 않았다. 소라는 아침 여덟 시 못 되어 창문으로 아침볕이 말갛게 들이비칠 때까지 그냥 자리에 누웠다가 어떻게 일어나 세수라도 할 양으로 밖으로 나가려 했다.

그러나 문 앞에 가서 막 문고리에 손을 대이려 하니 손이 나가지 않는다. 아랫방에 있는 사람들이 부끄러운 까닭이다.

남편이 무단히 밤을 나가 새다니—. 소라는 아랫방 사람들을 대하기가 계면쩍었다.

"간밤에 바깥선생님 안 들어오셨죠?"

눈치 없는 아랫방 사람들이 으레 이렇게 물을 것이나—. 소라는 얼굴이 굳어지는 것 같았다.

"그러면 대순가 아무 소리나 꾸며대지."

그리고 또 문고리를 잡아다니려 했다. 그러나 아무래도 선뜻 나서기가 무서워 다시 한걸음 뒤로 물러섰다. 독안에 갇힌 쥐 모양으로 방 속에서 왔다갔다 조바심을 했다.

"웬일이시우. 바깥선생님 바람이 나나봐."

이런 말을 듣거나 혹은 말은 않고라도 자기의 눈치를 살피는 듯하던 그때에 가질 표정이 걱정이다. 가장 태평한 체 무관심한 체하려고 하나 그럴수록 자기 자신이 불쌍해 보이고 천덕꾸러기같이 될 것 같다.

소라는 두손을 꼭 모아 입에다 대고 여전히 문고리 앞에서 주저주저하고 있었다.

*

작년 겨울부터 남편 청재는 한 여성을 알고 있다. 이름은 여순옥이고 집은 가회정이라 한다.

그의 친정아버지는 광산으로 이름난 부자이고 이 색시는 시집갔다가 남편에게 위자료 비슷하게 과수원 하나 떼어주고 이혼하고 온 사람이다.

여순옥은 늘 검정빛으로 아래위를 입었고 겨울이면 외투 양말 구두도 검정이고 핸드백도 커다란 검정 악어가죽으로 만든 것이다.

소라가 처음 이 여자를 본 것은 작년 겨울 어느 날 황혼에 어느 오뎅집 모퉁이 돌아서는 데서였다

거리의 황혼이란 주책없이 분주해서 어깨를 비비고 다니는 수많은 사람들은 거의 다 슬픈 '에뜨랑제' 와 같이 허전하고 공허해 보이는 때다.

소라가 본정 어느 백화점에서 물건을 사서 분주히 쇼윈도 안에 진열해놓은 물건을 힐끗힐끗 보면서 오는데 두어 간쯤 앞으로 웬 키들이 후리후리한 남녀의 한 쌍이 어깨를 나란히 하여 걷고 있다.

소라는 처음 남자보다 여자를 먼저 보았다. 그 여자는 어깨가 그다지 교양이 없었다. 검정 외투 밑으로 약간 벌어진 듯한 어깨. 그 어깨는 자주 남자에게 기대려는 포—즈를 취하고 있어 어딘지 천한 계집의 모습이 그대로 드러난다.

그리다가 눈을 자연 남자 쪽으로 보냈을 때 소라는 가던 길을 딱 멈추어버렸다.

"그럴 리가 없는데."

그러나 아무리 봐야 그 역시 검정 소프트에 검정 외투를 입은 게 남편 청재의 뒷모양이다.

소라는 달음질을 쳐서 그 뒤를 쫓아가 그 진위를 알아봐야 할 대신에

그냥 길 위에 머뭇머뭇 서 있었다.

그러는 동안에 예의 두 사람은 벌써 흐릿한 어둠속에서 꽤 멀리 가고 있다. 길로 오고 가는 사람 틈에 끼어 그들 남녀가 가리웠다 나왔다 한다.

소라는 앞으로 나갔다. 그리고 몇 발자국을 걷다가는 두어 걸음 겅중겅중 뛰어 달음질쳤다. 그리다가는 또 그냥 걸었다.

마침 오뎅집 모퉁이를 돌아서려던 때다.

"여보."

마음먹고 크게 불렀으나 그 목소리는 그다지 큰 것이 아니었다. 그런데 이상하게도 앞에 가던 두 남녀는 딱 멈추고 뒤를 일시에 돌아다보는 것이 아니냐. 마치 누가 뒤에서 부를 것을 예기했던 것처럼 소라는 역시 자기 남편보다 먼저 그 여자를 보았다.

한 순간 딱 벼락을 치는 듯한 그 한 순간 동안에 소라는 그 여자의 모습을 쭉 훑어보았다.

'응 예쁘지 않군.'

찢어질 듯한 소라의 신경 속에 이보다 더 좋은 진정제는 없었다. 금시로 달달 떨리는 입술이 가라앉고 약간 미소까지 띄워 인사하는 예의를 갖출 수 있게 되었다.

*

소라는 어젯밤 남편의 밤 출입이 그 여자와의 교제가 아니라고 생각할 수가 없었다. 그것은 여러 가지로 요즘 이 세 사람 사이가 복잡해졌기 때문이다.

*

이러구러 아침 열 시쯤 되었을 때에 대문간에 배달이 왔다.

"편지요."

하는 소리에 안방 쌍창이 급하게 열리며 소라의 화장하지 않은 얼굴이 당황하게 나타났다.

대문간엔 엽서 한 장이 나비같이 엎드려 있다. 우선 '남소라' 전이라고 쓴 글씨가 청재의 것임에 틀림없다.

소라는 편지를 집어 읽었다. 편지 사연은 간단했다. 그러나 이러한 편지는 이 두 사람 결혼 후에 처음 있는 것이었다.

"나는 어느 친구의 권으로 지금 온양온천으로 가오. 용서하시오. 내 곧 댕겨오리다. 감기 들지 않게 몸조심하시오."

'온양온천—.'

사람이 하룻밤 사이에 이처럼 거리가 멀어질 수 있을까. 지금 소라의 생각엔 자기와 청재는 지구 이편에서 지구 저편으로 서로 나뉜 부부, 아니 그보다도 더 멀게 하나는 지구 안에 있고 하나는 지구 밖으로 나가떨어진 것 같다.

'온양온천엔 누구하구 갔어.'

아무리 생각해야 알 수가 없었다. 이 알 수 없는 속에서 가장 똑똑히 알 수 있는 것은 여순옥의 얼굴이다.

'정말 같이 갔을까. 그러한 일이 세상에 있을 수 있을까.'

소라는 이렇게 한참 궁리하다 본즉 남편이 그 여자와 함께 온양온천으로 갔다는 아무런 증거도 없는데 더구나 사내들이 하룻밤쯤 친구의 집에서 잘 수도 있고 또 같이 온천 같은 데 가기도 예사요 너무나 쉬운 일이요 너무도 있음직한 일인데 알아도 보기 전에 공연히 상심하는 것이 우스워졌다.

그래 맘을 가라앉히고 무슨 일이라도 붙잡아볼까 했으나 이상하게 마음은 그대로 말을 듣지 않는다.

남편 청재는 작년 가을인가 언제 한번 그 여자의 칭찬을 한 일이 있었다. 아마 그 여자를 사귀어서 한 석 달쯤 됐을 때다. 하루 저녁엔 둘이서 무슨 말을 하다가 우연히 그 여순옥이란 여자의 이야기에 미쳤다.

두 사람은 다 같이 어색해졌다. 그리고 서로 상대방의 표정을 가장 평범한 척 살피지 않을 수가 없었다.

확실히 남편 청재는 낭패한 나머지 무슨 말로든 아내를 위로하려고 해서 한다는 소리가 불쑥 이렇게 나왔다.

"그 사람은 여자라는 이보담은 사내야. 그래도 그 빰은 좋은 편이지."

"빰이 좋다니. 광대뼈가 이렇게 두드러져서? 여자 얼굴이 그럼 과부상이라는데."

남편 청재는 덮어놓고 그 여자를 사내 같다고 나쁘게만 말하면 되려 소라에게 자기가 그 여자에게 특별한 관심을 가진 것처럼 보일까봐 위정 빰은 좋다고 해서 가장 무관심한 태도를 만들려던 것이다.

그 여자의 빰은 사실 좀 너무 왁쌀스럽게 두드러진 편인데 거기에다 짙은 장밋빛 루—즈를 칠하여 분가루를 바르지 않은 검붉은 빰이 무척 이국적이었다.

그때도 그러했거니와 소라는 지금 더구나 남편이 그 여자와 같이 온천으로 가지 않았나 하는 생각을 거의 결정적으로 믿고 있는 지금 그 말을 다시 생각하니 치가 떨리지 않을 수 없다.

"그 빰은 좋은 편이지."

남편의 입으로 다른 여자의 예쁜 곳을 말했다. 더구나 본업이 건축가요 그림으로도 상당한 일가를 이룬 남편의 눈이 내가 아닌 딴 여자의 아름다운 곳을 말했다.

"내가 아닌 딴 여자 다른 여자의 예쁜 곳 좋은 곳을 남편이 볼 수 있을까."

이건 이때까지 한 번도 생각해보지 못한 문제다. 남편이 어찌 나 외의 다른 여자의 예쁜 곳을 볼 수 있을까. 그것을 보던 때 그 심경은 대체 어떠한 것일까. 아무리 해도 수수께끼였다.

소라는 어려서부터 남에게 예쁘다는 칭찬을 굉장히 들어왔다. 대리석으로 깎은 것처럼 날카로운 얼굴 모습에 눈과 눈썹이 사이가 그린 듯이 맑고 서늘했다. 희기보담 노른 편에 가까운 얼굴이다.

"그 검붉은 뺨이 예뻐—."

당장에 칼을 가지고 그 뺨을 싹 베어내고 싶었다. 베어서 하얀 뼈가 드러나게 하고 싶었다.

"내가 미쳤군."

소라는 엽서를 꼭 틀어쥔 채 얼마 동안인지 퍼더버리고 앉았다가 아무래도 온양온천으로 따라가보고 싶었다. 가본다고 생각하니 한 시각을 견딜 수 없어 대강 얼굴과 머리를 만지고 그냥 입던 분홍치마 위에 검정 두루마기를 눌러 입고 집을 나섰다.

*

정거장은 바다 없는 항구라더니 오늘은 더욱 그러했다. 소라는 삼등 대합실 한쪽 교의에 힘없이 앉았노라니 사람마다 자기 얼굴을 유심히 보는 것 같다.

*

그러나 소라는 낮차를 타고 온양온천으로 가지 못했다. 그냥 정거장에서 헤매고 돌아다니며 칠팔 시간을 기다려 밤차로 가게 되었다. 어제 저녁 이후 물 한 모금 먹지 않았으나 그런 것은 거의 잊어버리다시피 했다.

차는 어지간히 오래 가서 세 시간을 갔는지 다섯 시간을 갔는지 몰랐으나 어쨌든 밤 아홉시 경에야 온천에 내렸다.

'온양온천 여기로구나.'

소라는 온 세상이 이 온천 속에 축소돼 있는 것 같다. 차에서 내리면서 보는 온천의 전경은 본다느니보담 그냥 눈동자 속으로 확 빨려든 것 같다.

'어떻게 찾는다?'

이건 정거장과 기차에서 수없이 생각한 것이다.

'어떻게 찾긴 무얼 못 찾아. 호텔에 들었을 텐데 호텔과 여관을 모조리 뒤지면 나오지 안 나와? 정 나 혼자 못 찾으면 파출소에 말해서 순사더러 찾아달래지.'

그러나 막상 와놓고 보니 또 그렇지도 못했다.

소라는 오 년 전 청재와 갓 결혼해서 이야기 속에 나오는 공주보담도 더 즐거웠던 어느 날 이런 구경한 일이 있다.

어떤 갈보집에서 큰 싸움이 났는데 웬 서른댓 된 여편네가 자기 남편이 줄창 그 집에 와서 박혀 있는 것을 참다못해 그날은 찾아와서 행패를 놓는 판이다.

"이놈아 밤낮 그년의 집에 와서 처박혀 있으면 제일이냐."

그리고 여편네는 벌써 안에서 얼마나 싸우고 나왔는지 머리 쪽을 풀어헤치고 저고리 옷고름도 떨어진 채 비슬비슬 피하는 남편의 옷소매를 잡아끈다.

"이년이 미쳤나? 이건 놔."

하고 팔을 홱 뿌리치니 그만 그 여편네는 길가에 나가 굴러 자빠졌다.

"까르르……."

길을 막아 모여 섰던 구경꾼들은 사내 모양에 웃는지 여편네 모양에 웃는지 모두들 웃어댔다.

"이놈아 날 죽여라."

구경꾼 중에서 어느 놈 아이 하나가 이 소리를 가늘게 흉내냈다.

"이놈아 날 죽여라."

이 바람에 또 여럿은

"까르르."

하고 웃었다.

오 년 후 오늘밤—. 소라는 자기 자신이 그 여편네 꼴이 되는 것을 보지 않을 수가 없었다. 이제 한두 사람이 의아쩍게 생각해 모여들고 그리다가는 순사가 오고 순사가 와서는 어디서 왔느냐 이름이 무엇이냐 남편하고 온 여자는 어떤 신분을 가졌느냐 이러고는 남편을 찾는 동안에 여러 사람은 자기를 쳐다볼 것이다.

*

지금 온천의 테두리는 그믐밤 어둠속에 송두리째 출렁 빠져 있고 그 어둠속 위로 동그란 불빛들이 무수히 떠 있다.

소라는 되도록 몸을 어둡고 으슥한 곳에 숨겼다. 지나가는 사람들이 있을 때마다 가슴이 뜨끔해서 주위를 살폈다.

그리고 겨울이 되어서 덧문을 첩첩이 닫은 새로 환—한 불빛이 흐르는 것이 무척 따스하게 보였다. 배고프고 어디 갈 데 없는 나그네가 바깥에서 집 안에 켜놓은 불빛을 바라볼 땐 그 속의 사람이 무척 행복스럽고 부러워 보이는 것이다.

소라는 언제 자기도 저렇게 환—한 방 속에서 따스한 아랫목에 살아본 것 같지 않다. 눈물이 두 눈 속에 핑그르 돌더니 그냥 마구 떨어진다.

그러나 이는 소라가 슬프기 때문에 잠깐 얻은 마음의 여유였다. 슬펐기 때문에 온갖 용기가 잠시 까부러졌던 것이다.

맞은편 길 건너 네모진 양관, 이것은 겉으로 보기에도 화려한 ××관이란 온천호텔이었다.

'저 속에 있을 거야. 저 속에.'

소라는 그 커튼이 드리운 창들을 똑바로 바라보았다. 그리고 다시 그 침대 놓인 방속에서 남편 청재의 여순옥이가 밤자리 옷을 입고 맨발에 슬리퍼만 끌면서 웃고 이야기하는 모습이 보이는 것 같다.

'개 같은…….'

소라는 막 싸우려는 닭 새끼 모양으로 눈을 곧추세우고 걷기를 시작했다. 그리고 두루마기 자락을 꼭꼭 여며쥐면서 호텔 정문을 향해 달음질쳤다.

*

소라가 호텔 정원에 들어섰을 때에는 어둡기도 했거니와 요행 아무 사람도 없어 그를 보지 못했다.

그러나 소라는 호텔 마당 절반쯤 들어가다가 또 우뚝 서서 더 앞으로 나가지 못했다. 어마어마하게 큰 건물이 어둠속에 떡 버티고 있어 그 앞으로 떳떳한 용건 없이 들어가기가 심히 곤란했다.

지금 소라는 극도로 흥분해 있지만 다른 사람이야 온갖 체면과 상식과 생활을 가지고 있는 이상 소라 자기와는 대단히 거리가 멀고 또는 그들이 다 가질 수 있는 떳떳한 용건 없이 그 호텔 안으로 달려 들어간다는 것은 적의 땅으로 쳐들어가기보담 더 어려운 일이었다.

사람은 자기가 상식 이하가 되거나 상식 이상으로 올라가게 되는 때처럼 고독한 건 없다. 그리고 그럴 때처럼 그 상식적인 것이 행복되고 부러운 건 없다. 자기가 일단 상식으로부터 쫓겨나 상식의 테두리 밖에 섰을 때 그 '상식'은 한없이 높게 보이고 좋아 보인다.

소라는 오늘 밤 자기 외에 사람들은 이처럼 태평하고 아무 일 없이 잘 사는 데 질색할 지경이었다.

어찌 됐든 어디 한번 들어가보지 하고 현관문을 밀었다. 후끈 더운 기가 우선 얼굴에 스친다.

흰저고리에 검정바지 입은 보이 서너 명이 일시에 현관 쪽을 보며 그중 하나가 허리를 굽신 하고 소라 앞으로 공손히 온다.

"이랏샤이마세."

"……."

쑥 들어는 가놓았으나 막상 보이들이 우르르 모여드니 얼른 할 말이 없다. 집에서 떠나서 차로 오면서부터 온천에 와서는 어떻게 찾고 또 어찌하겠다던 것은 그것이 거짓말이기 때문에 정말처럼 얼른 입으로 나오지 않는다.

"이것 좀 보세요."

"네."

"저어—."

"……."

"여기에 이청재 씨라고 오시잖았어요?"

"손님 가운데 말씀이지요."

"네."

"이청재 씨, 이청재 씨."

보이는 입으로 이청재 씨를 외이며 열심으로 검정 뚜껑한 커다란 숙박기책을 뒤적거린다.

소라는 손가락 끝에서 딸각딸각 소리를 내며 숙박기장이 한 장씩 넘어갈 때마다 초조해서 견딜 수가 없었다.

어느 책장 위에 또렷이 그의 이름이 적히우고 그 곁에 가지런히 여순옥의 이름이 적혀 있다가 튀어나올지 그 이름을 듣는 순간이 얼마나 무서울지 차마 보이 손 끝에 넘어가는 책장을 바라볼 수가 없어서 저쪽 벽으로 고개를 돌렸다.

"이 집 속에 있을까? 있기는 있을 게다."

소라는 이 집 속에 청재와 여순옥이 있기를 간절히 바랐지만 또 정말 없기를 더 간절히 바랐던 것이다.

"그런 분이 안 계신데요."

보이의 어눌거리는 소리는 소라의 가슴이 푹 꺼지도록 실망도 했거니와 또 한편 다시 살아난 것 같아서 금시로 유쾌해졌다.

"저이 오빠예요. 어머니가 갑자기 병환이 나셔서 그래 찾으러 왔는데요. 꼭 만나야겠는데…… 정말 없어요?"

"네— 오라버니 되시는 분예요. 거 안됐습니다. 무슨 병환으로요?"

"심장병인데……."

소라는 '이 녀석이' 하고 속으로 욕했다. 보이는 또 보이대로 아무리 봐도 웬 수상스런 여잔지 알 수 없는 눈치였다. 워낙 이런 데는 참 수상스런 여자들이 잘 오니까 그다지 이상할 거 없지만 어쨌든 소라가 애써 꾸며대는 거짓말을 보이들은 직업적으로 믿지 않았다.

"분명히 그럼 안 왔지요?"

소라는 보이들의 입에서 분명히 안 왔다는 말만 들으면 날개를 치며 다시 서울로 돌아올까 했다.

"여기에는 안 계십니다. 그럼 저로 가보십시오. 그밖에도 자드레한 여관이 퍽 많으니까 그런 델 찾아보시면 좋겠습니다."

소라는 이 보이가 이처럼 친절하게 여러 말하지 말고 아주 이 온양온천엔 그런 사람이 결단코 오지 앉았다고 말해주었으면 얼마나 고마웠을 것이랴.

"그래요. 그렇지. 다른 여관에도……."

그러나 소라는 다시 딴 여관으로 이집 저집 청재와 여순옥이의 이름을 대어가며 돌아다닐 용기는 없었다.

*

하는 수 없이 소라는 그 호텔에서 나왔다. 등 뒤에서 보이들이 '안녕히 가십시오' 하는 소리가 절반 자기를 '예이 미친 것' 하고 욕하는 것만 같았다.

밖으로 나오니 다시 어디로 그런 종류의 연극을 꾸며대며 찾으러 다닐 용기는 없었다.

그래서 서울 가는 차가 있으면 그냥 올라갈까 했으나 인제 가는 차는 없을 게고 또 남편과 여순옥이가 있는 이 고장을 담박에 떠날 수도 없는 것이다. 소라는 자기가 이 하룻밤을 자고 갈 여관을 찾았다. 제일 적고 초라한 데를 찾아들었다.

마치 외국에 온 것처럼 서글프고 의지가 없고 더구나 어서 그 작은 몸을 어디에고 감춰서 남의 눈을 피하고 싶었다.

가뜩이나 작은 집에 저 뒷구석에 박혀 있는 방을 잡고 거기에 들게 되었다. 소라는 우선 아랫목에 두 손을 짚고 꽁꽁 얼었던 몸을 녹였다.

조금 있다가 저녁상이 들어왔다. 어제 저녁 이후 아무것도 먹지 않았다가 밥상을 보니 이내 상가에 다가앉았다. 그리고 국 국물을 두어 번 마셨다.

이 방의 전등불은 한 개를 가지고 아랫방과 나누어 쓰느라고 가운데 벽을 네모지게 구멍을 뚫고 그 위에 등을 반씩 가로 트여 걸어놓았다.

소라는 어둑한 방 속에서 여울 방바닥에 짚은 채 천장을 쳐다보고 있었다. 그 벽에 뚫어놓은 구멍으로 아랫방 담배연기가 뽀—얗게 피어오른다.

조금 있다가 주인 영감님이 한 손엔 숙박부를 들고 또 한 손엔 벼루와 모지락 붓 한 자루를 들고 실례한다고 하며 들어온다.

"에이 귀찮어."

소라는 미간을 찡겼다. 그러나 영감님은 책장을 침 칠해 열더니 "숙박기를 하겠습니다" 하고 대든다.

소라는 진실로 귀찮으나 어떻게 하는 수도 없고 또 어물거리다가는 의심만 더 사게 될 손으로 써 던졌다.

오기는 서울서 왔고 이름은 김정숙이요 나이는 스물다섯이라고 되는대로 꾸며댔다.

숙박기를 끝낸 다음 영감님은 안경 너머로 이상스럽게 흘끔흘끔 보드니 '방이나 차지 않습니까?' 하며 나간다.

*

밤이 어느 때나 되었는지 소라는 깜빡 잠이 들었다 깨었다. 자다가 눈을 번쩍 뜨는 순간 마른 외벽에 붙여놓은 숙박료를 인쇄해 붙인 종이가 보이고 또 그 곁에 놓인 땟국이 흐르는 목침이 보인다. 그리고는 아무것도 없다.

'나는 어떡하면 좋아. 나는 어떻게 할까.'

아픈 마음이 육체에까지 내어배여 몸을 그대로 진정하고 있을 수가 없다.

아까까지는 어떻게든지 길로 지나는 사람마다 이 고장에 사는 사람마다 붙잡고 물어서라도 두 사람을 찾고 싶었다.

그래서 제 몸을 물어뜯는 빈대나 벼룩이를 사람은 열심히 찾아서 쓱 문대거나 꼭 눌러 죽이면 시원해하듯이 자기도 그 두 사람을 '앗, 찍*' 눌러죽였으면 시원할 것 같았다.

그러나 지금은 한숨 잠이 들었다 난 뒤 마음이 무척 가라앉았다. 가라앉은 대신 피를 쏟는 듯한 아픔과 슬픔이 그냥 원망스런 눈물이 되어 몸을 쫙 흘렀다.

아랫방에서 큥큥 기침 소리가 난다.

아마 이 집 영감 마나님이 그 방에 거처하는 모양이다. 사람이란 늙으면 자는 것도 궁상맞은 지듯이 온 밤을 자다간 깨고 깨선 담배를 피워 그 벽에 구멍으로 연기를 흘려보내고 또 큥큥 기침을 해쌌는다.

*

소라는 변소에 나갔다 들어왔다. 윗방에서 부스럭대며 자지 않는 눈치를 챘는지 "아랫방 마나님 안 주무시오—" 하고 말을 흘려보낸다.

첨엔 대답 않고 가만히 있었으나 혼자 있느니보담 나을 것 같고 또

* 찍: 힘을 주며 눌러 죽이는 소리와 모습을 빗댄 의성어, 의태어로 보임.

이렇게 수가 좋으면 이곳이 좁은 고장이요 이집이 여관하는 집이라 이 집 마나님이 길에 나갔다라도 남편과 여순옥이를 보지 않았는지 그래 혹 의외에 그쪽 소식을 알 길이 생길지도 모르겠다고 해서 어찌어찌 그 늙은이들 방으로 내려갔다.

"우리야 인제 나이 육십이 넘어 다 늙은 사람들인데 어떠시우."

*

소라는 그들 영감마나님의 호의로 아랫방으로 내려갔다. 이러한 때는 인생의 재災는 되었을 망정 피안彼岸의 승리자인 노인네가 구수하고 태평한 안식을 주는 수가 많아 소라는 지금 이 절박한 처지에서 그러한 안식을 찾아 노인네들 방으로 갔던 것이다.

문을 빠끔히 여니 노인네들 방이라 무슨 냄새가 난다. 노린내 비슷하나 노린내라기보다 차라리 누린 냄새다.

"어서 들어오시우. 늙은 사람들이라 부모 같지우."

소라는 사람이 모여 사는 방으로 들어오니 그래도 살아 있는 것 같다. 그래 앉으면서 맞은편 시계를 보니 벌써 열두 시도 넘었다.

"젊으신 이가 무슨 근심이 있는지 아까부터 하도 딱해서……."

그래 이 노인네들하고 이럭저럭 이야기하는 동안에 자기는 남편 찾으러 왔으나 어디가 찾을 수가 없는데 어떻게 노인네들이 그러함직한 사람들을 못 보았느냐고 물었다.

요 포대기로 등허리를 두르고 앉았던 마나님은 자기는 요즘 줄창 행길에 나갔었으나 그럼직한 사람들은 본 것 같지가 않다고 한다.

"그럼 내일 두 분이 나서서 좀 찾아주시겠서요. 제가 나서서 찾으면 사람들이 수상쩍게 볼까봐 그래요."

"쯧쯧, 그건 찾아서 뭘 하게요. 이 온천에 오는 손님 쳐놓고 제 집안 예편네나 식구들 데리고 오는 이가 몇이나 돼요. 그저 딴 데서 별의별 것들을 다 끌고 오지요."

"왜 신혼여행한다는 사람들은 신랑신부가 함께 오잖어."

"이왕 온 김이니 어떻게 만나야 할 텐데……."

"저렇게 꽃 같은 아씨를 두고도 사내 양반들은 외도를 한다니까……. 그래도 바깥어른 찾으실 생각은 아예 마시우. 찾았다간 되려 이쪽 편이 망신 당하구. 남의 웃음거리 되는 수가 많다니까요."

영감쟁이는 담배만 빽빽 빨고 있다. 마나님이 이야길 하다 말고 면속곳 바람으로 일어나 실경 위에 먹을 것을 꺼낸다. 방구석엔 온통 사람의 비늘이 허옇게 떨어져 쌓인 것 같은데 여전히 노인네 냄새가 누릿누릿 나서 속이 뒤집힌다.

"이걸 좀 잡수시오."

영감님의 눈이 안경 너머로 자꾸 소라를 더듬어본다. 몸을 움직일 때마다 영감님이 지고 앉은 커다란 그림자가 벽에서 흔들거리고 있다.

마나님의 이야길 듣자니 이 영감님은 작년에 환갑을 지나 지금 예순 둘이고 자기는 내년이 환갑이어서 지금 예순인데 영감님은 해소병이 있어 그렇지 아직도 정정하다고 한다.

"이 영감님도 젊어 한때는 내 속을 흠빽 썩여주었지요. 그래 시어머니 몰래 서슬 물을 한사발 먹고 죽으려다 들키니까 온 집안이 저 영감을 욕을 않고 되려 나를 가지고 방정맞으니 샘을 하느니 하고 뒷공론이 많습디다. 그런 야속할 데가 어데 있겠소."

이때 소라는 영감님이 자기를 자꾸 보는데 주의가 갔다. 그러나 사람이 저렇게 늙은 담에는 남자 여자의 구별이 없을 거고 그래서 소라는 지금 앉았는 영감님이 그저 수염 있는 사람이지 결코 한 사람의 남자라고는 생각지 않았다.

그러나 영감님은 이와 달랐다. 공연히 좋아하고 얼굴이 유쾌해져서 어딘지 모르게 벌써 옛날에 달아났을 젊은 사람의 티가 주름잡힌 얼굴에 번뜩인다.

"젊은 시절이 좋지요."

영감님은 자기네 막내딸보담도 세네 살이나 아래인 소라를 어린 자식같이만 대하지 않는다. 한 사람의 부인네로 대하는 모양이어서 연신 옷맵시와 앉은 자리에 주의를 해가며 다소간 태도를 짓는다.

'이 영감님이?'

소라는 속으로 놀랐다. 그러나 무얼 저렇게 늙은 영감님이 그러랴 해서 더 생각지 않았다.

그랬더니 이번엔 정말 놀란 것은 그 마나님이 나이 육십이나 돼서 내년이면 환갑을 자신다는 마나님이 무슨 눈치를 챈 모양이다.

"그 담배 그만 피우구랴."

꽥 소릴 지른다. 이제까지 그처럼 음전하더니 갑자기 짜증을 낸다.

"거기에 누워 자지 뭘 하러 일어나 앉았어, 늙은 것이……."

마나님은 혀를 쯧쯧 차며 목을 외로 꼬고 돌아앉는다. 방 안의 공기가 대단 불안해진다.

"원 이런 망칙스러울 데가…… 늙은이들도 이러나?"

질투란 이처럼 추한 것인 줄 몰랐는데 지금 이 늙은이들의 꼴을 보니 그것은 인생 최대의 파렴치요 사람은 못볼 일이다.

소라는 새벽 첫차를 타고 서울로 달아나리라. 내 꼴이나 저 늙은이들 꼴이나 좀 다 추악하다고 생각했다. 그러나 이러한 일들도 우리가 배고플 때 밥을 먹는 것과 같이 어찌 아니치 못할 본능의 하나라고 생각하면서 그 방을 나왔다.

2. 그들의 결혼생활

청재와 소라는 지금으로부터 햇수로 오 년 전에 결혼했다. 그들이 결혼하기 전 소위 연애시절의 이야기는 행복을 담고 있어 결코 평범한 시집장가를 간 것이 아니다.

그들은 자기네 스스로 슬픈 소설의 주인공 같다고 생각하고 또 이 슬프고 주인공 같은 것을 큰 자랑으로 알고 있었다.

어쨌든 이 둘은 동경서 공부할 때에 사랑하기 시작하여 웬만하면 순조로울 수도 있을 결혼을 가장 비극으로 꾸며 오늘날 이 꼴이 되고 만 것이다.

*

오 년 전 그들은 '사랑은 절대적'인 것으로 믿고 또 태초 이후로 아직 아무도 자기네처럼 사랑한 사람은 없으리라 했다. 이것은 어떠한 연인들이고 한 번은 가지는 신앙이다.

그러나 이들 결혼생활 오 년 동안에 그 사랑은 모래로 쌓은 탑이던지 훌훌 밑으로 새어내리기를 시작하여 이제는 아주 평지와 같은 감이 없지 않다.

그들은 이제 사랑이 아니라도 얼마든지 먹고 싶은 것이 있고 입고 싶은 옷이 있고 가고 싶은 구경거리와 가지고 싶은 호사가 수두룩했다.

"돈이 있어야 살지."

그러나 이들은 그들이 쓰고 싶은 많은 돈을 벌 줄 모른다. 이때까지 살아온 것도 사방에서 구걸을 해다 살았다. 저희 큰아버지 외삼촌 고모네 또 무엇무엇 돌아가며 구걸을 해다 살았으나 빌려온 장이 한 끼라고 결코 예산이 안 되는 것이다.

*

그들의 현 주소는 성북정이지만 며칠 전까지도 서대문밖 ××아파—트 속에 한 간 방을 세 얻고 있었다. 방 속에 세간이라고는 청재의 자화상과 소라의 초상화와 격에 맞지 않게 큰 삼면경三面鏡과 조그만 자개 박은 장 하나 놓였는데 이런 세간은 그들의 생활 내용과 같이 모두가 엉터리 문화 세간이다.

하나도 값 나가는 것은 없는데 그래도 사치하고 싶고 문화적인 것을 만들고 싶어 애를 쓰고 또 다소의 문화적으로 살지 않고는 인제 못 견디게끔 형편이 된 셈이다.

소라네 내외는 인제 마주 앉기만 하면 돈타령이다. 그러나 아무리 해도 돈을 벌 가망은 보이지 않는다.

청재는 사실 어느 공과대 쪽 건축과를 수석으로 졸업한 참 보기 드문 수재요. 지금 세상에 손만 들어도 돈이 생길 좋은 조건을 가지고 있건만 돈을 벌지 못한다.

그 까닭은 여러 가지가 있겠지만 그중에도 가장 으뜸 되는 것은 그의 병적인 게으름이다. 이 병적인 게으름은 그의 보통 이상으로 지나치게 많은 재능이 어느 내분비선內分泌線의 고장으로 말미암아 완전히 통일되지 못하는 데 있는 것이 아닐까 하고 그들 내외는 생각하는 것이다.

“여보 우리도 어서 집을 하나 사야지. 인제 아파—트 생활은 질색이유.”

“집을 사?”

“그럼 저 돈암정에랑 안암정에랑 새집들을 많이 짓지 않우. 그게 모두 처음에 얼마만 내고 그 다음엔 월부로 부어가는 거래."

"그걸 언제 부어서 집을 사오. 내가 우리 집 설계는 벌써 해뒀는데……."

"설계만 해두면 뭘 하오. 그게 집이 되는 줄 아시우."

소라는 속이 상해 뾰루퉁해서 앉았다가 청재의 얼굴을 말끔히 쳐다본다.

"왜 이렇게 사람을 보는 거야. 기분이 나쁘게."

"내 당신한테 하나 물어볼 게 있소. 당신 왜 돈을 못 버오."

"하하…… 쬐끄만 것이 돈은 흠뻑 좋아하는데 나도 또 하나 물어보리다. 당신 언제부터 그렇게 돈을 좋아하게 됐소?"

소라는 너무 말 같지 않아 청재에게 힐끔 눈을 째면서 한숨을 내쉬었다.

"글쎄 나 파마넨트도 해야지 나무도 사와야지 꾼 돈도 주어야지."

옛날에 한 사람이 돈을 모으기 위해 통이 먹지 않았다. 그래 어떤 짓궂은 녀석이 큰 생선 한 마리를 그 집 담 안에 던졌다. 그랬더니 주인이 보고 '엑크, 이거 밤 도적이 왔군' 하고 도로 집어 내던졌다는 이야기가 있다.

지금의 청재나 소라는 그 옛사람처럼 먹지 않고 모으기 위해서 돈 생각을 하는 것이 아니다. 진실로 먹되 밥만 먹지 말고 양식도 먹고 포도주도 마시고 되도록 잘 먹고 잘 향락하기 위해서 돈은 그렇게 필요한 것이다.

그러나 청재나 소라는 도저히 그들이 희망하는 문화생활을 할 수 있도록 돈을 벌 재주는 없다. 여기에 현대 가정의 필요 이상 고민이 있는 것이라고 그들은 생각했다.

"그런데 참 누가 날더러 다방茶房을 할 텐데 그 안에 설계를 좀 해달라고 하던데."

"누가? 응 누가 그래."

"여순옥이라나 뭐라나 한 여자라는데……."

*

"여순옥이란 여자가 돈을 내서 찻집을 하겠는데 그 집이라든가 설계를 맡겼다?"

소라는 찻집 같은 깨끗하고 하이칼라이고 또 자기네들 취미와 힘에 부치지 않는 장사를 해서 거기에서 다소나마 수입을 얻을 수 있다는 것은 듣기만 해도 반가운 일이나 그것을 말하는 상대편이 남자가 아니고 여자라는 데 대뜸 싫은 생각이 난다.

"그래 여순옥이란 여자를 만나봤수?"

"응—."

"어디서?"

"저 어디서 점심을 먹자고 해서 먹으며 만났는데……."

두 사람의 대화는 마디마디 뼈가 들어 딱딱하고 악센트가 굳어져서 서로 조심했다. 더구나 자기 입으로 남편에게 딴 여자의 이름을 불러들여 준다는 것은 지옥으로 가기보담도 어려운 일이었다.

이렇게 딴 여자의 이름을 부르기 혀가 굳어지고 어색해지는 것은 자기의 적의敵意를 다소나마 감추려는 노력의 생리적 반응일 것이다. 남편에게 대해서 딴 여자의 이야기를 할 때 그 적개심을 감추려고 노력하는 것은 부부 사이에 훌륭한 체면이다.

"그래 찾아왔습디까?"

"전화로 만나자고 해서……."

"그 여자 혼자서?"

소라는 남편이 자기 속을 뻔히 보는 것 같아 되도록 말들을 가볍고 명랑하게 들었다.

"그 여자 돈이 많우?"

"거참 내가 남의 여자의 일을 어떻게 알우. 한 십만 원 가졌다는데 일만오천 원을 내서 찻집을 하겠다나 어떤다나. 어쨌든 인제 그 이야기는 그만해 둡시다. 듣기 싫소."

청재는 누워서 책을 읽다가 책을 놓고 아랫목을 향해 뺑 돌아눕는다. 어쨌든 청재처럼 눕기를 좋아하는 사람은 없어서 그의 표정의 전부는 늘 그 누워 있는 포—즈에서만 볼 수 있다.

아래턱에 꺼멓게 내솟은 턱수염이 그의 얼굴을 더 병적으로 보이게 하고 하관이 더구나 뚝바르게 보이게 한다.

"여보 자우?"

"왜 그러우?"

"그 이야길 좀 더 자세하라니까……."

"자세해야 그렇지. 별게 있나."

"아니 찻집 하나 하는데 요즘은 얼마나 들까. 전엔 만 원만 가지면 꽤 크게 할 수 있다고 하지 않았수. 아마 요즘엔 만 원 가지고는 안 될걸. 일만오천 원만 가지면 죄다 되겠지."

"예산이 빠르구려."

"그런데 말야. 찻집을 하면 한 달에 순이익이 얼마나 날까. 요즘은 참 차값이 떨어져서 커피 한 잔에 이십오 전 받던 거 십팔 전 받게 된다니까……."

청재는 여전히 누워서 담배를 태워 연기를 피운다. 그 하얀 담배의 끝이 빨간 불꽃이 되어 물려 있다가는 늘 이것이 청재의 누워 있는 얼굴

위에 떨어질 것 같은 위험을 보이고 있다.

"여보 순이익이 한 달에 삼백 원은 될까? 그런데 참 그 여자도 얼마 가져야지. 그 여자야 부자고 유한마담이고 친정살이를 한다니까 뭐 그까짓 돈을 바라는 건 아니겠지."

청재는 얼굴을 돌려서 소라를 바라보았다. 그리고 빙긋이 웃으면서 턱으로 자기 옆으로 가까이 오라고 했다. 그는 아내에게 미안했다. 돈을 벌지 못하는 남편이란 가족에게 큰 죄인인 까닭이다.

"그 여자도 이익을 먹나? 아주 우리한테 맡기고 자기는 자본만 내라지."

"허허, 참."

"그래 당신 보구 뭘 어떻게 설계해 달라고 합디까? 당신 자화상을 걸자고 했다지. 그리고 한 벽은 모두 연둣빛으로 칠하고…… 그리고 찻집 일은 내 이름대로 소라라고 합시다."

"당신 이름을 따서 소라라고 하려면 여순옥이가 좋다고 하겠소."

"싫어할까. 당신 자화상만 걸어야 좋아하고!"

소라는 당장에 가시가 돋았다. 이때까지 가장 무관심한 체 남편에게 그 찻집 이야기를 했으나 이것은 사실 여자의 속 모를 시험이다.

'남편이 그 여자를 어느만큼 좋아하나?'

이것이 지금 소라가 가지고 있는 커다란 의문이다.

못 견디게 알고 싶은 것이라.

"그래 당신 꼭 따져 말해보오. 그 여자와 같이 찻집을 하고 싶소? 당신 그 여자와 함께 있으면 좋겠구려."

"이거 괜한 소리를 해가지고 듣기 싫어. 사람 죽겠네. 난 세상 없어두 그 여자와 찻집 할 생각이 없소. 하겠거든 당신하고 둘이서 하구려."

"그럼 당신은 거기에 대해서 아무 흥미도 없소?"

"홍미가 무슨 홍미요. 아무것도 없소."

"정말?"

"정말이요."

소라는 인제야 만족했다. 그리고 아무리 눈을 까뒤집고 봐야 남편이 그 여자에게 별 관심을 가지지 않는 것 같다.

"됐다—."

그렇다면 만사는 태평인 것이다. 청재가 안 하겠다고 하니 인제야말로 소라는 발을 벗고 나서서 그 여순옥이란 여자와 상론해서 찻집을 내어야 할 것이다.

"여보 우리 여순옥이와 셋이 만납시다. 우선 당신이 내일 먼저 찾아보구려."

소라는 남편이 지금만 아니라 늘 딴 여자에겐 무관심한 데 감사했다. 여자에게 이에서 더 큰 행복이 없는 까닭이다.

"당신 발을 씻었지? 내 발톱 깎아줄게 가만 있수."

소라는 가위를 가지고 하—얀 두발을 가지런히 포개 얹고 누워 있는 청재의 발치께로 갔다.

*

소라는 뜨악해 하는 청재를 독촉해서 그 여순옥이란 여자와 만나기로 했다. 청재가 뜨악해 하면 할수록 소라는 안심하고 지느러미를 치며 여순옥이와 만나려고 했다.

그래 어느 일요일 오후 셋이서 어디서 저녁을 먹어가며 만나겠는데 우선 본정 어느 찻집에서 모이기로 했다.

소라는 아침부터 서둘렀다. 새옷을 다리고 구두를 닦고 옛날 누가 주었던 항수까지 꺼내 손수건에 묻혔다.

이것은 훌륭한 무장이다. 상대편에게 지지 않을 뿐 아니라 이겨야 될 것이다.

이윽고 남편 청재와 소라는 집을 나섰다. 시간이 가까워오고 조선은행 앞에 이르자 공연히 치마폭이 둥둥 뜨는 것 같다.

좀 더 가서 다방 B에 문을 밀었다. 청재가 앞에 서서 휘휘 둘러보나 아직 오지 않았다고 말한다.

둘이는 어느 자리에 가 앉았다. 그리고서도 말이 없이 파초잎에 가리운 유리창 너머로 큰길을 내다보고 있었다. 사람들의 한쌍 발들이 제가끔 아이짜*를 그리며 바쁘게 달아난다.

"웬 일일까. 꼭 온다고 했는데……."

청재는 소라를 우울하게 건너다본다. 남의 돈을 얻어서라도 찻집 장사를 해서 돈을 벌겠다고 대열심인 소라가 용감스럽기도 하고 맹랑스럽기도 하고 또 더구나 미안하기도 했다.

"그 사람이 꼭 돈을 낸다 했수?"

"그야 인제 이야길 해봐야 알지. 당신은 그저 돈부터 내놔야 좋아하겠구려."

이러자 저 편 문으로 웬 키가 큰 여자 하나가 쓱 들어선다. 미끈한 종아리에 검정 외투를 짧게 입었다. 남편의 눈 속이 빛나는 것으로 보아 그 여자가 여순옥인 것이다.

"미안합니다, 늦어서……."

"이리로 오십시오."

청재는 일어서 자리를 권한다. 소라는 그대로 자리에 푹 묻어 앉은

* 아이짜: 알파벳 'i'로 추정됨.

채 약간 상반신을 움직여 자기의 태도를 취했다.

"두 분 인사하십시오."

소라와 여순옥이 둘이 딱 얼굴을 마주 바라보는 순간 그들은 가장 급속도로 제각기 상대방의 얼굴을 비판해버렸다.

'예쁜데.'

'세련됐는데.'

그러나 그 순간 이 두 여자는 확 적개심이 생기는 것을 금할 길이 없었다. 이 적개심은 소라보담도 여순옥 편이 더했다. 여순옥은 소라가 자기보담 더 예쁜 것을 본 까닭이다.

"그래 온 지 오래세요?"

여순옥은 훌쩍 청재 편으로 돌아앉아 소라는 문제시 않는 태도를 취한다. 그러나 눈은 그 노리끼하면서도 조각 같은 소라의 얼굴에 꽂아놓고 있었다.

소라 역시 자기보담 좀 엉성하게 생긴 여순옥의 얼굴에 무척 안심하고 좋았으나 그래도 그 장밋빛 루—즈 칠을 짙게 한 두드러진 뺨이 아름다운 것이 마음에 가시처럼 찔린다.

'암만 그래도 밉지 뭐.'

소라는 여순옥을 아무리 밉게만 보려고 해도 그 전체가 세련된 품이라든지 그 붉은 뺨이 자꾸 눈을 빨아들여 제 혼자 괴롭다.

"난 오늘 어디 시골 좀 갔다 올까 했다가 이 선생님도 만나 뵈어야 하겠구 해서 그만뒀어요."

여순옥은 소라가 자기보담 더 아름다운데 한 판 지고 나 앉은 것 같아 공연히 청재와 지껄여 허세虛勢를 보이는 것이나 그의 가슴속은 한없이 공허하고 불안했다.

"애 차 가져온. 무엇으로 하실까?"

"아무거나 주세요."

소라는 속으로 괘씸해서 견딜 수 없었다. 이 여자가 같은 여자인 자기 보고 이야기를 해야 예의지 이렇게 남편 보고 그의 아내 앞에서 애교를 부리는 것은 도무지 아니꼬운 일이라 생각했다.

'교양 없는 여자로군. 내가 있는데 남의 남편 보고만 이야길 하구…….'

성이 발끈 났으나 꾹 참았다. 물론 체면이 제일 큰 조선이지만 또 이 여자를 어떻게든지 잘 받들어서 그 여자가 돈을 내서 무슨 장사를 하자는 생각이다.

"저번 말씀하시던 찻집이란 건 아직 팔리지 않았어요? 그걸 우리가 했으면 좋겠어요. 두 분이 잘 꾸미세요. 나는 주방에서 차나 끓이고 쌘드위치나 썰게."

세 사람은 잠깐 웃었다. 그러나 여전히 뭉클뭉클 엉겨서 돌아가는 그 부조화는 풀릴 길이 없었다.

청재는 이러한 기분들에 잠시 곤란을 느끼어 앞머리를 손으로 만졌다.

*

두 여자가 서로 마음속으로 싸우는 까닭에 이 자리는 엉성하고 불안했다. 여순옥은 두 손을 결어 뒷머리를 괴인 채 의자에 기대앉아 말이 없었다. 요즘 커피가 꺼멓게 잔 속에서 무리를 짓는다.

"왜 이야기를 안 하십니까."

여순옥은 깜짝 놀란 듯 뒤통수를 괴었던 두 손을 내리며 청재를 보고 씽긋 웃었다. 이때 소라는 세 사람의 자리가 점점 맹숭맹숭해지며 더구나 여순옥이가 무엇에 성난 사람처럼 실쭉해 앉았는 품이 자기가 이야기 하고 싶은 용건은 그대로 흐지부지 될 것 같다.

"그래 그 찻집은 얼마에 팔겠대요?"

"네— 그 찻집 말이에요."

여순옥은 그제야 생각난 듯이 소라 편으로 몸을 돌리며 이야기를 시작한다.

"일만이천 원이면 주겠다나요."

"일만이천 원이면 너무 싸군요."

"뭐 그런 거야 상관없지만…… 그 찻집이 내 맘에 썩 들지 않아요. 내가 이렇게 아무것도 않고 빈둥빈둥 놀고 있으니까 어디 하나 소일거리로 곱게 차려놓고 싶은데 그것도 생각하니 귀찮은 일이 많겠어요."

순옥은 손으로 입을 가리며 하품을 길게 한다.

"그 집이 어디쯤 있지요? 우리 한번 가봅시다."

"왜 그때 우리도 한번 가보지 않았소. 음악이 많구 더구나 칼멘의 가곡판이 전부 있는 그집 말야."

"그 집이면 참 좋겠구먼요. 내 생각엔 이쪽에 있는 방까지 전부 터놓고 차만 팔지 말고 한쪽에서 빵도 굽고 런치도 하고 라이쓰 카레도 해서 점심때면 점심도 와 먹고 차도 마시게 만들었으면."

"찻집에 음식을 섞어 팔면 구중충해요."

"난 차만 마시는 건 신통찮더군요. 한쪽에서 간단한 음식도 해 팔았으면 좋겠어요. 우린 좀 더 잘 먹어야 한다니까요. 우리 가정의 음식이란 영양 부족이지 형편없어요."

"이 실질주의자를 좀 보십시오."

청재는 차츰 두 여자가 안정되는 것이 다행했다. 그리고 여자란 참 속속들이 불가사의라고 생각했다.

"소라 씬 복을 받으시겠어."

"복을 받아요? 호호"

"난 심심해서 못 살겠던데. 무슨 재미있는 일이 세상에 좀 없을까요?"

청재는 어이없는 듯이 웃었다. 요즘 그 어줍지 않은 유한영양이나 유한마담이란 몇 사람이 우리 사이에도 있는 모양인데 그것은 외양이나 감정이나 제스추어를 남의 것을 흉내 내는 원숭이와 같은 것인데 질색할 지경이다.

"재미있는 일……."

소라는 여순옥이가 재미있는 일을 찾는 것이 재미있었다.

"재미있는 일이란 어떤 것일까요?"

소라가 물었다.

"재미있는 일이란 우리가 먹을 것을 다 장만해놓고 마음의 여유가 있을적에 만들어내는 것인데 이것이 곧 문화겠지요. 요즘은 전의 문화가 없어지고 새로운 문화가 세워지려고 하니까 여순옥 씨의 그 '재미있는 것' 도 새로운 것으로 변해야 하겠군요. 예를 들면 야단스럽던 파마넨트가 없어지고 새로운 숙발淑髮이란 머리털의 문화가 생기는 것처럼."

"글쎄요 무엇이든지 다 와서 나를 구원해주었으면 좋겠어요."

소라는 눈치를 보니 도무지 여순옥이가 찻집을 할 것 같지 않다. 그렇게 만사의 열성이 없고야 무슨 장사를 하며 그렇게 많은 자본을 낼 성싶지 않다.

'이래선 안 되겠는데……. 어떻게든 여순옥이로부터 찻집 하나를 만들어내야겠다."

소라는 또 눈치를 봤다. 여순옥은 검정외투 밑으로 보이는 붉은 샤—뎅 치마를 밀어넣으며 또 하품을 한다.

"용서하세요. 하품을 자꾸 해서, 호호!"

"그럼 그 찻집 이야긴 어떻게 끝을 내야 하잖아요?"
"네— 글쎄."
여순옥은 청재를 살짝 돌아다본다.
"이 선생님 어떻게 생각하세요."
"글쎄요 하실 생각 있거든 해보시죠."
"그래요 그럼 하기로 합시다. 내일이라도 돈만 치르면 곧 돼요. 그걸 경영하던 사람이 급히 팔고 내지로 들어간대요. 내일이래도 곧 끝을 내 드리리다."
여순옥은 찻집을 하기로 결정한 다음엔 한층 더 청재 옆으로 바짝 다가앉는다.
마치 찻집을 소라에게 주는 데는 네 남편 청재는 나를 달라는 듯이.
"그럼 찻집은 소라 씨가 맘대로 경영하세요. 우리 둘인 그저 도와만 드릴게. 그리고 이익이 남거든 그게 얼마가 되든지 소라 씨가 쓰세요. 우린 통 참견을 안 하리다."
'우리, 우리.'
이게 무슨 소릴까. 소라는 이 두 사람이 척 따로 어깨를 겯고 나서고 자기에게만 찻집을 떠맡겨 따로 내몰려는 것이 기가 막혔다.
'그러나 참고 보자.'
소라는 눈을 아래로 떠서 잠깐 무엇을 생각했다.
"인제 나가실까요."
여순옥은 청재를 재촉해서 셋이서 그 집을 나왔다.

*

소라는 여순옥이를 만난 다음부터는 늘 머릿속에 자기가 가질 찻집을 생각했다.

우선 방 안 전체는 크림색으로 칠하고 가장자리는 초콜릿 빛으로 할까— 혹은 방 안 전체는 눈같이 희게 칠하고 가장자리는 흑궁단같이 까맣게 선을 칠할까— 그리고 불란서 인형은 왼편 탁자 위에 놓고 청재의 자화상은 바른쪽 벽에 걸고—. 이렇게 모든 것을 그림처럼 그려보았다.

그러나 한 달이 지나도 여순옥이는 돈 일만오천 원을 내서 찻집을 시작하라는 이야기가 없다.

"여보 어떻게 되우?"

"……."

"그집이 다른 데 팔리겠구려."

"팔리면 다른 델 하지."

"저 소리 좀 봐. 그래 오늘은 만나서 무슨 이야길 했수?"

"이야긴 무슨 이야길 하오."

"그럼 날마다 만나서 무슨 이야길 한다오. 한 달이 다 가도 혹……."

소라는 이 한 달 동안 이 찻집 계획을 하는 동안 모든 것을 모른 체하고 눈을 감아버렸다. 좀 더 유익한 일을 위해서는 그보다 덜 유익한 것을 눈을 감아버려도 좋다고 생각했다.

그런데 이렇게 소라가 참고 또 참으면서 기다리는 찻집이 한 달이 되도록 별 신통한 소식이 없고 더구나 요즘은 여순옥이나 청재는 거의 잊어버리다시피 되어 입 밖에 내지도 않는다.

그리고 좀 더 대담해지고 좀 더 가까워진 것은 그들의 교제다. 여순옥은 인제 서슴지 않고 청재를 불러내고 어떤 때는 '메신저'를 시켜 간단한 편지도 보내는 것이다. 한 번도 소라의 집에 오지는 않았다.

소라는 가끔 후회를 한다. 처음에 여순옥이를 남편의 시야에 두었던 것이 잘못이라 생각했다. 그러나 지금은 벌써 소라의 후회가 미치지 못하게끔 되었다. 주먹이 들어갈 만한 구멍이 뚫렸을 때 막지 못했기 때문에 인제는 온몸을 넣어 막아도 터지고야 말 형편이다.

어느 날 밤이다. 청재는 또 밤 늦게 왔다. 이 밤 늦게 온다는 것은 으레 그가 오는 때요. 아무 이상한 것이 없다.

청재는 한 번도 자기 집에서 이십사 시간을 지내본 일이 없다. 아침에 나가서는 반드시 밤 늦게야 들어온다. 그래서 이 집에서 오후를 본 일이 없고 이 집 마루와 이 집 세간에 저녁 햇빛이 비치는 것을 본 일이 없다.

그래서 이 동네 여편네들은 거의 이집 주인 얼굴을 보지 못했고 이집 주인이 무슨 옷을 입고 다니는지 구경한 사람도 없다.

소라는 과부는 아닌데 언제 보아야 혼자만 있고 그러므로 동네 부인들은 이집에 조심이 없이 드나드나 이집 주인에 대해선 하등의 관념을 가질 수가 없다.

이것이 소라네만이 아니라 열에 여덟은 그러한 것이 오늘 우리네 가정 풍경이다. 집에는 김치 냄새 나고 된장찌개 냄새가 나고 갓난이가 기어오르고— 어디서 책 한 줄 읽고 하이칼라 기분 한 번 가져볼 수 없다.

그러므로 젊은 사람들은 거리로 거리로 몰려다닌다. 저녁밥은 거리의 음식점에서 먹는 것이 좋고 담배는 어느 찻집에서 피우는 것이 좋다. 그리고 보니 두 밤 사이에 잠만 자는 것이 오늘날 우리의 가정이다.

소라는 인제 남편이 밤늦게 오는 것이 정기적으로 다니던 때와 같아서 아무 불평도 없다.

그러나 소라는 청재가 대문으로 들어오는 소리만 들리면 눈을 꼭 감고 누워버린다. 인재 지긋지긋해서 보기 싫은 까닭이다.

"여보 자우?"

못 들은 척한다. 오 년 동안 이 시련을 받았으나 언제나 남편의 밤출

입은 아내의 곱창을 꼬부라지게 한다.

"왜 자는 사람을 이리우."

톡 쏘아붙이나 오늘밤엔 청재의 말소리가 제대로 점잖다. 청재는 술을 좋아한다. 술을 좋아하나 많이 먹지는 못한다.

"여보 나 밥 좀 주우."

소라는 눈을 번쩍 떴다.

"밥은 웬 밥이 있수. 생전 저녁을 아니 자시더니……."

청재의 저녁밥은 벌써 소라의 가정에서 차려주지 않은 지 오래다.

청재는 그날 밤 불행히 술을 먹지 않고 왔다. 술을 안 먹은 청재는 맹숭맹숭해서 얼굴빛이 유난히 창백했다.

그날 밤 청재는 한잠도 못 잤다. 술을 먹지 않고는 한 잠도 못자는 사람이 이 청재 친구 가운데는 열에 아홉에 정도다.

청재는 제법 자리를 깔고 누웠다. 불을 껐다. 지금은 열두 시를 조금 넘었다. 한 십오 분쯤 자는 체 누웠던 청재는 잠이 아니 온다고 혼잣말했다.

그리고 또 한참 있었다. 단잠이 안 온다고 중얼거렸다. 그러드니 어둠속에 이불을 차고 벌떡 일어나 앉는다. 또 눕는다.

똑똑 시계소리가 들린다. 청재는 미친 듯 일어나 불을 켜더니 벽에 걸린 시계를 떼어 동댕이를 쳤다.

"그 소리에 잠을 잘 수 있어야지."

*

청재는 불을 켜더니 부산하게 탁자 위에서 무엇을 찾는다. 찾는 것이 얼른 나오질 않으니까 얼굴빛이 더 창백해지면서 손끝이 약간 부르르 떨린다. 책이며 담배 재털이며 그 위에 놓인 것은 손에 잡히는 대로 집어 팽개치고 발끈 뒤집어놓았다.

소라는 청재의 신경이 이제 금시로 탁 하고 끊어지는 것이나 아닐까 하고 겁이 인다.

"무얼 그렇게 찾으시우."

"약 못 봤어? 여기에 둔 약 말야."

"무슨 약이우. 그저 덧대놓고 약약 하니."

"아다링을 둔 게 없군 그래."

"아다링?"

소라는 어디서 본 법해서 그 자리를 뒤지니 정말 갈쭉한 약갑이 나왔다. 청재는 빼앗듯 집어가더니 아다링 두 개를 꺼냈다. 하얗고 동그란 약이 불빛에 더 하얗게 빛나는 것이 흡사 독약 같아 몸서리가 쳐진다.

청재는 두 개의 약을 냉큼 입에 집어넣고 냉수를 마셨다. 그리고는 질겅질겅 씹어서는 꿀꺽 삼켰다.

"육체를 그다지 학대하고 저런 천벌을 받지 않을 수가 있나."

소라는 청재의 절제 없는 생활에 인제 진절머리를 냈지만 이런 꼴을 볼 때면 한층 더 미운 생각이 나서 이렇게 바짝 약을 올려주었다.

그러나 청재는 못 들은 척 아무 대꾸도 없이 우두커니 앉아만 있다. 자칫하다간 자기의 육체가 산산조각으로 파산될 지경인 것을 그는 잘 알고 있는 까닭이다.

"여보."

청재는 의외에 부드럽고 누그러진 음성으로 소라를 부른다.

"나 술 좀 사다주우."

"이 밤중에 술을 어디 가 사오우."

"그럼 잠을 자야 하지 않소."

"잠을 왜 못 자오. 술 자시구 약 자시구 해야 잠이 오니 팔자 치구는 상팔자로구려."

그러나 소라는 청재의 얼굴을 오래 보고는 견딜 수가 없었다. 자다 말고 치마를 주워 입고 부엌에 들어가 주전자를 들고 나왔다

"나 혼자 무서워 가나 같이 갑시다."

청재는 잠자코 따라나섰다. 소라는 주전자를 들고 어두운 골목길을 찬찬히 보면서 담배가게 집 앞까지 왔다.

"금자 어머니 문 좀 열어주시우."

오늘밤이 결코 처음이 아닌 소라는 닫아둔 빈지 틈으로 대고 목소리를 죽여 가며 이렇게 불렀다.

한 십 분 동안이나 애를 쓴 후에야 자던 금자 어머니가 일어나 들창으로 주전자를 받아들어 소주밖에 없다고 소주를 한 주전자 넣어 내보냈다.

청재는 술맛이 몹시 고약한 요즘 소주건만 반 주전자나 마시고야 잠이 들었다.

이러한 것들이 이들 두 사람의 오 년간 결혼기일 것이다.

*

소라는 온양온천에 갔다가 청재와 여순옥이를 찾기는커녕 제 몸을 오히려 쥐고기 감추듯 감추어 가지고 돌아왔다.

그리고 방속에 숨어서 두문불출을 했다. 이 두문불출을 하는 동안 소라는 자기네 과거를 새색시가 의롱 속에 옷을 들추듯 착착 뒤져보았다. 여자는 외롭고 한가한 때가 오면 으레 자기의 지나간 날들을 꼼꼼히 뒤져보고 개키고 하는 것이다.

청재와의 사랑 술 여순옥 찻집— 이러한 내용들이 그의 머릿속에서 뒤져지고 개켜지고 하는 것이다.

소라는 요즘으로 얼굴이 더 핼쓱했다. 외꺼풀이던 커다란 눈이 수척하여 한 쪽만 그냥 쌍꺼풀이졌다.

"왜 이렇게 가슴속이 답답할까."

소라는 속이 상해서 가슴이 답답하다느니보담 정말 가슴속이 뜨끔뜨끔하고 갑갑증이 나서 옷을 너무 졸라 입었는가 하여 자주 옷끈을 풀러 놓기까지 했다.

소라는 가만히 앉아서는 한 시각 진실로 단 한 시각을 살아 있을 것 같지 못했다. 이러한 일은 당해본 사람이 아니고는 도저히 그 정상을 짐작 못하는 것이리라고 생각했다.

"일을 하자. 무엇이나 일을 하자. 왜 그들이 즐겁게 사는 동안 나는 이렇게 내 생명을 손해보고 내 생활을 잃어버리고 있을 것인가. 잃어버릴 것이 아니라 더 얻어서 이 슬픔을 채우자. 내가 왜 그까짓 것들 때문에 먹지 않고 자지 않고……."

소라는 이렇게 생각을 하면서 울었다. 입술을 꾹꾹 깨물어가면서 울었다. 그리고 더 열심히 집안을 치우고 바느질을 하고 세간을 닦고 또는 전례에 의하여 자기 집과 청재의 집에 생활비 돈을 보내달라고 편지를 하는데 전보담 갑절 청구했다.

소라는 거의 병적으로 이렇게 열심을 내고 나면 그다음엔 온몸이 그냥 까부러질 듯 피곤했다. 그래서 어느 날 밤엔 일찍이 아랫목에 누웠는데 대문간에서 남자의 구두 소리가 뚜벅뚜벅 나더니 잠깐 멈춘다. 소라는 남자의 구두 소리에 눈이 휘둥그레서 벌떡 일어나 앉았다. 그러나 문을 열고 내다볼 용기는 없었다.

*

"왔구나."

소라는 청재가 온 것이라고 생각하는 순간 청재와는 다른 목소리가 댓돌 아래서 나는 것이다.

"이 군 계시오."

소라는 이 소리를 얼른 알아들었으나 자기 집안 형편이 지금 이 지경인데 남이 찾아온 것은 딱하고 당황했다. 비록 그가 아무리 친한 터라고 하지만.

"누구 오셨세요."

얼른 후미 터진 버선목을 잡아다니며 소라는 문을 열었다.

"선생님 오셨네. 들어오세요."

"이 군 아직 안 들어왔습니까?"

소라는 청재 이야기는 못 듣는 척했다.

"동경서 나오실 때 주신 엽서는 받았습니다. 언제 오셨어요?"

"네 어제 밤에 왔습니다."

"어서 들어오세요."

이 손님은 초석이란 이름을 가진 젊은 의사다. 대학을 졸업하자 아직 개업을 하지 않고 그냥 연구실에 있으면서 외래환자를 보는 것이다.

소라의 생각대로 하면 이 초석이란 사람은 청재와 같은 종류이나 전혀 다른 맛을 가졌다고 한다. 청재가 아다링과 술을 먹어야 잠을 자고 늘 병적으로 게으르고 자기의 그 필요 이상으로 많은 재능을 감당할 건전한 성격을 가지지 못해 되려 큰 비극을 낳고 있는데 비하야 초석은 전혀 달랐다.

초석은 우선 그 많은 재능을 잘 사용할 줄 알았고 따라서 육체나 감정이 늘상 청신하여 생활을 즐겁게 가질 수 있었다.

초석은 청재처럼 비극을 몰랐다. 자기의 명석한 두뇌는 얼마든지 그 치밀한 과학을 속속들이 파고 들어갈 수가 있었고 가슴속은 불을 켠 듯이 환—이 밝아서 늘 슬프지 않고 인생이 감미甘味했다.

"들어가도 괜찮겠습니까?"

초석은 불쑥 이런 말을 했다. 그러나 이들은 가족같이 친해서 이러한 인사는 오늘 저녁이 처음이었다.

방으로 들어오니 어딘지 휑하고 써늘했다. 초석은 이 방 속에 무슨 불길한 일이 있었던 것처럼 생각돼서 전에 없이 초라한 소라의 모습을 곁눈질해 봤다.

"이 군 요즘은 어쩝니까. 좀 만났으면 좋겠는데 곧 들어오겠지요."

"……."

소라는 아무리 청재와 친한 초석일망정 지금 청재의 이야기를 초석이 아는 것은 싫었다. 남편이 자기를 허술히 대접하는 눈치를 남에게 보이는 것 그것은 여자의 마지막 일이다. 더구나 이 일을 초석에게 알리기는 웬일인지 자기의 제일 못난 곳을 보이는 것 같아 괴로웠다.

"요즘 사진은 좋은 게 없나요? 나도 내 무도회舞蹈會의 수첩手帖을 만들어야겠는데……."

초석은 흰 이를 드러내며 소리없이 웃었다. 그리고 가만히 눈을 감아버렸다.

"왜 요즘은 사진을 안 보십니까?"

"본 지가 오래요. 우리 지금 사진 구경이나 갈까요?"

이 말을 해놓고 두 사람은 똑같이 잠깐 쳐다보았다. 청재가 있을 때는 이런 이야기쯤 무난했는데 청재가 없는 지금은 무난하지가 못했다.

초석은 소라의 얼굴을 건너다보았다.

전처럼 아름답기는 하나 어딘지 병이 있는 것을 알 수가 있었다.

소라의 얼굴에 병색이 있는 것을 보자 초석은 의사의 눈으로 자꾸 소라를 바라봤다.

"요즘 건강은 어떠십니까?"

"괜찮은데요. 자꾸 가슴속이 답답하고 가끔 뜨거운 것 같아요."

초석은 자기도 모르게 한 무릎 소라 앞으로 다가앉았다. 그리고 가방에서 간단한 진찰기구를 꺼내드니 진찰할 자세를 취한다.

"잠깐만 이리 오십시오."

"절 진찰하시게. 그렇지 않아도 선생님께 한번 가려구 했답니다. 저번엔 감기가 들어 무척 고생했어요."

초석은 담박에 소라의 가슴을 두들겨보았다. 그러드니 약간 미간을 찡긴다.

"감기지요?"

"네 괜찮으십니다."

"의사는 으레 괜찮으십니다를 내놓거든. 괜찮지 그럼 죽을병이 들었겠어요?"

소라는 오래간만에 깔깔대고 웃었다. 그러다가 진찰하느라고 풀러놓았든 저고리 고름이 아직 매이지 않은 것을 보고 깜짝 놀라 집어 매었다.

*

"우리 사진 구경이나 갑시다. 벌써 갈걸 그랬지. 기분을 바꾸는 데는 그만이에요. 그런데 이 영화에 대해서 저는 새로운 공덕 하나를 발견했는데요."

"새로운 공덕이 뭡니까?"

"요즘 젊은 부인들 대개는 여학교 졸업 정도는 되거든요. 그런데 이 여자들이 남편이 외입을 하거나 가정에 불충실해서 싸움을 하잖겠어요? 싸움을 하고 나면 대개는 화풀이로 영화 구경을 가더군요."

"……."

초석은 대꾸는 않고 그냥 소라를 건너다보며 또 웃었다.

"어떻습니까? 이게 영화의 새로운 공덕 아니에요?"

"좋습니다. 소라 씨는 이 공덕을 이용하실 필요가 없겠군요, 하하."

"아니 천만에요. 우선 오늘 저녁에 이용해야겠습니다. 선생님 가시지요."

"왜요 청재 군이 들어오면 같이 갑시다."

"그 사람 어디 갔어요."

"어딜 갔어요?"

"행방불명이랍니다."

"행방불명이라니."

소라는 새로운 분노가 치밀어 더 말을 말자고 그리고 어서 구경이나 가자고 졸랐다.

소라는 두루마기에 두터운 털목도리로 눈만 내놓고 나섰다. 아직 일곱 시도 못 된 초저녁이 어지간히 춥다. 전차 정류장엔 사람 서넛이 을씨년스럽게 서 있다.

"몹시 추운 게지요 사람이 드물 땐……."

"아직 시외니까 그렇지 저 안에야 많겠죠."

"길에 다니는 사람이 없으면 더 추워요. 사람의 체온이란 피부로만 전하는 게 아니라 눈으로도 전해진다니까."

두 사람은 텅 빈 전차를 타고 시내로 들어왔다. 두세 번 노리가에*를

* 노리가에: 일본어. 갈아탐. 바꿔탐.

해서 명치정 입구에 내릴 때까지 서로 별 말이 없으나 기분은 가벼웠다.

명치정 입구는 도심지대라 사람들이 들끓어 후끈후끈 했다. 이 거리는 찻집과 극장을 향락하는 사람들이 왕래하는 곳으로 약간의 하이칼라를 가지고 있는 것이 좋았다.

초석과 소라는 나란히 걸어서 명치좌를 향했다. 그러나 소라는 명치좌에 갈 생각이 없고 좀 더 다른 극장으로 가고 싶었다. 여자란 가끔 별다른 취미를 가지는 것을 초석은 재미있게 생각했다.

"우리 여기에 쪼그만 극장으로 들어갈까요?"

"조그만 극장이라니 ××관 말입니까?"

"네 그리로 갑시다."

두 사람은 ××관 앞에 가서 고개를 젖혀 얼룩덜룩 그려 붙인 영화장면 감판을 보았다.

"이건 어느 십구 세기 때 유물인가요? 그래도 사람은 때로 새것보담 낡은 것, 큰 것보담 작은 것이 좋은 때가 있으니……."

두 사람은 웃었다. 벽에 붙은 조그만 들창 위에는 상게 사십 전 하게 삼십 전이란 까만 나무패가 흰 글씨를 붙이고 달려 있다.

"들어가실까요?"

"들어갑시다."

표를 사 가지고 고물이 다 된 층계를 올라가니 이역 고색창연한 오까미상이 전지로 두 사람 발 앞에 동그란 불방석을 떨어뜨려 길을 인도한다.

서울의 극장이 삼사천 명을 포옹하나 늘 만원으로 꽉꽉 차는데 이 극장엔 이층에 백 명 남짓한 관객이 어둠속의 눈들이 멀뚱멀뚱해서 스크린을 보고 있다. 두 사람은 그 앞에 다다미를 깔아놓은 자리에 자부동을 깔고 앉았다. 어쩐지 골이 답답하면서도 아늑한 기분이 그럴싸하게 좋았다.

"무얼 하노."

"아마 재상영일 겝니다."

사진관이 어찌도 초라한지 무얼 하는지도 보지 않고 들어왔으나 일은 잘 되느라고 사진은 좋은 것이었다.

'역사는 밤에 지어진다.'

이 사진이 오늘밤 여기에서 재상영이 되는 줄 알았을 때 소라는 좋아했다. 소라는 한 번 본 것이나 초석은 처음이었다.

"역사는 밤에 지어진다. 참말 그렇거든요. 낮에는 사람들이 밥을 먹기 위해 노력하나 밤엔 마음을 즐겁게 하는 문화를 만들 수 있는 때입니다."

"화가는 밤에 일을 못합니다."

소라는 무척 유쾌했다. 그리고 청재 때문에 그처럼 마음을 아프게 하고 괴롭게 한 것을 커다란 손해라고 생각했다. 가장 정당한 방법으로 사람은 늘 즐거운 것이 좋다고 생각했다.

*

두 사람은 사진을 보고 열 시 이십 분쯤 해서 영화관을 나왔다. 나와서는 별말 없이 명치정 마루턱을 향해 들었다.

점점 갈수록 길은 어둡고 적막해왔다. 길 옆으로는 길다란 벽돌담이 어둠속에 서 있는데 이것은 저 유명한 불란서 교당 담장이다.

소라와 초석은 그 어두운 담 옆을 걷다가 소라가 문득 이 교당 안에 들어가보는 것이 어떠냐고 물었다.

그러나 문이 필시 잠겼으리라고 초석은 말했다. 벽돌담 옆엔 페인트 칠을 한 쇠살문이 높게 서 있다.

초석이 손을 내밀어 밀어보았다. 문은 가볍게 열린다.

"들어가시겠어요?"

"글쎄 좀 무섭군요. 아마 기도하러 오는 사람들을 위해 문을 열어두는 게지요."

뜰 안엔 서울천지에선 볼 수 없는 나무들이 도깨비같이 무둑무둑 버티고 서 있다. 돌층대의 희끄무레한 길이 기역자로 또 기역자로 선반처럼 높게 또 높게 놓여 있다.

두 사람은 눈을 들어 그 높이 솟은 뾰족지붕 위에 십자가를 보았다. 웅당 이 건물의 창들은 무겁게 비치우고 종각 속으로 바람이 스르렁 대고 지나갔다.

초석은 눈을 감았다. 가슴속으로 낭만浪漫이 물밀 듯해서 그대로 육체를 보존할 수가 없는 듯했다. '단테'가 '베아트리체'를 창조하던 때는 이러한 교당이 무척 많던 중세기인데 지금 자기는 웬 역사를 무시하고 이러한 낭만을 가지는 것일까 했다.

"선생님 제 이야길 하나 들어보세요."

초석은 깜짝 놀라 소라 편으로 눈을 돌리면서 무슨 말인지 하라고 얼떨결에 했다.

"제가요, 돈을 좀 벌라고 했는데요. 그게 잘 안 됩니다."

"돈을 버세요?"

"네. 우리 지금 생활이란 게 전혀 돈 나올 노릇은 없거든요. 게다가 우리뿐 아니겠지만 우리 어머니나 아버지 시대는 고사하고 우리 언니나 아주머니 때보담도 눈으로 보는 생활은 엄청나게들 사치하지 않아요."

"……."

"그리고 보니 나두 꼴에 드는 돈보담도 그냥 밖에 나와서 거리로 싸다니는데 드는 돈이 갑절은 되고…… 이리다 보니 우리의 생활이란 영 자리가 잡히지 못했어요."

"그래서 돈 벌 궁리를 하셨습니까?"

"그럼요. 그렇지 않으면 어떻게 살아요. 또 당장에는 살아간다 해도 이다음엔 어떡하나요. 나는 하여튼 우리의 집을 자리잡아 놓아야겠습니다."

"그래서요?"

초석은 외투 속에 손을 넣은 채 소라를 바라보며 미소하는 도리밖에 별로히 할 말이 없었다.

"그래 무슨 장사를 좀 해볼까 해서 돈을 대주겠다는 사람을 만났어요. 그런데 그 사람이 남자가 아니라 여자거든요."

"어떤 분인가요?"

"글쎄 말씀 들으세요. 그 돈 대겠다는 여자가 희한한 모던걸이요 유한마담인데 이게 이번 우리 집 그이하고 같이 온천으로 갔습니다."

"네? 온천으로요?"

초석은 놀란 채 어떤 영문인지 몰랐다.

그러나 이 말을 듣는 순간 초석 자신은 결코 소라처럼 분노도 하지 않고 흥분도 하지 않고 되려 약간의 안심을 얻을 수 있는 것은 도덕상으로 보아 죄를 지음일까 하고 일 분간 이러한 생각을 해버렸다.

"그래 저는 이혼할까 하는데요."

"……."

"아무래도 이혼해야겠어요."

"그게 무슨 말씀입니까?"

초석은 어둠 속에서 소라 못 보게 미간을 찡그렸다. 자기 친구의 아내인 소라가 남편에 대한 애정을 이야기했다면 자기 귀는 지금 한없이 권태를 느끼고 싱거울 테다. 그러나 소라가 참인지 거짓인지 이혼을 하겠노라고 서두는 데는 초석의 마음이 무척 편했다. 이것은 또 그의 마음 어디를 책망하는 까닭에 그는 미간을 자주 찡기는 것이다.

"우리 저 불 밝은 거리로 나갑시다. 이곳은 로미오를 만들어내던 정원 같아서 안됐습니다."

초석은 이곳이 우중충하고 요한 곳이기 때문에 자기 마음이 자꾸 연애를 생각하는 것이라고 어서 사람이 들볶는 거리로 나가자 했다.

소라는 초석의 독촉대로 명치정문 불 밝은 거리로 다시 나왔다. 그리고 바래다준다는 초석을 굳이 말리고 자기 혼자 집으로 가려고 두 사람은 전차 정류장에서 작별했다.

3. 무료無聊한 그들

여순옥과 청재는 지금 기차를 탔다. 기차는 오르고 내리는 사람에 제가끔 가방이며 짐짝이며 과일 광주리며를 들고 이고 바쁘고 악을 쓰고 밀치고— 한창 야단법석이다.

그러나 이 요란스런 사람들 가운데서 홀로 한가하고 무심한 사람들이 있으니 그들은 바로 청재와 여순옥이다.

두 사람은 사람들이 뒤끓는 가운데서 한쪽 옆에 우두커니 비켜서서 어디 자리가 나기를 기다리고 있었다.

자리가 나는 족족 재빠른 사람들께 빼앗기고 겨우 변소 옆자리를 하나 얻어 거기에 가서 둘이는 앉았다.

차는 떠나려고 움질움질 몸을 떨고 있다. 다른 차창으로 머리를 내밀고 친밀하게 인사를 하나 오직 청재네만은 말 한 마디 없이 앉아 있다.

청재는 흐릿한 눈으로 달아나는 차창 밖을 내다보았다. 어젯밤도 술을 많이 마신 탓으로 머릿속이 휑한 게 금시 쏟아질 것 같다.

차창 밖엔 눈이 내리기 시작한다. 청재는 외투 속에 몸을 감고 창밖에 눈 오는 것만 내다보고 있었다. 마치 외투 속이 그의 온 세상이나 되는 것처럼 그 속에 자기 몸을 감춘 것이 무척 편하고 좋았다. 만일 지금 누가 달려들어 자기 외투를 벗긴다면 청재는 허시에 쫓겨난 것처럼 당황하고 의지가 없을 것 같았다. 그래서 자꾸만 몸을 외투 속에 오그려 넣었다.

여순옥은 무슨 부인 잡지를 읽다가 무릎 위에 올려놓았다. 그리고 그 붉은 뺨 속에 오뚝하게 무서운 눈을 흘겨 청재를 보았으나 이내 시선을 돌렸다.

"눈이 잘도 온다. 눈 오는 게 보이세요?"

"네 잘 보고 있습니다."

여순옥은 씽긋 웃었다. 그리고 손가락으로 뽀—얗게 얼은 유리창 우에 '싱겁긴' 이라고 써놓았다가 다른 사람이 보는 것을 꺼리기나 하는 것처럼 이내 지워버렸다.

여순옥은 청재가 자기를 사랑하지 않는 것을 잘 알았다. 청재뿐만 아니라 자기도 청재를 사랑하지 않는다.

그러나 두 사람은 만나면 기분은 맞았다. 차도 마시러 다니고 사진도 구경하러 다니고 빌리야드에도 같이 가고 마작도 함께 했다

여순옥은 청재의 그 텁수염이 꺼멓게 난 속에 아름다운 눈이라든지 코라든지 하는 남성적 미모가 좋았고 더구나 그 세련된 피로疲勞와 우울과 교만이 늘 자기를 무시하는 것 같은 데 매력을 느끼었다.

청재는 또 청재대로 여순옥의 그 궁상맞지 않고 가난하지 않은 얼굴이며 몸매며 입은 옷이며 들고 다니는 핸드백이며 그와 더불어 하는 대화對話며가 좋았다. 사실 우리들 사이에는 이 궁상맞지 않고 가난하지 않은 다소 하이칼라한 기분이란 그리 흔한 것이 아니고 흔하지 못한 만큼 젊은 사람들은 이것을 좋아했다.

이러한 서로서로의 취할 점이 있는 까닭에 이 두 사람은 잘 사귀고 잘 이야기하고 또 이렇게 여행을 함께 떠난 것이다. 그러나 서로 사랑하는 사람들은 아무래도 될 수 없는 것 같았다.

"칼 가지셨어요? 나 손톱 좀 깎게."

청재는 잠자코 주머니에서 착 칼을 꺼내 주었다. 여순옥은 칼날을 뽑아 이리저리 보다가 손톱을 깎기 시작했다. 차는 자꾸 달아나고 눈은 아까보담도 더 펑펑 쏟아지고 차 안에 사람들은 여전히 떠들어 쌌는다.

여순옥은 칼끝으로 손톱 가생이를 싹싹 갈아냈다. 눈을 잔뜩 오그려 뜨고 손톱을 이모저모 보아가며 열심히 깎고 문지르고 하는 것이다.

"에그흐……."

갑자기 여순옥은 아프다는 소리를 했다. 새파란 칼끝에 그만 손가락을 베어놓은 것이다. 빨간 피가 담뿍 솟아올랐다. 여순옥은 그냥 두 눈을 오그려 뜬 채 손 끝에 솟아오른 핏방울을 들여다보고 있었다.

그러나 마음은 이내 청재의 눈을 살피기 시작했다. 청재가 자기의 이 상처에 대해서 어느만큼이나 놀라고 아파해주는지 그것을 찾고 또 기다렸다. 청재가 진실로 이것을 무슨 큰일이나 난 것처럼 서둘러주기를 바랐던 것이다.

그러나 청재는 그다지 대수롭게 알지 않았다. 그저 그 쌍꺼풀진 커다란 눈을 힐끔해서 수지*를 꺼내 주었다.

"그건 왜 다치셨어요?"

여순옥은 잠자코 청재를 바라보았다. 그러드니 그대로 삑 돌아앉아 아무 말이 없었다.

* 수지: '휴지'인 듯함.

*

기차는 개성역을 지나 토성에 이르렀다. 여기서 여순옥이는 다시 메주덩이만 한 기동차로 바꾸어 타야 하는 것이다.

이렇게 기차로 오는 동안 청재는 도시 말이 없었다. 술을 잘 마시는 사람들에게 흔히 있는 우울증만 아니라 청재는 온통 세계가 귀찮은 듯이 외투 속에 두 손을 집어넣고 그저 여순옥이 뒤만 어슬렁어슬렁 따라다녔다.

청재가 이렇게 뚱해 있으면 있을수록 여순옥은 거의 히스테리에 가깝게 지껄여쌌다. 그리고 누가 자칫 건드리기만 하면 울음이 터질 것 같은 것을 참느라고 애를 썼다.

기동차에서 내려서 이들 두 사람이 찾아가는 곳은 청재가 자기 아내인 소라에게 엽서를 쓴 바와 같이 온양온천이 아니라 백천온천이다.

어젯밤 온양온천으로 가자고 온갖 이야기를 다 했는데 막상 오늘 정거장에 나와서 차표를 살 때 일이 바꾸어진 것이다.

"차표는 내가 살게요."

차표를 여순옥이가 사지 않으면 누가 살라고— 청재에게는 돈이라곤 없었다. 여순옥은 들여다보며 백천 표를 두 장 달라고 큰소리로 발음을 똑똑히 했다.

'온양을 간다더니 백천이야?'

청재는 속으로 놀랐으나 그런 것을 참견할 의사도 없고 또 이제 참견한대야 여순옥이가 들을 리도 없는데 하여튼 모를 것은 어젯밤엔 온양온천으로 가자 해놓고 지금 갑자기 여무진 목소리로 백천 가는 표를 사는 그 속이다.

이리하여 두 사람은 백천온천에 온 것이다. 여순옥의 그 미끈한 키에 세련된 차림새가 온천에 여러 사람 시선을 끌었다. 순옥은 이러한 시선을 느끼자 갑자기 유쾌해져서 청재가 시무룩한 것쯤은 잊어버리게 되었다.

온천에서는 눈이 더구나 와서 외투와 모자챙과 장갑 끝에까지 솜뭉치 같은 눈이 쌓였다. 여순옥은 청재 옆에 바싹 다가서서 걷더니 호텔 가까이 가서는 자기가 먼저 들어갔다.

호텔에 묵중한 문을 밀자 보이들과 말을 하며 한창 수선했다. 청재는 보이가 벗겨주는 대로 외투 모자를 벗고 슬리퍼를 끌면서 둘이 같이 미끄러운 복도를 걷는데 금시 졸도라도 할 것처럼 아찔했다.

한참 만에 그들을 위해 준비했다는 방으로 인도되었다. 방은 과히 크지 않으나 깨끗한 침대가 놓이고 제법 좋은 교의와 그림들도 걸려 있었다.

청재는 창 옆에 놓인 의자에 가 털썩 앉았다. 그리고 급한 듯이 담배를 꺼내 손끝으로 돌돌 굴려가면서 주무르나 눈은 어디를 보는지 몰랐다.

여순옥은 호텔에 들어서자 인제야 제 세상을 만난 듯이 좋았으나 청재의 기분을 저울질하기에 피곤할 지경이다.

"우리 커피를 가져오랩시다. 따끈한 걸 한잔 마셔야겠어."

"네—."

"네— 무슨 대답이 그 지경이에요. 내 지금 기분대로 간다면 따귀라도 한 대 갈길 지경이니……."

순옥은 입을 오무리며 손을 번쩍 들어 때리는 시늉을 하더니 그 손으로 그냥 청재의 어깨를 짚으며 그 곁에 기대섰다. 그리고 그대로 둘이는 잠시 창밖에 쏟아지는 눈을 보았다.

싸르싸르 창가로 구불구불 누비질을 하고 있는 은빛 스팀에서 김 올라오는 소리가 그럴듯하다. 겨울날 아늑한 방에서 이 스팀 올라오는 소리를 들으면 누구나 잠깐 행복을 느낄 수 있는 것이다.

"그 스팀 소리 좋군."

청재는 순옥을 돌아다보며 부드럽게 웃었다. 순옥도 그렇다고 마주 웃었다. 여순옥은 늘 보던 청재의 얼굴이지만 지금 그렇게 웃을 때가 그 중에도 좋다고 생각했다. 순옥만이 아니라 청재는 오늘 오후엔 전에 없이 순옥의 아름다움을 빤히 보았다. 늘 보던 사람 더구나 부부 사이에 있어서도 어떤 때는 처음 보는 사람처럼 아름다움을 발견하는 수가 있는 것이다.

여자처럼 제 얼굴이나 몸에 대해 예민한 건 없다. 순옥은 청재가 자기를 아름답게 보는 것을 단박에 알아내고 붉은 빰이 터지도록 상기가 돼서 즐거운 나머지 되려 어색해졌다.

방안은 점점 어두워 오고 유리창에 드리운 고동색 무거운 커튼이 방안에 훈훈한 화기로 해서 약간 흔들리는 것 같다.

"내 저게 가서 과자 좀 사올게. 보이들은 좋은 걸 몰라."

여순옥은 문을 열고 나가더니 하얀 눈 위에 발자국을 푹푹 내며 달음질친다. 청재는 창가에 기대서서 눈 속에 쌓인 마을과 여순옥의 발자국을 물끄러미 바라보며 마음이 편안했다.

*

이럭저럭 밤이 왔다. 온천에 밤이란 다른 세상살이가 바쁜 거리보담은 훨씬 화려한 법이다. 왜냐하면 온천에 올 형편쯤 되면 우선 저녁 때거리는 염려 없는 친구들이요 또 한때나마 살림걱정을 잊어버리고 쉬는 곳이기 때문에 제법 세상은 놀 수도 있고 홍청거릴 수도 있는 것처럼 여유 있는 곳이다.

호텔에는 조용했다. 가끔 그 미끄러운 복도로 슬리퍼 끄는 소리가 들릴 뿐으로 손님들은 별로히 나다니지를 않는 모양이다.

여순옥과 청재도 저녁을 먹고 난 후엔 이내 자기네 방 안 육호실에 돌아왔다. 다른 손님들 같으면 벌써 탕湯에 들어갔다 나왔을 것이로되 이 육호실 손님만은 웬일인지 벌써 하녀가 몇 번이나 와서 권해도 도시 응수가 없다.

순옥은 유리문을 열고 덧문을 닫고 다시 커튼을 모와서 바깥이 전혀 보이지 않게 해놓았다. 그리고 의자를 밀어 스팀 옆에 가 앉았다.

"이리 오시잖어요?"

청재는 빙긋이 웃으며 앉았던 의자를 그냥 말을 타듯이 해서 질질 끌면서 스팀 옆으로 갔다.

따리아*와 같이 붉은 여순옥의 얼굴이 환한 불빛이 철철 넘는 이 실내에 그냥 무섭도록 화려했다. 청재는 그 화려한 얼굴을 보기가 좋았다.

"심심하군요."

"내가 기술이 부족해서 순옥 씰 유쾌케 하지 못하는가본데."

"우리 그럼 이야기나 합시다. 길고 먼— 이야기……."

"지금 이야기가 필요하십니까? 아까는 음악을 얻어다 춤을 춘다더니……."

"춤보담도 이야기가 필요해요. 나는 퍽 많은 이야기를 가지고 있는데 이걸 피력할 사람이 없습니다."

"그 사람이 내가 될 리는 없는 터!"

순옥은 눈을 힐끗 해서 웃었다. 두 사람 사이는 다시 잠잠했다. 일천하에 이런 별일두 있을 수가 있을까— 이런 온천에 두 남녀가 함께 온다고 하면 그 내용이란 누구나 상식으로 아는 바인데 순옥과 청재는 반드시 이 상식에 꼭 들어맞지는 않을 성 싶었다.

여순옥은 시집갔다 이혼하고 온 후에도 이번 사랑이 아닌 사랑을 겪은

* 따리아: '달리아'인 듯.

일이 있다. 그러나 그것은 늘 지독한 공허와 자존심을 상하는 것이 됐다.

"내가 어쩌자고……."

비록 창녀라고 할지라도 여자는 자기 몸을 본능적으로 지키려 하고 또 그것을 잃을 때는 말도 할 수 없는 적막을 가지는 것이다.

순옥은 남들이 다 자기를 그러한 여자로 이혼하고 와서 그저 홍청거리는 그러한 여자로 아는 것을 잘 안다.

처음엔 남들이 자기를 한 개 평범한 가정부인으로 알지 않고 좀 더 하이칼라 좀 더 멋쟁이로 그러그러한 여자로 아는 것을 만족하게 생각했다. 그것은 자기는 보통 평범한 여자보담 더 잘났기 때문에 팔자가 사나운 것이라고 생각했기 때문이다.

"한 번 잃어본 물건이래야 더 귀한 것을 아는 법이다."

순옥은 이제 이러한 철리를 해득했다. 그리고 그 잃어본 것이 얼마나 귀중한 것을 알고 그것을 어찌 하나 다시 찾아 회복하려고 애쓰는 중이다.

"조강지처는 별것인가."

순옥은 차츰 청재를 진실로 자기의 사람이 되어주기를 바라는 마음이 어느 구선엔가 싹트는 것을 새삼스럽게 느꼈다. 그러나 그의 소라와 같은 아내가 있는 것이 감히 범하지 못할 금단구禁斷區와 같이 생각되었다.

하여튼 여순옥은 청재에게 그렇게 남들이 상상할 수 있는 것과 같은 장면을 그리 쉽사리 만들지는 않으리라 결심했다.

"순옥 씨 이야길 안 하십니까?"

순옥은 멍하니 앉았더니 자기는 이야기하지 않고 듣기만 할 테니 청재더러 서양소설 이야기라도 해달라고 했다.

청재는 어느 불란서 소설을 이야기해 들려주었다. 마치 동네 아이들끼리 모여 앉아 옛날이야기라도 하듯이 그렇게 담담히 소곤소곤 이야기했다.

'소라와 이혼할 수는 없을까. 청재는 내가 더 솔직하게 해줄 수 있는데…… 둘이 사이가 그다지 좋지는 못하지. 이혼하자면 쉽게 될 것도 같은데……."

여순옥은 이야기를 듣는 동안 이러한 것을 생각했다. 이야기가 거진 끝났을 때 밤은 어지간히 깊었다. 시계를 보니 새로 한 시다. 이 시각에 바로 서울서 소라는 청재를 기다려 담요를 쓰고 담배가게 앞에 가 앉았을 때다.

'아이 졸려…….'

순옥은 졸렸으나 졸립다는 말을 못했다. 바로 눈앞엔 커다란 침대 한 개만 놓여 있는 것이 일대 큰 사건 같았다.

'딴 방을 하나 달랠까. 하여튼 보이를 불러보자.'

그러나 그것도 견딜 수 없이 수선스런 노릇이다.

*

순옥은 보이를 불러서 자기가 탕에 들어갈 테니 준비해 달라고 부탁했다. 보이들은 이 눈치 저 눈치 슬금슬금 보아가면서 시키는 대로 굽신거렸다.

보이가 나간 다음 순옥은 청재 옆으로 갔다. 청재는 아까 마신 술이 얼마간 취한 탓으로 무척 부드럽고 화기가 돌았다. 그래서 푹신한 의자에 네 활개를 펴더버리고 묻혀 앉아 순옥에게 한두 마디 우스개말도 건넸으나 그것은 한결같이 가시처럼 뾰족한 것이었다.

"이것 보세요. 지금이 한 시가 넘었으니 인제 주무셔야죠. 나는 혼자서 탕에 들어갔다 올 테니 그동안 아주 깊이 잠이 드셔야 해요. 이렇게 눈을 꼭 감구요."

순옥은 손으로 청재 눈을 꼭 쓸어 감겨 놓았다. 그리고 저쪽으로 가더니 핸드백에서 '아다링' 두 개를 꺼내 청재를 주었다.

"이것 잡수실 테야요?"

청재는 도리질을 했다.

"예수가 십자가에 못 박혔을 때 로마 병정들이 우슬즈라는 독약을 마시우려 하니까 예수는 아니 마시겠다고 하시고 다 이루었다 하셨다지. 나도 지금 성자는 아니나 아다링을 아니 먹겠다고 하오."

"그럼 어서 주무세요. 내 들어갔다 나올게."

"혼자서?"

"그럼 혼자서 아니구."

순옥은 청재를 어린애처럼 사람을 들어서 자리에 눕혔다. 그리고 자기는 곧 방을 나와서 탕으로 들어가려고 긴 복도를 걸었다.

복도엔 불빛이 희미한데 좌우측 방들은 벌써 잠들이 들었는지 아무도 드나드는 인기척이라군 없다.

순옥은 옷을 벗고 탕의 문을 열었다. 탕 속엔 뽀—얀 김이 저 혼자 피어올라서 방 속 하나 가득히 서리었다.

순옥은 매끈매끈한 사기로 깔아놓은 탕 속이 맨발에 미끄러울 때마다 등줄기가 오싹했다.

가운덴 커다란 못같이 둥그렇게 무늬진 대리석으로 둘러놓았다. 그 속엔 검게 들여다보이는 맑은 물이 더운 김을 솔솔 올리고 있다.

순옥은 수건을 든 채 그 대리석 테두리 밖에 한참이나 서 있었다. 탕 속에 전등들은 김 속에 묻혀 몹시 희미했다.

"아이머니."

순옥은 거의 큰소리로 외칠 뻔했다. 눈결에 자기에 선 모양이 맞은편 큰 거울에 비친 것을 보고 놀랐던 것이다.

물을 한 바가지 떴다. 그리고 온몸에 부었다. 몇 번 이렇게 한 뒤에 한 다리를 들어 그 대리석 목욕탕 속에 넣어보았다. 뜨겁다.

순옥이가 물속에 들어갔을 때는 그 속에서 물고기처럼 헤엄을 치고 싶도록 그 안이 좋았다.

'이 뜨거운 물은 이 지구 밑바닥에서 끓어서 오겠지.'

그러나 순옥은 아무리 해도 무서운 생각이 든다. 사방이 다 잠이 깊이 든 밤중에 이런 목욕통 속에 혼자 있기란 여간 무서운 게 아니다.

'옛날엔 이런 온천에다 색시를 산 채로 넣어 두면 큰 구렁이가 나와서 잡아먹었다는데…….'

아닌 게 아니라 그 어느 곳으로부터 쫓아오는지 알 수 없는 그 뜨거운 물줄기를 따라 이제라도 큰 구렁이가 나와서 자기의 벗은 알몸뚱이를 집어삼킬 것 같다.

'더구나 나같이 죄 많은 계집이—.'

순옥은 제 자신 제가 죄 많은 계집이라거나 몹쓸 사람이라고 생각한 적이 없다. 언제나 자기는 잘나서 이렇게 생활이 평범하지 않은 것이고 또 자기에겐 돈이 있으니까 그것으로 흥청거리고 교만을 부리고 사치하고 할 수 있는 것을 무한히 만족했다.

'나까짓 게 잘나가기는 무에 잘나.'

순옥은 때때로 제 얼굴이 그렇게 미인이 못 되는 것을 깨닫는다. 그러나 그는 그 세련된 화장술과 화려한 의복과 늘 요염한 기분으로 이것을 보충한다.

그러다가도 어떤 때는 이렇게

'나까짓 게 잘나기는 무에 잘나.'

이런 생각을 하게 되고 그럴 때마다 거의 자살이라도 하리만치 고독하고 슬퍼지는 것이다.

'벌써 스물여덟인데…….'

이것은 순옥의 다음 가는 슬픈 일이다. 지금은 이렇지만 이제 나이를 좀 더 먹으면 어찌 되는 것이냐— 이것은 이러한 종류의 여자들의 공통된 탄식이다.

'내가 이제 옳은 살림을 하자면 누가 믿어주나— 청재와 정당한 결혼을 한다? 이건 미친 생각이다. 그리고 힘이 들어서— 청재니 여순옥이니 힘이 들고 수속이 까다로운 일은 못하고 못 참겠다.'

순옥은 왜 자기가 이처럼 힘든 생각을 했던가 하면서 탕에서 나와서 다시 제 방으로 갔다.

얼마 후 복도로 지나던 보이는 아까까지 켜 있던 육호실 전등이 캄캄하게 꺼진 것을 보았다.

*

이튿날이 되었다. 온천의 이튿날이다. 청재와 여순옥이가 잠을 깼을 때는 아침이 아니라 오후 한 시쯤이었다.

이들은 아침을 본 지가 무던히도 오래다. 이른 아침, 그 청신한 아침 기운이 콧구멍으로 싸— 하고 들이풍기는 그러한 아침을 구경하기는 벌써 오래전 일이요. 지금은 늘 볕이 쫙—퍼진 게으른 태양을 볼 뿐이다.

오후 한 시쯤이나 돼서 일어난 그들은 우선 탕에 들어갔다. 탕 속엔 언제나 그 지구의 배꼽 속으로부터 솟아오르는 더운 물이 훈훈한 김을 뿜고 있어 좋았다.

여순옥과 청재는 이 온천의 법칙으로 본다면 으레 한 탕에 들어갈 것이로되 그들은 각각 따로이 들어갔다.

탕에 들어간 순옥은 물 묻은 몸을 미꾸라지처럼 미끈거리며 혼자서 온갖 아름다운 포—즈를 만들고 있었다. 그는 큰 거울 속에 비치는 자기의 몸을 볼 때처럼 유쾌하고 자신이 만만한 건 없었다.

얼마 후 탕에서 나온 청재도 어지간히 싱싱해졌다. 그는 물에 함빡 젖은 앞머리를 그대로 헝클어 드리운 채 하얀 맨발에 슬리퍼를 끌고 나왔다.

두 사람은 오래간만에 배고파 조반을 먹었다. 조반을 먹으면서도 바로 어느 나라의 백작伯爵이나 되는 것처럼 기분이 사치하고 풍부했다.

"늘 이렇게 살었으면……."

순옥은 흰 광조각을 떼어넣으며 이렇게 말했다. 청재는 유리컵에 냉수를 마시면서 유리컵 너머로 눈을 보내 웃기만 했다.

"여행이란 이래서 좋아요. 살림살이처럼 궁상맞지 않고 바—로 어느 나라의 귀족이라도 되는 것처럼 호사스럽지 않아요."

"그 호사가 불안한 호사일 때는 되려 슬픈 일 아니겠소?"

"불안하긴— 돈만 있으면 불안할 게 없어요. 지금 불안하세요?"

"불안? 글쎄— 나는 한 번도 불안하지 않을 때가 없으니……. 그래도 사람은 불안할 줄 모르면 못써요, 순옥 씨처럼……."

청재는 끝의 말을 위정 농조로 호령하듯 했다.

"체— 난 불안하지 않은 줄 아세요."

순옥 역시 지지 않고 눈을 흘겼다.

두 사람이 식사를 마치고 자기네 방 육호실로 돌아왔을 땐 방 안은 무척 밝았다. 눈은 이튿날이라 모두가 유리알처럼 말쑥하고 투명했다.

순옥은 침대 위에 그냥 벌떡 드러눕더니 무슨 영화잡지를 뒤적인다. 청재는 벌써 오후가 된 방 속을 이리저리 거닐었다. 담배를 피워서 연기를 뿜었다. 세상은 어찌도 조용한지 이 두 사람에겐 아무 할 일도 없어 심심해 못 살 때가 머지 않았을 것 같았다.

청재는 다시 창가에 앉았다. 따스한 겨울 햇살이 유리창으로 삼각형을 지어서 방 안으로 쏠린다. 청재는 그 햇살 속에서 전신을 담갔다. 무명폭같이 뻗치는 햇살 속엔 수없는 먼지가 부유浮遊했다.

청재는 그 따스한 볕이 얼굴을 따끈히 만져주는 속에서 멀리 마을을 바라다보았다. 사방이 한없이 넓은 빈 들 가운데 놓인 이 온천은 마을이 이처럼 멀리 보이는 것이었다.

'앗— 유쾌하다.'

청재는 자기 속에서 이렇게 커다랗게 외치는 소리를 들었다.

'햇빛을 쪼이는 동안엔 자살할 놈은 없을 게다.'

청재는 자기 속엔 옛날 옛적부터 있어서 이제는 어지간히 낡고 헌 것 같은 감상感想이 지금도 날로 새롭게 남아 있는 것을 민망히 생각했다.

이렇게 청재에게 유익한 햇빛도 불과 삼십 분을 못 가서 차츰 물러가기 시작했다 유리창은 다시 빛을 잃고 방 안은 다시 푸르게 어두워졌다.

"무슨 생각하세요. 나이가 삼십이 다 돼 가지구 아직도 그 지경이세요?"

순옥은 보던 책을 놓고 발딱 일어나더니 그 미끈한 다리로 침대를 훌쩍 뛰어내린다.

"우리 포터블*을 얻어다 춤을 출까. 춤은 조금씩 추면 제일 좋은 실내운동이요 또 전신을 유쾌케 하는 덴 제일이라니까."

순옥은 이내 음악을 준비해놓고 청재를 일으켜세웠다. 왈츠가 돌아간다. 두 사람은 과히 서투르지 않게 왈츠를 추었다. 음악과 리듬은 참 좋은 체조를 하게 한다고 두 사람은 이야기했다.

"이거 보세요. 우리 여기 오래 있읍시다."

* 포터블: '포터블 라디오(휴대용 라디오)'를 이르는 것으로 추정됨.

"오래라니 언제까지?"

"늙어죽도록."

"흠……."

"나는 또 이 방을 떠나서 새 세상을 창조할 용기는 없는데 이곳을 떠나면 나는 또 새 세상을 만들어야 하니까요. 우리 친정집엔 사흘을 가만히 못 있겠어요."

*

청재와 여순옥이가 이 백천온천에 온 지도 그럭저럭 일주일이나 되어서 오늘은 바로 그 일주일째 되는 일요일이다.

두 사람은 이 일요일 밤 열두 시가 지나도록 자지 않았다. 이들은 대개 늦게 자고 늦게 일어나 밤을 낮보담 무척 사랑하지만 요즘은 더구나 그러해서 밤중까지 방 속에서 술을 먹거나 서성거리거나 했다.

이 일요일 밤도 밖은 몹시 추운 모양이다. 그 싸르륵대며 올라오던 스팀도 끊긴 지 오래 되어 방 안은 싸늘하게 식었다. 두 사람은 불을 약간 가려 어둡게 해놓고 조그만 유리잔에 술을 마셨다.

"오늘이 일요일인가. 내일이 월요일이구."

청재는 혼잣말처럼 했다.

"그럼 오늘이 일요일이구 내일이 월요일이에요."

"월요일……."

"왜 일요일에 무슨 일이 있어요?"

"아니 일이 있는 게 아니라……."

순옥은 더 묻지 않아도 청재 속을 알았다. 사실 청재뿐 아니라 순옥도 월요일은 싫은 날이었다.

토요일이 되면 바쁘던 사람들이 반나절을 쉬게 되었다가 일요일이 되면 아주 하루 쉬는 것이다. 이것은 외국 사람들처럼 그렇게 유쾌하게 지키는 것은 못 되더라도 그래도 우리 동양 사람에게도 이날들은 행결 쉬는 기분을 갖게 되는 것이다.

그런데 청재나 여순옥에겐 이렇게 남들이 다 쉬고 더구나 제일祭日 같은 때가 되어 유흥 기분이 세상에 담뿍할 때가 제일 좋았다. 이러할 때는 자기들도 그다지 어색하지 않게 나다닐 수도 있고 길로 다니는 사람들과 일맥상통하는 점이 있는 성 싶었다.

그러다가 쉬는 날들이 지나고 사람들은 다시 일터로 가고 세상은 다시 바쁘게 되면 청재나 여순옥과 같은 사람은 남의 축에 빠져서 공연히 서글프고 고독한 것이다.

"오전에 왔던 사람들도 토요일과 일요일엔 흠뻑 많더니 오늘 저녁엔 거의 다 달아나버렸어요. 특별한 병자나 그런 사람 외엔."

온천에 왔던 손님들이 거의 가고 조용한 대로 이 두 사람은 견딜 수 없는 적막과 고독을 느꼈다.

"우리 참 여기에 와서 한 번도 밖에 나가본 일이 없군그래. 오늘 밖에 한번 산보를 해볼까?"

"산보요 글쎄— 밤이구 낮이구 나다니는 것보담 이렇게 방 속에 있는 게 편하지 않아요?"

"방 속에 있는 게……"

청재는 천장을 향하여 허허 웃었다. 사실 이 두 사람은 밖에 나가기를 싫어하였다. 어쩐지 밖에 나가면 벌거벗은 것처럼 어색하고 더구나 까닭 없이 이 방 속을 나가기가 무서웠다.

"이 방 속에 이렇게 들어앉았는 게 제일 편해."

순옥은 비록 밤이라도 밖으로 나가 산보할 의향이 없노라고 했다. 그리하여 이들은 이 주일 동안 방 속에서 먹고 방 속에서 그 태양과 들을 보고 방 속에서 이야기했다.

"그럼 우리 산보는 그만둡시다."

두 사람은 또 술을 마셨다. 밤이 점점 길어서 방 속이 바다 속처럼 어두워지는 것 같다.

"순옥— 내 말 좀 들으시오. 우리 내일 아침 첫차로 서울 갑시다."

"서울로 가요?"

순옥은 몹시 놀란다.

"벌써 뭘 하러 가겠어요. 좀 더 있다 가지."

"더 있어두 마찬가지지."

"뭐가 마찬가지예요."

"어쨌든 내일 아침 첫차로 갑시다. 여기에 오래 있으면 있을수록 불안하고 못써요."

순옥은 그 오목한 눈을 오그려뜨고 두 손을 무릎 위에 늘인 채 아무 말 없이 앉아 있다.

'나는 그러면 또 어디로 가나—.'

순옥은 이런 생각을 했다. 이제 청재와 서울로 간다. 그래서 정거장에서나 혹 어느 음식점에서라도 들려 차라도 같이 마신 후에 행길로 지나는 사람들끼리처럼 훌훌이 나뉘어 가면 그다음엔 자기는 어디로 갈 것인가— 생각했다.

"난 그럼 어디로 갈까요?"

순옥은 전에 없이 눈물을 몇 방울 떨어뜨렸다. 그리고 수건을 내어 얼굴을 닦았다.

"집으로 가십시오."

"친정집으로? 그 집엔 내방이 따로 있기는 있어요. 그리로 지금 놀러

오시겠어요? 놀러 오시지요?"

청재는 고개를 끄덕여 가겠다는 뜻을 표했다.

*

이튿날이 되었다. 청재는 전에 없이 이른 아침에 깨어 세수하고 떠날 준비를 했다. 오늘이 일요일이 돼서 토요일 밤에 왔던 사람들이 대개는 어젯밤에 떠났거나 그렇지 않으면 오늘 새벽 첫차로들 가는 사람이 많았다. 오늘부터 가서 사무를 보기 위한 것일 것이다.

청재는 옷을 단정히 입은 뒤 짐이라곤 세수수건 한 개 없는 여행이라 가지고 갈 것은 없어 그대로 의자에 앉아 담배 피우며 여순옥이가 깨기를 기다렸다.

그러나 여순옥은 좀체 깨기는커녕 파마넨트한 굽실굽실한 머리털을 그대로 베개 하나 가득 헤쳐놓고 아직도 잠이 깊이 들었다.

청재는 어서 오늘은 서울로 가야겠는데 여순옥이가 아직도 깊은 밤중으로 알고 쿨쿨 자고 있으니 조바심이 나지 않을 수가 없어 침대 옆으로 갔다.

"순옥 일어납시다."

청재는 순옥의 어깨를 잡아 흔들었다.

"응……."

"어서 일어나 서울로 갑시다."

그러나 순옥은 들었는지 못 들었는지 그냥 끙끙대며 돌아눕는다. 청재는 순옥의 그 희고 둥근 팔이 이불 밖으로 나와 얹힌 것을 보면서도 조금도 좋지가 않고 그저 가슴은 답답하리만치 조급해서 견딜 수가 없다.

"이봐요, 일어나라니깐. 정 안 일어나면 나 혼자 서울로 달아날 테니……."

"서울 가선 뭘 하게."

순옥은 자는 줄 알었더니 속으론 깨어 있었든 모양인지 눈을 벌떡 뜨며 말했다. 그리고는 다시 자려고 눈을 감는다.

"벌써 서울로 가선 무슨 볼일이 있어요."

눈을 감다 말고 순옥은 또 이렇게 여무지게 다진다.

"볼일이 있든 없든 갈 길은 어서 갑시다."

"그렇게 갈 길인 것을 오시긴 왜 왔어요? 바로 무슨 급한 용무라도 있는 사람 같군."

청재는 얼굴을 찌푸렸다. 이 일주일 동안 이 방 안을 온 세상으로 하고 여순옥과 둘이서 공기를 호흡하고 태양을 보았다. 그러나 이것은 마치 버러지들이 어디나 집을 만들고 그 속에 들어 있는 거나 꼭 마찬가지 일이라고 생각했다.

"이거 보세요. 우리 한 주일만 더 있다 갑시다. 지금 간대야 서울 바닥에 가선 단 삼십 분이 못 돼서 또 갈 데를 만들어야하지 않아요? 나두 그렇구 이 선생두 그렇구."

순옥은 하품을 몇 번이나 해가며 게으르게 일어나는데 기지개를 밉쌀머리스럽도록 켜고 있다.

그리하여 모처럼 청재가 아침 차로 가려고 애쓴 보람이 없이 또다시 호텔에서 조반과 점심을 먹었다.

"노는 것두 어느 정도를 지나면 일하는 것보담 더 힘이 들고 바쁜데 왜 이렇게 내 말을 아니 들으시오. 오늘 밤차로는 꼭 갑시다."

두 사람은 마침내 밤차로 백천온천을 떠났다. 정거장에 나와서도 순옥은 청재 곁에 따라다니지 않고 자꾸 혼자 외돌았다. 혼자서 그 작은 시골정거장 대합실 안을 뱅뱅 돌다가는 청재와 눈이 마주치면 홱 돌아서곤

했다. 청재는 오던 때보담도 한층 더 외투 속에 몸을 은신하고 표 파는 창 앞에서 어서 창이 열리기를 기다리는 듯이 서성댔다.

"괜히 벌써 호텔에서 나왔어……."

순옥은 호텔방 속에서 나오고 보니 세상은 여전히 바쁜데 청재와 자기도 담 밖에 제 위치 제자리에 와 놓여 두 사람 사이가 갑자기 남이 되어버렸다.

'역시 남이로구나.'

순옥은 또 이런 생각을 하면서 마침 이 정거장에 들어맞는 차를 탔다. 청재나 순옥이나 차 속에서 단 두 마디 말도 하지 않았다. 가끔 순옥은 한숨을 가볍게 쉬어서 가뜩이나 견딜 수 없는 청재를 마음 아프게 했다.

"추우시죠."

순옥은 대답 대신 고개를 끄덕였다.

이윽고 차는 경성역에 닿았다. 사람의 뭉텅이가 와글와글 하고 산더미 같은 화물에 왼통 정신없이 난리를 치듯 하는 속을 두 사람은 빠져나왔다.

경성역에를 척 나와놓고 보니 두 사람은 잠시 막막히 마주 섰는 수밖에 없었다. 무슨 말을 어떻게 해야 할지 또 작별하는 말은 어떻게 해야 하고 더구나 어떻게 두 사람이 시치미를 딱 떼고 헤어져 갈지 이런 난사는 없는 듯했다.

"또 만나뵈어요. 그리구 소라 씨 찻집은 꼭 하도록 제가 마련해 드릴 테니까요. 내일이라도 전화 걸어주십시오. 며칠 동안은 통 나가지 않으렵니다."

순옥은 자동차를 불렀다. 청재는 순옥의 팔을 붙들어 차 안에 올려앉혔다. 그리고 차 속에 순옥의 얼굴을 묵묵히 바라보았다.

*

청재는 여순옥의 자동차의 뒷꽁지를 멀거니 보고 섰다가 그대로 척척 걷기를 시작하여 세브란스병원 앞까지 왔다.

걷다가 생각하니 지금이 오후 몇 시인가— 하고 길가에 큰 상점 앞에 가서 목을 늘어뜨려 남의 유리창 너머로 시계를 찾아보았다.

'일곱 시 십 분이로군. 집으로 어서 가자.'

청재는 지금 자기에게 돌아갈 집이 있다는 것이 기적 같기도 하고 거짓말 같기도 하고 더구나 아내인 소라를 생각할 때는 그동안 일이 대체 요지경 속같이 알 수 없기만 했다.

'어쨌든 가자.'

청재는 세브란스 앞에서 전차를 탔다. 동대문행 전차를 타고 전차 고리를 잡고 가면서 밖을 내다보니 한주일 전에 본 서울인데 먼 옛날에 떠난 고향같이 생소해서 막 속으로 백천온천의 생활과 풍경을 다시 기억했다.

'무에라고 거짓말을 꾸미노.'

이것은 청재 내외처럼 대단히 교육도 많고 문화적인 내외 사이에도 이렇게 남편이 딴 일을 했을 때는 거짓말을 꾸며대는 것이요 행랑집 아범이나 어느 회사의 중역이나 누구를 물론하고 사나이들은 자기 행실을 거짓말 몇 마디로 꾸며댈 수 있는 것으로 생각한다.

"여자는 실행하는 경우면 곧 이혼 당할까를 생각하지만 지금 사실들은 실행하면 거짓말 몇 마디를 생각해서 아내에게 내어놓는 것이 보통이에요."

하던 여순옥의 말을 생각하고 청재는 혼자 고소했다.

'소라를 어떻게 해야 달래노.'

청재는 이런 생각을 하면서 소라를 생각하니 도무지 앞이 막막하다.

'소라가 속을 리가 있나. 이제 아귀처럼 달라붙어 못살게 굴 게다.'

청재는 이런 생각을 하니 무서워 견딜 수가 없다. 자꾸 달아나는 전차가 어찌도 빠른지 견딜 수가 없을 지경이다.

'무서워.'

아무리 생각해도 집으로 들어가기가 무섭다. 그래서 전차에서 내려서 대학 앞으로 천천히 걸어갈까 했으나 그렇다고 천천히 걸을 생각도 없고 어찌해야 좋을지 모르는 새에 동소문으로부터 오는 버스가 왔다.

'될 대로 돼라.'

청재는 버스에 올랐다. 버스 안엔 돈암정 속에 사는 시골사람 같은 사람들이 무슨 장들을 보아 보퉁이 보퉁이 들고 오른다. 청재는 그 보퉁이를 보니 자기가 이번 갔다 온 백천온천에서 여순옥과의 여행은 더구나 자기 생활과는 동떨어진 요지경 속 같다.

'차라리 나도 구식 여편네나 아내로 삼았다면…….'

점점 마음이 비굴해져서 어떻게 소라가 이번만 오늘밤만 저 구식 여편네들처럼 자기가 들어오면 우선 한주일 동안이나 어디 갔다 왔느냐 누구하고 같이 갔느냐 왜 가면 간단 말도 없고 또 온천엔 무슨 일로 갔느냐— 이런 것을 캐고 묻지 말고 그냥 순순히 맞아주었으면 얼마나 행복스러우랴 생각했다.

'나를 보고 앙하고 달라붙지만 말아주었으면 얼마나 고마우랴.'

청재는 소라가 자기를 순순히 아무것도 묻지 말고 맞아주었으면 얼마나 좋을까 하고 그것을 무슨 기적처럼 믿었다. 그리고 이런 때야말로 자기의 아내가 구식 여편네의 미덕을 본받기를 간절히 바랐다.

'교양 있는 여자니까 상스럽게 덤비지야 않겠지…… 교양이 있게 가만 있지는 않을 테다.'

청재는 생각할수록 소라 일이 골치가 아프고 머리가 끓었다.

'여자란 무서워.'

그는 또다시 소라가 무섭고 소라뿐 아니라 그 붉은 뺨을 가진 여순옥이도 무서웠다.

'그냥 눈을 감아주었으면 참 좋으련만…….'

청재는 버스에서 내려서 성북정 넘어가는 큰길에 나서 걸으면서 자기 집이 소라가 독살을 피우고 있는 그 집이 가까워올수록 가슴은 평온치가 못했다.

'술이나 좀 먹자.'

그는 우선 술이라도 좀 마셔야 마음이 누그러질 것 같다. 그래서 주머니를 만져보니 이 원 몇 십 전가량 쥐어진다. 길가엔 때마침 무슨 옥이라 한 '다찌노미' 집 빨간 포장이 청재를 손질한다.

청재는 그 집에 들어가 술을 마셨다. 갈보의 쥐어짜는 듯한 노랫소리를 들어가며 값싼 술을 웬간히나 마셨다.

'이만하면 되겠지.'

청재는 술집을 나와서 몇 걸음 오다가 주머니의 남은 돈 오십 전을 몽땅 털어서 소라를 주려고 군밤을 사서 들었다. 그리고 어두운 거리를 스적스적 걸어서 집으로 향했다.

4. 풍파風波와 평화平和

소라는 오늘밤도 어젯밤처럼 아랫목에 웅크리고 앉아서 전등을 만져보았다. 이 한 주일 동안에 소라는 자기의 값이 개犬 값에도 못 가게 떨어진 것처럼 생각되었다. 더구나 보는 것 듣는 것이 모두 다 달라진 것 같고 누구나 자기를 업수히 여기고 조롱하는 것만 같았다. 제 몸뿐 아니라

온 세계의 역사는 왼통 다르게 된 것처럼 머릿속이 허무했다.

'이 원수는 갚고야 만다.'

소라의 가슴속엔 이 말밖에 남은 것이 없었다.

'그러나 어떻게 만나나. 어느 날이구 오긴 오겠지. 아주 달아나버리지는 않았을 테니까. 어느 날 어느 시구 오는 시각이 있겠지. 이 집 문으로 들어서는 때가 있을 테지.'

소라는 청재가 벌써 두 사람 사이가 아득히 멀어진 지금 다시 자기에게로 오리라고 생각하니 한편 은근히 기다려지기도 했다.

'하여튼 어서 오기나 했으면.'

이것은 소라의 원통함과 질투와 자존심을 모두 다 젖혀버리고 그 속에서 솟아나는 한 가닥 사랑이다.

*

청재는 선술집에서 한잔 한 것이 얼근이 취하여 손에는 군밤봉지를 들고 자기 집 대문 앞까지 왔다. 대문을 보니 역시 세상에서 제일 반가운 곳이다. 더구나 그 속엔 소라가 있거니 하니 견딜 수 없이 미안하고 죄스럽고 우선 어서 보고 싶어 한달음에 뛰어들어가고 싶었다.

대문 소리가 제꺽 요란스럽게 났다. 다시 중문의 유리창 문합이 자르르 하고 열렸다. 소라는 얼른 쌍창에 붙인 유리에 두 손바닥을 오그려대고 눈을 그 사이에 가져갔다.

캄캄한 마당에 아랫방에 켠 등불이 새어나와 중문께가 더 환한 가운데로 웬 사람 하나가 쑥 들어선다.

'왔구나. 인제 왔구나.'

아무리 어두운 속에서라도 청재의 모습은 눈 속으로 콱 안겨 들어왔다. 소라는 얼른 몸을 체경에서 떼고 뒤로 두어 번 앉은걸음을 했다. 온 전신이 화들화들 떨리고 손발은 가만히 가지고 있을 수가 없었다.

'어디 보자.'

그러나 소라는 어떻게 해야 좋을지 몰랐다. 이대로 앉아 있을지 밖으로 뛰어나갈지 어쨌든 뒷문으로 빠져나가 피하고 싶었다. 그러나 언제 그럴 새도 없이 얼른 친의를 뒤집어쓰고 아랫목에 벽을 향해 누워버렸다.

청재의 발자취 소리가 곧 마루로 올라오지 않고 딴 데로 간다. 소라는 친의를 쓰고 누웠어도 귀는 나팔처럼 강—하게 열어 밖에 소리를 가누어 들었다. 청재의 발소리가 중문에서 저벅저벅 하더니 변소로 들어가는 모양이다.

'흥, 넙쩍 들어서기가 부끄러운 모양이로구나.'

그러나 속으론 청재가 어서 방으로 들어오기를 기다렸다. 한참 있더니 청재는 변소에서 나와 마루문 한 문을 열고 마루로 올라서는 기척이 들린다. 청재는 소라가 듣기에 전에 없이 큰 소리를 덜걱덜걱 내며 허세를 부리는 것 같았다.

'흥 되지두 못한 게…….'

소라는 눈을 꼭 감고 누웠다. 이윽고 문이 부스스 열리며 청재가 윗목에 들어와 서는 모양이다. 소라는 눈을 딱 감았으나 그의 귀와 피부는 윗목에 들어와 선 청재를 보기에 바빴다

청재는 응당 아랫목에 누워 있는 소라를 몇 번이고 보았을 것이다. 그러면서 천천히 외투와 모자를 벗고 양복을 벗어 거는 소리가 부스럭부스럭 들린다. 소라는 속으로 지금은 외투와 모자를 벗는 것이고 지금은 웃저고리를 벗는 것이고 눈은 감았어도 다 보고 있었다.

이윽고 옷을 다 바꾸어 입은 청재는 소라 있는 아랫목으로 왔다. 와서는 한참이나 멍하니 섰다가 크게 용기를 내었다. 술도 몇 잔 얼근히 먹

은 탓으로 말은 쉽사리 나올 수가 있었다.

"여보 어디 아프우. 나 왔소."

이러면서 어깨를 흔들었다. 어깨를 흔들면서 빨리 소라의 얼굴을 살폈다. 소라의 얼굴은 백지처럼 창백한데 눈을 딱 감아 다시는 뜨지 않을 자세를 취하고 있으나 그 감은 눈 속에 속은 빳빳하게 살아 있는 것이 그 얼굴에 드러났다.

"소라 날 좀 보시오."

소라는 더 참을 수가 없었다. 죽은 듯이 누웠더니 발딱 벼락같이 일어났다. 일어나면서 눈에 독기를 담아 청재를 쏘았다. 청재는 그 눈을 피하여 얼굴을 돌리지 않을 수가 없었다.

"어디 아푸우."

"어디 아푸우……. 이런 뻔뻔스런……."

소라는 얼굴이 파랗게 질려서 얼굴에 경련을 일으켜 가늘게 떨었다.

*

청재는 소라가 독이 오른 고양이처럼 앙하고 달라붙는데 아무리 다소 예기했던 일이지만 담박에 기가 꺾이지 않을 수가 없었다. 그래서 윗목으로 주춤하고 물러앉았다.

"어딜 갔댔어요."

소라는 말을 꺼내다 말고 커다랗게 뜨고 앉은 눈에서 눈물이 뚝뚝 쏟아진다. 도무지 걷잡을 새 없이 뚝뚝 쏟아지는 눈물은 소라의 육체 속에 흘러 있던 원망스런 독액이 쏟아지는 것처럼 보였다

청재는 소라의 태도가 너무도 강경한데 당황하여 일이야 어찌 됐든 어서 소라를 달래서 진정시키고 싶었다. 그중에도 이상스런 것은 청재

자신은 이번 일을 그다지 참회하는 것보담은 그저 소라가 눈을 감아주었으면 그에서 더 고마울 데가 없을 것 같다.

"여보 우리 그 이야기는 차차 합시다. 친구하구 좀 다녀왔는데……"

청재도 긴장된 나머지 얼굴 근육에 경련을 일으킨다. 눈시울과 입 가쟁이가 가늘게 실룩거리다가 바르르 떨린다.

"친구하구…… 말도 좋소. 친구하구…… 내가 여순옥이 집엘 몇 번이나 갔는지 알우."

"그건 당신 혼자 생각이구 난."

기껏 거짓말을 꾸며대려고 여러 가지로 준비했지만 소라가 바짝 달라붙으니까 어느 하가*에 거짓말을 꾸며댈 새도 없다. 거짓말이란 다소 여유가 있을 때 만들 수 있는 것이기 때문일 것이다.

청재는 소라 손을 잡아끌어서 자기 앞으로 앉혔다. 그리고 등과 머리를 만져주려 했다. 진정으로 미안한 생각과 죄스런 생각을 금할 길이 없었던 까닭이다.

소라는 청재에게 잡힌 손을 빼려고 손목을 배배 틀었다. 그리고 머리와 등을 청재의 가슴에 닿지 않으려고 이리저리 내흔들어 피했다.

"이건 놔요. 이 더러운 손을 가지고 누굴 만지는 거야. 에이 더러워. 에이 똥보담두 더러운 것."

소라는 자기 남편의 손이 딴 여자에게 닿았을 것, 자기 남편의 몸이 딴 여자에게 닿았을 것을 생각하매 청재가 더럽고 징그러워서 그냥 팔팔 뛸 지경이다.

"나가요. 나가. 어디 가 돌아다니다가 인제야 들어와 에이 보기 싫어."

소라는 발딱 일어나서 청재 웃저고리를 들고 문밖으로 나가라고 밀

* 하가何暇: 어느 겨를.

쳤다. 그러나 청재는 꿈쩍도 않고 그냥 요지부동으로 앉아 있으니 소라는 점점 더 약이 올랐다. 그래 청재의 머리며 목이며 팔이며 손에 잡히는 대로 잡아끌어서 바깥으로 나가라고 악을 썼다.

"이 집에 왜 들어왔어. 난 사람 아닌 줄 아나."

소라는 일어선 채 씨근덕씨근덕 숨이 찼다. 청재를 밖으로 끌어내려고 이렇게 숨이 차게 날치는 것이나 청재는 꿈쩍 않고 앉아만 있다.

또 눈물이 비 오듯 했다. 소라의 지금 눈물은 소낙비가 한참씩 쏟아지고는 멈추는 것인데 이 한참씩 쏟아진 눈물이 잠시 반짝하는 햇빛이 쪼이는 것처럼 가슴속이 행결 가벼워지군 했다.

'청재가 내게 하듯이 그렇게 여순옥에게도 또 그밖에 수없이 많은 여자들께도 그러한 행동을 했겠지……."

소라는 잠시 앉아 쉬는 동안 또 이런 생각과 상상을 해보는 것이다. 그러면 그냥 미칠 것 같고 죽어야 할 것 같다.

"내가 할 수만 있다면 당신의 그 더러워진 살점을 모조리 뜯어 팽개쳤으면 좋겠수. 원 어쩌면 그런 일이 세상에 있을 수가 있을까. 당신 생각해보우. 내가 만일 그런 일이 있다면 당신이 어떻겠수. 아마 우주의 역사가 한번 발딱 뒤집혀 바뀐대도 이보담 더 기이하지는 않을 테지요. 나나 당신이다 꼭 마찬가지야요. 어디 내겐 쓸개가 한쪽 없는 줄 아시우."

소라는 이처럼 포달을 부리고 청재를 쥐어뜯고 나니 인제 다소 마음이 가라앉으려고 했다. 물론 앞으로 두고두고 불평은 있겠으나 그래도 이만해놓고 보면 다소 속이 시원도 해진 것이다.

'그래도 왔으니 다행하다.'

이 생각은 처음부터 소라에게 있었다. 나가서야 어찌 됐든 다시 돌아온 것이 밉고 괘씸한 중에도 어찌나 다행했는지 몰랐다.

"참 당신 용렬하구 치사스럽소. 돈 있는 년의 궁둥이면 다 따라다니는 거여. 그 년 여우 같은 년, 당신 같은 병신 위인이나 꾀어 차리고 다니지."

소라는 또 한 마디 했다. 청재는 이 말에 가장 아픈 곳을 찔리운 모양인지 갑자기 얼굴빛이 날카로워졌다.

이때까지는 소라의 발악을 어떻게든 어루만져 달래려고만 하더니 인제는 청재 자신이 와락 성이 났다.

"왜 아픈 곳을 찔리웠수. 당신 여순옥이 같은 계집의 파트론 노릇 하기엔 꼭 째였수."

"듣기 싫다."

청재는 술김이 갑자기 거꾸로 드는 것처럼 얼굴빛이 붉어지더니 방바닥에 놓인 물그릇을 집어 윗목 거울에 던졌다.

"아무 소리나 해봐라."

*

물 사발이 체경에 가서 딱— 하고 맞아 떨어지면서 산산조각이 났다. 사발만 산산조각이 난 것이 아니라 체경에 거울알이 햇살이 깨치듯 굵다랗게 줄줄이 깨어져 금이 갔다. 이 통에 엎질러진 물은 장판 방 위로 지도를 그리며 밀리고 있다.

소라는 기가 막혔다. 청재가 이 지경에까지 나갈 줄은 꿈에도 몰랐던 것이다. 더구나 무엇을 잘하였다고 이 짓인지 전혀 알 수가 없었다. 그래 겨우 가라앉으려는 심상은 다시 옹지기 시작했다.

"무얼 잘했다고 세간을 부수는 거야. 그동안 내가 속 썩은 생각을 하면 껍질을 반을 벗겨놓아도 시원치 않겠는데 무얼 잘했다고 제 편에서 되려 세간을 부셔……."

소라는 원통하고 약이 나서 또다시 발딱 일어나 청재에게 덤볐다. 청재는 귀찮은 듯이 한 팔로 소라를 탁 떨쳐밀었다. 소라는 공처럼 아랫목에 나동그라졌다.

"이런 염체 없는 것 사람을 막 치네."

소라는 동네방네 다 들으라고 악을 쓰며 울었다 이때 두 사람 모양은 허릴없이 미친개 싸우는 형상이었지만 두 사람 다 너무 흥분한 나머지 자기네 꼴들을 반성할 여지란 조금도 없었다.

소라는 울면서도 윗목에 놓인 거울을 보았다. 금줄 올린 테를 한 커다란 체경이 박산이 나고 말았다.

'이런 아까울 데가 있나. 저걸 살 때 삼십 원이나 주었는데 지금이야 저런 거울알이 있기나 한가. 돈을 암만 주어도 저런 것은 살 수나 있나……'

이런 생각을 하니 그 개중에도 깨어진 거울이 아까워서 못 견디겠고 그리고 보니 청재가 더구나 미워서 죽을 지경이다.

"세간은 왜 부수는 거야. 몇 푼어치 해놓고 부수는 거야. 남처럼 잘해놔 놓구 부숴두 좋겠네."

"그래 난 잘해 놓지도 못하는 사람이니 어서 잘해주는 데 가면 그만 아냐."

"잘해주는 데 가지 그럼 안 가. 여편네 하나 먹여 살리지 못하는 주제에 온천엔 뭣하러 가는 거야."

청재는 더 참을 수가 없었다. 비단 소라의 발악뿐 아니라 모든 것이 더 견딜 수가 없었다. 온천의 한주일 동안은 소라가 생각하는 것처럼 그렇게 천국같이 유쾌하고 향락적인 것은 아니었다.

"아— 괴롭다."

청재는 어쩐지 무거운 짐을 끌고 허덕이는 비루먹은 당나귀처럼 괴롭고 숨이 차서 못 견딜 지경이다.

더구나 얼근이 취한 술에 아직도 채 깨지 않았다. 청재는 술을 마시면 보통 때는 더 사근사근 재미있어지나 그것이 요즘 와서는 전혀 다르게 되었다. 대체로 술을 몹시 먹는 사람은 술이 취하여 불쾌하면 어떤 잔인성이 폭발하기 쉬운 것이다.

청재는 오늘 밤 소라가 처음 보게 대담하고 잔인해졌다. 그는 혼자 미친 것처럼 소리를 지르고 자기 머리를 쥐어뜯었다. 그리다가는 무엇이나 손에 잡히는 대로 집어 때렸다.

"에그머니, 이게 미쳐서……."

소라가 쫓아가며 말릴 새도 없이 청재는 되는 대로 집어 내던져서 와지끈 깨트리고 부순다. 청재는 세간 하나 하나가 부서질 때마다 몹시 유쾌했다. 나중엔 소라가 급하여 청재의 옷소매를 잡고 늘어지매 청재는 불만을 느꼈다. 마치 밥을 배불리 먹지 못하고 수저를 놓으면 더 먹고 싶고 볼 만한 듯이 이 잔인성도 어느 한도의 만족을 구하는지 청재는 자꾸만 세간을 더 부수고 싶어서 못 견디었다.

방 속엔 몇 개 안 되는 세간이 거의 다 깨어지고 부러져서 왼통 난장판이 되었다. 그중에 화로까지 뒤집어져서 온 방 안엔 재가 날려 눈을 뜰 수 없이 되었다.

"에이 죽어버리자."

소라 역시 머리를 풀어헤치고 달려들었다. 그 아끼고 손때 묻은 살림살이를 다 깨트리고— 이렇게 원통하고 분해서 살아 있을 생각이 없었던 것이다.

청재는 또 청재대로 슬프고 야속했다. 그런데 딱딱 깨어지는 소리는 근래에 없이 통쾌하여 벌써 이렇게 한바탕 해내보지 못한 것을 속으로 후회까지 했다.

"왜 가만 있어. 더 깨트리지. 이까짓 건 남겨둬 뭘 하게."

청재는 소라가 또 덤벼드는 통에 무엇인지 손에 잡히는 대로 집어서 소라를 향해 던졌다.

"엑쿠……."

소라는 앞으로 폭 고꾸라지는데 얼굴에선 피가 쏵 쏟아져 흘렀다. 던진 것이 코허리에 맞았는지 코피가 샘처럼 쏟아진다. 그러더니 소라가 왈칵하고 무얼 토해내는데 그것도 피여서 저고리와 치마 안엔 왼통 피가 쏟아졌다.

청재는 술기운이 갑자기 깨고 머릿속이 선뜩하면서 온갖 정신이 일시에 든다.

"여보 정신 차리우."

청재는 소라의 코에서 나오는 피와 입에서 나는 피를 두 손으로 마구 움켜내면서 소라를 흔들어 깨웠다.

*

청재는 정신없이 거리로 뛰어나왔다. 나와서 신약방을 찾았으나 밤이 깊어서 문을 잠근 것을 사람이 상했으니 일어나라고 야단을 쳐서 겨우 문을 열었다.

약솜과 알콜과 또 무엇무엇 여러 가지를 사들고 그냥 행길을 줄달음 질쳐서 집에까지 왔다. 시각이 급하게 방문을 열고 보니 소라는 얼굴이 백지같이 하얗게 질려서 누워 있다.

청재는 위선 약솜에 알콜에 묻은 피를 닦고 수건을 냉수에 적셔 이마에 얹어주고 또 무슨 물약을 떠서 자꾸 퍼 넣었다.

"여보 정신차리우."

청재는 당황하고 급한 중에도 소라가 차츰 깨어나는 것 보고 너무 반가워 어쩔 줄을 몰랐다. 그리고 미안하고 가엾어서 이제 후로는 소라를 업고라도 다닐 것 같았다.

청재는 소라의 두 손을 꼭 쥐었다. 눈에선 눈물이 흘러서 꺼멓게 무성한 수염 사이로 잦아들었다. 그리고 자기네들 연애시절의 사랑보담 좀 더 다른 강렬한 사랑을 느꼈다.

"소라 눈 좀 뜨라니까."

청재는 입가에 한없이 유감한 미소까지 띄우고 소라의 얼굴을 들여다보며 어린애 달래듯 했다.

소라는 눈을 커다랗게 떴다. 그러나 그 맑은 눈동자는 청재를 외면했다. 하얀 얼굴은 냉혹하도록 차고 매웠다 .

"소라 용서하우."

그러나 소라는 다시 외면했다. 내외 싸움은 칼로 물 베기라고— 또는 내외 싸움처럼 어리석은 것 남이 보면 웃음거리밖에 안 되는 것— 이런 것이라고 하지만 이번 청재가 한 일은 소라에게 치명상을 주었다.

"사내가 병신 아닌 담에야 외입 좀 하면 어떠냐."

이것은 아직도 문화가 덜된 우리들의 상투로 하는 말이고 오늘날 이러한 일로 양잿물 사발을 드는 부녀자가 열에 아홉은 된다 쳐도 소라에게 있어선 역시 청재의 방종은 일대 사건이 아닐 수 없다. 동네 여편네들의 상식이 소라에겐 우주의 어느 천체天體 하나가 땅에 떨어져 군대도 여에서 더 큰일은 될 수 없을 것 같았다.

"여보 시장하지 않우. 내 먹을 것 좀 사올까."

청재는 제 할 짓을 다 하고 나니 인제 기분이 활짝 풀렸거니와 소라는 한번 토라진 마음이 그다지 쉽사리 풀릴 리가 없었다.

"어딜 가시우. 내 이야기 좀 듣지 않구."

"이야긴 차차 하구 뭘 좀 먹어야지."

"먹긴 무얼 먹어요. 어서 앉으시우."

청재는 전에 없이 기분이 거뜬해서 소라 옆에 앉는다.

"당신 모두 메때리고* 나니 어지간히 유쾌한 모양이구려. 그것 잘했소. 그까짓 서푼짜리도 못 되는 살림을 이때까지 가지고 있은 게 잘못이지."

"……."

"그런데 난 인제 이 살림 그만두겠수. 내일 아침 차로 집으로 갈 테요."

"집이 여기가 집이지. 무슨 집이 또 있소."

"난 인제 이 살림 생각만 해도 진저리가 나우. 글쎄 좀 생각해보시우. 경제적으로 넉넉지 못한 것두 그게 큰일이 아닌 게 아니지요."

"돈이 없는 거야 어떡허우."

"아니 가만 계시우. 우리 살림이란 대체로 뜨내기거든요. 돈이 없으면 없는 대로 살 수 있는 당신이나 내가 못 되거든요. 한 푼이라도 생기면 하이칼라로 죄다 달아나고 당신은 일 년 열두 달 하는 일 없이 집에라곤 붙어 있지 않으니 집안이 자연 거칠어지고 쓸쓸해지는 게 아니요."

"지금 사람이 다 그렇지 집안에 어떻게 앉아 있소."

"그러게 답답하단 말요. 집이라고 그래도 쉼이 좀 있어야 하지 밤낮 거리로만 싸대니…… 어떻게 우리의 집안이 빠—나 카페—처럼 화려하거나 하다못해 찻집처럼이라도 조촐할 수가 없겠소."

"이제 그만해둡시다. 내 인제부텀은 꼭 들어앉아 있지."

"벌써 그 맹세를 몇 백 번이나 했어요. 집안이 신산해도 그래도 의무적으로라도 좀 있어야 할 게지."

"이제부텀 그러면 되지 않소."

소라는 눈이 말똥말똥해서 천장을 쳐다 보더니 또 사설을 시작한다.

* 메때리고: 북한어. 메었다가 아래로 세게 내던지다.

"그런데 이번에 여순옥이하구 어딜 갔댔어요. 내가 온양온천에 가서 발끈 뒤졌수. 나도 한몫 끼려고— 사람을 이렇게 한대하는 수가 있나— 난 더 못 참어요. 두말할 것 없이 내일 내가 간 담에 법적으로 이혼수속해 보내시오."

소라는 이불을 마구 뒤집어썼다.

*

이튿날 아침이 되었다. 소라는 다 밝아서야 잠이 약간 들었다가 아침 여섯 시도 되기 전에 무엇에 놀란 듯이 번쩍 깨었다.

깨어서 두리번두리번 보니 방 안에 세간이 죄다 깨어지고 산산조각이 난 것이 다시금 눈에 띄었다. 비로소 어젯밤 일이 꿈같이 생각난다. 새로운 슬픔이 솟아올라 코끝이 싸—해진다.

깨어진 거울은 요사와 방정을 이야기하듯 줄줄이 금이 가서 어른거리고 엎어진 화로에선 재가 쏟아져 방 안은 왼통 뽀—얗게 재를 뒤집어쓰고 있다.

'나는 암만해도 가야겠다. 내가 간 다음에 어디 고생을 해봐라. 저게 무슨 못된 행사야. 힘들여 사놓은 것을…….'

*

청재는 아침 열 시나 되어서 시내로 들어왔다. 의사를 찾아서 아니 초석을 찾아서 소라가 어젯밤 코피를 쏟은 것과 그보다도 각혈을 무섭게 한 것에 대해서 이야기하고 초석을 데리고 온다는 것이다.

소라는 청재가 시내로 들어간 다음 방 안을 대강 치고 조그만 손가방에 자기 옷과 간단한 짐을 꾸렸다. 머리가 핑핑 내돌려 오래 움직일 수가 없다.

'이제 내가 가면 언제 올라구. 이 세간을 고물상에 내다 서 푼을 받든 너 푼을 받든 팔아버리지.'

이런 생각을 하며 짐을 꾸리려니 자연 심사가 좋지 못했다. 그러나 한편 은근히 청재가 들어와서 못 가게 말려주기를 바랐다.

그럭저럭 오후 두 시가 되었다. 소라는 마음이 조급했다. 오후 세 시 사십 분엔 자기가 타고 갈 기차가 있다.

소라는 또 시계를 쳐다보았다. 청재는 오지 않는다. 짐을 동동 꾸려 놓고 옷을 바꿔 입은 다음 소라는 세간에 쇠를 다시다시 잠갔다.

'왜 아직 안 올까. 오면 뭘 해 차라리 잘됐지.'

소라는 또 시계를 쳐다봤다. 십오 분이 지났다. 인젠 나가야겠다고 동그랗게 꾸려놓은 짐을 들고 나가려고 했다. 그러나 청재가 가긴 어딜 가느냐고 못 간다고 붙잡아주는 일이 없이 그냥 가기가 서운했다

'왜 안 와…….'

청재가 오면 자기는 못 갈 것을 잘 알았다. 그러면서도 소라는 청재를 기다리는 것이다. 또 십 분이 지났다.

'인제 가야겠군.'

소라는 마침내 짐을 들고 방 안을 다시다시 둘러보다가 또 무얼 치워 놓고 또 이것을 만져놓고 이러다가 나와버렸다. 눈물이 비 오듯 한다. 세상에 자기처럼 불쌍한 사람이 없는 것 같다. 담배가게 앞에 아이들을 둘러업고 생글거리고 섰는 부인들이 한없이 부러웠다.

정거장에 나와서 허둥지둥 차표를 샀다. 차표를 사고 보니 인제 떠날 시간까지 이십 분 남았다. 사람들은 벌써 기다랗게 줄을 지어 섰다. 소라도 그 틈에 가서 끼어 섰다.

'그동안 집에 왔으면 정거장으로 달려 나올 텐데…….'

소라는 가운데 섰다가 저도 모르게 맨 꽁지에 가 섰다. 그리고 열을 지은 데서 조금 비켜서서 아무나 먼저 눈에 띄어보게끔 했다. 인제 앞에 선 사람들은 표를 찍으며 들어간다. 소라도 주춤주춤 따라들어갔다.

소라가 자기 친정집으로 갔을 때는 밤 열 시도 넘은 때였다. 과히 크지 않은 읍으로 이곳엔 대대로 지주들이 살고 있고 마을 가운덴 커다란 우물이 있었다.

친정집에선 소라가 갑자기 편지도 없이 와서 모두 깜짝 놀랐다. 그의 어머니는 딸의 얼굴만 살폈다. 무슨 불길한 일이라도 있다고 짐작이 나선 까닭이다.

얼마 후에 아직도 램프를 켜는 어머니 방으로 소라는 들어갔다. 어머니는 온갖 이야기를 물었다. 그리고는 한탄하고 걱정하였다.

"애 사내들이란 다 그런 거다. 갈라지다니 말이 되느냐."

이런 말씀은 소라에게 그다지 신통할 것이 없었다. 아랫목에 뜨뜻한 데로 새 이부자리를 깔아주었다.

"몸이 채 녹지 않았는데 어서 뜨뜻한 데 누워라. 그러다 병이 날라."

그러나 소라는 잔뜩 날아가려는 새새끼 모양으로 두 죽지를 치켜세우고 앉아 있었다. 도무지 마음이 붙지 않는 까닭이다.

램프불이 하얀 사기갓을 삐뚜름히 쓰고 누리끼한 무리를 짓는다. 소라는 그 램프불을 멀거니 보고 앉았다. 이건 어느 세상에 속하는 곳인지 자기가 살 집은 아니라고 생각했다. 어디 알지 못할 나라로 유형流刑을 당한 것 같다. 그래서 구원을 청하듯 어머니의 쪼그려진 얼굴을 쳐다보았다.

*

소라는 친정에서 사흘을 묵었다. 사흘을 묵는 동안 온몸이 좀이 쑤시듯 갑갑했다. 그래 어머니와 의논하고 어디 가서 얼마 동안 있기로 했다.

친정에서 한 시간쯤 기차를 타고 가서 다시 십 리허*의 길을 걸으면 거기에는 자그마하고 아담한 어촌漁村이 있었다. 소라는 전에 여학교 시절에 방학 때면 이곳에 와서 며칠씩 묵어가던 곳이다.

소라는 지금 마음이 산란하고 산다는 일이 점점 암담하기만 할 때 문득 이 어촌을 생각하고 부랴부랴 떠났던 것이다.

새벽 조반을 하고 떠나왔더니 한낮이나 돼서 소라는 이 촌으로 왔다. 마을 어구 미연한 모랫길을 걸으니 옛날 자기 소녀시대 건던 길과 별반 다를 바 없는데 멀리서 물결소리가 콩콩 들린다.

마을에선 헐벗고 맨발 벗은 애놈들이 소라를 보고 큰 구경 났다고 모여들었다. 하나 같이 코를 흘리고 손등이 빨갛게 터진 놈들이 그 귀여운 눈을 의뭉하게 떠서 소라를 본다.

소라가 온 것으로 마을엔 갑자기 큰 이야깃거리가 생겼다. 그러나 낯을 아는 집도 두어 집 있고 해서 과히 서두르지 않게 우선 있을 곳을 마련하는데 구장네 집이 제일 있을 만하고 해서 그리로 정했다.

소라가 이 구장네 집에 들어갔을 때 먼저 눈에 뜨이는 것은 흙으로 쌓은 툇마루 위에 손바닥만 한 흑판黑板을 걸고 거기에다 '皇國臣民의 警告'를 언문으로 삐뚤삐뚤 서투르게 써 붙인 것이다. 밤마다 마을사람들이 모여서 외우는데 몇 달이 가도 제대로 아는 사람이 드물다 한다.

소라는 자기 방이라고 한 뜰아래 따로 떨어진 사랑채로 들어갔다. 방

* 허: (거리나 시간을 나타내는 말 뒤에 붙어) 그 거리쯤 되는 곳, 또는 그 시간쯤 걸리는 곳이라는 뜻을 더해 주는 접미사.

속은 도배를 하지 않은 모양이여서 매캐—하고 구수한 흙냄새가 코에 익살맞게 풍긴다.

조그만 손가방은 뒷벽으로 난 창 옆에 놓고 소라는 잠시 우두커니 방 한가운데 서서 있었다. 쿵쿵 파도 소리가 들린다. 소라는 두루마기 위에 서울선 빛깔이 숭없다 하여 입지 않던 누런 외투를 팔소매는 끼지 않고 그냥 드리운 채 두르고 문밖을 나섰다.

바다로 나가려면 동네의 길을 지나야 한다. 그 뒷길엔 굴껍질 홍합껍질 조개껍질이 하얗게 버려져 산더미같이 쌓여 있다.

이러한 길을 얼마쯤 가노라면 조그만 고개가 있고 그 고개 위엔 이 마을에 지킴이 선황당城隍堂이 있다.

소라는 선황당에 걸어놓은 그 울긋불긋한 헝겊조각들이 바람에 날리는 것을 보았다. 그리고 돌을 한 개 집어 그 위에 얹었다.

"복을 줍시사."

오늘은 유난히 잔잔한 날씨다. 소라는 흰 모래 끝없이 깔려 있는 위에 움푹 옮아 발자국을 내면서 바다로 나아갔다.

바다는 남빛藍色 물감을 풀어놓은 것 같다. 어찌도 푸른지 색칠을 잘못한 수채화水彩畵 같다. 하늘과 지평선이 맞닿은 사이에서 흐물쩍흐물쩍 자꾸 지구에 바깥으로 넘쳐 흐를 것 같다. 진실로 이 남빛 바다는 자꾸 지구의 그릇器 밖으로 넘쳐 흐르려고 한다.

바닷가엔 바위들이 많다. 주야로 쳐들어오는 파도에 씻기고 패여서 기기묘묘한 형상을 이루었다.

소라는 외투 소매를 양쪽으로 늘어트리운 채 어느 높다란 바위 위에 가 앉았다. 눈앞에 내다보이는 바다는 어림 무궁하야 어디다 마음을 부칠지 지향이 없었다. 어디 갈매기 한 마리 날지 않고 먹을 것을 주우러 나온 동네 총각 아이들도 없다.

소라는 마음이 아프고 피곤했다. 그리고 오싹 소름이 끼치는 고독을 느꼈다. 머리를 돌려 마을을 바라보니 벌써 저녁 그늘이 검푸르게 덮이고 그 위에 얹힌 하늘만 불이 붙듯 주홍빛으로 탔다.

소라는 차츰 피곤해왔다. 청재—여순옥—초석— 다 생각해보아야 결코 미울 것도 고울 것도 없는 것 같다.

'나는 어찌 해야 좋은가—.'

이런 데 오면 누구나 막연히 느끼는 슬픔은 있다. 더구나 소라에게랴. 소라는 더 바위 위에 가만히 앉아 있을 수가 없었다. 사람의 마음은 바위와 달라 자꾸 움직이고 방정을 떠는 것이다.

멀리 보니 사람 두엇이 보인다. 소라는 눈이 뜨이게 반가웠다. 너무 넓고 너무 크고 너무 고요한 속에선 사람의 마음은 오래 견디지 못하는 법이다.

소라는 바위에서 내려서 그들을 향해 갔다. 여편네들이 바닷물에 떠들어오는 나무를 주어서 한 입씩 잔뜩 이고 오는 것이다. 겨울이라 조개나 미역 같은 먹을 것은 얻지 못하고 이렇게 나무를 줍는 것이다. 나무에선 아직도 물이 뚝뚝 떨어진다. 여편네들은 한손으로 나무일을 붙들고 궁둥이를 내저으며 집으로 향해 달음질친다. 소라는 그들에게 이야기를 걸면서 열심히 그 뒤를 쫓았다.

*

이럭저럭 소라가 이 곳 온 지도 벌써 한 주일이나 되었다. 날마다 마을 가운데로 바닷가로 잠시도 쉬지 않고 헤맸다. 날마다 마을 가운데로 다니노라면 이것엔 국민복 입은 청년은 딱 두 사람이 있었다. 하나는 면서기 양반이요 또 하나는 이곳 사립학원 선생님이 있다.

소라의 머릿속에는 서울의 일들이 이동극단移動劇團처럼 옮겨와서 날마다 여러 가지로 궁리가 많았다. 청재—여순옥—초석— 아무리 생각해야 어제 것도 오늘 것 같고 오늘 생각한 것도 어제 생각한 것과 다름이 없었다.

오늘도 소라는 마을을 한 바퀴 돌아 동네 그 어귀로 나갔다. 이 길목은 이 마을에 가장 요로要路로써 온갖 장꾼이 다니는 길이며 나그네가 오거나 얼라 양반이 왔다갈 때면 마을사람들은 의례 이곳까지 나와서 전송했다.

소라는 길 옆 조그만 나무 밑에 가 섰다. 나무래야 겨울이라 앙상한 가지뿐인데 바다에서 오는 짭짤한 바람이 그 사이로 지난다.

멀—리서 웬 꺼먼 사람이 온다. 누굴까—. 이 동네로 늘 나오는 교화주사教化主事가 또 돼지우리를 잘못 지었으니 또 더 고치라고 야단치러 오는 걸까— 소라는 인제 입은 옷만 봐도 어쨌든 눈이 번쩍 뜨이게 반가운 형편이다.

검은 옷 입은 사람은 차츰 가까이 갔다. 보아하니 이런 데 올 사람이 아니라 아주 세련된 도회지 사람 같다. 얼핏 보기엔 청재 비슷하다. 키가 약간 크고 몸이 호리호리한 게 외투 깃을 일으켜 세우고 소프트를 눈썹 위까지 감게 썼다.

'누굴까 저런 사람이 이 동네로 온다?'

소라는 하도 이상하나 마주 갈 수도 없어 그 사람 오는 것만 눈이 뚫어지게 보고 있었다. 저게 웬일일까 초석이가 온다. 분명 초석이다. 소라는 그대로 늘어뜨린 외투 소매를 너덜거리며 껑충껑충 뛰어갔다.

"이거 웬일이세요."

오던 사람은 깜짝 놀라 외투 깃 속에서 얼굴을 들었다. 그리고 소라를 보았다. 두 사람은 잠시 두어 간 되는 땅을 사이에 두고 한 발자욱도 더 넘지 못한 채 멍하니 마주 보기만 했다.

"여기에 와 계셨습니까."

초석은 소라를 바라보며 확 얼굴을 붉혔다. 무엇이라 말을 하고 싶었으나 혀가 굳어져 별말을 못했다. 소라는 또 그대로 땅에 엎드려 초석의 발에 입을 맞추고 싶었다. 이렇게 궁벽한 곳으로 자기를 찾아온 사람—소라는 다시 구원을 받은 것 같았다.

두 사람은 나란히 서서 마을 어귀로 들어왔다. 수수쌍 울타리엔 참새 두어 마리가 앉았고 멀리선 바다 소리가 쿵쿵 들리고 바닷바람이 솨—솨 불어온다.

"왜 떠날 땐 아무 이야기도 없이 떠났습니까?"

"제가 여기에 온 줄 어떻게 아셨어요."

"어떻게 알다니. 그 날 오후 다섯 시나 해서 청재 군과 내가 댁을 찾았더니 집 안이 텅 비었더군요. 그래 곧 친정댁으로 편지를 하려니 그 편지가 언제 들어가 회답이 올 것 같지 않아 사람 하나를 얻어 보냈지요."

"우리 친정집으로요."

"그러면 그랬더니 그 사람이 갔다와서 하는 말이 소라 씬 이틀 전에 떠나서 이리 오셨다는 게예요."

"어쩌면—."

소라는 청재가 지금 어디에 있으며 집은 어찌 되었으며 여순옥이는 지금도 청재를 만나는지— 이런 것이 댓바람에 묻고 싶었으나 자기편에서 허겁지겁하는 꼴을 남에게 보이기는 자존심이 허락지 않았고 또 초석에게 미안해서 그만두었다.

"그래 어떻게 찾아오셨어요."

"그 갔다 온 사람이 소라 씨 어머님께 듣고 온 대로 찾아 떠났습니다."

"병원일은 어떡허시구요."

"시골 좀 다녀온다고 얼마 동안 휴가를 얻었지요."

"그래 혼자서 저를 찾아 떠나실 용기가 계셨어요."

"……."

초석은 말은 않고 소라를 보고 그저 웃었다. 초석은 이야기할 것 같은데 하지 않는다.

"그런데 각혈하셨다더니 좀 어떠합니까."

"괜찮어요. 몸은 괜찮은데 아—참 죽을 뻔했어요."

"뭐이 죽을 뻔했어요?"

"심심해서요. 참 심심해서 혼났네. 하마터면 저 바위 끝에 가서 물에 빠질 뻔했는걸요."

"이런 데 혼자 찾아오시니 안 그럴 수가 있나."

두 사람은 이런 이야기를 하면서 소라 있는 구장 집까지 왔다. 동네 사람들은 또 눈이 똥글했다. 그러나 소라의 친정을 아는 사람이 더러 있는 고로 과히 나쁘게 생각지는 않았다.

초석은 우선 소라 방에 가 잠시 쉬었다.

두 사람은 흙냄새만 나는 방 속에 아래 윗목에 마주 앉았으나 말도 없고 마주 바라보지도 않았다.

이때 부엌에선 저녁상을 보는 수저 소리가 딸각딸각 났다.

*

초석은 소라가 있는 구장 집에서 서너 집 건너 예쁜이네 집에 사처를 정하고 있게 되었다.

두 사람은 날마다 아이들처럼 쏘다녔다. 오늘은 두 사람 다 어디 먼 데로 가기로 하고 아침 일찍이 떠났다. 초석이 먼저 구장네 집에 와서 소라와 동반해 나섰다.

오늘은 겨울날이나 봄날같이 따스하고 눈이 부시게 맑은 햇빛이 유리알처럼 싸늘했다. 초석과 소라는 선황당 앞을 지나서 바닷가로 나갔다. 이 바닷가를 한없이 걸으면 저—기 아득하게 보이는 마을이 있다. 이 두 사람은 벌써부터 그 마을로 가보기로 하고 오늘은 마침내 길을 떠났던 것이다.

초석과 소라는 그 바닷가로 걷기를 시작했다.

이 바닷가는 직선이 아니고 반원형半圓形인데 활등같이 휘어서 반은 그냥 바다 가운데로 빠져들어갔다. 그리고 그 위엔 작은 동네가 옹기종기 모여 있었다. 멀리서 보면 동네는 보이지 않고 흰 절벽만 깎아세운 듯한데 그 밑으로 띠 같은 파도가 선을 두르고 있다.

초석과 소라는 바닷가로 자꾸 걸어내려갔다. 사막같이 넓은 모래는 두 사람의 발자국을 지워버릴 재주가 없어 그대로 기다랗게 늘어놓고 있다.

"우리가 무슨 콜롬부스라고 바다의 탐험을 나섭니까."

"……."

소라는 발끝만 보고 그냥 묵묵히 초석의 말소리를 듣는 것이 무서웠다. 자기의 말소리를 듣기도 무서웠다. 흰 모래 위에서 종종걸음을 치는 물새들의 눈도 무섭고 물속에서 고기들이 물끄러미 내다보는 것도 무서웠다.

"나는 요즘 이 책을 또 읽는데 일문으로 못 읽는 게 유감인데요. 이제라도 독일어를 배울까요."

초석은 포켓에서 책 한 권을 꺼냈다. 그것은 영문英文으로 된 괴테의 『젊은 베르테르의 슬픔』이다

"이백 년 동안에 정치나 기계는 어지간히 발달되었는데 사람 감정은

별반 차이가 없거든요. 오히려 나는 더 못난 베르테르지. 피스톨로 머리를 쏘아 두부 같은 뇌장이 나와 죽는 것이 오늘에는 안 될 일일까요."

"지금 어디 그런 사람이 있어요. 우선 괴테 시대처럼 피스톨을 맘대로 구할 수가 없고 왈츠를 추는 무도회도 없는데…… 그럼 나 같은 여인은 어떻게 해석해야 좋은가요. 확실히 나는 불행한데 이것을 해결하기 전에는 아무 일도 손에 잡히지 않습니다……."

두 사람은 또 말없이 걸었다—. 물길은 여전히 출렁거리고 갈 길은 아직도 멀다.

"초석 씨 내일 먼저 서울로 올라가주십시오. 저도 곧 갈게요. 우리 일이 자칫하다가는 통속소설이 되기 쉬우니까요."

"글쎄 가서는 일이 통 손에 잡히지 않습니다. 어떻게 해야 일을 할 수 있을까요?"

"그건 초석 씨가 다소 마음의 여유를 가지고 있는 탓인데 우선 그 대학의 연구실이 중세기적인 것과 명치정 천주교당이라든지 이 바닷가라든지 다 중세기적 낭만을 가졌기 때문입니다. 하여튼 왜 이런 곳으로 오셨습니까?"

"글쎄올시다. 내일이라도 이 중세기적 낭만을 없이할 근대도시로 달아나고 싶습니다. 그러나 우리에게 본격적인 근대 색깔이 있어야지……."

"본격적인 근대 색깔…… 그럼 얼치기 근대 색깔이지요."

두 사람은 웃었다. 다 같이 마음은 기뻤다. 그러나 소라는 문득 초석의 웃음 속에서 청재의 것을 겹쳐서 들었다. 들은 것이 아니라 들려왔다. 소라는 미간을 찡겼다.

"추우시지요. 감기 드시면 안 됩니다."

초석은 자기의 외투를 벗어서 소라에게 걸쳐주었다. 소라는 방정을 떨며 사양하기가 되려 어색해서 그냥 하는 대로 내버려 두었다.

초석의 외투에는 따뜻한 체온이 아직도 남아 있다. 소라는 잠깐 몸을 흠칫했다.

그리고 어떻게만은 남녀가 이러한 '씬'을 만들기를 좋아하는가 생각하고 혼자 웃었다.

"왜 웃으십니까?"

"선생님 외투를 입으니까 우스워……."

"그런 말씀 마십시오. 나는 의사가 아니예요."

두 사람은 그 날 저녁 때에야 그 바다 끝에 마을로 갔으나 날이 저물어 곧 되돌아서 자기네 있는 데로 오는데 십 리를 걸었는지 이십 리를 걸었는지 무척 피곤했다.

그날 밤엔 마침 달빛이 있어 과히 힘들지는 않았으나 소라는 거의 엉엉 울다시피 했다. 달빛이 모래 위에 환—이 비쳐 두 사람의 그림자를 까맣게 그려놓았다.

*

이튿날이 되었다. 초석과 소라는 어제 너무 걸었기 때문에 오늘은 집에서 쉬었다.

해가 낮이 돼서야 초석이 왔다. 그는 방에 들어오지도 않고 흙으로 쌓은 툇마루에 척 걸터앉아 있었다.

"몹시 곤하셨지요. 또 무슨 큰 병이 나는 줄 알고 걱정했습니다."

"그래도 괜찮았어요. 이야기를 하면서 걸어서 어떻게 갔다 왔는지 모르겠는데요."

소라도 방에서 나와서 마루 끝에 초석과 나란히 앉았다. 초석은 지팡

이 끝으로 마당 위에 낙서落書를 하면서 무슨 생각에 잠겨 있다.

'남의 아내인 소라. 그를 내가 사랑한다면 피스톨로 머리를 쏘아 뇌장을 나오게 하는 것밖에 딴 도리는 없나…….'

초석은 이런 생각을 하면서 이마 위에 따스하게 비치는 햇빛을 받아 눈을 감았다. 이 바쁘고 요란한 세상에서 남들은 한결같이 바쁘고 살기가 힘이 든데 초석의 생리生理 속에는 어느 틈에 이러한 연애가 생겼는지 지금도 기가 막히다고 생각했다.

이때 동네 어귀로 배달부가 헐떡거리며 들어오는 것이 보인다. 소라는 초석더러 배달이 오니 보라고 했다.

"우리한테 오는 편지도 있을까. 나는 여기에 와서 아무 데도 주소를 알린 데 없지만 선생님 편지하셨소?"

"내가 여기에 온 줄은 사실 청재 군도 모르지요. 나와 같이 있던 친구한테만 올 때도 온다고 했고 여기에 와서도 편지했습니다. 왜 서울 소식이 궁금하세요?"

"서울 소식이 궁금해선 안 됩니까?"

이러는 동안 배달은 구장네 집으로 들어선다. 그러드니 천만 뜻밖에 소라에게 편지 한 장을 전한다. "남소라 씨라고 있소." 하는 배달부 소리에 두 사람은 거의 졸도할 듯이 놀랬다. 초석이 뛰어가 받아서 우선 뒷등에 발신인 주소 씨 명부터 보았다. 그리고는 너무도 의외여서 미처 말이 나오지 못했다.

"여순옥 씨가 편지했군요."

소라는 편지 든 손이 약간 떨었다. 그리고 봉투를 급하게 뜯어 속의 것을 빼냈다. 편지는 꽤 여러 장이었다. 두 사람은 일시에 편지로 눈을 모아 읽기를 시작했다. 무슨 중대 사건을 예기하면서 숨도 크게 쉬지 못했다.

마침내 편지를 다 읽고 난 두 사람은 서로 얼굴을 바라보았다. 그리고 아무도 먼저 입을 열려고 하지 않았다.

편지 사연은 별로 논할 것이 없었다. 벌써부터 이러한 사실은 있어진 것이고 해서 이제 새삼스럽게 놀랄 것도 없으나 하여튼 여순옥의 대담성엔 입이 벌어지지 않을 수가 없었다. 편지의 내용은 이러했다. 소라가 원하는 찻집을 하기 위해서 여순옥은 소라에게 일금 일만 원야를 당장에 줄 테니 서울로 곧 오라는 것이다.

그 돈 만 원으로 찻집을 하든 반찬가게를 하든 그건 맘대로 하는데 어쨌든 곧 오라는 것이다. 그리고 청재는 지금 자기와 함께 있는데 이 사람에게 있어 여순옥은 가장 필요한 사람이 아닐까고 스스로 생각한다고 했다. 더구나 이 일에 있어선 자기 친정아버지도 다소 찬성을 하는데 어쨌든 청재에게 있어선 소라 당신보담도 여순옥의 돈이 긴요한 것이 아니겠느냐고 생각없이 써내려갔다.

"소라 씨에겐 지금 생활자금이 필요하고 또 내게 있어선 청재 씨가 절대로 필요합니다."

이러한 구절도 있었고

"우리네 사람이 가장 현명하게 취할 바 길은 서로서로의 모자라는 곳을 보충해서 좀 더 오래 사는 데 있는가 합니다. 청재는 지금 나 이외엔 아무도 그를 살려줄 수가 없는 것을 잘 압니다."

이러한 말도 쓰여 있었다.

'청재는 지금 여순옥이 하고 어느 여관에라도 나가 있는 것일까? 어쨌든 내가 없으니 여순옥이가 오기 전에라도 청재는 그를 찾아가지 않고는 못 견딜 것이다.'

초석은 소라와 같이 편지를 읽고 난 다음 마당에 내려가서 이리저리 거닐었다. 그는 저도 모르게 행결 가벼운 맘으로 잠시 공상을 해보는 것이다.

청재와 여순옥이가 그럴 듯한 사람들끼리고 또 자기와 소라는— 세상엔 이러한 예가 얼마든지 있는데 누구나보담 더 잘 살 수 있는 방법을 취하는 것이 여순옥이 말마따나 현명한 것 같았다.

'소라에겐 생활비가 필요하고 여순옥에겐 청재가 필요하고 또 청재에겐 여순옥의 돈이 필요하고—.'

소라는 이러한 생각을 하면서 소리를 내어 웃었다.

"초석 씨에겐 멋이 필요해요. 중세기적 연애가 필요하고."

초석과 소라는 쓴웃음을 지었다. 그리고 두 사람 다 무거운 생각에 잠겼다.

*

여순옥의 편지를 받은 지 벌써 이틀이 되었다. 그러나 소라는 이 편지에 대해서 하등의 단안을 내릴 수가 없었다. 다만 아무데도 신용信用를 둘 수 없고 아무래도 용납되지 않은 것만 같았다.

그런데 마침 초석이 찾아왔다. 소라는 별로 이야기도 없이 맞았다. 두 사람은 가운데 질그릇 화로를 놓고 가물가물 꺼져가는 불 위에 베개의 손을 얹고 모였다. 그러나 마음은 제가끔 괴로워서 몸부림을 치고 싶었다.

"소라 씨 우리 내일이래도 곧 서울로 갑시다."

"그저 가기만 하면 어떻게 합니까? 무슨 요청이 있어야지요."

"그렇지 무슨 결론을 지어가지고야 갈 겁니다."

"그런데 여순옥일 어떻게 처치해야 돼요. 지금 청재는 여순옥이하고 같이 있을 겝니다. 여순옥이가 설령 나쁜 여자인 줄 안다 쳐도 그냥 같이 있을 겝니다. 청재는 여순옥이가 정성스레 받드는 그 맛있는 음식이며 화려한 실내장치室內裝置며 군색치 않고 넉넉한 그 기분氣分을 물리치고 홀로 나와서 고생할 용기가 절대로 없습니다."

소라는 부젓가락으로 뽀—얗게 사윈 재를 구멍을 송송 뚫어 손장난을 하면서 이야기를 계속했다.

"그런데 내가 올 때 꼭 이혼한다고 서둘렀더니 그 말을 미끼삼아 두 사람이 안심하고 있는 모양이죠."

"지금 그 말은 후회하십니까?"

소라는 초석을 힐끔 쳐다보았다. 그리고 말할 상대가 못 된다는 듯이 고개를 돌렸다.

"그럼 그게 정말인 줄 아세요. 이혼이란 그렇게 쉽게 되는 게 아닙니다."

"그럼 왜 그런 말씀 하셨어요."

"그거야 분한 김에 그 말밖에 할 소리가 없으니까 그랬지 정말이면 큰일나게. 사실 청재가 여순옥이 하고 온천에서도 같이 있었고 또 현재에도 같이 있는 것을 생각해보면 다시 나와는 같이 지내기가 어렵습니다. 두고두고 그 일이 되풀이될 테니 그런 못할 짓이 어디 있습니까."

"여자들은 다 그렇던데요. 남편이 아무리 외입을 하다가도 다시 돌아오기만 하면 감지덕지해서 아무 소리 못 하잖습니까?"

"그러나 청재는 지금 외입을 하는 게 아니에요. 이제라도 내가 가면 또 우리 집으로 올 겝니다. 그러나 그동안 그와 나 사이가 보통 남남끼리보담도 더 사이가 멀어졌어요. 부부란 헤어져 놓으면 그냥 남이에요. 남보담 오히려 더 멀게 거리距離가 생기는 거라니까."

두 사람은 또 말이 없었다.

'여순옥이가 준다는 일만 원을 받아 가지고 찻집을 해볼까. 그러면 청재는 여순옥이가 어련히 잘 먹여 살릴라고…….'

소라는 혼자 이렇게 생각해보고 맨얼굴을 붉혔다. 혹시 초석이 지금 자기가 생각한 것을 알지나 않나 해서 마주 바라보기가 부끄러웠다.

"그런데 초석 씬 저보담도 먼저 서울 가셔야겠습니다."

"왜요?"

"글쎄 무에 답답해서 이곳에 오셨어요. 초석 씬 지금 제출해놓은 박사논문이 통과되고 따라서 개업을 불원해 하실 테니 돈을 버실 테지요. 그래가지고 아무 꿀리는 데 없이 생활해갈 수가 있는데 왜 딴 근심을 만드십니까?"

"사람은 밥으로만 사는 것이 아니라…… 왜 있지 않습니까. 그렇게 현대라고 정서情緖를 부정해서야 어쩝니까?"

"제 생각엔 연애란 벌써 과거의 물건이지 오늘날에 가질 것은 못되는가 하는데요."

"그건 연애를 한번 했던 사람의 말이고 처음 가지는 사람에겐 어느 세월에나 새것이 신기한 것인 줄 압니다."

"어쨌든 초석 씨 지금 고생은 공연한 트집이니 내일로 곧 서울 가세요."

"서울 가면 뭘 합니까. 마음이 서울에 있어야지."

"아니 먼저 서울 가서 내 심부름 좀 해주세요. 가시는 길로 여순옥이를 만나서 내게 준다던 돈 일만 원을 곧 이리로 우편으로 보내든지 그렇지 않으면 그때 교섭 중이던 찻집을 아주 끝을 맺어 내가 올라가는 날엔 개점을 곧 하도록 해달라고 하더라 해주십시오."

"찻집 마담이 되시게."

"마담이구 뭐구 살아야겠으니까 할 수 있나요."

소라는 앞니로 손가락을 자근 깨물고 앉아 있었다. 화롯불은 이제 아주 꺼져서 흰 재 속에 약간 보이던 빨간 불덩이조차 없어져버렸다.

두 사람은 꺼진 불 위에서 아직도 손을 떼지 않았다. 소라가 인제 찻집을 하면 청재와 여순옥은 그냥 서울에 살면서 가끔 소라에 찻집으로 차 마시러 오기라도 할 것인가— 그러면 초석은 무엇으로 분장해야 꼭 어울리는 배우가 될까— 이런 생각으로 초석과 소라가 다소 다른 영상으로 생각해보나 내용은 같은 것이었다.

'청재가 가는 바엔 돈이라도 있어야지.'

이것은 소라의 가장 비밀한 생각이었다.

'청재가 가는 바엔 돈이라도 떼내야지.'

사실은 어떠한 말이나 소라는 이 '떼내야지'를 생각만 해도 불쾌했다. 그래서 '있어야지'로 몇 번이고 고쳐보았다.

머릿속이 방망이로 얻어맞은 것처럼 쨍한 것은 소라나 초석이 다를 바 없었다.

*

초석과 소라는 어쨌든 이곳을 하루바삐 떠나려고 하였다. 벌써 여러 날 째 선황당 앞에 가서 돌을 던지지도 않았고 바닷가로 나가지도 않았다. 그리고 어서 서울로 갔으면— 서울엔 그동안 별일이나 벌어진 것 같고 자기 네가 없는 동안에 무슨 천지개벽이라도 된 것 같아 마음이 급해 죽을 지경이다.

그렇게 아름다운 이 바닷가도 일주일이 못가서 단조短調하여 견딜 수 없이 피곤을 느끼게 한다. 더구나 초석과 소라는 그냥 철없는 연인들끼리처럼 단순하고만 있을 수 없어 마음은 고약하게 어둡고 초조했다.

"초석 씨 어서 서울로 갑시다."

"옛날이야기엔 이런 데 와서 하나가 죽으면 모래밭에 시체를 파묻고…… 그러지요. 그런데 왜 우리에겐 그런 흉내가 되지 않을까요."

"우리가 왜 연인들끼린가요. 필요 없는 연애는 공연한 수고요 낭비예요. 아예 그런 생각 마시고 우리 서울 가거든 전처럼 또 극장에도 같이 다니고 저녁 먹으러도 같이 다닙시다. 그게 좋지 않아요."

두 사람은 또 잠시 묵묵히 앉았다. 이렇게 가만히 앉았을 때마다 바다소리가 변으로 크게 들린다.

그런데 밖에서 또 편지배달부가 온 모양이다. 이번엔 사흘에 한 번씩 다녀가는 배달이다. 초석과 소라는 네 개의 귀를 쫑긋해서 밖에 말소리를 가누어 들었다.

"석초석이란 사람 있소."

초석은 방문을 탁 열었다.

"나요 나……."

편지는 과연 초석에게 온 것인데 그것은 자기 친구 김이란 사람이 보낸 것이다. 소라도 눈이 동글했다. 이러한 곳에서 초석이 받는 편지는 으레 소라도 관련되는 일이 있는 까닭이다.

편지는 역시 두 사람이 머리를 모아 함께 읽었다. 극히 긴장의 속에서 글자 글자가 현기증을 일으킨다. 이렇게 읽어 내려가다가 두 사람은 딱 이마를 갈기운 듯 마주 바라보았다. 거기에는 아래와 같은 놀라온 사연이 적혀 있는 까닭이다.

"여순옥 씨가 이십삼 일 새벽 두 시경에 다량의 칼모진을 먹고 혼수상태에 빠졌었네."

소라는 확 얼굴이 달아올랐다. 그리고 박장대소도 하고 싶은 충동을 받았다. 사람이 죽었다고 하나 소라의 마음속엔 판화포火砲를 흐트리듯이 밝은 광명이 비쳐왔다. 초석은 흘끔 소라의 낯빛을 살폈다. 그리고 다시 그 아래를 계속해 읽었다.

그래 일대 소동이 나고 순옥 씨는 지금 모 병원에 입원 중인데 곧 흡수당을 가했기 때문에 생명은 건질 듯한데, 청재 군은 이 일로 해서 어제 아침 경찰서에 가서 심문을 당했으나 곧 돌아왔네. 그럼 쉬 상경하기를 바라네."

여순옥의 자살사건으로 해서 두 사람은 갑자기 활기를 띠었다. 어쨌든 현대인이란 연애를 해도 그 감정을 오래 혹은 영원히 감추어둘 줄도 모르고 또 다른 사람이 자살이라도 해서 자극刺戟을 받기를 좋아하는 것이지만 소라는 이런 의미가 아니라 어쩐지 여순옥의 자살사건은 손뼉을 치리만치 기뻤다.

"소라 씨 무척 유쾌하신 모양인데 나 같은 사람은 어찌해야 구원을 받습니까?"

"어제 죄다 이야기하지 않았어요. 구원받는 방법을—"

"좀 더 바쁘고 힘들게 살면 된다는 말씀 말이지요. 소라 씨 말씀처럼 힘들고 바쁘게 살면 연애를 잊어버립니까."

"그럼요."

"천만에…… 그렇게 한 마디로 안 됩니다. 연애는 중세기에만 있었던 것도 아니구요. 어쨌든 나는 일이 손에 잡히질 않고 미칠 것만 같으니 이런 것은 어떻게 합니까."

"누가 아나요. 그런 건 곁에선 구원을 못합니다. 혼자 많이 애쓰시다가 혼자서 구원을 받으십시오."

두 사람은 커다랗게 웃었다.

그리고 무척 유쾌했다. 그러나 언제까지나 이들의 이야기는 해결이 없을 것이다.

"우리 오늘밤 여기서 떠나 읍에 가서 시간 기다려 새벽 특급을 타고 서울로 갑시다."

"오늘밤요?"

초석은 어이 없는 듯 천장을 쳐다보았다. 서울서 이리로 올 때는 하늘에 별이라도 딸 것처럼 달려왔으나 또 이 모양으로 다시 서울로 가지 않으면 안 되게 되었다.

그러나 초석이 여기에 와서 있은 스무날 동안은 그가 이 세상에서 다시는 가질 수 없는 즐거운 날들이었다. 그리고 초석은 그동안 무척 나이 많아진 것처럼 생각했다.

두 사람은 이 은혜 깊은 마을사람들께 고루 인사하고 떠나서 그 밤으로 읍에 와서 새벽에 서울 가는 기차를 기다렸다.

*

두 사람은 그 이튿날 아침에 서울에 닿았다. 한 달 가까이 떠나 있다 오니 역시 반갑고 다정한 서울이었다. 우선 소라가 어디 들어앉을 자리를 정한 다음 초석은 곧 청재네를 찾아 떠났다.

"내가 청재 군을 데리고 올 테니 그동안 여기에 계십시오. 너무 흥분하지 말고 모든 일을 순서대로 하십시다."

초석은 곧 청재와 여순옥이가 있었다는 호텔로 전화를 걸었으나 전화가 잘 나오지 않아 그냥 명치정으로 달려갔다.

그러나 그곳엔 청재가 이미 없었다. 하녀의 말을 들으면 닷새 전에 그 부인이 무슨 일로인지 칼모진을 먹고 자살소동을 일으킨 다음 청재도 곧 그 집을 떠났다는 것이다.

초석은 다시 가회정에 있는 모 병원으로 갔다. 이 병원엔 여순옥이가 꼭 입원해 있어야 할 것이다. 그러나 간호부는 또 의외의 보고를 하는데 놀라지 않을 수가 없었다.

"그분 말씀예요. 바로 어젯밤에 퇴원하셨죠. 아직도 며칠 더 계시라구 선생님께서도 많이 말씀하셔도 그냥 퇴원하셨어요."

초석은 행길에 나서서 잠시 멍하니 서 있었다. 어디로 가야 할지 생각이 뒤섞여서 갈피를 찾을 수가 없는데 마음은 조급하기만 했다.

'김 군은 대강 알 테지.'

초석은 다시 김 군이란 사람을 찾아갔다. 해가 낮이 되어 시장도 했으나 그대로 그 김 군이 근무하는 회사로 갔다. 마침 그 사람은 있었다. 그 사람은 초석을 보더니 웃음을 띤 얼굴엔 왼통 이야기가 가득해서 입만 벌리면 온갖 비밀이 죄다 쏟아져 나올 것 같았다.

"이거 웬일인가 오늘 아침에 왔어?"

"그런데 여순옥 씨 어데 갔나? 자기 집으로 갔나?"

"이 사람 집이 무슨 집인가. 어젯밤에 퇴원하는 길로 어디 활빈으론가 어디로 떠났다네."

"활빈으로? 그건 또 웬일일까? 그런데 여행을 떠날 만치 건강은 회복됐는가?"

"누가 아나. 되구 안 되구 모든 게 히스테리요 발작적으로 되는 것이니. 어디 우리 같은 사람은 요령을 알겠든가."

"그런데 약은 왜 먹었누. 어쨌든 별일 없은 게 다행이지."

"아마 청재 군하고 대판으로 싸움을 하고 분김에 약을 먹은 모양이데. 여순옥 말이 소라 씨께 찻집 할 자금을 보내고 그 다음엔 정식으로 이혼해내라고 졸랐던 모양이야."

"이혼해 달라고?"

초석은 잠깐 우울하듯이 서서 발끝만 들었다 놨다 했다.

"그런데 청재 군은 지금 어디 있는가? 왜 여순옥 씨를 못 가게 붙잡지 않구……."

"이 사람 붙잡긴. 잘 갔지 잘 갔어."

"청재 군을 찾아야겠는데 어디 생각나는 데가 없나? 곧 좀 만나야겠는데……."

"글쎄 나도 좀 만나려고 여러 곳으로 찾아보았으나 전혀 행방불명인데 그런데 어젯밤에 명성 다마집에서 보았다는 사람이 있지만 참말인지 모르지."

"명성 다마집에서? 그럼 그리로 가볼까."

"어쨌든 점심이나 하고 가게. 와도 벌써 왔겠나."

초석은 점심이 무슨 점심이냐고 그 길로 뛰어 '명성'으로 갔다. 아랫층에 문을 미니 아무도 없다. 이층으로 올라가는 꺼멓게 때 묻은 층층대가 앞에 또 가로막혀서 아직도 조용하다.

초석은 이층으로 올라갔다. 아직도 깨끗지 못한 커튼이 한쪽으로 약간 밀려 있을 뿐 뿌옇게 흐린 창문이 싹 닫혀 있다.

방 안엔 담배연기가 자욱하다. 조용한 문으론 사람이 꽤 여럿이 있다. 초석은 발은 층대 위에 두고 목만 넣어서 우선 여러 사람들을 살피었다.

'있다—.'

초석은 청재 앞으로 갔다. 청재는 푸시시한 얼굴에 담배를 문 채 막 '큐—'를 들고 다마를 치려고 하는 때다.

"여기에 있었는가."

청재는 다마를 치려다 말고 한손에 큐—를 든 채 우뚝 선다. 그리고 괜히 초석을 건너다본다.

그 얼굴은 확실히 피곤하여 마치 밤을 새워 노름한 투전꾼의 얼굴 같기도 하고 또 어찌 보면 벌써 세상을 잊어버린 못난 사람의 얼굴 같기도 하다. 어찌 됐든 청재는 그동안 무척 늙어서 사십은 돼 보였다.

"언제 왔는가?"

청재는 초석의 손을 잡으며 흰 잇새를 드러내어 잠깐 웃었다. 청재의 목과 턱은 뼈만 남게 앙상하게 여위었다.

"소라 씨가 오셨는데 집으로 가지 않으려나? 자넬 기다리시네."

"소라가 왔어…… 그럼 내 이 게임을 마치고 가리. 먼저 가게."

*

청재는 초석을 먼저 가라고 하고 다시 다마를 치기 시작한다.

"다마 그만 두고 지금 곧 가세."

청재는 잠깐 서 있더니 모자도 안 쓴 민머리 바람으로 그럼 가자고 나선다. 초석은 청재를 데리고 소라 있는 여관으로 왔다. 그랬더니 소라가 종이쪽에 무엇을 적어두고 먼저 갔다.

"먼저 집에 갑니다. 곧 들르십시오."

두 사나이는 또 별말 없이 전차를 탔다. 성북정 청재의 집으로 가는 것이다. 도중에서 두 사람은 어깨를 맞대고 걸으나 한 마디 이야기도 없었다. 이야기뿐 아니라 서로 눈이 마주치기만 하면 불에 데인 것처럼 어맛드리해서 피했다.

'이 사람도 정양을 좀 해야겠군.'

초석은 청재와 소라에게 영양제 주사를 주어야겠다고 생각했다. 두 사람은 전차에서 내려서 행길을 걸었다. 초석은 모자에 외투에 가득 장갑까지 낀 완전한 신사요 시민市民인데 청재는 모자도 안 쓴 민머리에 아무도 그를 가리켜 시민이라고는 하지 않을 것이다.

두 사람은 이리 하는 동안 청재 집 문 앞까지 이르렀다. 청재는 자기 집 앞에 이르자 잠시 주저하는 빛도 없이 그냥 쑥 들어가며 오히려 초석더러 어서 들어오라고까지 한다.

한 달이나 비워두어서 뿌옇게 거칠어진 집엔 덧문이 첩첩이 닫혀 있을 줄 알았더니 벌써 문들은 열리어져 있고 마루는 금시로 닦아서 물기가 축축 배어 있다.

청재와 초석은 방으로 들어갔다. 그러나 소라는 없었다. 청재는 잠자코 외투를 벗어 걸고 아랫목에 피곤한 듯이 털썩 앉아버렸다.

"소라 씨가 오셨다더니……."

초석은 소라가 어디 가 숨은 것이라고 생각했으나 어찌 찾을꼬 생각하고 있는데 아랫목 장판 뚫어진 새로 실 같은 연기가 솔—솔 올라온다. 이것을 보아 소라는 부엌에서 빈 불을 때고 있는 모양이다. 초석은 부엌으로 나가 문을 열어보았다. 소라가 행주치마를 입고 불을 때다가 두 사람 들어오는 눈치를 알고 숨을 죽이고 있다.

"왜 들어오시지요."

소라는 금시로 얼굴빛이 핼쓱하게 되더니 다시 본빛을 회복하면서 들어가겠노라고 한다.

소라가 방 안으로 들어섰을 땐 아무의 눈과도 마주치지 않았다. 그리고 시집온 새색시 모양으로 윗목에 버선코만 내려다보고 서 있었다.

"난 인제 좀 가봐야겠는데…… 내일 오후쯤 내 또 오지요."

초석은 이 자리에 오래 있기가 곤란했다. 그래서 인사치레를 할 줄 모르는 판에 별말을 못하고 그대로 모자를 집어들고 나와버렸다.

방 안은 무던히 어둡다. 벌써 저녁때가 된 모양이다. 이 네 조각 벽으로 된 방 속— 거기엔 세 닙*의 문이 있고 천장 가운데로 전등 한 개가 대롱대롱 매달려 있는 방 속— 이 속엔 지금 청재는 아랫목에 앉고 있고 소라는 윗목에 서 있는 것이다.

* 닙: 의존명사. 납작한 물건을 세는 단위.

두 사람은 마치 철없는 아이들 제가끔 어디로 뛰쳐난 것을 어른들이 다시 잡아다놓은 것 같다.

그러나 역시나 돌아다녀보아야 신통할 것은 하나도 없고 남는 것은 피곤뿐이었다. 두 사람은 다 같이 그동안 한 세대를 지난 것처럼 무엇인지 길고 먼 것을 치러낸 것처럼 감개무량했다.

이때 대문 밖에서 "이리 오너라" 소리가 귀에 익게 들린다. 소라는 눈이 동그랬으나 이내 그 음성의 성질을 알아내고 가만히 있었다.

"누구세요?"

아랫방 영희 엄마가 내다보는 모양이다.

"양복 월부 받으러 왔는뎁시요."

"이 안댁에서 아직 오시지 않았세요."

"아니 벌써 언제 가셨는데…… 이 달엔 또 써야겠습니다."

"글쎄 아직 안 오신들 어쩌나요. 오시면 말을 합지요."

영희 엄마는 소라에게 호의를 갖고 있는 만큼 이런 거짓말은 일수 잘 해주어서 참 고마웠다. 빚쟁이는 투덜거리며 가는 모양이다.

청재와 소라는 빚쟁이가 물러가는 것을 보자 마주 보고 씽긋 웃었다. 이것이 두 사람이 첨으로 마주 바라보게 된 것이다,

이렇게 씽긋 웃고 난 다음엔 이 두 사람은 또 별수 없이 이 방 안에서 밥을 먹고 잠을 자고 이야기하고 싸우고 하며 살아갈 수밖에 없다.

특별히 비상천飛上天 하는 재주도 없이 청재와 소라는 이 방 속이 제일 비위에 알맞아 검은 머리 파 뿌리가 될 때까지 동고동락할 것이다.

《매일신보》, 1940년 11월 17일~12월 30일

창窓

김 교사의 이름은 김사백金思伯이다. 그러나 이 동네에선 그의 이름을 아는 이가 드물다. 그저 김 교사고 김 교사네 집이고 김 교사 처고 김 교사네 아이들이고 심지어 기르는 개까지도 김 교사네 개라고 했다.

이러한 김 교사는 8 · 15 해방을 당하자 이십사 년간 교사 노릇에 궁상맞은 기름때가 쪼르르 흐르는 인골에 왈칵 붉은 피가 용솟음을 쳐서 온몸에 꽃이 피는 것 같았다. 그는 부들부들 떨기도 하고 온몸이 오싹 추워 오한이 나는 것 같기도 하고 또 몇 번이나 두 손으로 얼굴을 싸고 울기도 했다.

지금 조선 천지는 다 그런 것처럼 이 동네에도 남녀노소 할 것 없이 집 안에 앉아 있는 사람은 없다. 사람이란 있는 대로 밖으로 몰려나와 혹은 뉘 집 토방마루에 혹은 마을 앞 큰 나무 밑에 이렇게 떼를 짓고 패를 지어서는 제가끔 좋아라고 떠든다.

"인제 무시기구 무시기구 병정 안 나가게 됐으니 좋다. 그 간나새끼들이 저희 쌈에 누길 내세우는 게야. 백판 남의 자식들을 데려다 생목숨을 끊을라구 쌍 간나새끼들."

"야— 신냇집 큰아들이랑 수채동집 창수랑 병정 나갔던 게 오겠구나. 이 동네서 모두 몇이나 나갔는가?"

"여덟이 나갔는데 만주로 다섯이 가고 그 담엔 아직두 나남부대羅南部隊에 있다더라. 그새끼들이 집으로 오느라구 눈을 허옇게 뒤집어썼겠다."

동네 사람들은 일본이 항복했다는 바람에 조선 독립보다 우선 먼저 생때 같은 자식들이 병정으로 뽑혀 나가 죽지 않을 것과 북구주北九州의 북해도北海道니 만리 타국에 가기만 하면 모질고 악한 고역과 배고파 굶주리다가 죽어서 원혼귀가 될지언정 다시 돌아올 기약이 없는 그 무서운 징용을 면할 것이 일당백으로 기쁘고 즐거웠다.

"내 원 한뉘*를 농사꾼으로 농사를 해먹기로 금년 모낼 때처럼 배고픈 법은 처음 봤당이. 이 간나새끼를 공출 받은 놈의 새끼들은 죄다 때려 죽여야 한당이."

"좋다 면소 놈의 새끼들이 그랬는가. 일본 간나새끼들이 그렇게 시키니 할 수 없지비."

"듣기 싫다. 일본놈의 새끼들도 그렇지만 면소 놈의 새끼들이 더 하더라. 참대 꼬챙이를 해가지구 쩡양간(뒷간)꺼정 쑤시든 최가 놈의 새끼, 이제 대가리가 터져두 터지니라."

한여름에 불을 뿜는 열풍이 수수밭 고랑을 지나 큰 나무 밑으로 울타리 밑으로 물결처럼 밀려든다. 일손을 놓고 이야기판을 퍼트린 마을 사람들은 해가 벌써 한적히 지냈건만 돌아갈 생각들을 않는다.

이 동네는 허허벌판이 눈이 모자라는데 커다란 봉峯 하나가 그 벌판

* 한뉘: 한평생.

가운데 섬처럼 놓여 있고 그 봉을 의지하여 꽤 큰 마을이 예로부터 대대 손손 살아오는 곳이다. 봉 위에 울울한 푸른 솔이 들어서고 잔디를 입은 옛 무덤들이 자고 있고 골짜기마다 맑은 생수가 젖처럼 흐르는 곳, 아름다운 땅이다. 더구나 이 벌판 가운데로 만리장강이 여울을 지며 흐르고 그 강 위에 근대식으로 된 인조 대리석의 흰 다리가 장관으로 놓여 있다.

마을 사람들이 둘러앉은 뒷길로 본래부터 불구인 다리를 잘룩잘룩 절으며 이쪽으로 오는 것이 있다.

김 교사는 본래 얼굴이 창백하고 별로 말법이 없어 사람 틈에 끼이기를 싫어하는 성미다. 더구나 김 교사는 어렸을 때 홍역을 하다가 그 바람으로 다리를 못 쓰게 되어 아이 때부터 동네 안에서도 잘 다니지 않았다. 그러던 김 교사가 오늘은 화색이 넘쳐서 이쪽으로 오는 것을 보고 노인들은 김 교사가 어려서 다리를 못 쓰게 됐을 때 그 자친이 날마다 업고서 침 맞으러 다니며 울기도 울던 생각을 한다. 벌써 그 자친도 돌아간 지 이십여 년이나 됐지만.

"아바이 절을 받수다."

"교사 절은 무슨 절을 합네."

김 교사는 얼떨떨해 하는 동네 노인들에게 돌아가며 절을 했다.

"우리나라가 독립이 됐으니 그 인사로 아바이들께 절을 앙이하고 어찌겠소. 우리 아바지, 어마이 산소에 가서도 지금 절을 하고 오우다."

"교사 우리나라가 독립이 됐으니 인제는 어떻게 하는가?"

"글쎄우다. 일본놈들이 쫓겨가고 무슨 대통령을 세우든지 하겠지비. 어쨌든 외국에 가 있는 사람들도 다 돌아와서 인제는 한번 잘 살게 됐수다. 아바이랑 오래 앉아서 이런 좋은 세상을 보시니 복이 많수다."

"서울에는 나라가 들어앉겠지. 그때는 되우 볼 만할걸. 그런 구경을 한번 해봤으면 좋겠당이."

이제까지 면사무소에서 일본말이 아니면 행세를 하지 못하던 면사무소 직원들이 오늘은 갑자기 이 동네의 애국자들이 되었다. 그들은 자랑삼아 입에 서투르다던 조선말을 쓰며 내일 독립 기념 축하 행사를 한다고 야단들이다.

이 행사 준비본부는 이 동네에서 제일 큰 초등학교 사무실에 두었다. 지도자 몇 사람은 우선 태극기를 그리느라고 먹물과 꼭두선이 다홍 물감을 푼 사발을 들고 다니고 한편으로 또 집집이 작은 태극기를 그려 내일 행진할 때 들고 나서라고 분부했다.

김 교사는 마을사람들과 이야기를 하다가 급하다고 이내 일어나서 언덕 위 초등학교 쪽으로 간다. 김 교사는 이 초등학교 훈도가 아니다. 그는 언제나 이 학교에서 깔보던 명성학원이란 사립학원의 교사였다. 그러므로 그는 이십사 년간 사립학원 교원생활에 이 초등학교를 적개시敵愾視해 왔던 것이다.

그러던 그가 오늘은 날개가 돋쳐 이 초등학교 사무실로 드나드는 것이다. 김 교사는 우선 내일 아침에 자기 학원 아동들을 모아 축하식을 하고 오후 한 시부터 한다는 일반 축하식에 학생들과 자기네 선생들이 함께 참여해서 식을 할 것을 작정했다.

김 교사는 눈 코 뜰 사이 없이 바빴다. 동네에선 소를 잡는다고 야단들이다. 큰 나무 밑에 모여 앉아 있는 노인패들은 소 잡는 데로 담뱃대를 물고 모여 왔다.

"쇠고기를 한 번 실컷 먹자. 넨—장 간나새끼들이 쌈을 하느라구 몇 해를 가야 괴기 한 점 못 먹게 해서 늙은 사람은 소증이 나서 죽겠당이."

날이 벌써 저물어 마을에선 저녁 연기가 한창이건만 초등학교 사무실엔 아직도 사람들이 들끓는다. 더구나 까까중머리 젊은 선생들은 처음으로 불러보는 애국가니 독립가니 악보를 펴놓고 풍금을 삑삑 하며 노래를 배우느라 야단들이다.

이튿날은 희한히 맑은 아침이었다. 김 교사는 머리 깎고 수염 밀고 아래위를 베로 지은 새 양복을 입고 명성학원으로 향했다. 길가 감자 밭엔 아직도 이슬이 비처럼 쏟아지고 아침 풀을 뜯는 소 잔등이에 학원 학생놈들은 주먹 같은 눈곱을 단 채 저희 선생님께 인사를 했다.

명성학원은 커다란 조선 기와집 두 채이다. 완전한 초등학교가 못 되고 학원인 이 학교는 모든 설비도 불충분하고 가난도 하지만 그동안 일본정치에 몹쓸 천대와 굴욕을 무수히도 받았다. 그리하여 창설 이래 삼십 년 동안 열세 번 폐쇄명령을 받고 김 교사는 세 번이나 감옥에 갔었다. 그러는 동안 김 교사의 나이는 벌써 사십을 넘었다.

김 교사는 우선 각 교실로 돌아다니며 문들을 활짝 열어 놓았다. 좁은 교실에 때가 끼고 모서리가 닳아진 소나무 책상들은 눈들을 깜빡이는 것처럼 오늘따라 귀엽게 생각된다. 얼마 후 이 학원엔 종이 울리고 학생들이 모여 왔다. 김 교사는 엄숙하게 정열한 아이들 앞에서 일장 연설을 했다. 그동안 삼십육 년이란 오랫동안 일본이 얼마나 우리를 학대했던 것과 이번 우리가 여러 나라의 힘으로 독립한 것과 또 앞으로 얼마나 더 열심히 공부하고 일을 해서 우리 조선을 아름다운 나라로 만들어야 할 것을 혹은 주먹을 쥐고 울면서 말했다. 아이놈들은 저희 선생이 운다고 꾹꾹 찌르며 웃었다.

*

이렇게 긴장하고 즐겁고 또다시 생각해도 고마운 며칠이 지났다. 김 교사는 날마다 그 인조석의 흰 다리를 건너 읍으로 서울서 오는 '라디오'를 들으러 다녔다.

그런데 어느 날 '쏘련'의 붉은군대가 함흥咸興으로 들어왔다고 야단들이다. 다시 '쏘련' 비행기가 북으로부터 남으로 까맣게 날아가고 '쏘련'은 조선에 삼십팔도선三十八度線까지 진주해서 일본의 무장해제를 시킨다고 함흥의 '라디오'는 방송했다.

북조선에 온 천지가 그렇듯이 김 교사네 이 부락도 다시 한 번 발끈 뒤집혔다. 북조선의 모든 행정은 인민위원회에서 하고 북조선의 모든 자원과 재산은 전혀 우리의 것이라고 연설했다. 읍에는 거리거리 방이 붙었다. '쏘련' 주둔군 장관의 조선동포에게 보내는 인사말과 격려의 말이 붉은 잉크로 대서 특서하여 이발소 앞이나 가겟방 널빤지에 찬란하게 붙었다. 농민조합은 온 부락이 송두리째 일어나 날마다 대회를 열고 일본인 토지 문제, 수리조합 문제 등을 토의했다. 함흥과 원산元山에서 지도자들이 '트럭'에 실려 달려오고 농촌의 청년들은 당면한 정치 문제를 간단히 강습 받았다.

"공산주의가 된다지? 공산주의가 되면 어떻게 살겠능가."

"그러게 말이오. 공산주의가 되면 땅은 다 뺏는다는데 우리 같은 사람은 땅을 뺏기면 빌어먹었지 별수 없당이. 이게 지금 나서서 공산주의니 뭐니 하고 개나발을 불고 다니는 아새끼들이야 전에 죄다 감옥소에 갔던 놈의 새끼들이지비. 그놈의 새끼들이 돈 냥이나 있는 사람 것은 덮어놓고 뺏어서 나눠먹는다니 그런 도둑놈의 새끼들이 어디 있소?"

"그놈의 새끼들이 남이 돈을 모을 적에 저희는 뭘 했능가. 뉘기 돈을 모으지 말래서 못 모았능가. 돈 모으는 것도 다 제 팔자지."

공산주의, 공산주의, 김 교사의 귀에라고 이 요란한 새 시대의 소리가 아니 들어갔을 리가 없다. 아니 이 부락에서는 누구보담도 식자가 반반한 김 교사의 귀에는 더 예민하게 들어갔던 것이다.

공산주의— 언뜻 귀에는 반가운 말이다. 지난날 정답던 친구의 이야기처럼 익숙하고 서투르지 않은 말이다. 그러나 지금 김 교사는 공산주의가 싫다 하고 소리를 지르고 싶었다. 김 교사는 본래 가난한 농부의 아들이었다. 자기의 아버지와 어머니는 시집 장가 오던 날부터 남의 땅을 소작했다. 이 동네에서도 제일 적고 가난한 산 밑 초가에서 그들은 타고난 팔자가 소작인인 것처럼 남의 땅을 부쳤다. 그리하여 지주의 몫을 바치고 나머지로 한평생 칠남매나 되는 자식새끼들을 데리고 연명했던 것이다. 그들이 소작하든 지주댁은 남도 아니오. 비록 자기네 문내 안 동생뻘 되는 사람이나 그들은 한평생 촌수를 따지지 못하였다. 그저 상전의 상전으로 지주댁 마당에 들어서면 저절로 기가 우므러들고 두 손 끝이 마주 비벼지는 것을 어찌하지 못하였다.

칠남매나 되는 아이들은 하구한 날 쌍 닭알을 먹으니 콩짜개가 우지지한 똥을 싸고 크나 적으나 아랫도리는 벌거벗어 올챙이배처럼 툭 나간 배를 그대로 내어 놓고 다녔다.

김 교사의 뼈 속엔 가난이 배었다. 기골이 장대하고 마음이 사내처럼 서글서글한 자기 어머니는 한평생 아기를 등에 처매고 일을 했다. 아이를 업고 농사를 짓고 삼을 삼고 베를 짜고 방아를 찧고 감자 캐러 다니고 수숫대 모가지를 자르고 돼지를 기르고— 이리하여 치마 뒤가 오줌에 삭아서 꺼멓게 썩어나되 두벌 옷이 없던 그러한 광경을 늘상 잊지 못했다.

김 교사는 차츰 어른이 되어 자기의 가족을 먹여 살려야 할 의무가 생길 때 그는 왈칵 가난이 무서워졌다. 가난하여 하루 두 때에 끼니가 간데 없고 아이들이 빈 밥그릇을 사타리*에 끼고 서로 싸우는 그러한 꼴은 생각만 하여도 무서웠다. 그러나 김 교사에게 있어 이 가난보다도 더 무서운 것이 있었다. 그것은 돈 번다는 일이다. 김 교사는 어떻게 해야 돈

* 사타리: '사타구니'의 방언.

을 버는지 자기도 수염 난 사내지만 그것은 깜깜부지였다. 무슨 재간으로 돈을 버는지 생각만 해도 자신이 없고 무섭고 끔찍하기만 했다.

더구나 자기는 다리 하나가 부자유한 불구자이다. 이러한 여러 가지를 생각하여 그는 일찍부터 학교선생 노릇 하기로 뜻을 세웠던 것이다. 스무 살이란 젊은 나이에 그는 벌써 지금 명성학원에 선생으로 있었다. 김 교사는 총명한 사람이다. 단 한 가지 부모에게서 받은 유산으로 그는 명석한 두뇌를 소유했다. 그 명석한 두뇌보담 좀 더 비참하고 불행한 그의 생활은 그에게 책을 읽고 공부하는 정열을 쏟게 했다.

김 교사는 학원의 아이들이 돌아가고 선생들마저 가버린 뒤 빈 사무실에 혼자 있기를 좋아했다. 그리고 책을 읽었다. 책을 읽되 자기의 가난과 불행을 정복할 만치 열심히 읽었다. 해가 지고 사무실 '램프'에 불을 켤 때까지.

'가난한 것은 우리 아버지와 나뿐이 아니니라 김가나 최가나 박가가 부지런히 일을 한다고 이 가난이 면해지는 일은 없다.'

김 교사는 그때부터 부러 이 부락에서 사회주의자니 공산주의자니 하는 명칭을 얻었고 그 자신 일본 제국주의의 착취와 자본주의 경제조직을 끔찍히 미워하고 원망했다. 십 년 전에 그러하든 김 교사가 십 년이 지난 오늘 조선이 꿈같이 해방되고 다시 그가 그처럼 갈망하던 세계가 실현되나 그는 도무지 즐겁지가 않았다. 무섭기만 했다.

'공산주의가 된다? 공산주의가 되면 이거 큰일났군.'

김 교사는 북조선의 정세가 각각으로 급변해 가는 것을 보고 가슴 속이 새까맣게 타 들어갔다. 읍으로 가는 그 인조석의 흰 다리 위로는 가슴에 붉은 헝겊을 붙인 새로운 애국자와 정치가들이 날개가 돋쳐 쏘다니는 것을 볼 때마다 그는 전율을 느끼고 낙심했다. 얼굴을 외면하고 보지 않았다.

김 교사에겐 동생이 있었다. 이름은 김사연이고 나이는 서른두 살 셋째 동생이었다. 김사연은 키가 크고 힘이 장사며 끼끗하게 잘생긴 사내다. 늘상 어수룩하고 우둔해 보이나 멋들이기만 하면 큰일 날 사람이다. 그런데 김사연은 가난했다. 가난하되 너무도 가난하고 또 어쩌면 그 아버지가 살던 그 살림살이를 그대로 물려오는지 신기한 지경이었다.

김사연은 그 아버지와 꼭 같이 소작인이었다. 또 천지가 개벽을 하기 전에는 김사연의 이 소작은 한평생 면할 길이 있을 리 없고 한평생 손바닥만한 남의 땅을 소작해서 연명하는 것이 그 아버지의 사주팔자였던 것과 마찬가지로 또 젊은 김사연의 사주팔자도 되었다.

김사연은 아버지가 돌아가신 후 아버지가 부치던 그 일갓집 땅을 그대로 부쳤다. 아버지가 그 일갓집 주인영감의 형님뻘이 되면서 한평생 촌수를 캐지 못하던 것처럼 김사연은 다시 그 아들이 자기에게 동생뻘이 되나 또한 한 번도 촌수를 따지지 못했다. 지주의 아들은 동경東京 가서 어느 사범대학을 마친 얌전한 지식청년이었다. 그는 항상 건강이 좋지 못해서 별로 하는 일 없이 이 전원에 와서 있었다. 그리고 펄펄 뛰는 생선회를 먹고 능금나무의 신선한 열매를 따 먹고 벌들이 모아 온 밤나무 꽃의 꿀을 먹으며 몸을 정양했다.

그런데 이 부락에선 이 청년의 이름을 부르는 사람은 노소를 막론하고 한 사람도 없다. 벼슬 이름을 불렀다. 그의 벼슬 이름은 '학—사' 다. '학—사' '학—사' 하고 부르는데 아마도 대학을 마쳤다 하여 이러한 벼슬 이름이 붙은 모양이다.

만 리로 뻗쳐서 흐르는 강의 범람을 막기 위해 이 땅엔 가도 가도 푸른 제방이 놓였다. 김사연은 그 제방 밑 수수밭과 조밭에서 늘상 김을 매고 있을 때면 간혹 그 제방 위로 자기의 동생뻘 되는 그 청년이 지나간다. 김사연은 얼른 일어나

"학사 어디 가시오."
하고 인사를 한다. 그 청년은
"예."
하고 얼굴은 그대로 앞을 보는 채 지나가고 만다. 한 번도
"형님 수고하시오."
하는 것을 들은 적이 없다.
'학사 학사 개수작이다.'

*

김 교사는 저녁을 먹고 동생 집으로 가려고 나섰다. 동생에게 가서 요즘 돌아가는 공산주의 이야기를 듣자는 것이다. 김사연은 일본 정치시대에 농민 조합사건으로 감옥에 가서 육년 동안 징역하고 온 경력이 있었고 아직까지도 등덜미에 고문으로 주리를 틀려서 상처 받은 흠집이 있고 열 개의 손가락과 열 개의 발가락이 얼어 빠져서 지금도 겨울이 되면 가렵고 아파서 견디지 못하고 황소 같은 그 힘이 지금은 한 가마니를 겨우 들도록 골탕을 먹은 사람이다.

김사연은 해방 후 농민 조합에서 주야를 가리지 않고 몸이 으스러지도록 일을 했다. 그는 서른두 살을 먹도록 어수룩하고 우직하게만 살았다. 남들도 그를 어수룩하게만 보아 왔다. 그러던 김사연이가 지금은 표범의 새끼보다 영맹했다. 그는 인민의 절대다수의 농민의 이익을 옹호하는 정치를 위해선 나만 죽지 않으면 사는 그 한 가지 길밖에 몰랐다.

김 교사는 이러한 동생에게 요즘 맹렬히 토의되는 토지혁명이니 토지개혁이니 하는 이야기를 들으러 가는 것이다. 듣는다느니보담 슬금슬금 눈치 채러 가는 것이다. 땅 마지기나 있는 사람은 요즘 밤과 낮으로

가슴을 졸이고 주먹을 치는 판국이다.

김 교사가 동생의 집 가까이 갔을 때 동생의 집에서 싸움이 벌어진 모양이다. 왁자지껄하는 것이 대단한 싸움이다. 동생의 벼락 같은 목소리와 제수의 웃음소리가 들린다.

'또 그 싸움이로군.'

김 교사는 동생 내외의 그것도 다른 싸움이 아니고— 그냥 모르는 체해야 옳을 것이나 사실 그동안 몇 해를 두고 모르는 체해 왔지만 이제는 심상치 않게 되는 것 같다. 그리하여 그냥 집으로 되돌아서지 않고 울타리 밖에서 듣고 있었다.

"그놈을 따라 서울로 가거라. 발 구린내 나는 양말이나 빨아줘라."

"가라면 가지. 무서워서 못 갈까. 난 죽어두 촌에선 못 산당이."

"이런 쌍 간나. 너는 본시 촌 간나지 언제 대처서 살었니?"

"촌 간나기에 서울로 가구 싶다지."

"학—사 아즈방이, 학—사 아즈방이, 네, 원 귓구멍이 쏴서. 이 간나야 학사 아즈방이랑게 다 뭐야. 학사 아즈방이 되우 잘나 보이디?"

"당신은 어째 동생 되는 사람 보고 학사, 학사 했소. 그 아즈방이 언제 당신 보고 형님이라구 하는 소릴 들어왔소?"

사연은 사실 이 말엔 말이 막혔다. 자기도 땅 마지기나 얻어 부치는데 아첨하여 학사, 학사 하지 않았나. 그것은 바로 어제 일이다. 그러나 그 어제란 때에 오늘이 있을 것을 그 존대한 학사를 몰아내는 제도가 있을 것을 꿈엔들 생각할 수 있었으랴. 생각하면 이가 갈렸다.

"이렇게 외증*을 내는 건 처음 보겠당이. 그 아즈방이 나 하구 무슨 일이나 있었다구 그러우? 인제 서울 갔으니 시원하겠소."

* 외증: 몸의 외부에 나타난 증상.

"에이, 개 간나 아직도 그놈을 못 잊어 우니."

사연은 벌떡 일어나며 아내의 아무데나 차며 때리며 한참 죽는 걸 몰랐다. 코피가 터지고 머리가 뜯기고 사연은 에익 외마디소리를 지르고는 그만 윗방으로 올라갔다.

사연의 처는 나이가 젊은데다가 이곳에서는 인물이 일등 가게 잘났다. 인물이 고운 탓인지 또 어딘가 바람기가 있었다. 꽃처럼 피는 얼굴에 흰 잇속을 보이며 희살거릴 때면 누구나 다시 한 번 보게 되는 여자다. 사연은 자기 아내를 끔찍이 사랑했다. 그러나 그의 아내는 학사를 좋아했다.

사연은 학사로 말미암아 자기 아내의 마음이 자기를 떠나 파란 많던 지난날을 회상하지 않을 수가 없다.

사연은 자기 아내가 인물이 잘나서 남들이 다시 쳐다보는 것이 싫었다. 더구나 아내의 그 희살대는 표정을 학사의 눈에 아니 뜨이게 하려고 얼마나 겁을 내고 노력했던가를 생각한다. 그러나 그 아내는 잠시도 붙잡을 틈이 없이 미꾸라지처럼 놓치기만 했다.

"남들이 본다구 마주 뻰—히 쳐다보진 말라구. 무슨 얼마나 잘난 줄 알어?"

"눈을 가진 게 보지 않구 어찌겠소. 내가 뉘기 잘났다오. 그럼 나보담 더 잘난 에미네를 얻어 사오."

이렇게 가끔 말다툼을 하나 이것보담 더 큰 일은 학사 아즈방이가 온 다음엔 자기 따위는 헌신같이 차 내버리고 자기 처가 그 집으로 자주 드나드는 것이다.

'학사 아즈방이, 학사 아즈방이. 설마 그럴 리야 없겠지. 한 집안인데 설마 그런 무도한 일이야 없겠지.'

사연은 처음엔 그런 일이야 없을 게라고 자기 스스로를 꾸짖고 머리를 흔들었다. 그러나 자꾸 귓속에 남아 있는 것은 학사 아즈방이, 학사 아즈방이 하는 아내의 들뜬 목소리 즐거운 말소리다. 자기가 낮에 밖으로 일하러 나간 새에 아내는 어디로 가는지 모른다. 그러나 저녁이 되어 집에라고 모이면 아내는 학사 아즈방이 이야기로 꽃을 피운다. 학사 아즈방이로 말미암아 가슴 속에 무슨 요술이 들었는지 아내는 취하고 들뜨고 행복했다. 그 구두, 그 양복, 그 손목에 차는 시계, 길다랗게 기른 머리, 흰 얼굴, 모두 다 가슴을 뜨겁게 하는 사랑을 다지게 하는 듯했다. 더구나 분과 향내 나는 머릿기름과 뺨에 바르는 연지, 생각만 해도 좋았다. 한번 발라보았으면 죽어도 한이 없을 것 같았다. 그는 사흘이 멀다 하고 인조견 분홍저고리 옥색저고리를 갈아입었다.

사연은 괴로웠다. 분명히 자기 처는 자기를 떠났다. 꿔어진 베잠뱅이를 노닥노닥 기워주던 성은 옛날이야기요 지금은 아니었다. 이때까지 우둔하고 어수룩하고 순박하기만 하던 사연의 폐부 속엔 무서운 괴로움이 빚어져서 일을 하다가도 문득 그 생각을 참느라고 낑낑 안간힘을 쓰기를 자주 했다. 어느 날 사연은 밭에서 김을 매었다. 김을 매는데 고약하게 그 생각이 머리에서 떠나지 않는다. 지금 집에 있을까 또 갔을까. 아무리 생각해도 모르겠다. 손에서 천재가 된 호미자루가 그냥 사연을 끌고 밭고랑으로 나갔다. 그러나 새 고랑을 매는 품에 겨우 한 고랑의 김을 마치지 못했다. 사연은 지금 이 시각에 자기 아내가 그 집에 있는 그 현장만 제 눈으로 보고 싶었다. 그것만이 모든 소원인 것 같았다. 사연은 우뚝 일어섰다. 그 집으로 달려만 가면 된다.

'그러다가 아니면 어찌능가. 아니면 어찌능가. 내 행색을 학사가 눈치채면 이 소문이 동네에 퍼지면 무슨 면목으로 학사집 땅을 부치능가?'

사연은 생각이 이에 이르자, 내가 미쳤군, 그럴 리가 없다— 속으로 부르짖고 다시 밭고랑에 물러앉았다. 그러나 아니다. 분명히 아니었다.

그는 저도 모르게 일어서서 비실비실 동네로 들어왔다. 누구 눈에 띄일까. 가슴이 울렁거리는 법도 없이 천치처럼 비실비실 집을 향해 걸었다. 마을 앞 우물께서부터 학사 집 큰 대문이 보일 때 사연은 후끈 상기가 된다. 지금 저 대문 속에 자기 아내가 있기를 축수했다. 사연은 울타리 아래쪽 돼지우리 있는데서 안마당을 들여다보았다. 두 눈이 등잔같이 열린 그 속으로 확 들어오는 광경이 있다.

'있다. 있다.'

사연은 자기 아내가 지금 이 집에 있는 것으로 일종 자기 자신과 재판을 걸어 이긴 것처럼 통쾌하고 만족했다. 그러나 그것은 미치기 알맞은 심경이다. 다음 순간 사연은 두 눈을 멀뚱히 뜨고서 마루 위에 그린 풍속을 구경하고 있었다. 양복바지에 '노—타이'를 입은 학사가 조그마한 사진 기계를 들고 자기 처를 사진을 박는 모양이다. 그 네모진 조그만 것이 사진기인 것은 집에 여러 번 보아서 담박에 안다. 학사는 기계를 요리 조리 돌리며 손으로 잡고 자기 아내에게 무엇을 가리킨다. 제 아무리 잘났다고 새로 교육을 받지 못한 그 무지한 육체는 학사가 시키는 동작과 표정을 지을 줄 몰랐다. 이렇게 앉으라면 저렇게 앉고 눈을 아래로 뜨라면 당황하여 어쩔 줄을 모른다. 학사는 고요한 웃음을 머금고 아름답되 야생적인 이 여인을 바라보았다.

사연은 돼지우리를 걷어차고 담박에 뛰어들어가야 옳을 것이다. 그러나 학사의 그 희고 소명한 얼굴을 볼 때 그는 푸시시 힘이 빠졌다. 기운 골이나 쓰는 자기는 짚으로 만든 허수아비처럼 쓰러질 것 같다. 무엇인지 학사에겐 이기는 것이 있다. 그 이기는 것을 사연은 주먹으로 때릴 수는 없었다. 주먹으로 때릴 수 없는 것을 가진 학사는 이겼다. 돼지들이 우리 안에서 꿀꿀 쩝쩝거리며 물을 먹는다. 갑자기 돼지우리의 시궁창 냄새가 코를 물신 찌른다.

사연은 척 돌아서서 누가 따라오는 것처럼 밭으로 달려왔다. 와서 다시 호미자루를 들었으나 그도 사람이었다. 그대로 우두커니 밭머리에 앉아 있었다. 하루 품의 김을 매지 못한 수수밭에 풀들은 조금도 쉬지 않고 하루만큼 더 자랐다.

그날 밤 사연은 아랫목에 앉아 바느질하는 아내에게로 가서 그 무릎을 베고 누웠다. 아내가 싫다고 톡톡 쏘는 것을 굳이 당겨 베었다.

"오늘 집에 있었소?"

"있지 않구. 저 낮엔 새골집(학사집)에 좀 갔다 오구."

"인제 그집에 너무 가지 말라구."

"어째서? 가서 점심이랑 얻어 먹구 좋지 않소. 그집에 댕겨서 밑지는 일이 있소?"

"글쎄 가지 말라구."

"또 강짜를 놓소? 내 학사 아즈방이께 일르겠당이."

"강짜는 무슨, 형제간에도 강짜를 놓능가."

"말이사 옳지비. 그리나 속으로는 강짜로 놓는 걸. 내 학사 아즈방이 보구 싹 다 이야기를 해야지."

사연은 슬그머니 비겁해진다. 정말 이것이 무에라고 지껄이는 날엔 자기의 생활은 뿌리째 뒤집히는 판이다. 그래서 그는 되려 아내를 달래고 슬그머니 빌붙었다.

"그 학사 입든 양복이나 한 벌 얻어 오라구."

"당신이 입게? 당신이 양복을 입으면 개가 다 웃겠소."

이러한 세월이 오래 흘렀다. 그동안 사연은 얄궂은 사람이 되었다. 울뚝 성내기를 잘하고 표범의 새끼처럼 영맹해지고 돌같이 굳은 사람이 되었다.

그러나 그러던 세월은 가고 8 · 15의 역사는 왔다. 사연은 감연히 일어섰다. 북조선의 정치에 몸으로써 주춧돌이 되고자 했다. 대지주이든 학사든 토지혁명으로 일조일석에 다른 처지가 될 것을 각오하고 어느 날 행방불명이 되었다. 마을 사람들은 학사가 서울로 갔다고 수군댔다. 사연의 처는 밤새도록 울어서 두 눈이 소북이 부었다. 사연은 인제야 아내와 마음 놓고 까불 수 있는 것이 유쾌했다. 그러나 슬펐다.

'이 간나야. 인제야 내가 그놈보다 더 잘났다.'

*

김사백 김 교사는 동생 내외의 싸움을 울타리 밖에서 듣다가 그대로 집에 돌아갔다. 그리고 다시 그 이튿날 밤에 동생의 집을 찾았다.

사연의 집엔 사연 이외에 댓 사람의 청년들이 윗목에 모이고 아래 정주엔 노친네들 마슬꾼이 눕기도 하고 삼도 삼으며 쑥덕쑥덕 남의 집 흉보기에 정신이 없다.

"형님 어떻게 오시우?"

사연과 방 안 모든 사람들은 반색을 했다. 이 근래에 김 교사가 통히 동생 집과 거래를 끊었다는 것은 동네 안에 퍼진 소문이다. 그러던 김 교사가 이 밤에 불쑥 동생 집에 오니 누구나 반색했던 것이다. 윗방과 아래 정주깐엔 '가스'를 양철통에 넣은 '칸델라'의 등불이 파란 불꽃 꼬리를 뽑아 방 안이 유난히 밝다.

"뭣들 하나?"

"농민정치독본을 가지고 야학을 한당이오. 요즘 정치에 대해서 좀 알아야 이 앙하겠소."

"농민정치독본? 이건 농민위원회에서 만든 책인가?"

"예— 농민위원회에서 농촌청년들을 위해 만들었당이."

김 교사는 십여 년 전 사회주의 과학을 열독하던 솜씨라 오늘 이 '팜플렛' 이 결코 낯설은 책이 아니었다. 그러나 김 교사는 책장을 달갑지 않은 표정으로 뒤적였다. 목차엔 '카이로' 급 '포츠담' 의 선언, 농민 문제, 토지 문제, 사음舍音 문제 여러 가지가 있었다.

"그래 토지 문제는 어떻게 되는가? 토지혁명이 정말 되는가?"

"토지혁명이 돼요. 조선이 지금 토지혁명을 하지 않으면 언제 하겠소."

"그럼 국유로 되겠군."

"아니 농민에게 무상으로 나누어 준답디다. 소작제도를 없애야 봉건제도에서 벗어난당이."

"땅을 다 몰수해서 농민을 주면 지주는 어떡하게. 도둑놈들 같으니라구. 남 애써 돈 모아 땅 살 때 저희는 뭘 했어. 남의 걸 공으루 뺏어 먹으려구. 아직 중앙정부가 서지 않아서 몰라."

김 교사는 누르고 눌렀던 걱정이 쏟아져 체면 없이 욕설부터 나왔다.

"아이 어느 사람은 제 에미 뱃속에서 나올 때부터 밭뙈기 논뙈기를 지고 나왔겠음. 몇 십 년씩 놀구 먹었음은 됐지비. 이제 땅을 내놓아두 원통할 게 없당이."

"그렇쟁이구. 학사네랑 봅세. 그게 벌써 오대째 내려오는 땅인데 해마다 불어나서 그 돈은 어디다 주체를 하겠소."

"세상이야 잘 됐지비. 농사꾼이 땅을 앙이 가지고 뉘기 가지겠소."

"지주들이 땅을 내놓아서 죽는다 산다 하지만 그만치 해먹어두 좋지비. 그렇지만 속이야 쓰겠당이. 손톱 하나 까딱 앓구 거들거리드니."

아래 정줏간 노친네들이 입을 모아서 김 교사를 들으란 듯이 오금을 박는다. 이 노친네들은 한평생 소작인의 아내로 소작인의 어머니로 늙은 부인들이다. 이러한 사람들은 늙으나 젊으나 요즘은 김사연네 집으로 모여서 밤 마슬을 했다. 그들은 같은 처지에 사람들인 까닭이다. 김 교사는 성이 파랗게 났으나 그까짓 늙은이들 말은 치지도외하는 것처럼 했다.

"그래 언제부터 토지혁명인가 토지개혁인가 실시가 되능가?"

"아마 삼월부터 유월까지 걸쳐 끝이 나나 봅디다."

사연은 형의 날카로운 시선과 부딪쳤다. 그는 이미 눈을 아래로 떨어트렸다.

김 교사는 동생 집에서 나왔다. 토지개혁을 목전에 당하게 된 이때 다른 경황이 없었다. 김 교사의 안색이 몹시 창백하다. 사연은 형을 따라 일어섰다.

"형님 내 바래다 드릴게요."

"야, 오지 마라. 일 없다."

그래도 사연은 형의 뒤를 슬금슬금 따랐다.

"야, 일 없다. 일 없어. 오지 마라."

형은 손살을 내저으며 딱 질색을 한다. 토지개혁을 좋다고 하는 동생이 진실로 정나미 떨어졌던 까닭이다. 사연은 그만 멍청히 서서 형의 가는 뒷모양을 바라보았다.

사연은 가슴이 뭉클하고 아팠다. 가난한 아버지의 아들, 가난한 아이들의 아버지. 그는 이십사 년간 사립학원의 교사였다. 스무 살의 홍안의 교사이던 그는 이제 사십을 넘어 마흔다섯이 되었다.

김사백 김 교사는 지주였다. 소지주였다. 김 교사네 논은 큰 다리를 건너 읍으로 들어가는 행길 바로 옆에 있었다. 본래 학사네 논이었으나 김 교사가 샀었다. 고추장덩이처럼 기름진 일등 답이다.

김 교사는 이 땅을 잃을 것이 무서웠다. 처음엔 잃지 않으리라 뻗댔으나 나중엔 불가불 잃게 될 때 김 교사는 다른 여러 지주들과 같이 발악했다. 북조선의 정치를 침식을 잊고 반대했다. 죽어도 그 땅은 못 내놓으리라 했다.

'도둑놈들 내가 어떻게 하고 모은 땅이기에……. 인제 땅은 뺏긴 땅이라, 하기야…….'

김 교사는 그까짓 이론이 문제가 아니었다. 자기 땅을 뺏길 것이, 자기 땅만 뺏기지 말고 해마다 몇 섬의 추수라도 받았으면, 이것만이 소원이었다.

김 교사는 집으로 왔다. 등잔불이 아직도 켜져 있다. 식구들은 다 자는 모양이다. 밥이라구 한 술씩 얻어먹으면 그 자리에 쓰러져 자는 게 일이다. 공연히 불을 켜서 기름을 없애느니 일찌감치 자는 게 풍속이었다.

김 교사는 등잔에 기름이 졸고 솜으로 비벼 놓은 심지가 기름 속에 우므러져 타 들어가는 것을 꼬챙이로 각죽어려* 뽑아 놓았다. 아이들이 여기 저기 뒹굴며 자고 아내도 흰 치마를 벗지 않은 채 자고 있다. 짭짤하고 퀴퀴한 냄새가 방 속에 배었다.

김 교사는 윗방으로 올라가다 말고 새 문턱에 기대 앉아 담배를 피웠다. 큰 놈의 헌 양복 궁둥이에 희끄무레한 것이 보인다. 김 교사는 손가락 끝으로 문질러보았더니 이다.

'이런 놈의 새끼를 웬 이가 이리 많어.'

그는 한 놈씩 젖혔다 엎었다 하며 헌옷 위에 기는 이를 잡았다. 그리곤 이불을 잡아다녀 여러 놈 위에 걸쳐주었다.

'헌 걸 집어(기워) 입재두 헝겊이 있어야지.'

아내가 노상 기울 헝겊만 있으면 얼마나 좋겠느냐고 탄식하듯이 인제 참 더 기울 헝겊이 없으리라 생각했다.

자던 아내가 눈을 뜬다.

"인제 왔소. 어째 앙이 쉬오?"

* 각죽어려: 문맥상 '헤집어'의 의미로 수정됨. '각죽거리다'는 '남의 비위를 건드려 불편하게 만들다'는 뜻임.

겨우 이 한 마디를 하고는 또 돌아누워 잠만 잔다. 밤이 인제 꽤 깊었다.

*

김 교사는 그 후로 유난히 침울해졌다. 그냥 침울해질 뿐만 아니라 얼굴은 더 창백해지고 눈시울이 검푸르게 되고 눈은 움푹 들어갔다. 그의 초췌한 모양이 심상치 않건만 아무도 그러한 기색을 살핀 사람은 없었다. 촌사람이란 들것에 맞들고 다닐 만큼 돼야 비로소 병든 줄 아는 형편인 까닭이다.

김 교사는 학교에 갔다 와선 몇 시간씩 방 속에 우두커니 앉았거나 그렇지 않으면 그 넓은 들판으로, 읍으로 들어가는 그 큰 다리 양편으로 십 리의 제방이 놓인, 그 제방 위로 철없는 아이들처럼 혼자서 쏘다닌다.

어느 날 그는 여전히 제방 위에 앉아 있었다. 제방 위에 말들이 여기저기서 풀을 뜯는다. 붉은 갈색의 다락 같은 말들이, 모가지와 네 족만 성큼한 망아지들을 사타리에 끼고 풀을 뜯는다. 강물 저쪽 제방은, 눈이 모자라서 아물아물 보이는 위엔 소들이 앞을 뜯고, 눈곱이 달린 송아지들이 역시 엄마의 젖꼭지를 물며 한사하고 따라다니는 좋은 풍경이다. 누가 작정한 것인지 강 이편 제방에선 말들이 풀을 뜯는 것이 엄격한 규칙이다.

김 교사는 푸른 강물을 내려다 보고 있었다. 이 강물은 머지않아 바다로 들어간다. 이 제방이 끝나는 곳엔 바다가 있고 그 바다 위엔 작은 섬들이 있다. 때로 바다가 심술을 부리면 짠물이 이 강으로 거슬러 흘러 연어와 은숭어를 그물에 몰아넣고, 하늘이 푸르고 바람이 맑을 때면 해초의 바다 냄새가 신선한 호흡을 가져온다.

김 교사는 무슨 생각인지 벌떡 이러나서 말들을 쫓아다녔다. 망아지의 꽁지를 때려 쫓아다니는 망아지는 놀라서 껑충 뛰기만 한다.

'쌍 간나 말새끼를…….'

그는 다시 공허한 눈을 들어 그 초록의 풀들이 발이 빠지는 제방을 둘러보고 후유 한숨을 쉰다.

김 교사는 또 무슨 생각인지 비실비실 다리를 건너간다. 김 교사의 몽롱한 머릿속엔 지금 분명히 떠오르는 것이 있다. 십 년 전 기억이다. 십 년 전 기억이 소생될 때 그는 머릿속에 등불을 켠 것 같이 환—해지고 즐거웠다.

그는 불구인 다리를 끌고 활갯짓을 해가며 다리를 건너 저쪽 제방을 내려가고 있다. 이쪽 제방을 내려가면 바다로 들어가기 전에 진실로 아득하고 끝이 없는 갈밭이 초록 바다를 이루어 물 위에 흔들리고 있다. 이 갈밭 밑으론 언제나 검고 흐린 강물이 흐르지 않고 있어 강 밑은 태고 그대로의 비밀이다.

김 교사는 이 갈밭으로 내려오는 것이다. 아직 갈은 자라지 않아 멀리서 보면 벼처럼 푸르고 연하게 보였다.

김 교사는 무슨 급한 일이나 있는 사람처럼 걸었다. 본시 이 근방은 어느 때고 사람의 그림자가 드문 무인지경이다. 진흙탕 길 위에서 사람을 만나면 되려 무섭고 간혹 물오리 떼가 요란히 달아나서 이 광막한 물에 소리를 만든다.

"훠— 훠—."

그는 물오리 때를 쫓아서 한참이나 물가로 달아나다가 숨이 차서 그 자리에 주저앉았다. 그러다가 다시 강물에 발을 씻고 있다.

김 교사는 사방을 휘— 둘러보았다. 갑자기 정신이 든다.

'내가 이 무인지경에 뭣하러 왔어?'

김 교사가 무인지경 갈밭으로 달려간 것은 곡절이 있는 일이다. 그는 본시 불구자요 가난한 소학교의 선생으로 그 박한 봉급이 그들 가족을 기를 수가 없었다. 그러나 김 교사는 사립학원 교사 노릇을 하여 최소한의 수입을 만드는 외에 돈을 버는 일에 아무런 엄두가 나지 않았다.

이렇게 궁핍한 김 교사의 생활을 반이나 돕는 것은 그의 아내였다. 그의 아내는 일을 하기 위해 세상에 난 것처럼 일을 하는 여인인데 일상 낙천적이고 부드러운 것이 대단한 특징이다.

"복순 아버지."

아내는 불러만 놓고 나서 말이 없다. 글이 많고 선생 노릇 하는 남편을 그는 평생에 이렇게 대해왔다.

"무슨 말인지 말은 하겠었소?"

아내는 우선 얼굴에 웃음을 띠고 무엇인지 잠시 더 생각한다.

"우리 아이들은 많고 이대로 가면 평생 고생이겠당이."

"그런 줄이야 모르우. 더구나 아이들 공부는 시켜야겠는데. 또 내 꼴이 됐지. 별수 있오?"

아내는 가난은 했지만 공부야 자기 남편이 대단히 많은 줄 아는데 또 내 꼴이 된다고 탄식하는 뜻은 잘 이해하지 못했다. 공부야 저의 아버지만 하면 넉넉하다고 생각하는 까닭이다.

"그런데 덕골집에서랑 노존(방에 까는 자리)을 절어 파느라고 밤잠을 앙이 잔당이."

"노존을 절어 팔면 돈벌이야 좋겠지. 그럼 우리도 노존을 젓자오?"

김 교사 내외는 마주 보고 웃었다. 글이 많은 김 교사가 노존을 젓는다는 것은 좀 안된 일이기 때문이다.

노존을 젓는다는 것은 이 지방에 특수한 생산품인데 북조선 방에 자리를 이 노존을 깐다.

노존은 가을까지 까는 것으로 갈밭이 무궁무진히 있는 이 지방이 아니고는 다른 곳에서는 생산을 못하는 물건이다. 그런데 이 노존은 북조선 일대에 절대로 수요되는 것이다.

이 지방 사람들은 대대로 노존을 짜서 생계를 해왔다. 근년에 천리옥야에 농사도 짓지만 아직도 이 노존을 짜는 족속이 아니다. 그들은 누대의 숙련된 기술과 또 전통을 가지고 생산에 매진해 온 것이다.

"그럼 내가 갈이랑 까서 놀게. 복순 아버지 방에 앉아 짜기만 하실라오?"

그들 부부는 학교 교사이기 때문에 이때까지 엄두도 못 내던 이 일에 달려들기로 했다.

"그럼 우선 개정(갈밭)을 사야지."

"개정이야 갈밭에 내려가 베기만 하면 되지비. 돈이사 얼마 주겠소."

시작이 반이었다. 이렇게 그들은 노존 짓기 시작한 것이 지금으로부터 바로 십 년 전이다.

십 년 전—.

그 해 가을이다. 갈밭에 갈들이 모질게 여물었을 때 어느 날 김 교사 내외는 갈밭으로 갈 베러 내려갔다.

며칠을 두고 두 자루의 낫을 벼르고 밧줄을 꼬고 또 점심 두 그릇과 기타 여러 가지 준비를 갖춘 뒤에 두 사람은 갈밭으로 내려갔다.

그 십 리 제방을 지나 물오리 떼가 요란한 소리를 내며 달아나는 언제나 흐르지 않는 검은 강물을 따라 내려갔다.

"여기가 작은집 개경밭이오."

"여기서 베능가?"

"복순 아버지는 앉았소. 내가 벨게."

김 교사는 잠자코 낫을 들고 일어났다. 이 들판엔 사람의 자취가 없다가 가을이 되면 갈 베는 사람들이 오게 된다.

갈밭에 갈은 사람의 두 길이나 된다. 그 무궁무진한 갈밭은 바다를 이루고 흰 솜 갈꽃이 소소한 가을바람에 들을 덮어 나를 땐 여기가 이국인 것 같은 곳이다.

김 교사 내외는 낫 한 자루씩 쥐고 갈밭으로 들어갔다. 사람은 보이지 않고 갈 베는 소리만 싹싹 난다. 그들은 베인 갈을 척척 눕히며 자꾸 베어 나갔다.

"힘이 드오?"

"앙이 일 없소."

반나절을 베었다. 인제 점심을 먹자고 해서 두 사람은 밥 보퉁이를 들고 밭머리에 앉았다.

"옛날에 기차가 없을 땐 이 나루터를 건너 무실고개를 넘어 원산을 육로로 다녔는데."

"원산이 여기서 일백십 리요?"

"한 백 리 되지. 그땐 사람이 간혹 다녔는데. 지금은 아주 무인지경이 됐거든."

그들은 그 날 하루 종일 갈을 베어 눕혀 놓고 해질 무렵에 집으로 돌아왔다. 그 이튿날은 이제 베인 갈을 잎사귀를 쳤다. 갈꽃이 하얗게 날고 김 교사 내외는 머리와 얼굴과 온몸에 갈꽃이 덮었다.

"옛날에 이 갈꽃을 솜으로 옷에 두이 입힌 계모가 있었다우."

"내가 죽으면 그런 여펜네를 얻지 마오."

그들은 이런 농담도 했다.

"인제 묶을까?"

"묶어두 좋지비."

그들은 갈을 묶었다. 채가 길어서 묶기는 묶지만 가져갈 일이 난처했다. 그 날도 해가 질 무렵 아내가 싸우듯 말리는 것도 듣지 않고 김 교사가 한 단 졌다.

"무거워서 어째 가겠소?"

아내는 두 단을 이었다. 두 단이면 무겁기도 하려니와 채가 길어서 자칫하면 한 쪽이 땅에 끌리기 쉽다. 아내는 갈을 이고 앞서서 달아난다. 작은 몸이 갈 속에 묻혀 몽축한 아랫도리만 홀랑홀랑 보인다.

"무겁소?"

"괜찮소."

이렇게 그들은 가을 내, 그것도 김 교사는 학교에 간 다음에 그 아내 혼자서 갈을 베어 집으로 날랐다. 그리고 겨울방학엔 내외가 죽자꾸나 노존을 절었다.

김 교사가 윗방에 꾸부리고 앉아 밤새도록 노존을 절으면 아내는 그 집에서 싸악싸악 소리를 내며 갈을 까서 대었다.

"우리 논을 삽시다."

"노존을 절어서 논도 사겠소."

"어째서 못 사오. 이렇게 십 년만 하면 사지비."

그들은 등잔에 기름을 세 번 네 번 다시 부었다. 그리다가 창문이 허―옇게 밝아 올 무렵엔 아내의 권고로 김 교사는 온밤 펴 놓았든 이불 속으로 들어간다. 아내는 그 등잔을 그대로 들고 부엌으로 가서 조반을 짓는다.

'논을 산다. 논을 사야지. 학교를 그만 두시더래도 굶어 죽지 않지. 살림 밑천을 장만해야 월급이 없어두 살아가지.'

김 교사 내외의 굳은 뜻으로 그들은 십 년이 못 가서 논을 샀다. 행길 옆에 닷 마지기 논을 장만했다. 노존을 절어서 논을 장만했다. 이것은 십 년 전부터 시작한 이야기였다.

*

김 교사는 십 년 전 기억을 따라 갈밭으로 달아나던 그 후에도 말이 없었다. 다시 동생을 찾지도 않고 다시 누구의 토지 뺏기는 이야기도 하는 일 없이 그대로 입을 다물어버렸다.

이제 북조선의 토지개혁은 완전히 끝이 나서 소작제도는 소멸되고 토지는 호미자루를 든 농민의 손으로 돌아갔다.

김사연은 농민조합에서 이 일로 불철주야 노력했다. 그들은 조선의 혁명은 토지혁명으로부터라고 매를 놓치지 않았다.

어느 날 밤 사연은 자다가 깨었다. 밖에서 누가 급하게 부른다.

"아즈방이, 아즈방이!"

사연은 옷을 주어 입으며 문을 열었다. 형수가 얼굴이 파랗게 되어 달려든다.

"어찌 그러오?"

"복순 아버지가 없소."

"형님이 없어요, 쩡냥간*에랑 가 봤소?"

"아무리 찾아두 없당이. 아무래두 큰일 났소."

형수와 사연은 왈칵 불길한 생각이 든다. 요즘 김 교사의 신색이 몹시 초췌하고 행동이 수상한 데가 많았다. 사연의 머릿속엔 형의 날카로운 시선이 번쩍 한다.

사연은 잠시 생각하다가 그대로 행길로 나섰다. 나섰으나 막연했다. 다시 급하게 걸었다. 읍으로 가던 큰 길에서 그는 달음박질했다.

'어디 갔을까. 혹시…… 죽지나 않았을까.'

* 쩡냥간: '정주간' 또는 '외양간' 정도의 의미로 추정됨.

사연은 또 줄달음을 쳤다. 길에는 개새끼 하나 어른대지 않는다. 다시 보니 달도 떴다. 그는 다리목까지 갔으나 아무 소용이 없었다.

사연은 오던 길로 되돌아서 왔다. 어찌해야 좋을지 도시 막막하나 무섭고 불길한 생각은 도시 떠나지 않는다.

'물에 빠졌나? 정신에 이상이 생겨서…….'

사연은 갑자기 며칠 전 형수가 하던 말을 생각했다. 형이 자기를 칼로 찔러 죽이고 자기도 죽겠다고 하던 것을, 농민조합에 있는 자기를 칼로 찔러 죽이고 자기도 죽겠다구 하던 것을.

'칼로…….'

사연은 또 조급하게 걸었다. 칼로 자기 형이……. 그러나 그럴 리야 없으리라 생각했다. 그는 미친 듯 사방을 살피며 걸었다. 달빛에 행길 옆 논에 희끄무레한 덩어리가 보인다.

'저게 무엔가. 이거 큰일 났구나.'

사연은 논으로 뛰어들었다. 사람이 꼬꾸라졌다. 더 말할 것 없이 형 김 교사였다. 사연은 그대로 업으려 했다. 피비린내가 확 끼친다. 달빛에 검은 것이 번쩍 번쩍 한다.

저고리로 형의 몸을 싸서 그대로 업고 집으로 달려왔다. 울고 아우성을 치려는 형수에게 떠들지 말고 사람을 구하자고 했다.

"방에다 눕힙시다. 아직 숨이 있소."

사연과 형수는 김 교사를 맞들어 방에다 뉘었다. 목으로부터 온몸이 피로 발랐다. 김 교사는 얼굴이 종이처럼 희고 숨을 목에서만 헐떡거린다.

"내 읍에 가서 의사를 데려오겠소."

이 말을 들었는지 김 교사는 눈을 뜬다. 눈을 뜨는 바람에 사연은 앙하고 울음이 터졌다.

"형님 정신이 드오?"

"가지 마라."

형은 가지 말라는 뜻을 얼굴에 표했다. 그러나 그보다 먼저 죽음이 왔다. 김 교사의 눈은 몽롱하게 흐려 오고 마지막 호흡이 목 위에서 끌었다. 마침내 살아 있는 사람들의 눈을 뽑아 청맹과니를 만들고 김 교사는 운명하고 말았다.

김 교사의 장의는 학원의 아이들이 열을 지어 오고 온 동네가 들끓어 지냈다. 마을 뒷산 소나무 떡갈나무 그늘이 얼룩지는 곳에 그의 무덤을 만들었다. 필시 소년시절 김 교사가 기대앉아 책도 읽었을 곳에.

김 교사의 장사가 지나간 날 저녁 사연은 저녁밥을 먹고 마당으로 나왔다. 오늘밤은 다시 보지 않아도 달이 환히 떴다. 사연은 스적스적 마을 앞 행길로 걸었다.

탁—트인 들과 강물에 달빛이 층층 차서 출렁거린다. 사연은 형의 죽음이 육체에 배어서 눈과 코와 모두가 다 죽음의 냄새뿐이다. 이승과 저승의 갈랫길에 선 것처럼 아득하고 미묘한 검은 길이 보이는 것 같다.

사연은 자연 발길을 학원 쪽으로 돌렸다. 이십사 년간 형의 학원, 교과서를 끼고 다니던 길이다.

사연은 청맹과니처럼 눈을 멀뚱히 뜨고 그저 걸었다. 아픈 것이 도를 지나 칼끝으로 후비어도 감각을 잃은 가슴을 안고.

가난한 아버지의 아들, 가난한 아들의 아버지, 다시 가난한 아이들의 교사— 그는 발작적으로 자살했다. 동네엔 김 교사의 죽음에 대하여 구구한 추측이 많았다.

'형님은 가난이 무서워 죽었다. 가난이 형님을 이겨서 마음을 흐트려 놓았다.'

학원 집은 그 오랜 기와집은 달빛이 비쳐서 앞마당 주춧돌 위에선 바늘이래도 끼이게 환—히 밝은 것이 멀리서도 보인다. 비바람에 이끼가 끼고 풀들이 쑥쑥 올라온 지붕에 기왓장들도 번쩍번쩍 빛난다.

학원 뒤에 우뚝 앉은 그 산봉우리는, 잠을 자고 검은 숲속에선 부엉이도 울지 않는다. 한평생 쓸고 공구르고 정성을 들이던 마당엔 아직도 기다란 교의가 백양나무 밑에 뉘었다.

아이들을 데리고 손수 나무를 깎고 쇠뭉치를 끼이고 해서 만든 철봉대도 두 귀를 반짝 들고 그대로 서 있다.

사연은 그대로 걸었다. 문득 보니 학원 창문에 불빛이 환히 비쳐 있다. 그 네모진 유리 창문에 불빛이 비쳤다.

'누가 불을 켰을까?'

그러나 달빛과 어둠으로 짜진 이 밤이 고풍스런 학원에 귀신도 올 것 같은데.

사연은 불빛이 비치는 유리창을 유심히 바라보았다. 형 김 교사의 희고 가는 손이 이 불을 켠 것같이만 생각된다. 그는 잠시 형의 흰 손이 이 불을 켰다고 생각했다.

사연의 어둡던 마음이 웬일인지 평안해진다. 그는 오던 길을 되돌아서 걸었다. 우리들의 앞날도 누가 켠지도 모르는 그 창문에 빛처럼 밝아지는 것을 느꼈다.

《서울신문》, 1946년 6월 26일~7월 20일

해설

여성적 욕망과 남성적 현실 사이의 거리

—1930년대 신여성의 낭만적 감수성

_오태호

1. 낭만적 일탈을 꿈꾸는 여성적 감수성

이선희(1911년~1946년)는 1930년대 신여성의 탈주 욕망과 억압적 현실 사이의 거리를 추적한 대표적 여성 작가이다. 문학사적으로 1930년대는 1920년대의 비판적 사실주의적 흐름과는 거리를 두면서 구인회를 중심으로 모더니즘적 실험을 지속하던 시기이다. 그리하여 개인의 내면적 욕망과 냉혹한 현실 세계 사이의 대결과 좌절이 문학적 형상화의 주요 화두가 된다. 이러한 문학적 흐름에서 이선희는 1930년대 중반 근대적 여성의 감각과 시선으로 당대 현실을 섬세하게 묘파하고 있다는 점에서 새롭게 발굴하고 해석해야 할 존재이다. 16편의 중편 · 단편소설(콩트 포함)과 40여 편의 수필(평론과 좌담 포함)을 남겨 놓은 작가는 여성적 감수성으로 이국적 정조Exoticism에 대한 동경 속에 1930년대 식민지 현실 속에서 남성의 타자로서의 여성적 자의식을 탐색하고 있다는 점에서 주목을 요한다.

이선희는 1911년 12월 17일 함경남도 함흥에서 출생하여 항구도시인 원산에서 성장한다. 그녀의 수필과 소설에서는 원산이 유년시절의 의미 깊은 추억의 장소이자 이국적이며 도시적인 감수성을 형성하는 공간으로 자리한다. 원산은 1876년 개항 이래로 일본을 비롯한 외국 문물이 유입되던 무역항으로 다른 여느 도시보다 서구 문명의 세례를 일찍 받은 곳이다. 1925년 당시 원산은 인구 3만 명 중 1만 명이 일본인이었으며, 중국인, 미국인, 캐나다인 등 동양인뿐만 아니라 서양인들도 주거하고 있었던 것으로 기록되고 있다. 따라서 이선희가 스스로를 '도회의 딸' 이자 '아스팔트의 딸' 이라고 말하는 배경에는 근대적 도시 원산의 영향이 자리잡고 있다. 도회적이고 이국적인 풍모를 갖춘 항구도시는 그녀의 소설에서 부르주아적 낭만성 속에 도시적 감수성이나 이국 지향의 엑조티시즘을 표방하는 배경으로 드러난다.

원산 루씨여고보를 졸업한 이선희는 음악에 관심이 깊어 이화여전 성악과에 진학했다가 문과로 전과해 3년간 수학한다. 이후 1933년《개벽》사 기자로 입사하고《신여성》편집인으로 활동하면서 수필 등을 발표하기 시작했으며, 1934년 12월《중앙》에 단편「가등」을 발표하면서 소설가로 등단한다. 극작가인 남편 박영호와는 고향에서부터 알고 지낸 사이로 1935년 경 재취 결혼하는데, 전실 자식이 있었으며 자신이 낳은 두 아들이 있었다고 전해진다. 이 결혼생활의 어려움은 그의 작품 곳곳에서 처첩 갈등이나 계모 모티프 등의 변주로 드러난다. 이후 1936년 6월《신가정》에「오후 11시」가 실리면서 본격적인 작품활동을 시작한다.

이선희의 소설은「가등」과「오후 11시」를 제외하고는 대체로 여성의 미묘한 심리적 갈등을 중심으로 연애의 삼각관계를 기본 구도로 형성한다. 욕망의 삼각형(르네 지라르) 속에서 남성을 매개로 대타자의 욕망을 내면화하려는 여성적 자의식을 추적하고 있는 것이다.「도장」에서 '첩질'을 하는 남편에게 폭행을 당하는 맏동서, 「계산서」에서 다리 하나를 잃은 뒤 남편에게 살해 충동을 느끼는 '나', 「여인 명령」에서 백화점 점원이었다가 본처가 있는 남자와 결혼한 신여성 숙채, 「매소부」에서 폐병쟁이 유부남을 동반자살자로 상상하는 기생 채금이, 「연지」에서 재취하여 계모가 된 뒤 악독해진 마음을 먹는 금녀, 「돌아가는 길」에서 유부남 K와 도피행각을 벌이다 떠나는 예경이, 「탕자」에서 약혼자를 두고도 등대지기를 연모하는 '나', 「춘우」에서 약혼녀가 있는 최호반을 연모하는 올드미스 신여성 춘우, 「처의 설계」에서 이혼녀 여순옥과 온천 여행을 다녀온 남편으로부터 폭행 당하는 신여성 소라, 「승리」에서 술집여자를 만나는 남편을 기다리는 구여성 유 씨, 「창」에서 남편 김사연 대신 남편의 친척 동생인 학사 아바이에게 마음을 빼앗긴 아내 등은 텍스트 속에서 '욕망하는 주체'로 실재하는 인물들이다. 여성 인물들의 욕망은 남성을 대면하고 있지만 그 남성의 또 다른 여성이 상정되면서 극적인 갈등관계 속에 연애의 삼각 구도가 형성된다. 이 불륜 구도는 표면적 승리와 패배, 연애의 성공과 좌절을 넘어 가부장제 사회에서 자유연애와 결혼제도가 여성을 옭아매는 또 하나의 굴레였음을 보여준다. 이 구도의 구체적 형상은 텍스트 내부에서 서로 다르게 표출되지만 그 면면은 사적 욕망과 제도적 현실 사이의 거리 조정에 실패하고 있는 당대적 감수성의 표정을 전면화하고 있다는 점에서 소중하다.

2. 신여성의 다면적 정체성 탐색

1) 소녀 취향의 낭만적 감수성

이선희 소설의 여성은 소녀, 여학생, 신여성, 구여성, 기생, 아내, 첩, 계집, 마담, 여점원 등의 다양한 면모를 보여준다. 이들은 낭만적 연애를 상상하며 현실 세계의 남성에 대한 판타지를 소유한 존재들로 그려진다. 그 중에서 사춘기 소녀의 치기어린 감수성이 드러나는 작품으로 「가등」과 「오후 11시」「탕자」를 들 수 있다. 「가등」은 한때 이상적 타자였던 남성이 현실 세계에 적응하지 못한 무기력한 존재임을 감지하면서 변심을 하게 되는 내용을 다루고 있다. 「오후 11시」는 사랑하는 남성과의 짜릿한 만남을 갈망하는 17세 소녀의 춘심과 그 소녀의 늦은 귀가를 걱정하는 아버지의 불안감을 선명한 대비로 형상화한 작품이다. 「탕자」는 약혼자가 있는 화자가 등대섬 방문을 통해 미지의 인생에 대한 허무의식과 함께 절대 고독의 정신주의와 염세주의에 대한 동경을 내장한 존재임을 포착한 작품이다. 이 세 작품은 미성숙한 사춘기 소녀의 욕망의 표정을 가감없이 맨얼굴로 드러내면서 가공된 욕망의 대상과 현실적 불안감의 표출, 모호한 정체성 탐색 등을 통해 1930년대 신여성의 복잡다단한 내면 풍경을 다채롭게 제공한다.

「가등」은 '사치와 모던'을 좋아하며 근대적 거리를 방황하는 신여성 명희가 무능력하고 야심 없는 '그'를 질책하며 이별을 결심하는 내용을 다룬 작품이다. 명희는 오후 네 시 찻집에서 만나달라는 사내의 간절한 편지를 받고 고심 끝에 만나지 않기로 결심한 뒤 거리를 헤매다닌다. 어릴 적에는 명희가 '사내'를 훌륭한 멋쟁이 사상가이자 예술가로서 동경했지만, 금의환향을 하지 못한 지금은 '무서운 사내'로 인식된다. 현실 세계의 부적응자로서 화자에게 세계의 중심부로부터 낙오될 것 같은 공포감을 제공하는 것이다. 그리하여 출세를 가늠하는 금의환향 여부가 명희의 '사내'에 대한 연정을 결정짓는 판단 기준이 된다. 집안에 갇혀 있기보다는 도심으로의 바깥 외출을 즐기는 명희에게 종로 거리는 때로는 '화려의 극치'이자 '환락의 본원지'로 인식될 때도 있지만, 오늘 같은 경우 '씁쓸하고 가난하고 보잘것없는 거리'로 인식된다. 동일한 공간적 표상이 화자의 심리 변화에 따라 이질적 공간으로 파악되는 것은 도시적 근대 문명이 제공하는 미지의 세계에 대한 동경이 무언가 충족되지 않은 소녀의 변덕스러운 감성을 자극하고 있음을 보여준다. 명희는 그를 축복받은 육체와 우수한 재능과 품성의 소유자로 인정하지만, 그가 자신을 낭만적인 꿈과 시적 기질이 다분한 모나리자 같은 소녀라고 말하자 초조와 불안을 느낀다. 그 불안감은 출세 지향의 부르주아적 감수성을 내면화한 명희의 본심을 그가 정확히 파악하고 있는 것에서 기인한다. 하지만 명희의 본질을 통찰해낸 '그' 역시 "살지도 못하고 죽지도 못하고 엉거주춤하는 괴로운" 잉여적 존재에 불과하다. 그저 잠시의 향락을 위해 카페를 찾으며, 그것이 생존의 증거라며 무기력함을 토로하는 유약한 존재인 것이다. 그러므로 밤늦은 시간 찻집을 나온 명희는 그와 헤어질 결심 속에 인적 드문 거리를 배회한다. 「가등」은 종로 네거리의 표정을 리얼하게 묘파한 임화의 시 「네거리의 순이」와는 다르게 식민지 조선의 비참한 현실을 직시하지 않는다. 의도적으로 괄호치거나 후경화한다. 그리하여 마치 무시간성의 공간 속에 삶의 목표와 방향 감각을 상실한 채 희미한 가로등불 아래에서 거리를 방황하는 산책자로서 1930년대 청춘 남녀의 하루를 추적한다. 그러나 역설적이게도 괄호 쳐진 현실 혹은 후경화된 배경이 식민지 조선의 무기력한 현실을 상상하게 한다는 점에서 이 작품의 성과를 확인할 수 있다.

「오후 11시」는 늦은 밤의 귀가로 꾸중을 들을까 걱정하는 17세 처녀 수은의 불안감과 그 딸을 기다리며 조바심을 표출하는 아버지의 심리적 거리를 대비함으로써 열정에 빠진 여성의 미묘한 심리를 섬세하게 포착한 작품이다. 첫새벽에 집을 나가 애인을 만나고 열세네 시간이 흐른 뒤, 어두운 밤이 되어 귀가하는 수은은 아직 시간이 '초저녁'에 불과할 것이라고 자신한다. 건강을 잃은 연인이 요양하러 가 있는 산 속에서 그를 만난 기쁨이 수은의 시간 감각을 마비시킨 것이다. 심지어 아버지에 대한 무서움을 극복하기 위해 아버지와의 인연이 그리 소중한 것이 아니라며 가부장적 사회의 혈연관계마저 평가절하하기까지 한다. 하지만 마루에 정좌를 하고 불안과 분노로 독이 오른 아버지의 모습은 수은에게 불안감을 증폭시킨다. 물론 긴장과 불안 속에서도 낮에 그를 만난 즐거움의 기억은 수은에게 짜릿한 쾌감을 선사한다. 집 앞 보통학교의 시계가 열한 시를 치자, 수은은 열 시일 것이라고 시간을 이르게 인식하지만, 아버지는 이미 자정이 넘었을 것이라며 늦은 시간으로 해석하면서 작품은 종료된다. 「오후 11시」는 엄격한 가부장적 질서가 유지되는 가정에서 귀가시간에 늦은 처녀의 세밀한 심리를 섬세하게 포착한 작품에 해당한다. 실제 시간은 '밤 11시' 이지만, 일찍 귀가하고 싶은 존재에게는 '늦은 오후 11시' 로 인식될 수 있다는 작가의 의도가 '늦춤과 당김' 이라는 부녀지간의 시간에 대한 감각적 인식 차이와 함께, 소녀의 심리적 긴장과 이완이 예리하게 묘사된 소품이라고 할 수 있다. 이 작품에서 드러난 '오후 11시' 는 작가 이선희에게 꿈과 환상의 날개가 돋고, 공상과 상상이 펼쳐지는 낭만적 시간대에 해당한다. 그것은 「여인 명령」에서 '밤 11시' 를 아직 초저녁에 불과한 시간으로 인식하는 숙채의 모습에서도 드러난다. 작가에게 밤은 예술의 시간대이고 상상력이 작동하는 공간인 것이다.

「탕자」는 섬 등대지기의 염세주의적 세계관을 대면하고 육지로 돌아온 '나' 의 이야기를 통해 육지에서 멀어지고 싶은 쾌락원칙과 육지로 돌아가야 하는 현실원칙 사이의 괴리를 탐색한 작품이다. '나' 는 생전 처음 섬으로 혼자 여행을 떠나 '고독' 의 대명사인 등대를 구경하며 존재론적 고독감에 젖어든다. 등대섬에 당도한 화자는 가늠하기 어려운 시간대를 상상하며 '한 오천 년 후' 에 폐허가 된 다음에 한번 와 봐야겠다는 식의 낭만적 호기를 표출한다. 더구나 "젊은 염세주의자" 인 등대지기의 안내를 받으며 산꼭대기에서 "극도의 정신주의자"가 되어 대화법을 상실한 채 실어증에 걸린 내지인들을 통해 '나'는 '절대 고독'의 세계를 간접적으로 경험한다. 등대섬에서 만난 '고독과 적막과 폐허'의 이미지는 미지의 세계에 대한 동경과 그리움을 지닌 화자의 낭만적 심리를 충족시켜준다. 그러므로 섬을 떠나는 화자가 단정하고 진실한 청년학자이자 대학의 조교수인 약혼자 김 씨를 떠올리며, 고독과 적막에 젖은 자신의 모습을 미안해할 수밖에 없는 것이다. 그러나 등대지기의 모습이 내면에 깊이 각인된 화자는 "아무 이해 상관도 없는 슬픔"을 감지하며 등대섬과 등대지기로부터 자신의 고독감과 허무감을 위무 받는 찰나적 희열을 소유한다. 그러므로 인천에 도착한 화자가 짐을 내리면서 배의 선실에서 "날이 시퍼런 식도"가 번쩍 하고 빛나는 모습을 응시하면서 "아직 회개할 때가 되지 못한 탕자"처럼 육지로 돌아가기를 주저하는 것은 당연하다. 등대섬에서 등대지기의 염세적 세계인식을 접하며 이미 '그'에게 정신적 정조를 상실한 화자는 아직 약혼자가 현존하는 현실 세계에 도달하기 어려운 '불량한 탕자'인 것이다. 이때 '날선 식도'는 약혼자를 심리적으로 배반한 화자의 내면을 향한 약혼자의 차가운 응시를 환유한다. 「탕자」는 이미 배우자가 내정된 약혼녀 화자가 자신을 둘러싼 가부장제적 규범과 질서의 현실계로부터 일탈하고 싶은 욕망을 다룬 소설이다. 심리소설에 해당하는 이 작품은 무인지경의 등대를 배경으로 절대고독을 표상하는 등대지기의 세계인식에 동화되고 싶은 화자의 탈현실적인 낭만적 정서를 몽환적인 분위기 속에 밀도 높게 형상화하고 있다.

「가등」, 「오후 11시」, 「탕자」의 여주인공은 아직 구체적 현실 사회의 냉혹함을 맛보지 못한 낭만적 감성의 존재들이어서, 자기동일성을 견지하지 못한 채 심리적 동요를 지속하는 유동적이고 미성숙한 주체로 그려진다. 그들은 낭만적 타자로서 이상적 남성을 상상하지만, 현실 속의 남성들은 여성 주체의 욕망을 충족시켜주지 못한다. 그것은 대화적 관계로 구성된 구체적 실체로서의 입체적 타자가 아니라 화자의 상상적 추상이 만들어낸 이상형에 미달된 존재로서의 남성들이기 때문에 그렇다. 그러므로 성인이 된 소녀들은 그들의 이상적 배우자를 찾아 낭만적 사랑과 결혼에 이르기 위해 거리를 배회하는 산책자가 된다.

2) 피해 여성으로서의 아내

소녀시절 꿈꾸던 낭만적 사랑에 대한 기대는 낭만적 결혼에 대한 꿈꾸기로 이어지지만 그것 역시 냉혹한 현실 세계의 장벽 앞에서 패배와 좌절로 이어지기 십상이다. 소녀들이 결혼을 하면서 체득하는 것은 거대한 가부장적 현실의 견고함을 넘어서기 어렵다는 진실이다. 유부녀들은 가정 바깥에서 유부남들을 유혹하는 여성이라는 이름의 '적이자 동지'들과 경쟁하여 승리와 패배를 맛보지만, 승패 여부와는 상관없이 그 상대가 신여성이든 윤락여성이든 직업 여성이든 유한마담이든 고통과 불행과 공포의 결혼생활을 이어간다. 그것이 1930년대 식민지 조선의 여성들이 감내해야 할 가부장적 폭력의 현실이었기 때문이다. 특히 아내는 일자무식의 어리석은 존재이거나 히스테리 환자가 되거나 남편에게 폭행을 당하는 피해 여성으로 그려진다.

「도장」은 무지몽매한 구식여성인 조강지처 맏동서의 순진하고 헌신적인 희생과 가출한 외도 남편의 교묘하고 비이성적인 폭력성을 대조적으로 형상화한 풍자소설에 해당한다. 작은동서 집에 얹혀살면서 부엌데기이자 천덕꾸러기로 온갖 궂은일을 도맡아 하는 맏동서는 소박데기임에도 어리석을 정도로 얼굴에는 항상 웃음이 묻어난다. 남편이 7~8년 만에 집에 오자, 맏동서는 재작년에 남편이 자신의 도장을 내놓으라면서 칼부림 등의 폭력을 행사해서 죽다 살아난 공포의 기억이 떠오른다. 아들 하나를 둔 33세의 맏동서는 작은여편네의 자식이 모두 자신의 민적에 등재되었음을 자랑하면서 민적에 오르지 못한 작은여편네를 오히려 동정할 정도로 온정적이면서도 현실감이 둔한 형상으로 그려진다. 맏동서는 '요물 같은 도장'을 잘못 찍으면 징역살이와 가산 몰수를 당하기도 하는데다가 심지어 이혼도 당하기 때문에 도장을 제일 무서워한다. 도장은 근대적 합리성의 이름으로 제도적 폭력을 승인하는 도구로 활용되고 있는 것이다. "살아도 최씨 집 귀신"이고 싶은 맏동서는 남편이 어떤 색시와 혼인하지 않으면 감옥에 가서 콩밥을 먹게 된다고 하면서 이혼장에 도장을 찍어달라고 부탁하자, 하늘같은 남편이 감옥에 가면 안 되겠기에 "도장을 찍어도 이 집에 있을 수 있냐"면서 남편 앞에 도장을 내놓는다. 「도장」은 봉건적인 희생적 여인상을 보여준 '맏동서'와 그런 조강지처를 외면한 채 새로운 여성과의 결합을 시도하는 폭력 남편의 모습을 '이혼 도장'이라는 매개로 풍자함으로써 여전히 가부장제적 질서의 틀에 나포된 피해 여성의 안타까움을 위로한다. 지금은 폐지된 호주제의 원형인 '민적'에 대한 맏동서의 인식이나 계몽의 대상으로 존재하는 무지몽매한 맏동서의 형상은 역설적이게도 가부장적 남편의 부속물로서의 아내가 아니라 자기 인생의 주인이 되기 위한 여성적 자의식의 각성이 필요한 시대가 1930년대였음을 강조한다.

「계산서」는 유산의 후유증으로 절름발이가 된 아내가 남편의 다리 하나와 목숨을 위자료로 청구한다는 이야기를 통해 불구적 여성의 히스테리컬한 내면을 섬세하게 다룬 심리소설이다. 두만강을 끼고 며칠 동안 마차를 타고 중국 땅에 온 '나'는 '불길한 까마귀'처럼 불안에 떨면서도, 자신의 남편이 자동차에 치이거나 말발굽에 채여 다리 하나가 없어지기를 고대한다. 7개월 전에 절름발이가 된 화자와의 균형을 맞추기 위해 남편 역시 다리가 하나가 되어야 한다고 억지를 부리는 것이다. 한때 '남편 김, 화자 봉, 인형 앨리쓰' 등으로 구성된 소형의 '모조가정'을 이루었지만, 아이를 유산하고 절름발이가 된 화자는 두 달 병원 생활 이후 귀가한 뒤 편집증 환자가 되어 방에 검은 휘장을 치는 등 방을 도깨비 사당처럼 만들어놓는다. 남편은 죽는 것보다는 다리 하나 잃은 것이 낫지 않냐며 위로하지만 화자의 침묵과 반감은 깊어간다. 그러던 어느 날 남편이 밤에 새 넥타이를 매는 모습에서 두 다리 성한 계집을 찾아가는 것이라고 추정하고 위자료를 상상한다. 그리하여 화자는 부부생활을 정리하면서 남편도 화자처럼 불구가 되기를 위자료처럼 바라다가, 그것으로는 부족하기에 그의 목숨을 받아야 수지가 맞을 것 같다고 판단한다. 화자가 볼 때는 그것이 '자신의 계산서'이자 "모든 아내 된 자의 계산서"일 수 있기 때문이다. 살해 충동에 젖은 화자는 자신의 계산서를 완전히 청산할 때까지 이 땅에 더 있을 것이라면서 '마적과 죽은 아이 시체를 뜯어먹는 돼지와 죽음 같은 고독' 등이 있는 중국 땅에 대한 만족감을 표시한다. 남편의 목숨을 위자료로 청구한다는 극단적 설정은 당대의 가부장적 현실 속에서 여성의 피해의식이 집단 정신병적 수준에 육박하도록 강요한 광기의 사회였음을 증명한다. 「계산서」는 마치 에드거 앨런 포의 「검은 고양이」 등의 괴기스런 공포소설을 연상케 하면서 '육체적 불균형'이 '정신병리학적 증상'으로 대체되는 현상을 통해 히스테리컬한 여성의 심리를 섬세하게 포착하고 있는 작품이다. 정상인에서 육체적 불구가 된 여성이 심리적인 위축과 불안 속에 점점 광기의 신경증적 존재로 변해가는 모습이 매우 사실적으로 형상화되어 있는 것이다.

「처의 설계」는 신교육을 받은 부부인 소라와 청재의 삶에 부유층 이혼녀 여순옥과 남편 친구 초석이 개입하면서 연애의 다면적 표정 속에서 멜로 드라마적 연애의 삼각관계를 보여주는 전형적인 대중소설이다. 소라는 새벽 한 시가 되어도 들어오지 않는 남편 청재를 기다리면서 외도를 의심한다. 그 외도의 대상은 순옥이라는 이혼 여성인데, 작년 겨울 황혼 무렵 백화점 근처에서 남편과 함께 걷고 있는 모습을 처음 발견했을 때, 소라는 자신보다 예쁘지 않은 순옥의 외모에 자신감을 얻으며 '진정제'를 복용한 것 같은 느낌을 받는다. 1930년대에 이미 근대 소비문화에 물든 여성이 세련된 외모와 부르주아적 치장을 중시하는 허영에 사로잡힌 존재임을 보여주는 것이다. 오늘 아침에 남편으로부터 온양 온천에 갔다 온다는 편지를 받고는 불륜 행각을 잡으러 온천으로 찾아가지만, 남편을 만나지는 못한 채 호텔을 나오면서 빈대나 벼룩을 눌러 죽이듯 청재와 순옥을 눌러 죽였으면 시원할 것 같다며 살해충동을 토로한다. 이 살해충동은 남성 중심적 사회 현실을 전복하려는 여성의 도착적 증상을 보여준다. 5년 전에 결혼한 소라는 사랑이 절대적인 것을 믿었지만 순옥이 청재에게 찻집 설계를 맡기면서부터 삼각관계가 형성된다. 백천 온천에서 일주일을 묵은 뒤 순옥과 청재는 견딜 수 없는 고독과 적막을 느끼며 각자의 집으로 향한다. 귀가한 청재가 마구 물건을 던지다가 급기야 폭력을 행사하여 소라가 피를 쏟게 되면서 싸움이 끝난다. 집을 떠난 소라는 바닷가가 있는 친정에서 순옥의 자살기도 소식을 접하며 기쁨에 젖는다. 찻집 경영을 차일피일 미루며 남편을 농락한 이혼여성에 대한 복수심이 남편의 외도에 대한 반감을 압도하는 것이다. 그리하여 서울로 귀경한 소라는 남편을 만나 검은 머리가 파뿌리가 될 때까지 동고동락할 것을 다짐하는 납득하기 어려운 결론을 마련한다. 소제목 '기다림—그들의 결혼생활—무료한 그들—풍파와 평화'에서 보이듯 소라와 청재의 갈등은 극적 화해로 마무리된다. 느닷없는 화해적 결말이 결말에 이르기까지의 탄탄한 심리 묘사의 측면을 약화시키면서 서사적 구성의 문제를 보여주긴 하지만, 당대 신여성의 리얼한 욕망의 표정을 가감 없이 표출하고 있다는 점에서 성과작이라고 할 수 있다. 특히 경제 활동의 취약성 속에 매너리즘에 젖은 소라와 청재의 무기력한 결혼생활, 일상의 무료함을 잊기 위해 서로를 갈망하는 청재와 순옥의 낭만적 허영, 중세기적 낭만과 연애를 소라에게 기대하는 낭만주의자 초석 등의 형상이 미묘한 심리전 양상 속에서 섬세한 감각과 시선, 대화를 통해 당대 현실을 축도하고 있기 때문이다.

3) 지식인 신여성과 빈민층 윤락여성 사이

이선희의 소설에는 지식인 신여성과 유부남, 윤락여성과 유부남 등의 삼각관계를 다룬 작품이 많이 등장한다. 이것은 개화기 이래로 자유연애 사상이 팽배해진 것과 조혼제도의 악습이 사회적으로 용도 폐기되면서 일부일처제가 개인의 욕망을 제어할 수 없는 제도적 현실임을 보여준다. 즉 지식인 남성을 둘러싼 처첩 갈등과 자유연애 사상을 통해 1930년대 식민지 조선의 욕망의 풍경을 보여주고 있는 것이다. 이선희의 소설은 결과적으로는 전통적인 현모양처 담론으로 귀결되는 모습을 보이지만, 결론에 도달하기까지는 다양한 심리적 갈등과 다면체적 정체성을 고민하는 형상을 보여줌으로써 여성들의 입체적 내면을 텍스트 내부에서 구체적으로 의미화하고 있는 특징을 보여준다.

장편소설인 「여인 명령」은 5개월 가까이 조선일보에 연재했던 작품으로, 신식교육을 이수한 신여성 숙채가 백화점 점원과 술집 여성으로 전락했다가 본처가 있는 남편과 결혼하지만 남편 사후에 아이를 낳은 뒤 옛 애인인 유원이네 고향으로 가서 짧은 생을 마무리하는 일대기를 그리고 있다. 서양여성 행색을 한 27세의 숙채는 남편 사후 사생아로 낳은 아기를 데리고 유원과의 추억이 깃든 난도에 들어선다. 6년 전 21세의 숙채는 2년 전 봄에 공과대학 전기과를 수석으로 졸업한 유원과 약혼을 약속했지만, 유원이 중대사건에 관련되어 체포되면서 물거품이 된다. 이후 아버지와 어머니를 일시에 사별하고 고아가 된 숙채는 3개월만에 유원이가 감옥에 간 사실을 알게 되고 서울 하숙으로 와서 생계를 위해 백화점 화장품부에 취직한다. 하지만 한 달 만에 사십이 넘은 판매주임이 자신을 성추행하자 퇴직하면서, 숙채는 '정조 유린'이 '버스걸, 백화점 여점원, 타이피스트, 간호부, 여급사' 같은 직업을 가진 여성들에게 생긴다는 기사를 읽은 것을 떠올리며 자신의 정조를 유린당할 뻔했음을 자각한다. 생계 활동에 나선 당대의 직업 여성의 대다수가 성폭력에 노출되고 있음을 드러내는 부분이다. 8년 형을 선고받은 유원이를 면회하고 오는 길에 전직 영화배우인 안나를 만난 뒤, 정오 무렵 '빠—안나'를 찾아간 숙채는 음산하고 침울한 분위기에 젖은 '빠'에서 밤에는 환락창이지만 낮에는 적막과 공허가 감도는 풍경을 접한다. 하지만 팜므 파탈로서의 매력적인 여성인 안나는 방종하고 사치하고 요사스러운 아름다움의 순진한 여인으로 느껴지면서, '빠'의 분위기에서 요지경 속 같은 야릇함을 감지한다. 빠의 생활에서 숙채는 "한 개의 생활에는 반드시 거기에 따르는 빛과 냄새가 있고, 이 부류에서 저 부류 사이에는 엄연한 경계선이 있는가 보다"라며 경제적 차이로 인한 계층 간의 위화감이 선명하게 존재함을 감지한다. 이후 숙채는 본처가 있는 줄 모르고 결혼했다가 혼인신고도 하기 전에 남편의 갑작스레 죽음을 치르는데, 이때 상가에 찾아온 본처는 곡을 한 뒤에 당당하게 천장에 목을 매고 자결하여 열녀라는 칭찬을 듣지만, 숙채는 어이가 없을 뿐이다. 결국 숙채는 사생아가 된 아들을 데리고 옛 애인 유원과의 추억이 깃든 난도에 와서 병을 얻어 죽게 되는 것으로 작품은 종결된다. 마지막에 전남편의 사생아를 유원에게 부탁하면서 부계 혈통을 유지시켜 달라고 유언을 하는 것에서 보이듯, 전통적 현모양처 상으로의 회귀를 다룬다는 점에서 이 작품의 한계가 드러난다. '여대생→고아→백화점 여점원→술집 여성→유부남과의 결혼→사생아 출산→병사'로 마무리되는 숙채의 지위 변동과 직업적 전락에서 보이듯 식민지 조선의 여성은 언제든 경제적 몰락과 신분 추락을 통해 새로운 직업군으로 변모할 가능성을 지니고 있었음이 드러난다. 특히 가부장적 사회에서 빈민가의 가난한 여성이 대도시에서 손쉽게 생계를 이어갈 만한 직업이 바로 윤락 여성이었음을 보여준다.

「매소부」는 한 가족의 생계를 담당하는 매소부 채금이의 자살 결심과 현모양처의 승인을 통해 1930년대 매매춘 여성이 겪는 가정으로부터의 소외와 사회적 시선의 냉혹함을 그린 작품이다. 28세인 채금이는 자기 집에서 손님을 맞는 기생으로 친정집 식구를 벌어 먹이는 무거운 짐을 지고 있다. 16세 때부터 13년째 매소부 일을 해온 채금은 가족을 책임지는 자신에게 윤리의식의 결여와 도덕 불감증을 들이대는 어머니와 오라비를 향해 비난을 퍼붓는다. 오라비는 자기 체면을 중시하고, 스물다섯에 과부가 된 어머니 역시 빌어먹던 자신도 도적질과 서방질만은 안 했다면서 채금이의 직업을 흉보기 때문이다. 그저께 밤에 가족과 싸운 기억 때문에 마음이 심란해진 채금은 즉흥적으로 자살 결심을 내리고 자신과 함께 정사情死해줄 사람을 물색하는데, '카츄샤' 이야기를 밤새 해주던 유부남 이석도를 떠올린 뒤 폐병으로 거의 죽게 된 그 사람을 동반자살자로 선택한다. 하지만 그 집에서 사내를 병간호하는 아내를 보면서 맑고 시원한 여인이라는 생각에 여자로 태어나 현모양처가 되는 것이 "제일 유복한 팔자"임을 절감하고, 자신의 매소부 인생을 한탄한다. 「매소부」는 여염집 올케가 술상을 옮긴 일로 가족과 다툰 이후 동반자살할 배우자로 선택한 폐병쟁이 사내의 가정에서 그들의 힘겨운 생존을 지켜보고 윤락 여성인 자신의 인생이 덧없음을 탄식하는 내용을 다룬다. 「여인 명령」에서와 마찬가지로 매소부를 필요로 하는 사회구조적 모순을 직시하기보다는 전통적 의미에서의 현모양처가 여성의 이상형임을 결론적으로 되풀이하고 있다는 점에서 작품의 한계가 드러난다. 특히 채금을 향한 어머니와 오라비의 왜곡된 시선은 가부장적 인식 하에 이중적 윤리 의식에 젖은 당대 사회의 위선적 시선을 대표한다고 할 수 있다.

「돌아가는 길」은 부부 행세를 하며 산골마을에 학교 선생으로 온 신여성 예경과 유부남 K의 도피 행각을 통해 일부일처제의 현실적 장벽이 건재함을 다룬 연애 소설이다. 예경은 유부남 K와 함께 요양 차 전라남도 남쪽 끝의 S촌 동광학원 선생으로 초빙되어 온다. 예경은 동경 유학생 시절을 회상하다가 '트리스탄과 이쏠데' 이야기 같은 비련의 주인공이 된 자신을 생각한다. 4년 전 K가 23세 때 본처에게 장가를 들었지만, 한 달 전에 예경이 일본에서 도망치듯 나오고 K가 직장에서 도망쳐 서울에서 부부로 행세하며 동거생활을 시작한 것이다. 하지만 S촌에 찾아온 K의 본처는 예경에게 마구 욕을 퍼부어대고, K는 오늘 밤 셋이 같이 떠나서 본처를 고향으로 보내고 또 다른 곳으로 떠나자고 이야기한다. 그러나 예경은 본처를 응대하는 K와 자신의 감정이 서로 다르다면서, 부모가 정해준 사람이라 어쩔 수 없다는 K의 말을 뒤로 한 채 떠난다. 「돌아가는 길」은 유부남과 신여성의 도피 행각이 결과적으로는 현실적 패배로 귀결됨을 보여준다. 일부일처제라는 제도적 질서의 테두리를 벗어나려는 욕망이 '본처'라는 현실의 벽 앞에서 붕괴될 수밖에 없음을 통해 1930년대 식민지 조선 사회가 불륜에 대한 제도적 승인이 불가한 공간이었음을 보여준다.

3. 여성적 욕망과 남성적 현실 사이

이선희의 작품은 1930년대 식민지 조선을 살아가는 여성의 내밀한 욕망과 그것이 용인되기 어려운 현실 사이의 심리적 갈등을 섬세하고 탁

월한 감각으로 묘파하고 있다. 결론적으로는 전통적 현모양처 상이 이상적 여성상으로 귀결되는 듯 보이지만, 결론에 도달하는 과정에서 드러난 심리적 갈등과 현실적 모순, 처첩 갈등, 가부장적 남성과 피해자 여성의 거리감 등은 생생한 리얼리티를 부여한다. 가정과 사회로부터 내쳐진 혹은 '모조가정'을 스스로 뛰쳐나온 이선희 소설의 여성들은 거리를 배회하면서 자신의 정체성을 자각하기 위해 부단한 노력을 시도한다. 그러한 노력의 다양한 풍경을 리얼한 심리묘사로 주조해낸 것이 이선희 문학의 장점인 것이다.

이선희 소설에 자주 등장하는 가출(+외출) 모티프는 1930년대 여성에게 강요된 가정과 사회의 현실적 억압을 벗어나고 싶은 일탈에의 욕망을 보여준다. 그것은 구시대적인 인식과 가부장제적 질서를 넘어서려는 여성적 정체성의 자각을 위한 실천적 행동의 의미를 가진다. 그러므로 이선희 소설에서 '집'은 가정의 온기가 살아 있는 안식처라기보다는 일상 탈출 욕망을 잉태하는 매개적 공간으로 그려진다. 첫 소설인 「가등」에서부터 방이 아니라 근대적 거리에서 방황하는 여성의 자기 인생을 탐색하는 내용이 드러난다. 그러나 기대한 것과는 다르게 현실의 거리는 여성적 욕망이 충족되기 어려운 환멸의 공간으로 인식된다. 따라서 가출로 확인한 근대적 문명에 대한 동경과 환멸적 세계 인식은 바다 모티프를 통해 드러나는 원시적 고향에 대한 지향 속에 낭만성과 엑조티시즘의 확장으로 연결된다. 이선희 소설의 여성들은 가부장적 권위가 현존하는 가정으로부터 벗어나 권태와 공허, 혐오로 가득한 현실 세계를 넘어 낭만적 일탈을 감행하고자 하는 것이다.

이선희 소설의 중심에는 마치 신소설의 자유연애와 처첩 갈등을 연상시키듯 대체로 본부인과 신여성 사이의 갈등이 자리한다. 이것은 재취결혼이라는 자전적 체험과 당대 여성의 현실적 리얼리티가 허구적 텍스트 내부로 진입한 결과이다. 거기에는 신여성, 구여성, 본처, 첩, 매매춘 여성, 카페 여급, 백화점 여점원 등이 자리한다. 가정 내부에서 처첩 갈등이 상존하고 있다면, 가정 바깥에서는 근대적 문명과 자본의 세례를 욕망하는 여성들이 활보한다. 이들은 화려한 외양에 대한 유혹이나 신분 상승을 꿈꾸며 거리로 나아간다. 그러나 그것은 오히려 남성의 노리개로 전락할 위험성이 더 큰 현실을 경험하게 한다. 그 모멸에 찬 환멸이 역설적이게도 냉혹한 현실을 체험하고 귀환한 여성들에게 자기 성장의 계기를 마련케 한다. 즉 낭만성에 경도되었던 자신을 비판하거나 남성에 대한 의존감을 떨쳐버리려는 실질적 노력을 기울이는 것이다. 하지만 대부분의 정체성 확립의 시도는 현모양처의 추인과 생활 윤리의 강조로 이어져 전통 담론으로의 복귀와 보수적 현실에의 안주를 강조하는 것으로 귀결되는 한계를 노정한다.

1930년대에 도시의 산책자(벤야민)의 감각으로 식민지 시대를 활보하고자 노력했던 이선희의 생애와 작품은 근대적 도시화와 육체의 상품화, 욕망의 자본화가 진행되던 근대 초기의 양상을 보여준다. 여성이 가정 내부에서 어떻게 소외되며, 가정을 탈출하고자 노력한 시도들이 어떻게 좌절되고, 다시 가정으로 돌아와 모성의 역할을 강요당하는 현실이 다른 어느 소설가의 소설보다 반복적이고 직접적으로 강조된다. 이선희가 그려낸 1930년대 도시에는 제국주의와 식민지의 담론이 괄호 쳐진 채, 여성을 본처와 첩으로 양분하는 가부장제적 원리가 작동하고 있으며, 물적 토대가 미미한 신여성의 경제적 취약성이 가시적으로 형상화된다. 특히 버림받는 구시대적 여성들, 첩으로 전락하게 되는 신여성, 매춘부로 소외되는 거리의 여성들의 삶은 근대 초기에 식민지 여성이 이중 삼중의 억압과 착취 구조 속에 놓여 있었음을 보여준다. 이렇듯 그녀의 소설은 1930년대 여성이 자존감을 확인하며 정체성의 자각에 이르기까지 힘겨운 주객관적 현실과의 싸움에 직면해 있었음을 구체적이고 생생한 심리묘사를 통해 여실하게 보여준다는 점에서 소중한 성과라고 할 수 있다.

| 작가 연보 |

1911년 12월 17일 대한의원을 수료한 부친과 미모의 모친 사이에서 함경남도 함흥 출생. 아명은 순덕. 성장기의 대부분을 원산에서 보냄.

1917년 모친이 26세의 나이에 폐병으로 사망.

1928년 고향에서 원산 루씨여고보를 졸업함. 부친의 권유로 성악을 전공.

1929년 서울로 상경하여 이화여전 성악과에 진학했다가 문과로 전과하여 3년간 수학함.

1933년 《개벽》사 기자로 입사하여 1년간 근무. 《신여성》지의 기자로 활동.

1934년 12월에 단편소설 「가등」을 《중앙》에 발표.

1935년 어려서부터 한 고장에서 학교를 다니던 극작가 박영호와 재취 결혼, 서울 계동에 살림을 차림. 슬하에 아들 둘을 둠.

1936년 6월에 「오후 11시」를 《신가정》에 발표.

1937년 1월에 「도장」을 《여성》에 발표. 3월에 「계산서」를 《조광》에 발표. 6월 22일부터 사흘간 「여인도」를 《조선일보》에 연재. 10월에 「숫장수의 처」를 《여성》에 발표.

1938년 5월 조선일보 학예부 기자로 입사. 1월에 「난별기」를 《삼천리》에, 「매소부」를 《여성》에 발표. 7월 24일부터 8월 11일까지 「연지」를 《조선일보》에 연재. 11월에는 「돌아가는 길」을 《야담》에 발표.

1940년 1월에 「탕자」를 《문장》에 발표. 10월에 《신세기》사에 기자로 입사. 11월 17일부터 12월 30일까지 「처의 설계」를 《매일신보》에 연재.

1941년 6월에 「춘우」를 《신세기》에 발표.

1943년 「승리」를 『방송소설 명작집』(이홍기 편)에 게재.

1946년 6월 26일부터 7월 20일까지 「창」을 《서울신문》에 연재함. 7월경 남편 박영호의 뒤를 따라 월북. 최정희의 회고에 의하면 월북 후 얼마 지나지 않아 괴혈병으로 사망한 것으로 추정.

| 작품 연보 |

■ 소설

1934년 「가등」, 《중앙》, 12월

1936년 「오후 11시」, 《신가정》, 6월

1937년 「도장」, 《여성》, 1월

「계산서」, 《조광》, 3월

「여인도」(콩트), 《조선일보》, 6월 22일~6월 24일

「숫장수의 처」(콩트), 《여성》, 10월

「여인 명령」, 《조선일보》, 12월 28일~1938년 4월 7일

1938년 「난별기」, 《삼천리》, 1월

「매소부」, 《여성》, 1월

「연지」, 《조선일보》, 7월 24일~8월 11일

「돌아가는 길」, 《야담》, 11월

1940년 「탕자」, 《문장》, 1월

「처의 설계」, 《매일신보》, 11월 17일~12월 30일

1941년 「춘우」, 《신세기》, 6월

1943년 「승리」, 『방송소설 명작집』, 조선일보사(이홍기 편)

1946년 「창」, 《서울신문》, 6월 26일~7월 20일

■ 수필

1933년 「송도원광무곡」, 《신여성》, 8월

「불」, 《신여성》, 12월

1934년 「병의 제일철학」, 《신여성》, 1월

「다당여인」, 《별건곤》, 1월

「곡예사」, 《신가정》, 4월

「젊은 여인의 허영」, 《조선일보》, 4월 7일

「아름다운 꿈」, 《신가정》, 6월.

「철인 베토벤 전기」, 《신여성》, 6월

「유월은 살진다」, 《중앙》, 6월
「어촌」, 《신가정》, 8월
「나의 월광곡」, 《삼천리》, 9월
「초색의 야심」, 《중앙》, 10월
「트리스탄과 이쏠데」, 《개벽》, 12월

1935년 「실내비가」, 《개벽》, 3월
「계절의 표상」, 《조선일보》, 8월 20일

1936년 「수집은 예술」, 《삼천리》, 6월
「치마주름에 싸여진 함명」, 《조선일보》, 7월 18일
「바다의 주제」, 《동아일보》, 8월 20일
「여름자연과 여성심경」, 《여성》, 8월

1937년 「창」, 《조선일보》, 3월 9일
「중동학교장 최규동 씨」, 《조광》, 4월
「다람쥐」, 《여성》, 5월
「여성인물평 정훈모론」, 《여성》, 6월
「그 창공」, 《동아일보》, 7월 2일
「마귀할멈」, 《동아일보》, 7월 7일
「밤송이」, 《조광》, 10월
「내 남편의 첫인상 별것 없습니다」, 《조광》, 11월
「휴식」(시), 《여성》, 11월

1938년 「돼지순대와 원산항」, 《조광》, 7월
「오빠한테 보내는 글」, 《여성》, 7월
「해금강에서」, 《여성》, 7월
「화채」, 《여성》, 8월
「엄마 문사 장덕조」, 《여성》, 9월
「나와 아버지 산보」, 《여성》, 10월
「심부름」, 《여성》, 11월

1939년 「고목」, 《여성》, 1월
「카르멘의 여주인공의 생애」, 《여성》, 3월
「작란」, 《문장》, 3월

「천명에게」, 《여성》, 5월

1940년 「모기장」, 《여성》, 8월

「머루와 옥수수」, 《여성》, 10월

「제복입은 도시」, 《조광》, 10월

「여담」, 《삼천리》, 12월

「문사부대와 지원병」(이선희 외), 《삼천리》, 10월

「즐거운 나의 가정」, 《삼천리》, 12월

1941년 「아버지와 산보하던 밤」, 《삼천리》, 4월

「지원병훈련소에 '일일입영기'」, 《신세기》, 6월

■ 평론

1936년 「작가조선의 군상—인물과 작풍의 인상식 만평」, 《조광》, 4~5월

1937년 「렌의 애가를 읽고—모윤숙 여사의 최신작」, 《조광》, 5월

1938년 「여류작가회의」, 《삼천리》, 10월

1938년 「김말봉 씨 대저 찔레꽃 평」, 《조선일보》, 11월 9일

1940년 「여류시인과 소설가의 '문학 · 영화'를 말하는 좌담회」, 《삼천리》, 9월

| 연구 목록 |

■ 자료

박영희, 「기교의 장녀성과 작가의 과도한 기지」, 《조선일보》, 1936년 6월

백 철, 「금년의 여류창작계」, 《여성》, 1936년 12월

______, 「근년간의 창작계개관」, 《조광》, 1938년 12월

김남천, 「조선 인기 여인 예술가 군상」, 《여성》, 1937년 9월

■ 일반 논문

김인경, 「이선희 소설에 나타난 '외출'의 의미 연구」, 홍성암 외, 『카프문학과 비평 논리』, 다운샘, 2006년

서정자, 「이선희 소설 연구」, 『원우론총』 제3집, 숙명여자대학교 대학원원우회, 1985년

심진경, 「문단의 '여류'와 '여류문단'—식민지 시대 여성작가의 형성 과정」, 『상허학보』 제13집, 상허학회, 2004년

유재엽, 「이선희의 탕자에 나타난 이원성」, 『어문연구』 제62·63집, 한국어문교육연구회, 1989년

이선옥, 「이선희-집과 거리의 긴장의 미학」, 《역사비평》 통권 39호, 1997년 여름호

______, 「'집'으로부터의 탈출 욕망과 여성의 정체성 탐색」, 『현대 소설 연구』 제6집, 한국현대소설학회, 1997년

전명선, 「이선희 소설 연구」, 『한민족어문학』 제24집, 한민족어문학회, 1993년

정수영, 「이선희의 작 「탕자」의 현대정신분석학적 진실」, 『최신의학』 제32집, 1982년

■ 학위 논문

남상임, 「이선희 소설 연구」, 동국대 석사, 1992년

박미정, 「이선희와 지하련의 소설 연구」, 숙명여대 석사, 1991년

박진경, 「이선희 소설의 여성 문제 양상」, 영남대 석사, 2006년

서은영, 「이선희 소설 연구」, 성신여대, 1995년

윤옥희, 「1930년대 여성 작가 소설 연구」, 성균관대 석사, 1996년

임현숙, 「이선희 소설 연구」, 공주대 석사, 1999년
정영화, 「1930년대 여성문학의 근대성 인식양상 연구」, 중앙대 박사, 2003년
한승우, 「이선희 소설 연구」, 중앙대 석사, 2001년
허유진, 「1930년대 여성소설 연구」, 경원대 석사, 1996년

한국문학의 재발견-작고문인선집
이선희 소설 선집

지은이 | 이선희
엮은이 | 오태호
기　획 | 한국문화예술위원회
펴낸이 | 양숙진

초판 1쇄 펴낸날 | 2009년 11월 10일

펴낸곳 | ㈜현대문학
등록번호 | 제1-452호
주소 | 137-905 서울시 서초구 잠원동 41-10
전화 | 516-3770
팩스 | 516-5433
홈페이지 www.hdmh.co.kr

© 2009, 현대문학

값 12,000원

ISBN 978-89-7275-527-2 04810
ISBN 978-89-7275-513-5 (세트)